Petra Schier

Ein Weihnachtshund auf Glücksmission

Petra Schier, geboren 1978, lebt mit Mann und Hund in einer kleinen Gemeinde in der Eifel. Sie studierte Geschichte und Literatur und arbeitet seit 2003 als freie Autorin.
Ihre sehr erfolgreichen historischen Romane erscheinen unter anderem im Rowohlt Verlag und bei HarperCollins.
Beliebt und ebenfalls sehr erfolgreich sind auch ihre romantischen Weihnachts- sowie Liebesromane, die bei HarperCollins verlegt werden.
Unter dem Pseudonym Mila Roth publiziert sie darüber hinaus verlagsunabhängig und erfolgreich verschiedene Buchserien.

Weitere Informationen finden Sie unter: www.petra-schier.de

PETRA SCHIER

Ein Weihnachtshund auf Glücksmission

Roman

Dieser Roman ist unter demselben Titel und mit anderem Cover bereits 2018 als genehmigte Lizenzausgabe bei der Weltbild GmbH und Co. KG erschienen.

Überarbeitete Neuauflage Oktober 2024
Copyright © 2018 by Petra Schier

Buchumschlag-Gestaltung unter Verwendung von Adobe Stock:
© Rawpixel.com / © tomertu / © Alghas

Lektorat: Barbara Lauer

Herstellung und Verlag:
Petra Schier, Lerchenweg 6, 53506 Heckenbach

ISBN 978-3-96711-972-5

Alle Rechte vorbehalten.

Das Werk und seine Teile sind urheberrechtlich geschützt. Kein Teil des Werkes darf in irgendeiner Form ohne schriftliche Genehmigung der Autorin reproduziert oder unter Verwendung elektronischer Systeme verarbeitet, vervielfältigt oder verbreitet werden.

Die automatisierte Analyse des Werkes, um daraus Informationen insbesondere über Muster, Trends und Korrelationen gemäß § 44b UrhG (»Text und Data Mining«) zu gewinnen, ist untersagt.

1. Kapitel

»Santa Claus, bist du hier?« Leise klopfte das Christkind an die offenstehende Bürotür und trat ein.

»Hm, wie? Was?« Santa Claus, auch als Weihnachtsmann bekannt, tauchte hinter seinem Schreibtisch auf. »Ach, du bist es. Entschuldige, ich bin gerade auf der Suche nach einem Wunschzettel, aber er ist wie vom Erdboden verschluckt.«

»Santa, ich habe noch mal im Briefkasten nachgeschaut, aber da ist er auch nicht. Er muss hier im Büro sein. Oh, guten Tag, liebes Christkind.« Elfe-Sieben, die kleine, quirlige Assistentin des Weihnachtsmannes, kam ebenfalls herein. Ihre Wangen waren leicht gerötet und die Mütze auf ihrem Kopf saß etwas schief.

»Das ist ja ein ziemliches Durcheinander hier.« Schmunzelnd sah das Christkind sich um. Überall auf dem Tisch, auf den Besuchersesseln und auf dem Boden stapelten sich Wunschzettel, leere Briefumschläge und Aktenordner. »Kein Wunder, dass du hier nichts findest, Santa.«

»Nein, nein, es ist doch erst so chaotisch, seit ich angefangen habe, nach dem Wunschzettel zu suchen.« Verlegen zupfte der Weihnachtsmann an seinem langen, weißen Bart. »Es ist wie verhext. Mein Wunsch-Empfänger, du weißt schon, der mit der Radarfunktion, meldet mir seit Tagen einen eingegangenen Wunsch, der dringend erfüllt werden muss, aber ich finde den entsprechenden Brief einfach nicht. Auch nicht in meinem E-Mail-Account. So ein Ärger, dabei hätte ich doch noch so viel vorzubereiten, bevor die heiße Wunscherfüllungsphase losgeht. Jetzt im September ist dazu die beste Zeit.«

»O je.« Das Christkind zog ein wenig den Kopf ein. »Möglicherweise kann ich dir weiterhelfen. Ich bin nämlich hier, weil eins meiner Engelchen heute zufällig einen Wunschzettel in unserer Post gefunden hat, der an dich adressiert ist. Irgendwie muss er versehentlich zu uns geraten sein. Schau mal, ist es vielleicht der Wunschzettel, den du suchst?«

»Lass sehen.« Santa Claus nahm den Brief, den das Christkind ihm hinhielt, und öffnete ihn. Sogleich begann hinter ihm in der Zimmerecke ein kleines rechteckiges Gerät laut zu piepsen.

»Das ist der Wunsch-Empfänger!«, rief Elfe-Sieben und schaltete das Gerät, das gleich neben dem Gefühlsradar stand, schnell auf lautlos.

»Also handelt es sich um den gesuchten Wunschzettel?« Das Christkind lächelte verlegen. »Tut mir leid, dass du dein Büro ganz umsonst auf den Kopf gestellt hast.«

»Da hätten wir ja noch lange suchen können.« Auch der Weihnachtsmann lächelte wieder heiter und ließ sich auf seinen Bürostuhl sinken. Neugierig überflog er das Schreiben, dann reichte er es an seine Assistentin weiter. »Ein wichtiger Wunsch, aber bestimmt recht gut erfüllbar. Vor allem, weil uns noch eine Menge Zeit dazu bleibt.«

»Worum geht es denn?« Auch die Elfe las den Wunschzettel und nickte dann ernst. »Wieder einmal ein trauriges Schicksal. Aber eines, bei dem wir ganz bestimmt was machen können. Warte, ich lege den Fall mal auf einen unserer Überwachungsbildschirme.« Sie stellte sich neben Santa Claus und tippte auf der Computertastatur herum. Im nächsten Moment ging einer der unzähligen Videobildschirme an der Wand an und zeigte ein blondes, etwa zwölfjähriges Mädchen in einer kleinen, sehr karg eingerichteten Wohnung. »Erstaunlich, dass sie in ihrem Alter noch Wunschzettel an den Weihnachtsmann schreibt, aber in ihrer Lage versucht sie wahrscheinlich einfach alles.«

»Sie tut mir so leid!« Betrübt ließ Elfe-Sieben den Kopf hängen. »Wann wünschen sich Kinder denn schon, von ihrer leiblichen Mutter wegzukommen und bei ihrem großen Bruder leben zu dürfen?

»Nur, wenn sie wirklich verzweifelt sind.« Bedächtig zog Santa Claus die Tastatur heran und gab ein paar Befehle ein. »Hier, seht mal, da gibt es eine Menge weiterer Informationen. Offenbar hat der Bruder schon mal versucht, das Sorgerecht für seine Schwester zu erhalten, wurde aber abgeschmettert, weil er alleinstehend und ohne ausreichendes Einkommen war.«

»Lass mal sehen.« Elfe-Sieben übernahm wieder die Tastatur. »Das ist ja auch schon ein paar Jahre her und damals scheint er auch ziemlich in der Welt herumgetingelt zu sein. Seitdem ist der Kontakt des Sohnes zur Mutter offenbar abgebrochen. Es sieht so aus, als wüsste sie zu verhindern, dass er sich nochmals einmischt. Ach Mensch.« Die Elfe schniefte ein wenig. »Und das arme Mädchen muss darunter leiden.«

»Ich werde Elf-Zwei und Elfe-Acht losschicken«, beschloss der Weihnachtsmann. »Sie sollen so viel wie möglich über die gesamte Familie herausfinden, damit ich einen Plan schmieden kann, wie Senta zu helfen ist.« Er wandte sich an das Christkind. »Danke, dass du extra hergekommen bist, um mir den Wunschzettel zu bringen.«

»Das ist doch selbstverständlich. Ich hätte ja auch meine Engelchen darauf ansetzen können, aber wenn ein Wunschzettel an dich adressiert ist, bist du auch dafür zuständig.«

»Du hast ganz bestimmt selbst genug zu tun.« Santa Claus lächelte verständnisvoll. »Und wenn du dich darum gekümmert hättest, ohne etwas zu sagen, hätte der Wunsch-Empfänger wahrscheinlich bis zum Jahresende verrückt gespielt, und ich wäre irgendwann verzweifelt, weil mir doch kein Wunschzettel verloren gehen darf.«

»Dann wäre also alles geklärt, und ich kann mich wieder auf den Weg machen.« Schmunzelnd sah das Christkind sich um. »Oder soll ich noch beim Aufräumen helfen?«

»Ach was, das ist nicht nötig. Ich schaffe das schon.« Lachend winkte der Weihnachtsmann ab.

»Du meinst, *ich* schaffe das.« Elfe-Sieben kicherte. »Fürs Aufräumen bin nämlich ich zuständig«, erklärte sie dem Christkind. »Was auch besser ist, weil Santa Claus sonst mein ganzes schönes Ordnersystem durcheinanderbringt. Huch, sieh mal einer an!«

»Was denn?« Überrascht hob der Weihnachtsmann den Kopf.

»Ich habe gerade Sentas Bruder ausfindig gemacht. Schau mal, wer das ist!«

»Wer denn, der Kaiser von China?«, scherzte Santa Claus, hüstelte dann aber überrascht. »Na, so was! Warte mal, der kommt mir doch bekannt vor!« Noch während er sprach, piepste der Wunsch-Empfänger erneut laut auf. Erschrocken drehte er das Gerät leiser und runzelte nach einem Blick auf das kleine Display die Stirn. »Da soll mich doch der Teufel holen! Verzeihung.« Verlegen grinste er in Richtung des Christkindes. »Schau dir das an. Zufälle gibt's!«

»Was meinst du denn?« Neugierig trat das Christkind wieder näher und warf ebenfalls einen Blick auf das Display und dann auf den Computerbildschirm, auf dem Santa Claus inzwischen ein Dokument geöffnet hatte.

Der Weihnachtsmann tippte mit dem Zeigefinger auf eine Zeile in der Datei. »Kurz vor Weihnachten vor zwei Jahren erhielt ich einen Gedankenwunsch. Du weißt schon, Wünsche, die nicht schriftlich an mich gestellt werden, sondern nur gedanklich, die aber so stark sind, dass sie sich über den Wunsch-Empfänger manifestieren und in meinem System hinterlegt werden. Ich konnte ihn damals nicht erfüllen und habe ihn, um ehrlich zu sein, seither liegengelassen, weil sich einfach keine Anhaltspunkte zur Erfüllung ergeben haben. Aber jetzt ...«

»Santa! Ach herrje, schau mal, wen ich gerade auch noch entdeckt habe!«, rief Elfe-Sieben aufgeregt dazwischen und deutete hektisch auf den Bildschirm an der Wand, auf dem sich, wohl durch den Wunsch-Empfänger hervorgerufen, weitere Bilder zeigten. »Das ist Annalena Kilian. Erinnerst du dich noch an sie? Wir haben ihrem Bruder oder vielmehr seinen Kindern vor zwei Jahren ihren größten Weihnachtswunsch erfüllt.«

»Selbstverständlich erinnere ich mich.«

»Schau mal, wer jetzt bei ihr wohnt.« Vollkommen außer sich hüpfte die kleine Elfe vor dem Bildschirm auf und ab. »Ich könnte schwören, das ist Asco.«

»Lass sehen.« Der Weihnachtsmann erhob sich und eilte selbst zur Videowand.

»Das kann doch kein Zufall sein, oder?« Mit großen Augen blickte die Elfe zu Santa Claus auf.

»Nein, das ist kein Zufall.« Der Weihnachtsmann zupfte sich erneut am Rauschebart. »Das ist Schicksal.« Er wandte sich zu seinem Besucher um. »Liebes Christkind, es tut mir sehr leid, aber wir müssen uns jetzt ganz dringend an die Arbeit machen. Das hier entwickelt sich zu einem höchst interessanten Fall!«

»Selbstverständlich.« Das Christkind zog sich lächelnd zurück. »Ich wünsche dir viel Erfolg bei der Wunscherfüllung!«

»Danke, danke.« Der Weihnachtsmann war bereits an seinen Computer zurückgekehrt und tippte eifrig auf der Tastatur herum. Die Unordnung in seinem Büro hatte er vollkommen vergessen.

2. Kapitel

»Och nö, nicht schon wieder! Nicht am Samstag, verdammt noch mal.« Stöhnend presste Annalena sich ihr Kissen gegen die Ohren. Es war eine Minute nach acht und der Renovierungslärm aus dem Haus nebenan, der sie schon seit Wochen quälte, hatte sie aus dem Schlaf gerissen. Besonders das Brummen der Schlagbohrmaschine ging ihr durch Mark und Bein. »Warum nur, warum?«, jammerte sie in ihre Matratze. »Warum mussten sie das verdammte Haus verkaufen? Ich will schlafen!«

Bis nachts um drei hatte Annalena an neuen Artikeln für ihren Blog über Motivations- und Selbstorganisationstechniken geschrieben und war dementsprechend erschöpft. Sie wohnte jetzt seit fast fünf Jahren in dem entzückenden kleinen Altbau-Wohnhaus und hatte nie Probleme mit Ruhestörung gehabt, weil in dem größeren Wohngebäude, das links an ihr Haus stieß, ein älteres Ehepaar gewohnt hatte. Die beiden waren nun jedoch in die Nähe ihrer Kinder gezogen – irgendwo an der Ostsee – und hatten das Haus verkauft. Der neue Eigentümer war ihr zwar noch nicht über den Weg gelaufen, doch seine Handwerker-Truppe, die offenbar das komplette Innenleben des Hauses auf den Kopf stellte, trieb sie nun schon seit Wochen an den Rand des Wahnsinns. Als Autorin arbeitete sie nun einmal von zu Hause aus – nicht selten auch schon mal bis spät am Abend – oder sogar bis tief in die Nacht. Da konnte sie nicht einfach ausweichen, wenn es ihr zu laut wurde. Und laut war im Augenblick gar kein Ausdruck.

Oh, gut, du bist endlich wach! Bitte, Annalena, stell diesen Lärm ab. Das ist ja schlimmer als die Küchenmaschine und der Staubsauger zusammen. Wie soll ein Hund da bloß zur Ruhe kommen? Asco, ein schwarz-weißer Border Collie, erhob sich mit einem ungehaltenen Schnauben von seinem Schlafkissen am Fußende von Annalenas Bett und schüttelte sich demonstrativ. *Mit den Haushaltsgeräten kann ich mich ja gerade noch arrangieren, aber dieser infernalische Lärm von nebenan geht gar nicht. Als ich hier eingezogen bin, war es herrlich ruhig hier. Es war nicht die Rede davon, dass hier plötzlich so ein Höllenlärm losbricht. Wenn ich das gewusst hätte, wäre ich nicht so erpicht darauf gewesen, von dir adoptiert zu werden, dass das mal klar ist. Ich bin eh nur hier, damit ich mich bei passender Gelegenheit wieder aus dem Staub machen kann. Das ging ja in diesem Hundegefängnis namens Tierheim nicht. Aber für die Übergangszeit hätte ich doch gerne ein bisschen Bequemlichkeit und Ruhe, wenn ich bitten darf.*

»Asco.« Seufzend streckte Annalena ihre Hand nach dem Hund aus. »Du Ärmster. Dir ist es auch zu laut, was?«

Sag ich doch. Was gedenkst du dagegen zu tun?

Sie kicherte, als Asco ihr über die Fingerspitzen leckte und mit seiner feuchten Nase wiederholt gegen ihre Hand stupste. »Dagegen lässt sich leider nichts machen. Der neue Besitzer hat nun mal das Recht, zu renovieren.« Stöhnend drehte sie sich auf den Rücken. »Warum muss das bloß ausgerechnet am Samstagmorgen sein? So früh!«

Wer auch immer dieser neue Besitzer sein mag, meine Sympathien hat er schon mal verwirkt. Aber wenn ich schon nicht mehr in Ruhe schlafen kann, will ich wenigstens was unternehmen. Also los, steh auf, Annalena. Mir ist langweilig! Mit etwas Anlauf und einem großen Satz sprang Asco aufs Bett und trampelte fröhlich auf Annalena herum.

»Hey, du Verrückter, lass das. Hör auf damit!« Lachend versuchte sie, den übermütigen Hund abzuwehren, stachelte ihn damit aber nur noch mehr an.

Ha, das wäre ja noch schöner. Ich habe doch noch gar nicht richtig angefangen. Los, auf mit dir. Lass uns rausgehen oder irgendetwas anderes machen.

»Nicht doch, du zertrampelst lebenswichtige innere Organe, du Untier!« Vor Lachen bekam Annalena kaum noch Luft. »Runter von mir, aber sofort!«

Nö, keine Lust. Ich will raus! Oder ... Hm, eigentlich ist es hier ja ziemlich warm und weich. So richtig kuschelig. Daran könnte ich mich gewöhnen. Mitten im wilden Herumspringen ließ Asco sich platt auf den Bauch fallen und landete dabei dicht an Annalenas Seite. Prustend legte er seinen Kopf auf ihre Hüfte und blickte sie aus freundlichen braunen Augen an.

»Nanu, und was jetzt? Ist dir die Luft ausgegangen?« Überrascht streichelte sie dem Hund über den Kopf und kraulte ihn hinter den Ohren.

Nein, überhaupt nicht, aber ... Verdammt, das fühlt sich gut an. Könntest du das wohl noch ein bisschen weitermachen? Eigentlich wollte ich mich ja auf solche Streicheleinheiten grundsätzlich nicht einlassen. Immerhin ist das hier nur eine Zwischenstation für mich und du nur Mittel zum Zweck. Aber ... Hach, ich kann einfach nicht widerstehen. Schnüff.

Der leise Schnaufer ließ Annalena lächeln. »Du bist ja manchmal doch ganz verschmust, was?«

Manchmal? Immer, wie ich leider zugeben muss. Eine meiner entsetzlichen Schwächen.

»Sonst tust du immer so, als würde ich dich nicht interessieren. Du gehorchst zwar aufs Wort, aber so richtig Freunde sind wir noch nicht geworden. Das ist schade, weißt du das?«

Nein, das ist absolut notwendig. Ich kann es mir nicht leisten, dein Freund zu werden. Wenn ich das tue, verliere ich womöglich mein Ziel aus den Augen. Ich bin so weit gekommen, da kann ich mich doch jetzt nicht von dir einwickeln und ablenken lassen. Ich muss nämlich mein Herrchen wiederfinden. Das versuche ich schon seit zwei Jahren, aber bisher noch ohne Erfolg. Irgendwo muss er aber sein, und ich will ganz dringend zu ihm zurück. Er ist nämlich das beste Herrchen auf der Welt, musst du wissen. Er hat mich aufgenommen, da war ich gerade mal acht Wochen alt.

Er hat mir alles beigebracht ... na gut, vielleicht nicht alles, eine Menge habe ich auch von Pablo gelernt, aber der war auch nur eine Zwischenstation. Ich will mein Herrchen zurück, verstehst du? Das ist meine Mission. Da kann ich mir nicht erlauben, mich in ein neues Frauchen zu verlieben. Geht nicht. Basta. – Aber ein bisschen streicheln darfst du bitte trotzdem noch.

»Wenn ich doch bloß wüsste, was hinter deiner Stirn vorgeht.« Während sie Asco weiter hinter den Ohren kraulte, musterte sie sein hübsches Gesicht mit den intelligenten Augen nachdenklich. Im nächsten Moment kreischte nebenan eine Kreissäge auf. Erbost richtete sie sich auf und schwang die Beine über die Bettkante. »Jetzt reicht's. Lass uns abhauen. Was hältst du von einer Runde Joggen durch den Stadtpark? Und anschließend besuchen wir Steffen und Elena und die Kinder.«

Gute Idee. Die Kinder mag ich gerne. Und Tilly, die kleine Cocker Spaniel-Dame, ist auch ganz nett. Bisschen verwöhnt vielleicht, aber es gibt Schlimmeres. Vielleicht teilt sie ja ein paar Leckerchen mit mir.

Unternehmungslustig sprang Asco vom Bett herunter und sauste zur Tür hinaus. Noch ehe Annalena ihre Kleider zusammengesucht hatte, kehrte er mit seiner Leine in der Schnauze zurück.

Verblüfft blickte sie auf ihn hinab. »Sag mal, hing die Leine mit dem Geschirr nicht im Flur am Kleiderhaken?«

Ja, wieso?

»Wie hast du die denn da heruntebekommen?«

Pfff, eine meiner leichtesten Übungen. Hat Pablo mir beigebracht.

Kopfschüttelnd betrat Annalena das Badezimmer. »Also manchmal bist du mir ein bisschen unheimlich.«

***

Fast anderthalb Stunden später stand Annalena entspannt unter der Dusche und ließ das warme Wasser über ihren Körper rauschen.

Immer wieder hielt sie ihr Gesicht direkt in den Strahl, bis sie prusten musste. Im Haus war es still – endlich! Offenbar hatten die Handwerker eine Pause eingelegt oder waren tatsächlich mit den lauten Arbeiten fertig. Als sie vorhin nach Hause gekommen war, hatte hinter dem Kastenwagen der Arbeiter der LKW einer Umzugsfirma geparkt. Anscheinend wollte der neue Nachbar – oder vielleicht war es auch eine Familie, so genau wusste sie das nicht – heute einziehen. Sie hätte gerne einen Blick auf die Leute geworfen, aber daraus würde wohl vorerst nichts werden. Auf der Joggingrunde war sie ihrem Bruder Steffen begegnet, der ebenfalls eine Laufrunde durch den Wald machte, und hatte ihm spontan Asco mitgegeben, damit er oder vielmehr sein neunjähriger Sohn Jan sich ein bisschen mit ihm beschäftigen konnte. Der Junge kümmerte sich schon ganz hervorragend um die kleine Cocker Spaniel-Dame Tilly und würde sicherlich einen Heidenspaß mit beiden Hunden haben. Auf diese Weise, so hatte Annalena spontan beschlossen, würde sie ein wenig Zeit zum Einkaufen und für weitere Erledigungen haben. Zum Ausgleich hatte sie Steffen versprochen, später mit seiner und Elenas gerade fünf Monate alten Tochter Finja-Marie einen Spaziergang zu machen, damit Elena Gelegenheit bekam, auch mal wieder joggen zu gehen – oder ganz ungestört in den großen Fitnessraum, den Steffen zu Hause eingerichtet hatte. Annalena wusste, dass ihre Schwägerin gerne Sport trieb und diesen zum Ausgleich auch dringend brauchte. Elena war eine international bekannte Designerin mit eigenem Bekleidungslabel und arbeitete abwechselnd von ihrer Firma in Köln oder von zu Hause aus – derzeit an Entwürfen für eine neue Sommerkollektion, auf die Annalena schon sehr gespannt war.

Annalena half Steffen und Elena gerne mit den Kindern aus, wo es nur ging, denn auch Steffen hatte als Gartenbau-Architekt und Inhaber der Gärtnerei und Baumschule Kilian einen sehr anspruchsvollen Job.

Dass ihr bodenständiger Bruder und die doch sehr flippige Elena zueinandergefunden hatten und eine glückliche Ehe führten, erstaunte Annalena manchmal noch, bestärkte sie aber in ihrer Überzeugung, dass Gegensätze sich eben anzogen – und im besten Falle perfekt ergänzten.

Bei ihr selbst funktionierte das allerdings nicht, wohl hauptsächlich deshalb, weil sie noch keinem Mann begegnet war, dessen gegensätzliche Eigenschaften perfekt zu den ihren passten. Sie hatte hier und da Beziehungen gehabt, war aber nun schon seit über drei Jahren überzeugter Single, weil sie es satthatte, Kompromisse einzugehen. Seit einer sehr schmerzhaften Erfahrung an ihrem achtzehnten Geburtstag, die sie weitgehend verdrängt hatte, war sie irgendwie immer an Männer geraten, die ihr den etwas unkonventionellen Lebensstil als freie Sachbuchautorin auszureden versuchten. Sie hatte lange Zeit mehrere Nebenjobs gehabt, weil sich von ihren Buchtantiemen nicht einmal ihre damalige Miete bezahlen ließ. Inzwischen war ihr Einkommen so, dass sie – mit Einschränkungen – allein von ihren Verlagshonoraren hätte leben können. Sie hatte aber auch weitere Einnahmen aus ihrem Blog und den Seminaren, die sie in Abständen gab, sodass sie sich sogar den kleinen, aber feinen Altbau leisten konnte – zur Miete nur, aber immerhin.

Das Schreiben war also ihre innere Berufung, ob dies den Leuten nun gefiel oder nicht. Sie hatte sich schon sehr früh auch von ihrem Elternhaus abgenabelt, weil ihre Eltern noch weniger als ihre Männerbekanntschaften mit ihrem Lebensentwurf einverstanden waren.

Vielleicht, so wob sie den einmal eingeschlagenen Gedankengang weiter, während sie sich abtrocknete und anzog, hatte sie sich doch nicht so richtig von dem Bedürfnis gelöst, Anerkennung von ihren Eltern zu erhalten, und erhoffte es sich nun stattdessen bei Männern. Anscheinend suchte sie sich deshalb unbewusst nur solche Exemplare aus, die ihre Art zu leben nicht guthießen. Wenn sie es schaffte, einen von ihnen zu überzeugen ...

»Totaler Quatsch«, murmelte sie, während sie in ihren braunen Cordmantel schlüpfte und einen flauschigen roten Schal gegen den eisigen Wind des Novembervormittags um den Hals schlang. »Mit so einem Verhalten mache ich mich nur zu einem Fall für den Psychiater!«

Aus diesem Grund hielt sie sich inzwischen ganz von Männerbekanntschaften fern. Sich voll und ganz auf ihre Arbeit zu konzentrieren, verschaffte ihr den Seelenfrieden, den sie zuvor oft vermisst hatte. Wenn sie sich einsam fühlte, konnte sie jederzeit zu Steffen und Elena gehen und an deren Familienleben teilhaben oder eine ihrer Freundinnen anrufen. Mehr, so hatte sie beschlossen, brauchte sie nicht, um glücklich zu sein.

Sie schnappte sich den Einkaufszettel, den sie im Lauf der Woche geschrieben und immer wieder ergänzt hatte, und zwei Klappboxen und machte sich gut gelaunt auf den Weg. Gerade, als sie die Haustür geöffnet hatte, ging nebenan erneut die Bohrmaschine an. »Wäre ja auch zu schön gewesen, um wahr zu sein«, schimpfte sie und ergriff mit eingezogenem Kopf die Flucht.

3. Kapitel

Nachdem Christian seinen dunkelblauen BMW X3 auf der gerade freigewordenen Stellfläche vor dem Nachbarhaus abgestellt hatte, schloss er für einen Moment die Augen und rieb sich übers Gesicht. Er war praktisch mitten in der Nacht von München losgefahren und hatte nur eine kurze Pause eingelegt. Dennoch war der LKW des Umzugsunternehmens früher hier gewesen als er. Christian hatte noch bis gestern die Zehnkämpfer im Trainingscamp betreuen müssen. Der Kollege, der Christians Posten eigentlich schon vor einer Woche hätte übernehmen sollen, litt an einer heftigen Grippe, sodass Christian gezwungen gewesen war, auf den ihm noch zustehenden Urlaub zu verzichten, um die Athleten nicht im Stich zu lassen. Zwischendurch war er mehrmals ins Rheinland gependelt und hatte in einem Hotel mehr schlecht als recht sein Zwischenquartier aufgeschlagen, weil seine Dozentenstelle an der neuen Sportakademie gleich vor den Toren seiner Geburts- und ab sofort wieder Heimatstadt bereits Mitte Oktober begonnen hatte. Glücklicherweise hatte er zumindest den Beginn seiner halben Sportlehrerstelle an der Gesamtschule noch etwas aufschieben können, aber es fuchste ihn, dass er nun mitten im Schuljahr dort anfangen musste.

Der Schlafmangel der letzten Tage machte sich allmählich bemerkbar und versetzte ihn in eine leicht gereizte Stimmung, obwohl er sich schon darauf freute, die Fortschritte in seinem neuen Domizil zu begutachten. Den Altbau aus der Gründerzeit, ruhig gelegen in der Rosenbergstraße und von uralten Holunderbüschen flankiert, hatte er bereits vor vielen Jahren entdeckt, jedoch damals nicht einmal davon zu träumen gewagt, sich ein solches Gebäude jemals finanziell leisten zu können. Wie weit die Handwerker gekommen waren, ließ sich allerdings nicht feststellen, wenn er weiterhin in seinem bis unters Dach vollgepackten Auto sitzen blieb. Also atmete Christian noch einmal tief durch, murmelte ein Stoßgebet, dass drinnen irgendwo eine Kaffeemaschine vorhanden war, und begab sich auf den Weg zur Haustür.

Das Erste, was er vernahm, war das dunkle Brummen einer Bohrmaschine. Als er die Tür aufschloss, wehte ihm himmlischer Kaffeeduft entgegen. Anerkennend blickte er sich um. Der Flur war bereits fertig und sogar einigermaßen sauber, sah man einmal von wenigen staubigen Fußabdrücken ab. Die Bohrgeräusche kamen aus der Küche, ebenso wie leise Stimmen und Gelächter.

»Guten Morgen«, grüßte Christian in die Runde, als er den Raum betrat. »Wie ich sehe, sind die Küchenmöbel geliefert worden.«

»Gestern Abend«, bestätigte einer der beiden Handwerker, die dabei waren, die Arbeitsinsel zu montieren. »Guten Tag, Herr Bonner. Wie Sie sehen, sind wir hier schon fast fertig. Die Elektrogeräte sind auch schon angeschlossen.«

»Kaffee!« Christian stürzte sich auf die Maschine, neben der ein Stapel Pappbecher stand, und goss sich von dem Gebräu ein. Obwohl er sonst Milch in seinem Kaffee bevorzugte, stürzte er das Getränk schwarz hinunter. »Das habe ich gebraucht.« Grinsend drehte er sich zu dem Handwerker um. »Sie und Ihre Leute waren ja sehr fleißig, Herr Lessenich. Das Erdgeschoss ist so weit fertig?«

»Die erste Etage auch bis auf die beiden vorderen Zimmer.« Lessenich strich sich über den kurzen, grauen Kinnbart. »In dem einen bringen wir im Moment noch die Steckdosen an und bauen die Schrankwand auf, die Sie haben herschicken lassen. Das andere Zimmer muss noch fertig gestrichen werden. Wollen Sie da wirklich zwei Wände in Lindgrün haben?«

»Spricht etwas dagegen?« Amüsiert hob Christian die Augenbrauen.

»Äh, nein, natürlich nicht. Ich dachte bloß, dass das ...« Lessenich zog den Kopf ein wenig ein. »Na ja, für einen ausgewachsenen Mann ...«

»Seien Sie froh, dass es nicht rosa wird. Grün ist die Lieblingsfarbe meiner Schwester.«

»Oh. Aha. Dann haben Sie hier ein Gästezimmer für Ihre Schwester geplant. Das ist nett.«

»Ja.« Christian ging nicht weiter darauf ein. Stattdessen wandte er sich an den dritten Mann im Raum, der sich auf einem Hocker in der Ecke niedergelassen und bis eben in der Tageszeitung geblättert hatte. »Sie sind sicher der Fahrer des Umzugswagens. Entschuldigen Sie, dass ich nicht eher hier war, aber ich bin später von München weggekommen als geplant und in mehrere Staus geraten.«

»Kein Problem. Ich habe sowieso noch Zeit. Muss erst heute Nachmittag weiter und eine Ladung in Bonn abholen.« Der Mann erhob sich und gab Christian die Hand. »Stratmeier ist mein Name. Ich hab meinen Sohn Jan mit dabei. Er ist gerade los, um irgendwo Semmeln zu holen. Sobald er hier ist, können wir loslegen, oder wenn Sie jetzt schon mal anfangen wollen ...«

»Keine Eile.« Christian schenkte sich einen zweiten Becher Kaffee ein. »Ich möchte mir vorher noch die restlichen Räume ansehen.«

»Ich richte mich ganz nach Ihnen.« Stratmeier ließ sich zurück auf den Hocker sinken.

Christian verließ die Küche und warf einen Blick in den durch einen breiten Durchgang sich anschließenden Wohn- und Essbereich. Den Durchgang hatte er in die Mauer brechen lassen, weil er große, helle Räume bevorzugte. Der Wohnbereich stand noch leer und wirkte geradezu riesig.

Zufrieden trat er an eines der hohen Fenster, die hinaus auf den rückwärtigen Teil seines Grundstücks gingen. Dort draußen befand sich eine herbstlich kahle Wildnis, die früher einmal ein Garten gewesen sein musste. Rechterhand trennte eine brusthohe Mauer diesen Garten vom Hof nebenan, der offenbar mit viel Liebe gepflegt wurde. Die Mieter hatten sich dort auf einer uralten gepflasterten Fläche eine hübsche kleine Oase mit Holzmöbeln, Blumenkübeln und einem offenbar selbst zusammengezimmerten, sehr provisorisch aussehenden, aber gut besuchten Vogelhäuschen geschaffen.

An seinem Kaffee nippend, schlenderte Christian weiter, inspizierte den Vorrats- und Hausanschlussraum, in dem auch Platz für seine Waschmaschine und den Trockner war, sowie das daneben liegende Gästebad mit Dusche. Einem weiteren Raum im Erdgeschoss hatte er noch keine Bestimmung zugedacht. Ursprünglich hatte er überlegt, dort sein Büro einzurichten, dann aber einen der oberen Räume passender gefunden. Vielleicht würde er das Zimmer hier unten als Gästezimmer einrichten – oder als Hobbyraum. Obwohl er sich im Augenblick kein passendes Hobby vorstellen konnte. Natürlich wäre es auch möglich, seine Sportgeräte hier unterzubringen: Laufband, Rudergerät und Hantelstation.

Immer zwei Stufen der nagelneuen dunklen Holztreppe auf einmal nehmend, begab er sich ins erste Obergeschoss – das zweite mit den drei großen Dachschrägenzimmern ließ er erst einmal so, wie es beim Kauf gewesen war, nämlich leer. Auch die Vorbesitzer hatten die oberen Räume nicht mehr genutzt außer für die Lagerung von jeder Menge Gerümpel. Für eine oder, wenn alles lief, wie er sich das vorstellte, zwei Personen reichten zwei Etagen bei Weitem aus. Zumindest hatte er das Dach und alle Innenräume nach neuesten Gesichtspunkten dämmen lassen, um bei dem Überangebot an Wohnraum zumindest die Heizkosten in Schach zu halten.

Drei weitere Handwerker grüßten ihn freundlich, als er seine Nase in die beiden vorderen Räume steckte, in denen fleißig gearbeitet wurde. Nach hinten hinaus befand sich sein Schlafzimmer, ein großes Bad und ein weiteres, etwas kleineres Zimmer, das sich ein zusätzliches kleines Bad mit dem zukünftig lindgrünen Zimmer teilte.

Platz genug für eine Großfamilie, überlegte er kopfschüttelnd. Dabei war das Letzte, was er vorhatte, eine Familie zu gründen. Seine Kindheit und Jugend hatte ihm die Lust darauf gründlich vermiest. Dennoch würde er den Platz noch brauchen – zumindest einen Teil davon.

Unten hörte er ein Klopfen an der Tür und gleich darauf Stratmeiers Stimme. Offenbar war dessen Sohn mit den Semmeln – oder vielmehr Brötchen, wie sie hier eher genannt wurden – zurückgekehrt.

Von seinem zukünftigen Schlafzimmer aus hatte Christian erneut einen guten Blick auf das Durcheinander, das einmal sein Garten werden sollte, sowie auf den im deutlichen Kontrast dazu stehenden gepflegten Hinterhof des Nachbarhauses. Lediglich dieses merkwürdige zusammengestoppelte Vogelhäuschen ließ ihn grinsend den Kopf schütteln. Handwerklich begabt war derjenige, der es gebaut hatte, wohl nicht gerade, aber es erfüllte seinen Zweck, denn ein ganzer Schwarm Meisen, mehrere Rotkehlchen und einige weitere Vögel, die er nicht auf den ersten Blick identifizieren konnte, schwärmten um das dargebotene Futter, und das war wohl die Hauptsache.

Christian wollte gerade noch einmal in sein zukünftiges Arbeitszimmer gehen, als sein Handy klingelte. Die angezeigte Nummer ließ ihn sofort mit ungutem Gefühl die Stirn runzeln. »Bonner?«, meldete er sich und zog sich an eines der drei Fenster seines Schlafzimmers zurück.

»Guten Tag, Herr Bonner, hier spricht Annemarie Kündgen von der Jugendhilfestation Hannover. Entschuldigen Sie bitte, dass ich Sie am Wochenende störe, aber ich muss Ihnen leider mitteilen, dass wir Ihre Hilfe benötigen. Ich wurde eben von der Polizei benachrichtigt, dass man Ihre Mutter, Ines Bonner, bei einem Ladendiebstahl aufgegriffen hat.«

»Wunderbar.« Christian verdrehte die Augen.

»Wie bitte?« Die Frau am anderen Ende der Leitung klang irritiert.

»Hat sie schon wieder versucht, Senta die gestohlenen Sachen unterzuschieben?«

»Nein. Aber wegen Ihrer Schwester rufe ich an, da Frau Bonner vorerst noch in Gewahrsam ist. In ihrem, wie ich leider sagen muss, psychisch sehr labilen Zustand empfiehlt der herbeigerufene Arzt eine vorübergehende Einweisung in ein Krankenhaus.«

»Sie ist nicht labil, sie ist drogen- und medikamentenabhängig.«

»Diesen Eindruck hatte der Arzt auch. Nun ist es so, dass wir ihr einen Platz in einer Entzugsklinik beschaffen können, aber das würde bedeuten, dass Senta, da sie erst zwölf Jahre alt ist, in ein ...«

»Vergessen Sie es«, unterbrach Christian sie. »Senta kommt nicht ins Heim.«

»Eine Pflegefamilie, wollte ich sagen.«

»Ich nehme sie zu mir.« Er rieb sich entnervt über die Augen. »Wissen Sie eigentlich, wie oft ich schon versucht habe, meine Schwester da herauszuholen?«

»Da heraus?«

»Aus dem Griff unserer Mutter. Aber jedes Mal, wenn ich mich mit Leuten vom Jugendamt in Verbindung setze, habe ich jemand anderen an der Strippe und niemand fühlt sich zuständig.«

»Das tut mir sehr leid, Herr Bonner. Ich bin nur die Wochenend-Vertretung ...«

»Ja, klar, was sonst.« Seufzend blickte er auf das hässliche Vogelhäuschen. »Wann kann ich Senta abholen?«

»Ja, also, eigentlich wollte ich Sie fragen, ob Sie wissen, wo das Mädchen sich im Augenblick aufhält. Sie öffnet nicht die Wohnungstür und geht auch nicht an ihr Handy. Ihre Mutter konnte uns auch nicht sagen, wo Senta sein könnte. Sie behauptet, das Mädchen sei zu Hause gewesen, als sie die Wohnung verließ.«

»Auf das Wort meiner Mutter können Sie nichts geben. Verdammt!« Er ballte die linke Hand zur Faust. »Ich bin nicht mal ansatzweise in der Nähe von Hannover. Keine Ahnung, wo meine Schwester sein könnte. Suchen Sie sie!«

»Wir tun, was wir können, das versichere ich Ihnen, Herr Bonner.«

»Ja, ja, bla, bla. Ich kann gar nicht mehr zählen, wie oft ich diesen Stuss schon gehört habe. Sehen Sie zu, dass sie Senta wiederfinden!« Er stutzte, als sein Handy einen Signalton von sich gab. »Einen Moment bitte, da kommt gerade ein anderer Anruf. Vielleicht ist das meine Schwester.«

Er wechselte zu dem zweiten Anrufer, sah aber schon gleich an der Nummer, dass es sich nicht um seine Schwester handeln konnte. »Ja, Bonner, hallo?«

»Christian Bonner, wohnhaft in der Rosenbergstraße?«

Christian runzelte die Stirn. »Ja, der bin ich.«

»Guten Tag, mein Name ist Noah Silberberg. Ich bin Sozialarbeiter in der örtlichen Sozialstation. Sie werden vielleicht schon davon gehört haben.«

»Ja, sicher. Was kann ich für Sie tun? Ich bin gerade etwas in Eile ...«

»Wir haben vor einer Stunde ein zwölfjähriges Mädchen am Bahnhof aufgegriffen, das ohne gültigen Fahrschein unterwegs war und vor dem Schaffner wegzulaufen versucht hat. Ihr Name ist Senta Bonner und sie sagt, sie wolle zu Ihnen.«

»Was? Senta ist hier?« Verblüfft und erschrocken zugleich eilte Christian ins Erdgeschoss hinab. »Geht es ihr gut? Ich habe eben das Jugendamt in Hannover in der Leitung, weil unsere Mutter verhaftet wurde ... Ich komme sofort und hole Senta ab.«

»Danke, Herr Bonner. Von einer Verhaftung hat Ihre Schwester nichts gesagt, aber sie ist sehr aufgelöst und ...«

»Und was?« Kurz vor der Haustür hielt Christian inne.

»Sie wurde geschlagen, Herr Bonner. Mehrfach ins Gesicht. Wir kümmern uns um sie, bis Sie hier sind.«

»Scheiße.« Christian riss die Haustür auf und warf sie hinter sich ins Schloss. »Es dauert nur ein paar Minuten.«

***

Er brauchte tatsächlich nur drei Minuten bis zum Parkplatz der städtischen Sozialstation. Mit großen Schritten umrundete er das Gebäude und riss die Eingangstür auf, sah sich aber zunächst einmal etwas irritiert um, weil er sich in einem großen Aufenthaltsraum befand, in dem an mehreren Tischen Menschen allen Alters und verschiedenster Nationalitäten versammelt waren und sich unterhielten, Zeitung lasen oder Karten spielten. Gleich neben der Tür saß ein Mann um die Siebzig, vielleicht auch schon darüber, neben sich einen hoch beladenen rostigen Einkaufswagen, auf dem zuoberst eine blaue Zipfelmütze thronte. Der offenbar Obdachlose war in ein Buch vertieft, hob aber bei Christians

Eintreten neugierig den Kopf. »Tach auch«, grüßte er freundlich. »Suchen Sie wen?«

Christian wandte sich ihm zu. »Meine Schwester Senta. Sie ist zwölf, blond, Lockenkopf. Ein Herr Silberberg rief mich an und sagte, sie sei hier.«

»Ah, die Kleine gehört zu Ihnen?« Der Obdachlose erhob sich. »Noah! Komm mal raus, hier ist der Bruder von dem Mädchen.« Er stutzte. »Echt der Bruder?« Neugierig musterte er Christian. »Vater hätt' ich ja eher vermutet.«

Ehe Christian etwas darauf erwidern konnte, öffnete sich eine Tür, die wohl zur Küche führte, und ein großer, sportlicher dunkelhaariger Mann im karierten Holzfällerhemd erschien, neben sich ein schmales, leicht schlaksiges Mädchen mit wilden blonden Locken, die nachlässig zu einem Zopf gebunden waren, der reichlich zerrupft wirkte. Als sie Christian erblickte, riss sie sich von dem Sozialarbeiter los, der ihr eine Hand auf die Schulter gelegt hatte. »Christian!« Sie rannte los, warf sich in Christians Arme und brach in Tränen aus. »Tut mir leid. Tut mir so leid. Ich konnte nicht mehr. Ich wollte nur noch weg, aber ich hatte kein Geld und so und ... tut mir leid.«

Christians Herz machte einen schmerzhaften Satz, als er seine Schwester fest in seine Arme zog. »Ist schon gut, Kleine. Alles okay. Ich bin ja hier.«

»Bitte schick mich nicht weg, ja? Ich will nicht mehr zurück zu Mama.«

»Ich schicke dich nicht weg. Hab ich das schon jemals getan? Ganz ruhig, Senta. Es wird alles wieder gut.« Wie oft hatte er diese Worte schon aussprechen müssen, wissend, dass nichts gut werden würde? Sachte streichelte er über die strubbeligen Locken seiner Schwester, die sich wie eine Ertrinkende an ihm festkrallte und heftig schluchzte. Über ihren Kopf hinweg sah er den Sozialarbeiter an. »Herr Silberberg, nehme ich an?«

»Ja. Guten Tag, Herr Bonner.« Noah Silberberg streckte ihm die Hand hin und schüttelte Christians Rechte kurz, aber kräftig. »Sie sind also Sentas Bruder.«

»Halbbruder.« Christian war an die verwunderten bis ungläubigen Reaktionen der Leute gewöhnt. »Ich war dreiundzwanzig, als Senta zur Welt kam.«

Der Sozialarbeiter nickte nur. »Senta hat mir erzählt, dass sie auch noch eine ältere Schwester hat.«

»Mariella«, bestätigte Christian. »Sie ist zweiundzwanzig und studiert Medizin in Bonn. Wir sind eine«, er zögerte, »typische Patchworkfamilie. Nur leider keine glückliche.«

»Sentas Vater ...?«

Christian hob die Schultern. »Unbekannt. Ebenso wie meiner. Der von Mariella war nicht schnell genug im Abtauchen und zahlt seither Alimente. Wenn er nicht gerade blank ist.«

»Ich verstehe.« Silberberg nickte. »Kommen Sie, setzen wir uns.« Er deutete auf einen Tisch und sie ließen sich zu dritt daran nieder.

Senta rückte so nah an Christian heran, wie es nur ging, und griff nach seiner Hand, die er ihr ganz selbstverständlich überließ. Er wusste, dass seine Schwester sehr sensibel und schüchtern war. Es grenzte an ein Wunder, dass der Sozialarbeiter überhaupt ein Wort aus ihr herausbekommen hatte. »Danke, dass Sie sich Sentas angenommen haben, Herr Silberberg. Ich hatte keine Ahnung, was bei ihr zu Hause los ist und dass sie abhauen würde.«

»Sagen Sie bitte Noah zu mir, das tun hier alle.«

»Okay.« Er lächelte schwach. »Christian.«

Noah nickte ihm zu. »Sie sagten am Telefon etwas von einer Verhaftung.«

Sentas Kopf fuhr hoch. »Mama ist im Gefängnis?«

Christian schüttelte den Kopf. »Nein, Löckchen, sie ist erst mal nur in Gewahrsam und wird vermutlich zum Ausnüchtern ins Krankenhaus gebracht. Sie muss vor Gericht, weil sie beim Ladendiebstahl erwischt wurde ... wieder einmal«, setzte er an Noah gewandt hinzu. »Derzeit lebt sie von Bürgergeld und kann davon weder die Tabletten noch die Drogen bezahlen, nach denen sie süchtig ist.«

»Aha.« Noahs Miene wurde sehr ernst. »Mit drogensüchtigen Menschen zusammenzuleben, ist nicht einfach. Ihre Mutter hat aber nach wie vor das Sorgerecht für Senta?«

»Ja.« Christians Miene verfinsterte sich. »Ich habe schon mehrmals versucht, das Sorgerecht zu bekommen, aber immer sprach irgendetwas dagegen. Erst hatte ich nicht genügend Geld, dann einen zu unsteten Lebenswandel ... Ich war viele Jahre lang Privattrainer für diverse Leistungssportler. Zehnkampf hauptsächlich«, setzte er hinzu.

»Augenblick mal, *Christian Bonner*? Sie sind doch mal Deutscher Meister im Zehnkampf gewesen, nicht wahr?«

»Zweimal.«

Noah nickte vor sich hin. »Sie hatten also bisher kein Glück, was das Sorgerecht angeht.«

»Ich habe, wie gesagt, zu unseriös gewirkt. Liegt vielleicht aber auch an meiner nicht ganz astreinen Vergangenheit. Nun ja, ich war nicht gerade ein Musterschüler ... Später war ich dann alle halbe Jahre woanders ...« Achselzuckend lehnte Christian sich in seinem Stuhl zurück und drückte dabei leicht die Hand seiner Schwester, die wieder verstummt war, jedoch immer noch lautlos vor sich hin weinte. »Ich habe relativ spät angefangen zu studieren – mit mehreren Unterbrechungen – und bis vor zwei Jahren an einem Gymnasium in Düsseldorf unterrichtet. Danach erhielt ich erneut einen guten Trainerposten in München.«

»Den Sie jetzt offenbar aufgegeben haben«, ergänzte Noah. »Senta sagte, Sie werden an unserer neu gegründeten Sportakademie lehren.«

»Sportpsychologie.« Christian warf Senta einen kurzen Blick zu. »Außerdem trete ich in Kürze eine halbe Lehrerstelle an der Gesamtschule an.«

»Ein geregeltes Leben, geregeltes Einkommen.« Noah lächelte. »Sie werden einen erneuten Versuch machen, das Sorgerecht zu erhalten?«

»Darauf können Sie Gift nehmen.« Grimmig verzog Christian die Lippen. »So geht es jedenfalls mit unserer Mutter nicht weiter.«

»Darf ich dann für immer bei dir bleiben?« Senta sah ihn hoffnungsvoll von der Seite an.

Er lächelte ihr zu. »Das will ich hoffen.« Erst jetzt fielen ihm die rot und violett gefärbten Flecken neben ihrem Mund und an ihrer linken Wange auf. Eine Welle des Zorns stieg in ihm auf, doch er kämpfte sie mit aller Kraft nieder. »Hat Mama dich geschlagen?«

Sogleich kullerten die Tränen erneut über Sentas Wangen. »Sie wird immer so schnell wütend.«

»Seit wann?« Den barschen Unterton konnte er diesmal nicht unterdrücken, auch wenn er Senta damit erschreckte. Eindringlich sah er seine Schwester an. »Wie lange geht das schon?«

Sie zog den Kopf ein. »Weiß nicht. Ein Jahr oder so.«

»Scheiße.« Hilflos schloss er für einen kurzen Moment die Augen. »Warum hast du nie etwas gesagt?«

Das Schluchzen wurde wieder heftiger. »Ich wollte nicht, dass du dir Sorgen machst. Du hast doch gesagt, du musst ganz viel arbeiten und Geld verdienen, damit sie dir bald erlauben, dass ich bei dir wohnen darf.«

»Mensch, Löckchen.« Betroffen zog er das Mädchen erneut in seine Arme. »So was musst du mir immer sofort sagen. Ganz egal, wie beschäftigt ich bin. Hörst du?«

»Mhm.« Senta weinte noch verzweifelter. »Ich hab's heute nicht mehr ausgehalten. Sie war gestern schon so schlimm drauf und hat nur rumgeschrien und unsere letzten Gläser kaputtgeschmissen. Sie wollte, dass ich für sie Parfüm in der Drogerie klauen gehe, aber ich wollte nicht, da hat sie ...« Senta drückte ihr Gesicht an seine Brust. »Da hat sie wieder zugeschlagen. Und heute Morgen ganz früh war es noch schlimmer. Sie hat die ganze Nacht getrunken und irgendwas genommen. Ich weiß nicht was, weil sie die Verpackungen versteckt hat. Da bin ich abgehauen und zum Bahnhof gegangen, obwohl das so weit ist. Aber ich hatte ja kein Geld für den Bus.«

»Und da bist du dann in den Zug nach Köln gestiegen und von dort hierher?« Noah hüstelte. »Wie bist du denn bloß den

Schaffnern entkommen, dass sie dich erst hier erwischt haben?« Er schüttelte den Kopf. »Weißt du was? Ich will es gar nicht wissen.« Nach einem Moment setzte er schmunzelnd hinzu: »Oder vielleicht weiß ich es sogar. Ich hab so was früher auch manchmal gemacht.«

»Echt?« Das Schluchzen hörte abrupt auf. Mit großen Augen sah Senta den Sozialarbeiter an. »Warum haben Sie das gemacht?«

»Weil ich auch oft abgehauen bin. Ich war als Kind in einer ähnlich schwierigen Lage wie du. Nein, noch ein bisschen schlimmer. Mein Vater war ... ist extrem gewalttätig und Alkoholiker, meine Mutter starb an einer Überdosis Heroin, als ich sechzehn war.«

»Oh.« Senta schniefte leise. »Tut mir leid.«

»Ja, mir auch manchmal, aber zum Glück habe ich jetzt eine eigene Familie, mit der ich alles besser machen kann.«

»Die Frau in der Küche ... Lidia, das ist Ihre Frau, oder?«

Noah lächelte leicht. »Ja. Ich muss mich immer noch mindestens einmal am Tag kneifen, um mich zu vergewissern, dass ich nicht träume. Vor allem, wenn ich unsere kleine Tochter sehe. Marjana ist knapp anderthalb und im Moment bei ihrer Oma, sonst hätte ich euch bekanntmachen können.«

Auf Sentas Lippen erschien ein kleines, zögerliches Lächeln. »Vielleicht ein andermal? Wenn ich bei Christian bleiben darf, könnte ich ja mal vorbeikommen.« Sie drückte Christians Hand. »Ich darf doch hierbleiben? Bei dir? Bitte?«

Fragend sah Christian Noah an, der daraufhin nickte. »Ich denke, das ist das Beste, zumindest so lange, bis geklärt ist, wie es mit Ihrer Mutter weitergeht. Wenn ich es richtig verstanden habe, war das heute nicht ihre erste Verhaftung wegen Ladendiebstahls?«

Christian nickte. »Die dritte oder vierte. Bisher gab es immer Sozialstunden, aber damit dürfte bald Schluss sein.«

»Das steht zu befürchten. Noah verzog ernst die Lippen. »Wenn sie darüber hinaus ein Drogen- und Alkoholproblem hat ...«

»Ich habe der Dame vom Jugendamt gesagt, sie soll sie einweisen lassen. Das wäre dann zwar schon die dritte Entziehungskur ...«

Christian hob die Schultern. »Sie will sich nicht wirklich helfen lassen.«

»Haben Sie schon mal über ein betreutes Wohnen für Ihre Mutter nachgedacht?«

»Ich?« Ein bitteres Lachen ausstoßend, strich Christian sich über sein kurzes, schwarzes Haar. »Wenn das meine Entscheidung wäre, würde sie schon längst irgendwo betreut. Aber sie entwindet sich den Behörden ebenso erfolgreich wie den Ärzten.«

»Ich kann versuchen, Ihnen einen Therapieplatz zu vermitteln«, bot Noah an. »Hier, nehmen Sie meine Karte mit.« Er reichte Christian eine Visitenkarte. »Wir müssen jetzt noch ein bisschen Papierkram erledigen, und dann schlage ich vor, Sie nehmen Senta erst einmal mit zu sich nach Hause. Ich setze mich mit dem Jugendamt in Hannover in Verbindung und gebe Ihnen am Montag Bescheid, wie wir weiter verfahren. Senta muss ja zur Schule gehen, aber unter den gegebenen Umständen empfehle ich nicht, sie zurück nach Hannover zu schicken, denn dort müsste sie in einer staatlichen Einrichtung untergebracht werden ...«

»Ich will nicht ins Heim!«

»Ich weiß.« Noah lächelte ihr beruhigend zu. »Wir finden eine bessere Lösung. Versprochen, Senta.«

»Wirklich?« In den geröteten Augen des Mädchens glomm eine Spur Hoffnung auf.

»Brauchst du noch etwas aus eurer Wohnung?«

Senta schüttelte den Kopf. »Ich hab alles Wichtige in meinen Rucksack gepackt.« In plötzlicher Panik sah sie sich um.

»Er liegt in der Küche« Noah lächelte ihr beruhigend zu. »Möchtest du noch mal kurz rübergehen? Bestimmt hat Lidia inzwischen schon eine Ladung Plätzchen fertig. Man riecht sie schon bis hierher. Du magst doch Weihnachtsplätzchen? Es ist zwar erst Anfang November, aber sie schmecken jetzt auch schon.«

»Klar.« Zögernd ließ Senta Christians Hand los. »Kommst du mich dann gleich holen?«

»Aber sicher doch, Löckchen.« Besorgt sah Christian dem Mädchen nach, als es hinüber in die Küche ging. »Wenn ich gewusst hätte, dass unsere Mutter angefangen hat, Senta zu schlagen, hätte ich schon früher eingegriffen.«

»Ihre Schwester verehrt Sie.«

Christian räusperte sich. »An mir ist nichts zu verehren. Ich habe in meinem Leben genügend Mist gebaut. Den meisten davon hier in der Stadt.«

»Und dennoch haben Sie sich entschieden, hierher zurückzukehren.«

»Ja. Weiß der Teufel.«

»Es ist eine schöne kleine Stadt. Nette Menschen. Zumindest die meisten.«

Christian nickte ernst. »Wie schätzen Sie die Chancen ein, dass ich das Sorgerecht zugesprochen bekomme?«

Noah zögerte, dann lächelte er wieder. »Besser als Sie selbst, nehme ich an. Ich werde tun, was ich kann. An Ihrer Miene sehe ich, dass Sie das schon öfter gehört haben, aber wenn ich so etwas sage, dann meine ich es auch. Lassen Sie uns erst mal den Papierkram erledigen, und dann sehen wir weiter.«

4. Kapitel

»Wen hast du denn da mitgebracht?« Neugierig trat Tessa Winkmann hinter dem Verkaufstresen ihres Blumenladens hervor und warf einen Blick in den Kinderwagen, den Annalena mit etwas Mühe durch die Tür bugsiert hatte. »Oh, das ist ja Finja-Marie! Sie ist so was von süß!«

»Ja, das ist sie.« Lächelnd zupfte Annalena an der bauschigen Decke herum, mit der das Baby zugedeckt war. »Ich habe sie Elena entführt, damit sie mal eine Stunde Ruhe hat. Zum Ausgleich hat Steffen meinen Hund mitgenommen, damit Jan sich ein bisschen mit ihm beschäftigen kann. Er spielt so gerne mit Asco und Tilly.«

»Hast du dich inzwischen schon etwas besser mit deiner Fellnase angefreundet? Asco scheint ja ein hochintelligenter Hund zu sein.«

»Ja, ein bisschen.« Annalena lachte. »Ich staune allerdings jeden Tag darüber, was er alles kann. Heute Morgen hat er seine Leine irgendwie vom Haken an der Garderobe heruntergeholt. Türen öffnen kann er auch, das hat mich schon manchmal erschreckt. Aber zum Glück gehorcht er auch aufs Wort.«

»Seltsam, dass so ein gut ausgebildeter Hund im Tierheim gelandet ist.« Tessa kehrte hinter den Tresen zurück. »Man müsste doch meinen, dass jemand, der sich so intensiv um die Ausbildung eines Tieres kümmert, es dann nicht einfach hergibt.«

»Sie haben Asco in der Nähe der Autobahn aufgegriffen.« Annalena sah sich die ausgestellten Gestecke an. »Merkwürdig ist das schon. Im Tierheim meinten sie, dass man ihm die Tätowierung in den Ohren weggeätzt hat. So was machen manchmal Leute, die Hunde für Testlabore stehlen. Er hat auch eine Narbe, wo wahrscheinlich früher mal ein Chip gesessen hat. Den haben sie ihm wohl auch herausgeschnitten.«

»Wie grausam und gemein. Vielleicht wurde er seinen Besitzern gestohlen!« Tessa schüttelte entsetzt den Kopf. »Wie können Menschen so etwas nur tun? Das werde ich nie begreifen.«

»Ich auch nicht. Vielleicht ist er ja dann aus so einem Labor abgehauen, wer weiß. Leider konnte das Tierheim den ursprünglichen Besitzer nicht mehr ausfindig machen. Sie hatten Asco zwar auf diversen Internetseiten abgebildet, aber wer weiß, wo er herkommt. Die Wahrscheinlichkeit, sein Herrchen oder Frauchen wiederzufinden, ist sehr gering. Deshalb haben sie ihn jetzt neu gechipt und weitervermittelt. Ich habe mich ja auf den ersten Blick in ihn verliebt. Er ist ein richtiger kleiner Charmeur, wenn er will, aber trotzdem manchmal auch irgendwie zurückhaltend, so als wolle er sich nicht mit mir anfreunden.« Vorsichtig nahm Annalena ein Gesteck in die Hände, drehte es hin und her und trug es schließlich zum Tresen. »Das hier nehme ich. Weiße und pinke Herbstastern passen heute genau zu meiner Stimmung.«

»Und sie bringen ein wenig Farbe vor die Haustür. Dort willst du sie doch hinstellen, oder? Im Zimmer gehen sie leider ganz schnell ein.« Tessa wickelte Papier um das Gesteck.

»Ja, klar kommt es vor die Haustür. Für drinnen nehme ich einen von deinen fertigen Sträußen.« Annalena trat an das Rondell, auf dem Tessa ihre Blumensträuße ausstellte, und wählte einen in Blau und Orange aus. »Mir ist heute irgendwie nach knalligen Farben.«

»Das liegt bestimmt an dem trüben Wetter.« Lachend wickelte Tessa auch den Strauß ein, und Annalena verstaute ihn zusammen mit dem Gesteck in der Halterung unter dem Kinderwagen. »Wo du gerade da bist, hätte ich eine Bitte an dich.«

Annalena richtete sich wieder auf. »Worum geht es?«

»Du weißt ja, dass mein Göttergatte Vorsitzender des Sportvereins ist. Dieses Jahr wollen wir wieder ein großes Weihnachtsfest veranstalten, und dazu benötigen wir jede Menge Plätzchenspenden. Lebkuchen und so gehen auch. Alles, was selbst gebacken und süß ist. Würdest du da mitmachen? Und vielleicht Steffen bitten, seinen guten Stollen für uns zu backen? Lebkuchen kann er auch sehr gut, wenn ich mich recht entsinne. Wir haben zwar auch Lidia schon am Haken, aber sie kann ja nicht alles alleine machen.«

»Klar, warum nicht?« Bereitwillig nickte Annalena. »Wann braucht ihr die Plätzchen denn?«

»Ach, da ist noch Zeit. Die Feier findet Mitte Dezember statt. Ich schreibe dir eine WhatsApp mit dem genauen Termin, okay?«

»Gerne. Ihr macht euch ja immer ziemlich viel Arbeit mit diesen Festen.«

»Einer muss es doch tun.« Tessa lachte. »Ich weiß, wir sind da ein bisschen verrückt, aber andernfalls gäbe es halt auch nicht so viele Angebote gerade für die Kinder und Jugendlichen. Bloß den Weihnachtsmann will Tom dieses Jahr nicht schon wieder geben. Mal sehen, wen wir da zwangsverpflichten. Vielleicht kriegen wir ja den neuen Sportlehrer der Gesamtschule herum. Das wäre doch ein toller Einstand für ihn.«

»Tom kriegt endlich Verstärkung?« Interessiert hob Annalena den Kopf. »Das hat aber lange gedauert.«

»Ja, allerdings, und jetzt auch nur eine halbe Stelle. Du weißt ja, wie langsam und beschwerlich die bürokratischen Mühlen manchmal mahlen.« Achselzuckend gab Tessa die Preise für Gesteck und Strauß in ihre Kasse ein. »Zweiundzwanzig Euro bitte.«

Annalena zückte ihre Geldbörse. »Hoffentlich taugt der neue Kollege dann auch was.«

Tessa nahm lachend das abgezählte Geld entgegen. »Ich denke schon. Zumindest ist er ein Vollprofi. War jahrelang Trainer für hochkarätige Jungsportler. Er hat übrigens nur die halbe Stelle angenommen, weil er gleichzeitig an der neuen Sportakademie eine Dozentenstelle innehat. Aber immerhin. Damit kann er dann zumindest die Oberstufe weitgehend übernehmen, die Tom im Moment so viel Zeit raubt, weil er dort dauernd Vertretungen übernehmen muss.«

»Hört sich gut an.«

»Allerdings.« Tessa übergab Annalena den Kassenbon. »Er war übrigens früher selbst Zehnkämpfer. Zweimal Deutscher Meister sogar und stammt hier aus der Stadt. Vielleicht erinnerst du dich sogar noch an ihn. Christian Bonner. Damals war er ein ziemlicher Krawallbruder.«

Annalena, die gerade den Bon in ihr Portemonnaie gesteckt hatte, erstarrte mitten in der Bewegung. »Christian Bonner?« Ein flaues Gefühl breitete sich in ihr aus. Gleichzeitig beschleunigte sich ihr Herzschlag auf besorgniserregende Weise. »Bist du sicher?«

»Ja, natürlich ...« Tessa musterte sie besorgt. »Du bist ja so blass geworden. Geht es dir nicht gut?«

»Doch, doch, alles in Ordnung.« Annalena zwang sich mit aller Macht, ein nichtssagendes Lächeln aufzusetzen. »Ich bin nur so überrascht. Dass Christian noch mal zurückkehren würde, hätte ich nicht gedacht. Er wollte damals doch so unbedingt weg von hier. Mein Bruder war mit ihm befreundet«, setzte sie auf Tessas neugierigen Blick hinzu. »Steffen ist zwar ein paar Jahre älter als Christian, aber irgendwie haben die zwei sich immer ganz gut verstanden. Steffen war auch für eine Weile Vertrauensschüler. Damals gab es so was noch an der Schule; keine Ahnung, ob das heute immer noch so ist. Er hat sich als eine Art Pate um Christian gekümmert, weil der sich so oft danebenbenommen hat.«

»Vertrauensschüler und Patenschaften von älteren Schülern über jüngere gibt es immer noch«, erwiderte Tessa. »Einige Jungen und Mädchen werden auf diese Weise derzeit in der Gesamtschule betreut. Das ist manchmal besser als gleich Sozialarbeiter oder Psychologen einzuschalten.«

»Das System hat gut funktioniert.« Annalena dachte mit sehr gemischten Gefühlen an ihre Schulzeit zurück. »Zumindest konnte Steffen Christian damals einigermaßen in der Spur halten. Hauptsächlich, weil er ihn ermutigt hat, seine Aggressionen im Sport auszutoben und nicht bei Schlägereien oder fiesen Streichen.«

»Wenn man bedenkt, dass er sogar Deutscher Meister im Zehnkampf geworden ist – und inzwischen selbst Lehrer.« Tessa kicherte. »Na hoffentlich haben sie da nicht den Bock zum Gärtner gemacht. Obwohl, er hat nur ausgezeichnete Referenzen. Es scheint, als ob er die Kurve gekriegt hat.«

»Ja, scheint so.« Annalena konnte sich noch immer nicht mit dem Gedanken anfreunden, dass Christian Bonner zurückgekehrt war. Sie wollte sich jedoch nichts anmerken lassen. Deshalb beugte sie sich betont aufmerksam über den Kinderwagen, aus dem ein leises Gurren drang. »Na, Süße, alles okay? Allmählich müssen wir dich wieder nach Hause bringen, was? Sonst glaubt deine Mama noch, ich hätte dich wirklich entführt. Wir sind schon länger unterwegs, als ich eigentlich vorhatte.«

»Na, dann macht euch mal auf den Weg, ihr zwei.« Tessa kam erneut hinter dem Tresen hervor und hielt ihr die Tür auf. »Die Kleine steht dir übrigens gut, Annalena.«

»Haha.«

»Das war ernst gemeint!«

Annalena hüstelte. »Kann schon sein, aber daraus wird nichts.«

»Kein Mann in Sicht?« Tessa zwinkerte ihr fröhlich zu.

»Keiner, der mich reizen würde, mit ihm eine Familie zu gründen.«

»Ach, egal.« Tessa tätschelte kurz Annalenas Schulter. »Es wird sich schon noch einer finden. Und falls nicht, geht die Welt auch nicht unter. Du hast ja jetzt erst mal Asco.«

»Genau. Und er ist wesentlich weniger anstrengend als ein Mann.«

»Na, das klingt aber bitter!« Überrascht musterte Tessa sie.

»Ist es auch, ein ganz kleines bisschen.« Annalena seufzte. »Ich habe, glaube ich, den falschen Job für eine feste Beziehung. Bisher hat noch kein Mann auf Dauer akzeptiert, dass ich nicht bloß eine Hobbyautorin bin. Alle wollten mich früher oder später davon überzeugen, dass ich besser einen Bürojob annehme, damit ich abgesichert bin und so.«

»Wirklich?« Kopfschüttelnd folgte Tessa ihr bis auf die Straße. »An was für Deppen bist du denn immer geraten? Es ist doch deine Sache, wie du dein Geld verdienst. Und überhaupt, deine Bücher sind doch erfolgreich. Also wer dir da reinreden will, soll sich mal gleich wieder verziehen. So was kann ich ja überhaupt nicht ab.«

»Siehst du, ich auch nicht. Deshalb bin ich ja auch schon so lange auf Männerdiät.« Achselzuckend zupfte Annalena erneut Finja-Maries Decke zurecht. »Weniger Stress und Auseinandersetzungen, mehr Zeit, um mich auf meine Arbeit zu konzentrieren.«

»Solange du dich nicht einsam fühlst.« Tessa tätschelte Annalenas Schulter.

»Tue ich nicht.« Nun lächelte Annalena wieder, griff in die Haarspange, mit der sie ihre hellbraunen Locken im Nacken zusammengefasst hatte, löste sie und fasste ihr Haar erneut zusammen. »Wie könnte ich mit Steffen und Elena, Sabrina und Jan und diesem Goldschatz hier«, sie deutete auf das Baby, »auch nur eine Sekunde einsam sein?«

»Asco nicht zu vergessen«, setzte Tessa hinzu.

»Genau. Und wenn ich noch mehr Gesellschaft brauche, schreibe ich eine WhatsApp an unsere Clique. Dann dauert es nur Minuten, bis ich mich vor Freundinnen nicht mehr retten kann.«

»So ist es recht; selbst ist die Frau.« Tessa hielt inne. »Ach, da kommen Pierre und Kathi.« Sie deutete auf den kleinen Transporter, der die Annastraße heraufgefahren kam. »Sie waren auf dem Blumengroßmarkt in Köln. Hoffentlich haben sie alles bekommen, was ich ihnen aufgeschrieben habe.«

»Dann halte ich dich mal nicht weiter auf.« Mit einem fröhlichen Winken verabschiedete Annalena sich und schob den Kinderwagen zügig durch die Einkaufsstraße. Sie wollte rasch die Blumen nach Hause bringen und dann von dort aus Finja-Marie mit dem Auto bei deren Eltern abliefern.

Da ein leichter Nieselregen einsetzte, beschleunigte Annalena ihren Schritt noch weiter, sodass sie reichlich außer Atem war, als sie ihr Haus erreichte. Finja-Marie krähte fröhlich vor sich hin. Offenbar gefiel es ihr, im Eiltempo durch die Gegend geschoben zu werden. Ein Gutes hatte das Rennen immerhin: Es vertrieb vorerst alle Gedanken an die Neuigkeiten, die Tessa ihr eben aufgetischt hatte. Das war gut so, denn Annalena wollte keinesfalls an Christian Bonner denken – oder an das, was vor vielen Jahren zwischen ihnen geschehen – oder vielmehr nicht geschehen war. Selbst der Anflug eines Gedankens an damals trieb ihr die Schamesröte ins Gesicht und ihren Puls auf Höchstleistung, und darauf konnte sie ausgezeichnet verzichten.

Annalena bettete die Kleine in ihre Babyschale um und stellte den Blumenstrauß ins Wasser und das Gesteck vor die Haustür. Nebenan wurde derweil, wie sie mit einiger Erleichterung feststellte, der Umzugswagen ausgeladen. Wenn die neuen Hausbesitzer heute einzogen, stand zu hoffen, dass der Baulärm in absehbarer Zeit Geschichte sein würde.

Nachdem Finja-Marie sicher im Auto untergebracht war, versuchte Annalena, den Kinderwagen zusammenzuklappen, um ihn im Kofferraum ihres Wagens zu verstauen, doch einer der Hebel wehrte sich. Hinter ihr fuhr ein dunkelblauer BMW X3 vorbei und parkte vor ihrem Auto und sie hörte Stimmen, Schritte und das Klappen der Haustür nebenan, doch sie achtete nicht weiter darauf, sondern bemühte sich verbissen, den Faltmechanismus des Kinderwagens in Gang zu setzen. »Komm schon, du Mistding«, murmelte sie erbost, weil der Hebel sich weiterhin beharrlich weigerte, seinen Dienst zu tun. »Ich hab nicht den ganzen Tag Zeit!«

»Kann ich Ihnen helfen?«

Die dunkle, leicht rauchige Stimme ließ Annalena heftig zusammenzucken. Sie hätte sie aus tausend anderen Stimmen erkannt, selbst nach dreizehn Jahren. Ihr Blutdruck schoss in ungesunde Höhen und in ihrem Bauch bildete sich ein heißer kleiner Knoten. »Nein, danke, es geht schon.« Wenigstens brachte sie die Worte mit ganz normaler Stimme hervor, die nichts von ihrem Schrecken verrieten. Langsam richtete sie sich auf und drehte sich um. »Hallo Christian.«

Mit einem Blick erfasste sie seine hochgewachsene, athletische Gestalt, das kantige Gesicht mit dem energischen Kinn und den hohen Wangenknochen, das kurze, leicht lockige schwarze Haar und die ebenso gefährlichen wie wunderschönen dunkelblaugrauen Augen, die sich vor Verblüffung weiteten, als er sie erkannte. Er hatte sich kaum verändert, sah man einmal davon ab, dass er dreizehn Jahre älter geworden war und reifer wirkte, kantiger, noch männlicher als damals.

»Annalena?« In einer ihr sehr vertrauten Geste fuhr er sich mit gespreizten Fingern durchs Haar. »Das ist ja eine Überraschung. Sag bloß, du wohnst hier?« Sein Blick wanderte von dem Kinderwagen zu Finja-Marie, die beim Klang seiner Stimme neugierig den Kopf drehte und ihn strahlend ansah.

Annalena seufzte innerlich. Sogar auf erst fünf Monate alte Mädchen hatte er diese Wirkung! »Ja, gleich hier vorne.« Sie deutete auf ihren Hauseingang.

»Oha, dann sind wir ab sofort Nachbarn.« Er lächelte leicht. »Ich habe den großen Bruder deines Domizils gekauft und bin, wie du siehst, gerade dabei einzuziehen.«

Annalena sank der Magen bis in die Kniekehlen. Das durfte doch wohl nicht wahr sein, oder? Ausgerechnet Christian Bonner – von allen Männern auf diesem Planeten! – war ihr neuer Nachbar? »Wie nett«, log sie und zwang sich zu einem unverbindlichen Lächeln. »Das ist ja wirklich ein Zufall.«

»Und was für einer.« Er machte einen Schritt an ihr vorbei, stützte sich am Rand der Autotür ab und beugte sich ein wenig vor, um Finja-Marie in Augenschein zu nehmen. »Ist das deine Kleine? Die ist ja zuckersüß.«

»Nein, das ist Steffens Tochter Finja-Marie. Ich bin nur die babysittende Tante.« Sie schluckte, weil ihr Herz immer noch viel zu schnell pochte und alle ihre Instinkte auf Flucht standen. »Allerdings muss ich sie jetzt allmählich zurückbringen.«

Christian richtete sich wieder auf und drehte sich zu ihr um. Dummerweise stand er jetzt viel zu nah vor ihr, sodass sie den Kopf heben musste, um ihm ins Gesicht zu sehen. Deshalb wich sie rasch zurück und tat, als müsse sie sich dringend wieder mit dem störrischen Kinderwagen beschäftigen.

Dreizehn Jahre! Und sie reagierte immer noch wie ein verdammter liebeskranker Teenager auf ihn. Am liebsten hätte sie sich selbst gegen das Schienbein getreten.

»Ich dachte, Steffen hätte nur zwei Kinder. Sabrina und Jan.«

»Er hat vor zwei Jahren wieder geheiratet. Das ging doch durch die Presse, weil Elena eine bekannte Designerin ist. *Elena Gante*«, fügte sie den Namen von Elenas Modelabel hinzu.

»Kann sein. Ich habe mich in den vergangenen zwei, drei Jahren nicht viel mit der Tagespresse befasst. Schon gar nicht mit Klatschblättern.« Er runzelte die Stirn und grinste dann. »*Elena Gante*? Wirklich? Diese Skandalnudel? Wie ist Steffen denn an die geraten?«

»Sie ist keine Skandalnudel«, verteidigte Annalena ihre Schwägerin sofort. »Früher vielleicht mal, aber das ist lange vorbei. Sie ist total nett und Steffen ist wirklich glücklich mit ihr.«

»Wie man an der Kleinen hier sieht.« Amüsiert deutete Christian auf das Baby, das leise vor sich hin krähte. »Vielleicht hätte ich mich mal besser auf dem Laufenden halten sollen.«

»Ja, vielleicht.« Sie war froh, dass er es nicht getan hatte. Sie hatte so sehr gehofft, ihn niemals wiederzusehen.

Sein Blick wanderte langsam und aufmerksam über ihr Gesicht und ihren Körper hinweg. »Du hast dich kaum verändert.«

Doch, habe ich, wollte sie ihm ins Gesicht schreien. *Ich bin endlich erwachsen geworden. Und über dich hinweg.* Nur leider fühlte sie sich im Augenblick ganz und gar nicht so. »Du auch nicht«, antwortete sie deshalb nur. »Mal abgesehen von deiner Karriere. Ich habe gehört, du bist jetzt Lehrer?« Endlich gelang ihr ein Lächeln, wenn auch ein reichlich spöttisches. »Ausgerechnet du?«

»Ausgerechnet ich.« Er lachte sein raues, warmes Lachen, das die Härchen in ihrem Nacken so zuverlässig wie früher veranlasste, sich aufzurichten. »Nach allem, was ich früher angestellt habe, musste es wohl so kommen. Die Arbeit mit jungen Leuten macht mir Spaß.«

»Und du bist Dozent an der Sportakademie.«

»Du bist ja ausgezeichnet informiert.«

»Die Buschtrommeln funktionieren hier immer noch so gut wie früher.«

Er lachte wieder. »Damit hätte ich wohl rechnen müssen. Manche Dinge ändern sich nie.«

»Oder manche Menschen, aber anscheinend trifft das auf dich nicht zu. Als Lehrer kann ich mir dich so gar nicht vorstellen.«

»Hast du Sorge, dass ich den Schülern nur Unsinn beibringe?« In seinen Augen glitzerte es amüsiert. »Verzapft habe ich selbigen ja früher in ausreichender Menge. Der Vorteil daran ist, dass ich genau aus diesem Grund alle möglichen Dummheiten, die meine Schüler oder Studenten aushecken könnten, schon meilenweit gegen den Wind wittere.«

»Die armen Schüler.«

»Ja, vielleicht.«

»Also bist du auch noch ein strenger Lehrer?«

Grinsend hob er die Schultern. »Bisher hat sich noch niemand beschwert. Zumindest nicht in meiner Gegenwart.« Er wurde wieder ernst. »Ich erwarte Respekt von meinen Schülern und Studenten. Etwas, das mir selbst viele Jahre gefehlt hat. Im Gegenzug respektiere ich sie ebenfalls. Das funktioniert bisher ganz gut.«

Endlich beruhigte sich Annalenas Puls ein wenig. »Na, dann wünsche ich dir damit weiterhin Erfolg.« Sie wandte sich wieder dem Kinderwagen zu, doch der Hebel klemmte nach wie vor, sodass sie erneut unterdrückt fluchte.

»Lass mich mal sehen.« Sanft schob er sie ein wenig zur Seite und machte sich an dem Kinderwagen zu schaffen. »Hm, verklemmt. Zieh mal hier.« Er deutete auf einen Teil des Gestänges. »Gut, und jetzt drück noch mal den Hebel.« Er hielt den Wagen gerade, während Annalena seinen Anweisungen folgte. Endlich klappte das Fahrgestell zusammen und der Kinderwagen ließ sich in den Kofferraum verfrachten.

»Danke.« Sie räusperte sich verlegen.

»Soll ich dir auch ein Butterbrot machen? Ich hab nämlich Hunger, und du vielleicht auch. Die Küche ist ja so was von riesig!«

Annalena drehte sich um, als sie die aufgeregte Mädchenstimme vernahm, und starrte überrascht das Mädchen an, das gerade aus der Tür des Nachbarhauses getreten war und auf Christian zu rannte. Ihr zerrupfter blonder Zopf hüpfte dabei wild auf und ab. Als sie Annalena erblickte, blieb sie abrupt stehen und wurde rot.

»Oh, Tschuldigung.«

»Schon gut, Löckchen. Das ist Annalena, eine«, er zögerte und warf Annalena einen kurzen Blick zu, »Freundin von früher.«

»Echt? Von damals, als du noch hier in der Stadt gewohnt hast?« Das Mädchen musterte Annalena neugierig, aber sehr zurückhaltend.

»Sie ist die Schwester von Steffen Kilian. Ich habe dir doch schon mal von ihm erzählt.«

»Ja, total oft.« Auf den Lippen des Mädchens erschien ein kleines Lächeln, aber sie blieb in respektvoller Entfernung stehen.

»Na komm schon, Löckchen, sag Hallo. Annalena beißt nicht.« Er trat neben das Mädchen und legte ihr einen Arm um die Schultern.

Annalena war von der selbstverständlichen, liebevollen Geste nicht weniger überrascht als von der Anwesenheit des Mädchens. Die Kleine war sehr schmal und ein wenig schlaksig und besaß entzückende blonde Wuschellocken, die dringend ein wenig Bändigung hätten vertragen können. Und sie hatte rötliche und bläuliche Flecken neben dem Mund und auf der Wange.

Annalena erstarrte. »Was ... Was ist mit deinem Gesicht passiert? Hat dich jemand geschlagen?« Ihr Blick wanderte in leichtem Entsetzen zu Christian, dessen Miene sich daraufhin schlagartig verfinsterte.

»Das war Mama.« Die Kleine drängte sich dichter an Christian und drückte ihr Gesicht gegen seinen Oberarm. Ganz offensichtlich waren ihr die Male in ihrem Gesicht sehr peinlich.

»Ich kann dir ansehen, was du jetzt denkst.« Christians Tonfall verriet, dass er verärgert war. »Glaubst du wirklich, ich hätte meine kleine Schwester geschlagen?«

Annalena stutzte. »Deine Schwester? Aber ich dachte ...«

»Alle denken, Christian wäre mein Vater.« Das Mädchen wandte ihr das Gesicht wieder zu, blieb aber ganz dicht bei Christian stehen und hielt sich an seinem Arm fest. »Ich hab aber gar keinen Vater.

Also ... Natürlich hab ich einen, aber der ist weg und ich weiß nur, dass er Igor heißt.«

»Moment mal, dann bist du Senta?« Natürlich erinnerte sich Annalena noch daran, dass Christians Mutter mit über vierzig noch einmal schwanger geworden war und ein Kind zur Welt gebracht hatte. Die Leute hatten sich damals das Maul zerrissen, weil es das dritte Kind von drei verschiedenen Männern gewesen war, die sich alle vor oder spätestens kurz nach der Geburt aus dem Staub gemacht hatten. Annalenas Eltern hatten sich ganz besonders darüber mokiert und kein gutes Haar an Ines Bonner gelassen. Es war einer der sehr wenigen Fälle gewesen, in denen Annalena die Meinung ihrer Eltern weitgehend teilte. Christians Mutter war alles Mögliche, aber ganz sicher keine gute Mutter. Sie trank zu viel, nahm Partydrogen, vernachlässigte ihre Kinder und stolperte in verantwortungsloser Weise von Mann zu Mann. Dass Christian damals auf die schiefe Bahn geraten war, nahm nicht wunder.

Annalena trat einen Schritt auf Senta zu. »Ich habe dich nur ein einziges Mal gesehen, da warst du vielleicht gerade mal so alt wie Finja-Marie.«

»Echt?« Senta entspannte sich ein wenig. »Wer ist denn Finja-Marie?«

»Meine Nichte. Wenn du möchtest, kannst du ihr Guten Tag sagen. Sie sitzt schon im Auto und wartet darauf, dass ich sie nach Hause fahre.«

»Darf ich?« Fragend blickte Senta zu ihrem Bruder auf, der daraufhin lächelnd die Achseln zuckte. »Geh nur.«

»Ist die goldig!«, rief Senta, als sie das Baby erblickte.

»Warst du auch mal.« Christian grinste wieder.

»Echt?« Zweifelnd sah Senta ihn an.

»Klar. Alle Babys sind süß.«

Annalena räusperte sich leise, um seine Aufmerksamkeit zu erlangen. »Eure Mutter hat Senta geschlagen?« Sie hatte die Stimme ein wenig gesenkt. »Hat sie das schon oft gemacht?«

»Anscheinend.« Er wurde sehr ernst. »Ich wusste nichts davon.«
»Hat sie früher nie ...?«
»Nein. Weder mich noch Mariella.«
»Wie geht es Mariella?«
»Gut. Sie studiert Medizin.«
»Wow!«
Er nickte zustimmend. »Ja, genau.«
»Ist Senta zu Besuch bei dir?«

Er nickte und schüttelte gleich darauf den Kopf. »Sie ist von zu Hause weggelaufen. Noah Silberberg aus der Sozialstation hat mich heute Vormittag angerufen und mir mitgeteilt, dass sie am Bahnhof aufgegriffen worden ist. Er hat sich um sie gekümmert, bis ich sie abgeholt habe.«

»Noah? Da hattet ihr aber Glück.«

»Kennst du ihn?« Interessiert merkte er auf.

»Ja. Er ist mit Lidia Rosenbaum verheiratet, und die beiden gehören zu meiner Clique. Er ist ein sehr guter Sozialarbeiter.«

»Hoffen wir es. Er will sich für Senta einsetzen, damit sie erst einmal hierbleiben kann. Mutter ist heute verhaftet worden.«

»Was?« Entgeistert starrte sie ihn an.

»Ladendiebstahl, nicht zum ersten Mal. Sie stand außerdem unter Drogen und war vermutlich besoffen. Das volle Programm. Ich will versuchen, sie einweisen zu lassen, damit sie eine Entziehungskur macht. Zum dritten Mal.«

»Tut mir leid.« Betroffen senkte Annalena den Kopf. Offenbar hatte sich in Christians Familie nicht viel geändert.

»Muss es nicht. Mutter ist vollkommen beratungs- und therapieresistent. Ich kann nur versuchen, Senta endlich aus ihren Fängen zu befreien.«

»Du willst, dass deine Schwester bei dir lebt?«

»Es wäre das Beste für sie.« Er verschränkte die Arme vor der Brust. »Das glaubst du nicht.«

»Ich kann es mir nicht so richtig vorstellen.« Sie zuckte die Achseln. »Du warst nie sehr ... verantwortungsbewusst. Aber besser als bei einer prügelnden Mutter wäre sie hier bestimmt aufgehoben.«

»Du hattest schon mal eine bessere Meinung von mir.«

Sie schluckte und wandte sich ab. »Kann sein.«

»Was hat dich bewogen, sie zu ändern?«

Scham, Kummer und das dringende Bedürfnis, über ihn hinwegzukommen. Doch das war nichts, was sie ihm auf die Nase binden würde, deshalb ging sie nicht auf seine Frage ein. »Ich muss jetzt wirklich los.«

»Okay.« Er trat einen Schritt zurück.

»Die Kleine ist ja wirklich total süß.« Senta zog sich ebenfalls zurück und hängte sich wieder an Christians Arm. »Wo schlafe ich heute Nacht eigentlich? Du hast doch gar kein Bett oder so was für mich.«

Christian zupfte an Sentas Pferdeschwanz. »Da fällt uns schon noch was ein.« Er trat rasch auf Annalena zu, bevor sie die Fahrertür hinter sich zuziehen konnte. »Auf gute Nachbarschaft. Grüß Steffen von mir.«

Annalena nickte bloß. »Tschüss, Senta.« Sie lächelte dem Mädchen noch einmal zu, zog die Tür ins Schloss und ließ den Motor an. Während sie davonfuhr, konnte sie im Rückspiegel beobachten, wie Christian Senta erneut am Zopf zupfte und das Mädchen ihn dafür lachend in die Seite boxte. Aus unerfindlichem Grund schnürte sich ihr die Kehle zu, sodass sie mehrmals tief durchatmen musste, um ihre aufgewühlten Gefühle wieder unter Kontrolle zu bringen.

Christian Bonner war also wieder in der Stadt – und er wohnte ausgerechnet Tür an Tür mit ihr. Den erhofften Seelenfrieden nach Beendigung der Bauarbeiten im Nachbarhaus konnte sie sich wohl für alle Zeiten abschminken.

5. Kapitel

»Das ist dein Werk, oder?« Elfe-Sieben hatte sich auf die Kante des Schreibtischs gesetzt und ließ die Beine baumeln, während sie die Ereignisse auf dem Videobildschirm beobachtete. »Und ich hatte mich schon gewundert, warum du dir so viel Zeit gelassen hast. Fast zwei Monate!«

Der Weihnachtsmann stand von seinem Bürostuhl auf und trat an die Videowand. Um seine Lippen spielte ein kleines zufriedenes Lächeln. »Es hat ein bisschen gedauert und war etwas kompliziert, sämtliche Ereignisse so zu koordinieren, dass alles passt, aber das Ergebnis kann sich doch sehen lassen, findest du nicht?«

»Was kann sich sehen lassen?« Santas Ehefrau, die gerade mit einem Wäschekorb voller Bastelutensilien an der Bürotür vorbeikam, blieb stehen und trat schließlich ein. »Heckt ihr schon wieder irgendetwas aus? Ich dachte, diese Abmachung mit dem Christkind reicht dieses Jahr, um dich nicht auf dumme Gedanken zu bringen, mein Schatz. Euer Plan, so viele Weihnachtshasser wie möglich zu Weihnachtsliebhabern zu machen, dürfte dich doch wohl genügend beschäftigen. Da muss es nun wirklich nicht noch ein zusätzliches Drama sein.«

»Meine Liebste, von einem Drama kann überhaupt keine Rede sein«, beruhigte Santa Claus seine Frau mit einem fröhlichen Lächeln. »Ich erfülle nur gerade zwei Weihnachtswünsche. Einen davon hat der Wunsch-Radar schon vor zwei Jahren aufgefangen. Du wirst doch wohl zugeben, dass ich den nicht einfach ignorieren kann, auch wenn es mehr eine Art Stoßgebet gewesen ist. Immerhin lautet mein Motto: Ein Wunsch ist ein Wunsch ist ein Wunsch ...«

»... und muss deshalb erfüllt werden«, fügte Elfe-Sieben hinzu.« Ich bin ja echt mal gespannt, wie das wird. Lange kann es ja nicht mehr dauern, bis die beiden Wünsche in Erfüllung gehen, oder? Das wären damit die allerschnellsten erfüllten Wünsche seit mindestens zehn Jahren. Immerhin sind es noch gut sieben Wochen bis Weihnachten.«

»Na, wenn ihr sicher seid, dass es kein Drama geben wird.« Santas Frau wollte das Büro schon wieder verlassen, als zwei weitere Elfen hereingestürmt kamen. Beide sahen ganz zerzaust aus und waren vollkommen außer Atem.

»Santa Claus, gut dass du da bist.« Elfe-Acht keuchte ein wenig und versuchte, etwas ruhiger zu atmen.

»Wir haben ein riesiges Problem«, fügte Elf-Zwei ebenso atemlos hinzu.

»Nanu, ihr seid ja ganz außer euch.« Besorgt musterte Santa Claus die beiden. »Was ist denn passiert?«

»Wir haben diesen Christian Bonner noch mal näher unter die Lupe genommen, nachdem du seinen Hauskauf und den Umzug in die Wege geleitet hattest«, übernahm Elfe-Acht wieder das Wort. »Routinearbeit, du weißt schon, damit auch wirklich alles glatt läuft.«

»Ja, und?«

Elf-Zwei rückte seine verrutschte Mütze gerade. »Wir wussten ja schon, dass Christian früher schon mal in der Stadt gelebt und auch noch ein paar alte Bekannte dort hat.«

»Steffen Kilian zum Beispiel«, bestätigte der Weihnachtsmann. »Das ist doch umso besser. Da hat er gleich ein wenig Familienanschluss. Und da er sowieso diese Dozentenstelle hat, ist es doch viel besser, er wohnt dort als zum Beispiel in Bonn oder Köln. Nichts gegen diese Städte, aber dann müsste er jeden Tag zweimal eine halbe bis dreiviertel Stunde mit dem Auto fahren und hätte vielleicht auch nicht so ein schönes neues Zuhause gefunden, in dem sogar Platz für Senta ist. Wir waren uns doch einig, dass wir damit die allerbeste Lösung gefunden haben.«

»Ja, waren wir«, stimmte Elfe-Acht zu. »Das war aber, bevor wir diesen zweiten Background-Check gemacht haben. Dabei ist uns nämlich etwas ganz Fatales aufgefallen.«

»Etwas Entsetzliches!« Elf-Zwei nickte heftig, was dazu führte, dass seine Mütze erneut in Schieflage geriet. »Wir müssen uns dringend etwas einfallen lassen, sonst gibt es ein Unglück.«

»Aber weshalb denn bloß?« Ratlos blickte Santa Claus von Elf zu Elfe.

»Wegen Annalena«, antworteten die beiden im Chor.

»Aber nicht doch.« Der Weihnachtsmann schüttelte milde lächelnd den Kopf. »Darüber haben wir doch ebenfalls beraten. Wenn wir unsere Pläne so in die Wege leiten, wie wir bereits begonnen haben, wird das hervorragend funktionieren und alle werden glücklich.«

»Eben nicht«, widersprach Elfe-Acht und zückte eine SD-Karte. »Hier, schau dir das bitte mal an. Das sind die Daten, die wir über Christian gesammelt haben.«

»Und über Annalena«, fügte Elf-Zwei hinzu. »Ganz scheußlich, wirklich. Du wirst schon sehen.«

»Also gut. Ich kann mir zwar beim besten Willen nicht vorstellen, was ihr da so Schreckliches entdeckt haben könntet ...« Santa Claus nahm die Speicherkarte und steckte sie in den Kartenslot seines Computers. Dann rief er die Daten auf, die die beiden Elfen wohl aus den Himmelsarchiven gefischt hatten, in denen Informationen zur Vergangenheit aller Menschen hinterlegt waren. Er klickte sich durch Bilder und Videosequenzen und brummelte dabei vor sich hin. Dann hielt er plötzlich inne und hustete überrascht. »Das gibt es doch nicht!«

»Doch, und wie es das gibt.« Elfe-Acht ging nervös im Zimmer auf und ab. »Das ist uns bloß zuerst nicht aufgefallen, weil es so geheim ist. Niemand hat jemals davon erfahren. Weder Christian noch Annalena haben je darüber mit jemandem geredet.«

»O je, o je, o je. Das ist ja wirklich fürchterlich. Meine Güte, was mache ich denn jetzt?« Vollkommen perplex ließ der Weihnachtsmann sich in seinem Stuhl zurücksinken und rieb sich über die Stirn.

»Lass mich auch mal sehen. Was haben wir denn da?« Santas Frau stellte den Korb ab, fing dabei eine Rolle Klebeband auf, die zuoberst gelegen und sich verselbstständigt hatte, und trat neben ihren Mann. Neugierig betrachtete sie die Dateien, dann seufzte sie abgrundtief. »Weit und breit kein Drama in Sicht, ja? Das sieht mir aber ganz anders aus. Meine Güte, wie konntet ihr das bloß übersehen? Ihr dürft doch nicht so leichtfertig mit den Schicksalen der Menschen umgehen!«

»Das konnten wir aber doch nun wirklich nicht ahnen!« Der Weihnachtsmann zog schuldbewusst den Kopf ein. »So was aber auch. Und ich hatte mich noch so gefreut, dass Christians neues Haus direkt neben dem von Annalena liegt. Das ist doch so was von praktisch!«

»Lass mich raten.« Seine Frau musterte ihn streng. »Du hast mit der Möglichkeit gespielt, dass die beiden zueinander passen könnten.«

Santa zog den Kopf noch mehr ein.

»Na wunderbar.« Seine Frau schüttelte verärgert den Kopf. »Dann sieh mal zu, wie du das ganz rasch wieder hinbiegst, bevor wir es mit einer ganzen Reihe unglücklicher Menschen zu tun bekommen.«

»Was mache ich denn bloß?« Fahrig strich Santa sich durch den Bart. »Das Schicksal nimmt bereits seinen Lauf und lässt sich jetzt nicht mehr so einfach aufhalten.« Er wandte sich an die Elfen. »Habt ihr vielleicht eine Idee?«

Elfe-Sieben, Elfe-Acht und Elf-Zwei hoben jedoch nur ratlos die Schultern.

6. Kapitel

Schweigend blickte Christian auf seine Schwester hinab, die sich auf der Couch zusammengerollt und fest in ihre Decke gewickelt hatte. Sie schlief bereits seit einer Weile tief und fest. Kommende Woche würde er mit ihr zusammen Möbel für ihr Zimmer kaufen müssen. Er hatte nicht damit gerechnet, dass sie so schnell bei ihm einziehen würde, hoffte aber, dass es dabei blieb und das Jugendamt nicht doch noch entschied, dass Senta besser weiter in Hannover zur Schule ging. Schließlich konnte er sie auch hier an der Gesamtschule anmelden. Hoffentlich rief Noah Silberberg am Montag wie vereinbart mit guten Neuigkeiten an.

Christian hatte noch nicht versucht, Kontakt zu seiner Mutter aufzunehmen. Ganz sicher war sie inzwischen darüber informiert worden, dass Senta bei ihm war. Mit großer Wahrscheinlichkeit versuchte sie bereits mit allen Mitteln, ihre Tochter zurückzuholen. Sie konnte oder wollte einfach nicht einsehen, dass Senta es bei ihrem Bruder besser hatte. Dabei sprachen ihre wiederholten Tiefschläge eindeutig für sich. Dass sie jetzt auch noch angefangen hatte, Senta zu schlagen, brachte das Fass endgültig zum Überlaufen. So etwas konnte und wollte Christian nicht akzeptieren. Er besaß selbst eine durchaus aggressive Ader, und es hatte lange gedauert, bis er sie unter Kontrolle gebracht hatte. Vor allem der Sport hatte ihm dabei geholfen und später auch die Einsicht, dass sein aggressives und zuweilen selbstzerstörerisches Verhalten in seiner verpfuschten Kindheit begründet lag und in der Tatsache, dass er sich stets hilflos gefühlt hatte, wenn es darum ging, sich oder seine Schwester Mariella vor den Auswirkungen zu schützen, die das Zusammenleben mit einer suchtkranken und darüber hinaus vollkommen verantwortungslosen Mutter nun einmal hatte. Als

Senta zur Welt kam, hatte er sich bereits weitgehend gefangen, war erfolgreicher Zehnkämpfer und, zumindest was seine Jugendsünden anging, aus dem Gröbsten heraus gewesen. Deshalb hatte er zu diesem Zeitpunkt auch angefangen, sein Leben in neue Bahnen zu lenken und kurz darauf die Stadt verlassen – ursprünglich mit dem Plan, niemals wieder zurückzukehren.

Er hatte eine Menge verbrannte Erde hinterlassen, überlegte er, während er die Wohnzimmertür hinter sich zuzog und hinauf in sein Schlafzimmer ging. Verbrannte Erde ... und Annalena.

Müde schälte er sich aus seinen staubigen Klamotten und warf sich, nur in Boxershorts, auf sein Bett. Insgeheim hatte er natürlich damit gerechnet, ihr irgendwann über den Weg zu laufen. Dass sie jedoch seine Nachbarin war, hatte ihn dann doch ein wenig erschreckt. Das war allerdings nichts gegen den heftigen Stich gewesen, den er beim Anblick des Babys verspürt hatte. Oder vielmehr bei dem Gedanken, dass Annalena die Mutter sein könnte. Dabei wusste er doch genau, dass sie noch Single war. Schließlich hatte er alle ihre Bücher gelesen und verfolgte sporadisch auch ihren Blog.

Es war vollkommen irrational und verrückt, sich darüber zu freuen, dass Finja-Marie Steffens Tochter war. Tatsächlich wäre es besser für alle Beteiligten, wenn Annalena längst glücklich verheiratet wäre. Dann würde sich nämlich ganz sicher nicht diese Mischung aus Schuldgefühlen und Hoffnung in ihm breitgemacht haben, die ihn seit der Begegnung mit ihr quälte. Beide Gefühlsanwandlungen waren idiotisch. Er hatte sich nichts vorzuwerfen – Hoffnungen irgendwelcher Art verboten sich allerdings ebenso.

An ihrem Blick, diesem allerersten Blickkontakt seit dreizehn Jahren, hatte er genau erkannt, dass sie immer noch tief verletzt war – und wütend. Dabei hatte er damals, an ihrem achtzehnten Geburtstag, zum ersten Mal in seinem Leben ehrenhaft gehandelt. Wirklich und wahrhaftig ehrenhaft. Er hatte seine eigenen Wünsche und Bedürfnisse ignoriert und das getan, was für sie das Richtige – das einzig Richtige! – gewesen war. Er hatte Steffen sein Wort gegeben und es gehalten, ganz gleich, wie schwer es ihm gefallen war. Das würde er auch zukünftig tun, auch wenn es vermutlich streng genommen gar nicht mehr galt. Aufgehoben war es jedoch nicht, also würde er verdammt noch mal sein Versprechen einhalten.

Annalena hatte sich tatsächlich kaum verändert. Natürlich war sie keine süße achtzehn mehr, sondern eine erwachsene Frau von einunddreißig Jahren. Doch ihr ovales, ebenmäßiges Gesicht, die verwuschelten hellbraunen Locken, die sich so schwer bändigen ließen, die warmen, hellbraunen Augen hinter den modisch dunkel gerahmten Brillengläsern – all das war immer noch so, wie es sich in seine Erinnerung eingebrannt hatte. Ihre schlanke Gestalt war des kalten Wetters wegen in einen warmen Mantel mit Schal gehüllt gewesen, doch die verführerischen weiblichen Rundungen hatte er dennoch erahnen können. Wie damals.

Sie war ihm schon durch den Kopf gegeistert, als allein der Gedanke für ihn noch strafbar gewesen war. Nicht nur, weil sie schon mit fünfzehn ein Hingucker gewesen war, sondern weil ihn ihre geradlinige, selbstbewusste Art und ihre Offenheit und Vorurteilslosigkeit stets angezogen hatten. Natürlich hatte er sich nie etwas anmerken lassen. Sie war zu jung und noch dazu die kleine Schwester seines besten, wenn nicht gar einzigen Freundes gewesen. All die Dummheiten, die er mit anderen Mädchen – und Frauen – begangen hatte, verboten sich bei Annalena Kilian strikt. Sie war etwas Besonderes, eine Freundin, ein Mensch, bei dem er ganz er selbst sein konnte, ohne Angst vor vorgefertigten Urteilen haben zu müssen.

Sie waren gut miteinander ausgekommen, hatten viel über Gott und die Welt geredet und, ja, später, als er sich damit nicht mehr ganz so nah an der Grenze zur Straftat befand, hatten sie auch angefangen, ein wenig zu flirten. Vollkommen ungezwungen und ganz ohne Hintergedanken. Schließlich hatte er zu diesem Zeitpunkt ihrem Bruder bereits lange geschworen, Annalena nicht anzurühren oder sie gar jemals so zu behandeln wie die anderen Mädchen oder Frauen, mit denen er sich zu seinem Vergnügen umgeben hatte.

Vielleicht hatte er es zuletzt dann doch etwas zu weit getrieben, ohne es zu merken. Als ihm das bewusst geworden war, an jenem verdammten Abend, hatte er jedoch vollkommen richtig gehandelt. Es hatte ihn beinahe umgebracht, aber es war richtig gewesen. Vernünftig. Das Beste für sie – und ihn. Alles andere wäre heller Wahnsinn gewesen und auch niemals gutgegangen.

Seit diesem Abend hatte er eine Freundin verloren. Sie war ihm ausgewichen, hatte nie wieder ein Wort mit ihm geredet, wenn es nicht zwingend notwendig gewesen war. Sie hatte ihn wie einen Fremden behandelt, den man oberflächlich grüßte, bevor man wieder seiner Wege ging. So wie heute. Das war für ihn noch schlimmer gewesen als jede offene Auseinandersetzung. Diese kühle Gleichgültigkeit, die sie ihm seit dieser Sache entgegenbrachte. Er gab es nur ungern zu, aber der Verlust ihrer Freundschaft war einer der Gründe gewesen, die Stadt zu verlassen. Dies und die Tatsache, dass er ihre Nähe, auch wenn sie ihm die kalte Schulter zeigte, kaum noch ertragen konnte. Etwas war an jenem Abend in ihm hervorgebrochen, das er zuvor so gut unter Kontrolle gehabt hatte. Ein Sehnen nach etwas, das er nicht haben konnte, nicht haben durfte.

Er hatte sich eingeredet, dass dreizehn Jahre lange genug waren, um diese irrsinnigen Gefühle vollständig aus seinem Herzen zu verbannen. Ein Blick in Annalenas Augen hatte gereicht, um ihn eines Besseren zu belehren. Und jetzt lebte sie Tür an Tür mit ihm.

Mit hinter dem Kopf verschränkten Armen starrte er zur Zimmerdecke hinauf. Sie war gleich nebenan und doch unerreichbar fern. Die einzige Frau, die sein Herz je berührt hatte. Wenn er vernünftig war – in ihrer beider Interesse –, dann würde er auch zukünftig versuchen, sie so weit auf Abstand zu halten, wie es nur irgendwie ging.

***

»He, he, nimmst du wohl die Nase von der Anrichte weg!« Empört stürzte Annalena in die Küche und brachte den Teller mit den

Kaffeeteilchen in Sicherheit, den sie gerade erst dort abgestellt hatte, um ihren regennassen Mantel aufzuhängen. Die Teilchen hatte sie aus dem Haus ihres Bruders mitgebracht. Sie waren beim gemeinsamen Nachmittagskaffee übriggeblieben und Elena hatte sie ihr aufgedrängt. »Du hattest schon eine Puddingschnecke, weil Sabrina nicht aufgepasst hat«, schimpfte sie, konnte sich ein Lachen jedoch kaum verkneifen, weil Asco sie so unglaublich unschuldig ansah. »Das muss reichen, hast du verstanden?«

Klar hab ich das verstanden. Aber ich sehe es nicht ein. Die Dinger sind so was von lecker und du hast so viele. Drei Stück. Da kannst du mir doch gut noch eins abgeben. Oder zwei. Oder alle.

»Du hast noch Hundekuchen in deinem Napf.« Sie deutete auf den Futternapf in der Küchenecke.

Kann schon sein. Asco tappte auf den Napf zu und schnüffelte an den Leckerchen. *Aber die süßen Teilchen sind viel leckerer! Komm schon, gib mir eins!*

»Nichts da!«

Na gut, dann eben nur ein Hundekuchen. Den nehme ich mit zu meinem Schlafkissen im Wohnzimmer. Und dann muss ich noch mal raus. Ich habe nämlich eben beim Reinkommen ganz vergessen, mich zu erleichtern, weil ich so viel vor dem Haus schnüffeln musste. Da waren eine Menge seltsamer Spuren, aber die meisten leider schon vom Regen verwaschen. Trotzdem war es so aufregend, und jetzt drückt meine Blase. Aber weißt du was? Lass mich mal machen. Ich kriege das schon alleine hin.

»Bist du jetzt etwa beleidigt?« Verwundert blickte Annalena dem Hund nach, der sich einen der Hundekekse aus dem Napf genommen hatte und damit hoch erhobenen Hauptes die Küche verließ.

Achselzuckend stellte sie den Teller mit den Teilchen zurück auf die Anrichte und stülpte eine Abdeckhaube darüber, um Asco von weiteren Versuchen abzuhalten, sich eines davon zu stehlen. Sie zuckte erschrocken zusammen, als sie ein Klicken aus dem Wohnzimmer vernahm, das ganz wie das Geräusch klang, das der Griff an der Terrassentür machte, wenn er geöffnet wurde. Ahnungsvoll und zugleich vollkommen verblüfft rannte sie hinüber und blieb mitten im Zimmer wie angewurzelt stehen. »Das gibt es doch nicht. Asco?«

Ganz offensichtlich hatte der Border Collie die Terrassentür geöffnet und war nach draußen gegangen. Als sie nach der ersten Schrecksekunde hinter ihm hereilte, sah sie gerade noch, wie er sich an einem der beiden Kastanienbäume erleichterte, die im hinteren Bereich ihres kleinen Hinterhofes wuchsen.

»Asco, was machst du denn?«

Siehst du doch. Ich musste mal. Brrr, es regnet immer noch. Und kalt ist es auch. Aber irgendwas liegt in der Luft. Ich weiß nicht genau was, weil dieser blöde Regen alle Gerüche verwässert. Trotzdem ist es so aufregend. Ich bin ganz hibbelig! Schwanzwedelnd kam Asco wieder auf Annalena zu gerannt und stupste sie freundlich an. *Hey, guck nicht so entsetzt. Es ist doch alles in Ordnung.*

»Seit wann kannst du die Terrassentür aufmachen?«

Oh, das? Hat mir Pablo beigebracht. Ist nur ein kleines bisschen komplizierter als eine normale Zimmertür. Als ich das mal begriffen hatte, durfte ich mit ihm hin und wieder auf kleine Beutezüge gehen. Aber nur, wenn er mit seiner Zirkusshow und den Kartenspielertricks nicht genug Geld verdient hat, um was zu essen zu kaufen. War schon eine spannende Zeit, aber am Ende wurde es mir dann doch zu heiß und ich bin weitergezogen. Fand er bestimmt nicht so toll, wir haben uns ja gut verstanden. Aber wenn er so weitermacht, landet er mal im Gefängnis, und wer weiß, was sie in Spanien mit mir gemacht hätten? Mir hat schon dieses grauslige Labor gereicht, wo sie mich mit Nadeln und irgendwelchem Zeugs gepiesackt haben, von dem mir jedes Mal total schlecht geworden ist. Bah, scheußlich. Nach ein paar Wochen hab ich es glücklicherweise dann geschafft, von da abzuhauen. Aber was denk ich an vergangene Zeiten zurück? Die sind, wie gesagt, vergangen. Ich schaue nur nach vorne, jawohl. Und da liegt jetzt erst mal ein Hundekuchen vor mir. Was ist, kommst du nicht wieder mit rein? Wuff?

Sprachlos ob des langen, irgendwie wissenden Blicks, den Asco ihr auf ihre Frage zugeworfen hatte, blickte sie ihm nun nach, als er seelenruhig wieder ins Wohnzimmer zurückkehrte und sich auf seinem rechteckigen grauen Schlafkissen zusammenrollte. Da es immer noch regnete, wie schon seit Stunden, kehrte sie schließlich ebenfalls wieder ins Haus zurück und schloss die Terrassentür sorgfältig. Dann musterte sie sie zweifelnd. »Muss ich da jetzt ein Schloss oder so was anbringen, damit du mir nicht ausbüxt?«

Was? Fragend hob Asco den Kopf. Nö, nicht meinetwegen. Ich haue ja nicht ab. Wenigstens jetzt noch nicht. Erst muss ich mir überlegen, wo ich zukünftig weiter nach meinem Herrchen suchen könnte. Vielleicht warte ich damit auch lieber, bis es draußen nicht mehr so kalt ist. Also bleibe ich wohl den Winter über erst mal hier bei dir. Ich habe nämlich keine Lust, bei Eis und Schnee womöglich draußen schlafen zu müssen, wenn ich nicht gleich wieder einen Unterschlupf finde. Und zu fressen gibt es in der warmen Jahreshälfte auch mehr. Oder Leute, die einem was zustecken.

Nachdenklich betrachtete Annalena ihren Hund, dann trat sie an den Couchtisch und nahm die Fernbedienung in die Hand. Sie klickte sich durch das Angebot der verschiedenen von ihr abonnierten Streaming-Portale und entschied sich schließlich für eine ihrer Lieblingsserien. Während die erste Folge begann und Tom Ellis in seiner Rolle als Lucifer Morningstar in einer schwarzen 1962er Chevrolet Corvette C1 durch Los Angeles fuhr, das eigentlich Vancouver war, wo die Serie anfangs gedreht worden war, setzte Annalena sich auf die Couch und breitete eine weiche hellrote Wolldecke über sich aus. Sie hatte die englische Originalversion ausgewählt, weil sie ihr besser gefiel als die deutsche Synchronisation, und verfolgte die Dialoge so konzentriert wie nur möglich, um sich von jeglichen anderen Gedanken abzulenken.

Hm. Irgendwie wirkst du plötzlich so angespannt. Stimmt etwas nicht? Ich habe eine gute Antenne für Stimmungen, und die deine ist plötzlich ziemlich in den Keller gesackt, wenn ich das mal so sagen darf. Das erfüllt mich irgendwie mit Unbehagen, warum, weiß ich auch nicht so genau. Normalerweise interessieren mich die Menschen nicht so sehr, außer mein Herrchen, aber ihn habe ich ja schon so lange nicht mehr gesehen. Nur bin ich heute sowieso schon dauernd so komisch aufgeregt und hibbelig, vielleicht sind meine Sinne deshalb gerade so auf Zack.

Annalena zuckte leicht zusammen, als Asco neben der Couch auftauchte und sie leicht anstupste. »Was ist denn? Du hast doch einen Hundekuchen und draußen warst du auch gerade.«

Stimmt auffallend. Ich wollte bloß mal nach dir sehen. Hey, so von Nahem siehst du ja noch verkniffener aus. Richtig böse. Oder traurig. Oder beides? Kann man böse und traurig gleichzeitig sein? So ganz verstehe ich es zwar nicht, aber hey, ich will nicht, dass du traurig bist. Und böse auch nicht. Schon gar nicht auf mich. Ich hab wirklich nichts angestellt!

Überrascht blickte Annalena auf Asco, der ihr nun auch noch den Kopf auf den Bauch legte und sie mit großen Augen ansah.

»Willst du mich etwa trösten?«

Äh, ja. Wenn es sein muss. Damit kenne ich mich zwar nicht aus, aber irgendwie habe ich das Bedürfnis. Warum auch immer. Ich mag es nicht, wenn du so ein düsteres Gesicht ziehst. Lächle doch mal, das finde ich viel schöner! Schnüff.

Das leise Schnauben veranlasste Annalena zu einem winzigen Lächeln, das jedoch nicht lange anhielt. »Möchtest du ein bisschen kuscheln? Ich weiß, ich schmeiße dich sonst fast immer von der Couch runter, aber heute könnte ich eine Ausnahme machen.« Sie klopfte leicht auf ihren Oberschenkel und prompt sprang Asco auf die Couch und trampelte ein wenig auf Annalena herum, bis er sich einfach der Länge nach auf ihr ausstreckte und seinen Kopf auf ihre Brust bettete.

Hach, ja, das ist schon ganz bequem so. Ungewohnt, weil ich ja normalerweise nicht mit Menschen kuschele – außer mit meinem Herrchen natürlich –, und doch sehr angenehm. Irgendwie mag ich dich, auch wenn mir das gar nicht in den Kram passt, weil ich ja bald wieder wegmuss, um mein Herrchen zu finden. Aber was soll's. Du scheinst wirklich nicht gut drauf zu sein heute Abend, also schadet es wohl nicht, hier ein bisschen mit dir zu liegen. Vielleicht heitert es dich ja auf.

»Du bist schon ein seltsamer Hund.« Gedankenverloren kraulte Annalena Asco hinter den Ohren. »Wer weiß, was du mir alles erzählen würdest, wenn du reden könntest.«

Ach herrje, da käme ich ja aus dem Quatschen nicht mehr heraus. Asco leckte sich über die Nase, hechelte kurz, sodass es aussah, als lächle er, dann legte er den Kopf wieder auf ihre Brust. *Ehrlich, ich hab schon ziemlich viel erlebt in den vier Jahren, die ich jetzt auf der Welt bin. Aber nichts davon hat mich darauf vorbereitet, dich aufzumuntern, wenn du so komisch dreinschaust wie jetzt gerade. Was stimmt denn nicht mit dir?*

»Ach, Asco.« Seufzend richtete Annalena ihren Blick wieder auf den Fernsehbildschirm, nahm aber von der Handlung der Serie nicht viel wahr. »Ich glaube, wir müssen umziehen. Ganz weit weg.«

Warum das denn? Asco spitzte die Ohren.

»Aber andererseits liebe ich dieses Haus. Und ganz ehrlich?«

Ja? Was?

»Diesen Gefallen werde ich ihm nicht tun.«

Wem denn?

»Ich war zuerst hier.«

Ich habe zwar keine Ahnung, wovon du sprichst, aber red nur weiter. Ihr Menschen macht das ja sowieso andauernd. Vielleicht hilft es dir ja.

»Diesen Triumph gönne ich ihm nicht. Auf gar keinen Fall. Das wäre ja noch schöner.« Sie blinzelte ein paarmal, weil ihre Augen verdächtig zu brennen begonnen hatten. »Und weinen werde ich erst recht nicht. So viel Aufmerksamkeit ist er überhaupt nicht wert.«

Wer denn bloß? Nun hob Asco den Kopf wieder und drehte ihn leicht schräg.

Verzweifelt schluckte Annalena gegen den Kloß in ihrem Hals an. Warum nur? Warum hatte das Schicksal ihr ausgerechnet Christian Bonner als Nachbarn geschickt? Gab es nicht noch drei bis vier

Milliarden andere Männer auf der Welt? Und warum konnte sie nicht endlich aufhören, in seiner Gegenwart vor Herzklopfen fast zu vergehen? Ganz zu schweigen von den Auswirkungen, die seine physische Präsenz auf ihre Nerven und ihren Hormonhaushalt hatte. Sie war doch nun wirklich kein Teenager mehr und sollte sich bei so etwas im Griff haben.

Leider hatten die vergangenen dreizehn Jahre ihm alles andere als geschadet, weder optisch noch, wie sie zugeben musste, charakterlich. Ganz offenbar hatte die Zeit, die er anderswo verbracht hatte, seine Persönlichkeit um einige neue Facetten bereichert. Als Lehrer konnte sie ihn sich zwar immer noch nicht vorstellen, aber die Art, wie er mit seiner kleinen Schwester umgegangen war, hatte sie schon beeindruckt. So einfühlsam hatte sie ihn nicht in Erinnerung. Oder zumindest hatte er solche Verhaltensweisen nie öffentlich gezeigt. Dazu hatte er sich eine viel zu harte und raue Schale zugelegt. Doch mit Senta war er geradezu sanft und zärtlich umgegangen – und das mit einer Selbstverständlichkeit, die deutlich zeigte, wie sehr er seine kleine Schwester liebte und dass dies nicht einfach nur zur Schau gestellte Fürsorge war.

Das Mädchen schien umgekehrt mit ebenso großer Liebe und vollstem Vertrauen an ihm zu hängen. Die beiden waren ein seltsames Geschwisterpaar, nicht nur wegen des enormen Altersunterschieds, sondern auch durch die vollkommen gegensätzlichen Charaktere. Während Annalena Christian nur als latent aggressiven, stets provokanten Rebellen kannte, war Senta schüchtern und zurückhaltend und wahrscheinlich auch höchst sensibel. Durch ihre vielen Seminare hatte Annalena gelernt, Menschen sehr rasch einzuschätzen, und dem Mädchen war die Verletzlichkeit geradezu am Gesicht abzulesen – auch ohne die Spuren der Misshandlung.

Senta tat ihr von Herzen leid. Mit einer Mutter wie Ines Bonner gestraft zu sein, hatte sicher einiges dazu beigetragen, dass die Kleine so scheu war und zugleich so erschreckend erwachsene Augen besaß. Augen, die in ihrer dunkelblaugrauen Farbe exakt denen ihres Bruders glichen. Ansonsten ähnelten die beiden einander kaum.

Senta war blond mit dicken, strubbeligen Locken und einer leider sehr wenig kleidsamen, viel zu großen Brille. Guten Geschmack bei der Auswahl hatte hier niemand bewiesen, aber vielleicht war es der Mutter auch vollkommen egal gewesen und Senta hatte sich nicht gegen sie durchsetzen können. Schmal war das Mädchen, fast hager und etwas schlaksig. Ob sie überhaupt regelmäßig genug zu essen bekommen hatte? Annalena konnte nur hoffen, dass Christian sich bewusst war, welche enorme Verantwortung er auf sich nahm, wenn er für seine Schwester sorgen wollte. Verantwortung war immerhin etwas, dem er in der Vergangenheit stets in großem Bogen ausgewichen war.

Sie hatte ihn vermisst. Dies vor sich selbst zuzugeben, tat weh und ärgerte sie gleichermaßen. Bis zu jenem elendigen Abend ihres achtzehnten Geburtstags waren sie Freunde gewesen. Gute Freunde. Vielleicht sogar so etwas wie beste Freunde, auch wenn Christian Bonner stets so aufgetreten war, als hätte er keine Freunde nötig und wolle sie auch gar nicht. Dass sie sich schließlich eingebildet hatte, noch mehr zwischen ihnen wahrzunehmen als nur Freundschaft und oberflächliches Flirten – nun, davon hatte sie sich auf die harte Tour verabschieden müssen. Dabei war sie sich so sicher gewesen! Seine Signale, die vielen Andeutungen und Blicke, die sie aufgefangen hatte, wenn er glaubte, sie bemerke sie nicht – all das hatte sie veranlasst, den größten Fehler ihres Lebens zu begehen.

Sie hatte ihre Freundschaft aufs Spiel gesetzt und verloren. Nach diesem Vorfall hätte sie unter keinen Umständen mehr weitermachen können wie zuvor. Dass Christian keinen noch so kleinen Versuch unternommen hatte, mit ihr darüber zu reden, war ein deutliches Zeichen für sie gewesen. Offenbar war ihm der Abstand, den sie fortan zu ihm hielt, nur recht gewesen. Womöglich hatte ihm auch an ihrer Freundschaft deutlich weniger gelegen, als sie angenommen hatte.

Alles in allem war sie tief verletzt gewesen – und offensichtlich immer noch nicht darüber hinweg. Wie sonst ließ sich erklären, dass sie hier auf ihrer Couch lag und mit den Tränen kämpfte, weil er nebenan eingezogen war?

Es war vollkommen irrational nach all den Jahren auch nur einen Gedanken an damals – oder ihn – zu verschwenden. Sie war erwachsen geworden, hatte Beziehungen gehabt. Keine davon hatte lange gehalten, aber das hatte nun wirklich nichts mit Christian zu tun. Oder wenn, dann höchstens insofern, dass sie nicht mehr auf ihr Bauchgefühl oder irgendwelche Signale hörte, wenn sie sich dafür entschied, einen Mann näher kennenzulernen. Auf beides war ja offensichtlich keinerlei Verlass, das hatte sie sehr nachdrücklich lernen müssen. Also ließ sie seither nur noch ihren Kopf entscheiden, obwohl ihr das bisher auch noch nicht Mr. Right eingebracht hatte, denn ärgerlicherweise geriet sie ja nun immer an Männer, denen ihr Lebensstil nicht passte oder die ihr hatten einreden wollen, dass ihre Berufswahl falsch sei.

Vielleicht gehörte sie auch einfach zu der Sorte Frauen, die besser Singles blieben. Hier und da vielleicht ein kleines Abenteuer, falls sich eines ergab, und ansonsten ungebunden und frei. Wer verlangte denn überhaupt, dass jeder Topf einen Deckel haben musste? Mal abgesehen von ihren Eltern vielleicht, aber auf die beiden hörte Annalena schon seit langer Zeit nicht mehr. Sie war doch glücklich, oder etwa nicht? Und zufrieden. Sie konnte tun und lassen, was sie wollte, hatte niemandem Rechenschaft abzulegen und besaß jetzt auch noch einen zwar hin und wieder etwas unheimlichen, dafür aber unglaublich intelligenten und hübschen Vierbeiner, der hundertmal treuer und zuverlässiger war als jeder Mann, dem sie bislang begegnet war. Und das Beste überhaupt: Asco interessierte es nicht die Bohne, ob sie abends lange an einem Manuskript schrieb und dann morgens etwas länger schlief, und auch nicht, dass sie nicht jeden Tag um acht zu einem langweiligen Bürojob latschte. Im Gegenteil – sie hätte sich Asco gar nicht zulegen können, wenn sie nicht so flexible Arbeitszeiten gehabt hätte. Natürlich arbeitete sie mehr und länger als die meisten anderen Menschen und verdiente im Schnitt weniger, aber dafür tat sie, was sie wirklich wollte.

»Ich brauche keinen Mann«, teilte sie Asco mit, dessen Ohren daraufhin leicht zuckten.

Wenn du das sagst. Ich brauche auch keinen. Mein Herrchen, ja, aber sonst? Nö.

»Und Christian kann mir mal den Buckel runterrutschen.«

Christian? Wieder hob Asco den Kopf und musterte sie neugierig. *Wer ist das?*

»Soll er doch nebenan wohnen. Ich habe seine Existenz dreizehn Jahre lang ignoriert, dann wird es mir auch zukünftig gelingen. Mehr als Guten Tag und Auf Wiedersehen muss man doch wohl mit seinem Nachbarn gar nicht reden, oder? Viele Leute haben mit ihren Nachbarn nichts am Hut.« Sie schluckte hart und presste die Fingerspitzen auf ihre geschlossenen Augenlider. »Scheiße.«

O je, o nein. Weinst du etwa? Das geht aber gar nicht. Was mache ich denn jetzt bloß? Asco winselte leise und robbte ein wenig hoch, bis er mit der Schnauze Annalenas Gesicht erreichen konnte. *Hier, ich lecke dir die Tränen weg. Die sind ganz salzig. Bitte nicht weinen, sonst werde ich auch traurig. Komm schon, lach wieder!*

Trotz des schmerzhaften Ziehens in ihrem Herzen musste Annalena lächeln, als sie Ascos kalte Nase und feuchte Zunge an ihrem Kinn und ihrer Wange spürte. »Schon gut, schon gut, du hast ja recht. Weinen ist blöd und sinnlos. Und verdient hat er die Tränen sowieso nicht.« Dankbar für die Bemühungen ihres vierbeinigen Freundes, sie aufzuheitern, kraulte sie ihn erneut hinter den Ohren und versuchte wieder, sich auf die Handlung der Serie zu konzentrieren. Darüber schlief sie irgendwann ein.

7. Kapitel

Es wurde bereits allmählich hell, als Annalena erwachte. Sie fühlte sich leicht gerädert und so, als laste ein Stein auf ihr. Ein Stein, der ihr ins Gesicht pustete. Irritiert öffnete sie die Augen und hätte beinahe laut aufgelacht.

Asco lag immer noch auf ihr, inzwischen jedoch auf dem Rücken. Alle vier Pfoten hatte er weit von sich gestreckt, der linke Hinterlauf zuckte immer wieder und er atmete tief und gleichmäßig, die Nase direkt unter ihrem Kinn.

Der Fernseher hatte sich durch die Sleep-Funktion irgendwann in der Nacht selbst ausgeschaltet und alle Lichter ringsum waren gelöscht. Annalena unterdrückte ein Stöhnen. Ihre Couch mochte bequem sein, aber in ein und derselben Stellung die ganze Nacht darauf zu verbringen, war offenbar keine so gute Idee. Allerdings war sie auch noch nie so tief und fest vor dem Fernseher eingeschlafen. Meistens erwachte sie irgendwann kurz nach Mitternacht und schleppte sich dann hinauf in ihr Bett.

»Hey, du Faulpelz.« Ganz sachte berührte sie Asco an der Schulter. »Zeit aufzustehen.«

Wie? Was? Die Augen des Hundes öffneten sich und er drehte den Kopf leicht, um sie ansehen zu können. *Wirklich? Ist es schon morgens? Na, so was. Ich habe gerade geträumt. Von dir übrigens und von einer großen Wiese und Ballspielen. Und von Herrchen, aber von ihm träume ich sowieso jede Nacht.* Der Hund strampelte ein wenig und drehte sich schließlich wieder auf den Bauch.

Annalena kicherte. »Geh mal runter von mir. Ich fürchte, ich kann mich kaum noch bewegen.«

Klar. Kein Problem. Asco hüpfte zu Boden und schüttelte sich. *Und was jetzt? Unternehmen wir was? Hunger hätte ich auch. Wuff.*

»Autsch!« Annalena rieb sich über die verspannten Nackenmuskeln und erhob sich ebenfalls. »Ich glaube, ich gehe mal rasch duschen und mich umziehen. Dann gibt es was zu fressen für dich und einen Kaffee für mich.« Sehnsüchtig dachte sie an das heiße Gebräu und tappte in die Küche, um die Kaffeemaschine in Gang zu setzen.

Gute Idee. Und was dann? Ich hätte Lust auf einen Spaziergang. Aber nur, wenn es nicht mehr regnet.

Prüfend warf Annalena einen Blick durch das Fenster auf den allmählich heller werdenden Tag. »Wir haben ganz schön lange geschlafen. Es war ja gestern noch gar nicht so spät. Der Regen hat aufgehört. Es sieht so aus, als hätte es leicht gefroren. Hoffentlich sind die Straßen und Wege nicht zu glatt.«

Ja, hoffentlich. Beeil dich mal. Mein Magen knurrt und ich will was erleben! Wedelnd umtänzelte Asco sie, sodass sie ihm doch jetzt schon rasch etwas von seinem Futter in den Napf füllte. Danach sprang sie unter die Dusche.

Während sie sich anzog und mit Asco zu einem ausgedehnten Sonntagmorgen-Spaziergang aufbrach, bemühte sie sich standhaft, weder an gestern Abend noch an Christian oder Senta zu denken. Es gab wirklich wichtigere Dinge in ihrem Leben. Zum Beispiel ihr neues Buch, das ab morgen in den Buchhandlungen ausliegen würde. Ein erzählender Ratgeber zu einem ihrer ausgemachten Lieblingsthemen, der Selbstmotivation, der ihr diesmal ganz besonders witzig gelungen war, in dem zugleich aber eine Menge fundierter Recherche steckte. Am ersten Entwurf hatte sie drei Monate lang beinahe Tag und Nacht gearbeitet und dann noch einmal genauso lange überarbeitet, ergänzt, gestrichen und wieder ergänzt. Das Buch erschien bei einem neuen Verlag, da der vorherige nicht genug für ihre Bücher getan hatte. Marketingbudgets waren dünn gesät und kamen in der Regel nur den Autoren zugute, die sowieso schon Bestsellerstatus besaßen. Der neue Verlagsvertrag war ein Versuchsballon, den ihre Agentin ausgehandelt hatte; der Verlag hatte darin einige Zugeständnisse gemacht, sodass Annalena hoffte, das Buch würde sich doch wenigstens zu zehn oder vielleicht sogar zwanzig Prozent besser verkaufen als ihre bisherigen. Wenn es gut lief, würde sie die drei oder vier Folgebücher zu verwandten Themen vielleicht auch bei diesem Verlag unterbringen. Da es sich um ein Herzensprojekt handelte, war sie ganz besonders gespannt, wie die Leserinnen und Leser darauf reagieren würden.

In ihrem Blog hatte sie natürlich schon vorab Werbung gemacht und bereits einige Artikel im Vorlauf, mit denen sie in der nächsten Zeit das Buch anzupreisen gedachte. Für die sozialen Netzwerke hatte sie ebenfalls Pläne geschmiedet. Vielleicht sollte sie noch ein oder zwei Banner bei der Grafikerin bestellen, mit der sie neuerdings immer zusammenarbeitete. Und sie liebäugelte mit einem witzigen animierten Video. So etwas hatte sie bei einer amerikanischen Kollegin gesehen. Vielleicht sollte sie die einfach mal anschreiben und fragen, wie so etwas produziert wurde. Sie hatte schon häufig Kolleginnen oder Kollegen aus aller Welt kontaktiert, wenn sie Rat suchte, und umgekehrt half sie ebenfalls gerne mit ihrem Wissen aus. Sie liebte dieses Netzwerk von Autorinnen und Autoren sowie diversen weiteren Künstlerinnen und Künstlern aller Fachbereiche ebenso wie den mittlerweile recht großen Pool an Fachleuten jeglicher Couleur, auf den sie bei ihrer Recherche zurückgreifen konnte.

Annalena war so vertieft in ihre neuen Ideen und Pläne, dass sie kaum bemerkte, wie weit sie schon gegangen war und dass sie erst nach fast zwei Stunden wieder die Rosenbergstraße erreicht hatte. Asco war die ganze Zeit fröhlich und unbeschwert neben oder vor ihr her getrabt. Angeleint hatte sie ihn nicht wieder, seit sie auf der Hundewiese im Stadtpark eine Weile Nachlaufen gespielt hatten.

Als der Hund jetzt aber ganz plötzlich direkt vor ihr stehen blieb und sie beinahe über ihn gestolpert wäre, tauchte sie aus ihren Gedanken auf. »Asco, was ist denn? Fast wäre ich dir auf die Füße getreten.«

Da! Da ist was. Ich rieche es. Das kann doch nicht sein, oder? Meine Nase spielt verrückt.

»Hey, Asco, stimmt etwas nicht mit dir? Tut dir etwas weh?« Besorgt beugte Annalena sich über den Border Collie, denn dieser war stocksteif geworden und starrte stur geradeaus. Als sie ihn streichelte, spürte sie, dass er innerlich zu zittern und vibrieren schien. »Meine Güte, was ist denn los? Asco?«

Jetzt nicht, Annalena. Da ist was. Ich rieche es, denn der Wind weht es direkt auf uns zu. Das ist ... Kann das wirklich sein?

»Um Himmels willen, Asco, was hast du denn? Bist du krank?« Erschrocken wollte Annalena den Hund weiter abtasten.

Nicht, lass, ich muss schnüffeln! Asco entwand sich ihr mit einem ungeduldigen Laut. *Ja! Ja, das ist wirklich ... Er ist es! Heeee-errrrrrchen!*

Annalena erschrak, als Asco mit einem schrillen Jaulen, nein, einem geradezu entsetzlichen Schrei lospreschte. »Halt, Asco, bleib stehen!«

Doch Asco hörte nicht. Er raste wie ein Verrückter den Bürgersteig entlang auf ihr Haus zu, dann daran vorbei. Der jaulende Schrei wollte überhaupt nicht wieder aufhören und ging ihr durch Mark und Bein. Ein Stück weit von ihrem Haus entfernt stand ein hochgewachsener Mann in grauer Joggingmontur. Christian! Er starrte vollkommen perplex auf den Hund, der schreiend auf ihn zu rannte. Dann ging er in die Hocke und fing den Border Collie auf.

Annalena traute ihren Augen kaum. Asco brachte sich beinahe um und hätte Christian in seiner Freude fast umgeworfen. Sie schluckte. Das war eindeutig Wiedersehensfreude, wie sie nur ein Hund zeigen konnte. Aber wenn Asco Christian kannte, bedeutete das ...

Ihr wurde eiskalt und heiß zugleich. Mit einiger Mühe zwang sie sich dazu, ruhig auf die beiden zuzugehen. Je näher sie kam, desto deutlicher erkannte sie Christians überwältigten Gesichtsausdruck und ... Sie blieb wieder stehen. Waren das Tränen?

»Asco. Das kann nicht sein. Das ist unmöglich! Bist du das wirklich?« Seine Stimme klang rau und schwankte bedenklich.

Und wie ich das bin. Herrchen, Herrchen, Herrchen! Ich habe dich gefunden! Herrchen, Herrchen! Annalena? Asco sauste zu ihr und sprang an ihr hoch. *Ich habe mein Herrchen gefunden! Ich bin so glücklich, glücklich, glücklich! Mein Herrchen! Endlich hab ich ihn wieder!*

Annalena erschrak über das zugleich freudige und schmerzliche Winseln, das der Hund ausstieß, während er wieder auf Christian zu stürzte und wie wild an ihm hochsprang.

***

In ungläubigem Staunen versuchte Christian, den vollkommen außer Rand und Band geratenen Border Collie abzuwehren und gleichzeitig die Tränen, die ihm in die Augen getreten waren, mit dem Handrücken wegzuwischen. Asco. Sein Asco! »Wie kommst du denn hierher? Wie kann das sein?«

Ach, ganz einfach. Ich bin mit Annalena hier. Bei ihr wohne ich nämlich im Moment. Aber jetzt habe ich dich wiedergefunden. Alles ist endlich gut! Meine Welt ist wieder in Ordnung. Ich bin so frooooh! Mit einem weiteren Freudengeheul sauste Asco um Christian herum.

Christians Blick fiel auf Annalena, die eine mehrmals gefaltete lederne Hundeleine in der Hand hielt und ihn mit großen Augen und sehr, sehr blassen Wangen anstarrte. Es dauerte einen Moment, bis er den Zusammenhang begriff. Da Asco sich immer noch nicht beruhigte, ging er einfach in die Knie und zog den Hund in seine Arme, streichelte und kraulte ihn und blickte dabei zu Annalena auf. »Woher ... Seit wann lebt Asco bei dir?«

Sie schluckte sichtlich bewegt. »Ich ... habe ihn aus dem Tierheim. Seit Ende August. Sie hatten ihn im Frühjahr in der Nähe der Autobahn eingefangen.«

Ja, weil ich mich in einen LKW geschmuggelt hatte, mit dem ich furchtbar lange mitgefahren bin, bis ich wieder hier angekommen bin, wo die Menschen die Sprache meines Herrchens sprechen.

Unsicher machte Annalena einen Schritt auf ihn zu. »Ist ... Asco dein Hund? Wie kann das sein?«

Christian richtete sich wieder auf und rieb sich noch einmal über die Augen. Er konnte noch immer nicht glauben, was hier gerade geschah. »Das muss mein Asco sein. Warum sollte er sonst ... Warte mal.« Er sprach Asco an, der sofort zu ihm aufblickte, und machte mit der rechten Hand eine Bewegung, die aussah, als würde er ein Jo-Jo benutzen.

Oooh, ja daran erinnere ich mich! Mit einem fröhlichen Bellen stellte Asco sich auf seine Hinterpfoten und vollführte eine Pirouette. Oops, ein bisschen ungelenk. Aber ich hab das ja schon seit zwei Jahren nicht gemacht. Moment, ich versuch es noch mal.

Diesmal musste Christian hart schlucken. Er beugte sich vor und stützte sich mit den Händen auf den Knien ab. »Bremer Stadtmusikanten«, gab er das Kommando, das er sich für dieses Kunststück ausgedacht hatte. Kaum hatte er die Worte ausgesprochen, als Asco auch schon mit einem hellen Fiepen auf seinen Rücken sprang und sich dort einmal um sich selbst drehte. Dann hüpfte er behände wieder zu Boden und setzte sich mit erhobener rechter Vorderpfote vor Christian hin.

Siehst du, ich kann es noch. Habe nichts vergessen!

»Shit.« Christian ging wieder in die Knie, schüttelte Ascos Pfote. Gleich darauf zog er ihn erneut in seine Arme und ließ sich von ihm über Ohr und Wange lecken. »Er ist es.«

Annalena kniete sich ebenfalls hin und berührte Asco kurz am Rücken. »Wie ist er dir denn abhandengekommen?«

Aufgewühlt und mit heftig pochendem Herzen streichelte Christian Asco wieder und wieder übers Fell. »Wir waren vor zwei Jahren in Spanien im Urlaub. Während eines Spaziergangs, bei dem Asco nicht angeleint war, kam ein uralter VW-Bus auf uns zu, hielt an und ...« Er schloss bei der Erinnerung die Augen.

Annalena berührte kurz seinen Handrücken. Ob zufällig oder mit Absicht, konnte er nicht einschätzen, denn sie streichelte ebenfalls den Hund. »Sie haben ihn einfach gestohlen?«

Er nickte und spürte mit aller Macht die entsetzlichen Gefühle, die Wut, die Angst um seinen geliebten Hund – alles, was er damals hatte durchmachen müssen.

»Wie schrecklich! Dass Menschen so etwas tun können.« Sie presste kurz die Lippen aufeinander. »Im Tierheim sagten sie mir, dass Asco vermutlich aus einem illegalen Labor für Tierversuche stammt. Sein Chip wurde ihm herausgeschnitten und die Tätowierungen in seinen Ohren weggeätzt. Nur der Name ist noch lesbar.«

Sogleich untersuchte Christian Ascos Ohren, der es sich glücklich winselnd gefallen ließ. »Den Namen hat der Tierarzt ihm zusätzlich zum Erkennungscode ins Ohr tätowiert, als der Chip gesetzt wurde. Das fand ich damals zwar eigentlich überflüssig, und inzwischen wird das auch kaum noch gemacht, aber der Doc war noch von der alten Schule.« Er seufzte, als er die Narben sah. »Verdammt, was haben sie bloß mit dir gemacht, alter Freund?«

Das willst du gar nicht so genau wissen. Ehrlich gesagt würde ich es selbst gerne vergessen. Kann ich ja jetzt auch endlich, weil ich dich gefunden habe und alles wieder gut ist.

»Sie haben ihn im Tierheim neu gechipt und im Sommer dann zur Vermittlung freigegeben«, erzählte Annalena leicht stockend weiter. »Wenn sie gewusst hätten, dass sein Herrchen ihn sucht ... Du hast ihn doch gesucht?«

»Machst du Witze? Ich bin fast irre geworden. Asco kam als Welpe zu mir, da war er gerade acht Wochen alt. So winzig ...« Er machte eine vage Handbewegung. »Die Polizei in Spanien konnte mir nicht helfen und hat mir auch keine Hoffnungen gemacht. Damals fuhren wohl mehrere Banden herum und haben hauptsächlich Straßenhunde für Labore eingesammelt. Manche von ihnen haben aber auch Tiere gestohlen.«

»Oder wie in Ascos Fall auf offener Straße geraubt«, fügte sie betroffen hinzu. »Dass er das überlebt hat, grenzt an ein Wunder. Noch mehr, dass er es irgendwie bis nach Deutschland geschafft hat und auch noch zufällig bei mir eingezogen ist.«

»Stimmt.« Vorsichtig erhob Christian sich wieder, hielt Asco jedoch seine Hand hin und streichelte ihn leicht. »Danke, dass du ihn bei dir aufgenommen hast.«

Sie hob die Schultern. »Er ist so ein hübscher Kerl und so ... liebenswürdig.«

Oh, vielen Dank!

»Ich konnte gar nicht anders als mich ...« Sie räusperte sich. »Als ihn zu adoptieren.«

»Kann ich verstehen.« Er räusperte sich ebenfalls. »Noch mal: Danke.«

»Schon gut.« Sie zögerte sichtlich, schien sich dann aber zu etwas durchzuringen. »Also ... Wenn du ihn zurückhaben willst ... Er ist dein Hund. Das kann man auf den ersten Blick sehen.«

Sie sahen beide auf Asco hinab, der Christian regelrecht anhimmelte.

»Hier.« Sie drückte Christian die Leine in die Hand. »Wenn du willst, bringe ich dir seine Sachen, Schlafkissen, Futter und so, gleich rüber.«

Vollkommen überwältigt blickte er von Asco zu Annalena. »Bist du sicher?«

»Natürlich. Du bist sein rechtmäßiges Herrchen.«

Aber hallo, und wie er das ist! Wuff.

Annalena lächelte leicht. »Siehst du, er stimmt mir zu. Ihr wart zwei Jahre getrennt und es war nicht zu übersehen, dass er dich vermisst hat. Wer weiß, vielleicht ist er nur hier, weil er versucht hat, dich wiederzufinden.«

Genau so ist es!

»Glaubst du wirklich?« Christian musterte Asco eingehend, zögerte jedoch. »Es macht dir ehrlich nichts aus? Ich meine, du bist ja jetzt schon seit ein paar Monaten sein Frauchen und so.«

»Schon okay, ich komme damit klar.« Sie zuckte mit den Achseln. »Du hast die älteren Rechte, und letztlich geht es doch auch darum, was für Asco das Beste ist. So wie er offenbar an dir hängt, kann ich doch nicht einfach darauf bestehen, ihn zu behalten.« Sie hielt kurz inne. »Nimm ihn am besten gleich mit. Senta wird sich bestimmt freuen.«

Er nickte leicht. »Sie hat geweint, als sie damals erfuhr, dass er mir gestohlen wurde.«

Moment mal, Senta ist auch hier? Die kleine Senta? Wirklich? Die mag ich. Wau. Wedelnd umkreiste Asco Christian erneut und stupste ihn an. Was ist denn jetzt? Gehen wir mal rein? *Allmählich wird es mir hier draußen zu kalt.*

»Ich suche Ascos Sachen zusammen und bringe sie dir nachher.« Ehe er noch etwas erwidern konnte, hatte sie sich bereits abgewandt und war zu ihrer Haustür gegangen.

Christian überlegte fieberhaft, was er tun oder sagen sollte, doch er war viel zu überwältigt, um einen klaren Gedanken zu fassen. »Dann komm mal mit, alter Freund.« Er schnipste mit den Fingern. Prompt stand der Hund achtsam neben ihm und blickte zu ihm auf. »Gehen wir rein und überraschen Senta.« Während er die Haustür aufschloss, warf er noch einmal einen kurzen Blick zum Eingang des kleinen Nachbarhauses. Doch die Tür hatte sich längst hinter Annalena geschlossen.

***

»Und du hast ihm Asco gleich überlassen und ihm alle Hundesachen geschenkt?« Elena beugte sich mit ungläubigem Blick ein wenig über den Tisch. »Das hätte ich nicht gekonnt.«

»Geschenkt nicht. Er will mir die Sachen bezahlen.« Annalena hob die Schultern. »Was sollte ich denn machen? Wenn ihr Asco gesehen hättet – er war wie wahnsinnig vor Freude, Christian wiederzusehen. So was habt ihr noch nicht erlebt.« Sie nahm sich noch etwas von den Kartoffeln, die Steffen zum Schmorbraten serviert hatte. An diesem Sonntagabend waren Annalenas und Steffens Eltern zu Besuch und Elena hatte in weiser Voraussicht auch Annalena eingeladen, damit diese als Puffer agieren konnte.

Annalena half gerne dabei, ihren Eltern den Wind aus den Segeln zu nehmen. Die beiden waren ein wenig schwierig und versuchten ständig, sich in Steffens und Elenas Angelegenheiten und vor allem die Erziehung ihrer Kinder einzumischen. Zwar gab Elena ihnen gerne ordentlich kontra, doch da sie ein nicht zu unterschätzendes Temperament besaß, war es ihrer Meinung nach stets sicherer, neben dem friedliebenden Steffen auch noch Annalena als Verstärkung und ruhigen Pol in der Nähe zu wissen.

»Ich bin ja nicht böse darum, dass du den Hund weggegeben hast«, meldete sich Hiltrud Kilian zu Wort. Sie war eine resolute, etwas stämmige Frau mit praktischem Kurzhaarschnitt. In ihre braunen Haare mischten sich mittlerweile einige graue Strähnen, die sie stets sorgfältig übertönte. »Alle Arten von Haustieren sind furchtbar unhygienisch.« Ihren Worten folgte ein missbilligender Blick auf die kleine schwarze Cocker Spaniel-Dame Tilly, die sich neben dem Esstisch auf einem kleinen Teppich zusammengerollt hatte und an einem Kauknochen nagte. »Obgleich ich in diesem Fall fast geneigt wäre, dir zu raten, ihm das Tier wieder wegzunehmen.«

»Warum denn das?« Steffen sah seine Mutter verblüfft an. Er hatte die gleichen hellbraunen Locken wie Annalena, die ihm bis zum Hemdkragen reichten, und trug wie sie eine Brille, die allerdings wesentlich dezenter als die seiner Schwester platinfarben gerahmt war. Er rückte sie nun ein wenig zurecht.

»Weil«, Hiltrud nahm sich ebenfalls noch von den Kartoffeln, »dieser Christian Bonner kein Mensch ist, dem man ein Tier anvertrauen sollte. Und ein Kind übrigens schon gar nicht. Ich bin, ehrlich gesagt, schockiert, dass ihr das so einfach hinnehmt.«

»Was gibt es da hinzunehmen?« Steffen schüttelte verständnislos den Kopf. »Senta ist Christians Schwester und ganz offensichtlich bei ihrer Mutter nicht gut aufgehoben.«

»Aber bei ihm erst recht nicht. Der Apfel fällt nicht weit vom Stamm, das ist doch wohl klar. Dieser Mann ist gemeingefährlich!«

»So ein Unsinn.« Ungehalten legte Steffen sein Essbesteck zur Seite. »Von gefährlich kann überhaupt keine Rede sein.«

»Ist er oder ist er nicht vorbestraft wegen Randalierens und Körperverletzung?«, warf Emil Kilian ein.

»Das waren Jugendstrafen.« Annalena fühlte sich so unbehaglich wie selten bei einem Familienessen. »Die sind längst vergessen. Er ist jetzt Sportlehrer und Dozent an der neuen Sportakademie.«

»Unglaublich, dass jemand mit seiner Vergangenheit auf Kinder und Jugendliche losgelassen wird.« Empört verzog Hiltrud die Lippen. »So etwas dürfte man ihm nicht erlauben.«

»Ihr tut ja gerade so, als sei er ein brutaler Kettensägenmörder.« Elena bemühte sich, mit einem Lachen die Spannung im Raum zu durchbrechen, aber der Versuch scheiterte.

»Ist er echt vorbestraft?«, fragte Sabrina, Steffens mittlerweile dreizehnjährige Tochter. »Was hat er denn angestellt?«

»Jemanden einfach so krankenhausreif geschlagen«, antwortete Hiltrud mit abgrundtiefer Abneigung in der Stimme.

»Von einfach so kann gar nicht die Rede sein«, widersprach Steffen. »Das war auf einer Tanzveranstaltung, als Christian sechzehn war. Er hatte etwas getrunken und war damals durchaus rauflustig, das gebe ich zu. Jemand hat ihn provoziert. Damals trieb sich hier so eine Bande Rocker herum, die beinahe jede Veranstaltung aufgemischt hat. Christian begehrte gegen sie auf und als sie keine Ruhe gaben, hat er sich mit zweien von ihnen richtig böse angelegt und einem von ihnen den Kiefer und eine Rippe gebrochen. Das würde ich allerdings in dem Fall noch als Selbstverteidigung gelten lassen.«

»Willst du etwa gutheißen, dass er wie ein wildes Tier auf diesen anderen Jungen losgegangen ist?« Seine Mutter starrte ihn entgeistert an.

»Mutti, davon war doch gar keine Rede.« Annalena seufzte. »Natürlich ist Gewalt keine Lösung. Ich schätze, das hat Christian mittlerweile auch gelernt.«

»Der ändert sich doch nicht mehr. Wenn einer so verkorkst ist wie dieser Kerl, hält man besser meilenweit Abstand von ihm«, dozierte Emil und sah Annalena streng an. »Ich nehme doch an, dass du entsprechende Konsequenzen ziehen wirst.«

Sie runzelte irritiert die Stirn. »Was für Konsequenzen?«

»Na, das ist doch wohl klar.« Ihr Vater runzelte die Stirn. »Du wirst dort ausziehen. Ich dulde es nicht, dass meine Tochter Tür an Tür mit einem Gewalttäter lebt.«

»Was bitte?« Empört fuhr Annalena auf. »Das ist jetzt nicht dein Ernst, oder? Ich ziehe doch nicht aus meinem Haus aus!«

»Jetzt übertreibst du aber wirklich.« Auch Steffen blickte seinen Vater verärgert an. »Annalena hat von Christian überhaupt nichts zu befürchten. Komm mal wieder auf den Teppich.«

»Das werden wir ja sehen.« Hiltrud nippte an ihrem Rotwein. »Ich bin überzeugt, dass es kein gutes Ende nimmt, wenn dieser Kerl wieder hier in der Stadt lebt. Noch dazu als Annalenas Nachbar. Halt dich bloß von ihm fern, Kind, den guten Rat gebe ich dir. Und ich bleibe dabei: Den Hund müsste man ihm gleich wieder wegnehmen. Auch Senta darf man keinesfalls in seiner Obhut lassen. Da kommt das arme Kind ja vom Regen in die Traufe.«

»Hör nicht auf deine Eltern.« Elena seufzte. Ihr war anzusehen, dass sie liebend gerne noch mehr zu diesem Thema gesagt hätte, aber sie hatte sich schon oft genug in die Nesseln gesetzt, um zu wissen, dass alle Versuche, ihre Schwiegereltern umzustimmen oder zu besänftigen, wenn sie eine einmal gefasste Meinung vertraten, fruchtlos bleiben würden. »Ich kenne diesen Christian zwar nicht, aber nach allem, was ich bisher von ihm gehört habe, scheint er ein interessanter Mann zu sein. Du sagtest, er habe Asco sogar Kunststücke beigebracht?«

»Ja.« Annalena entspannte sich ein bisschen. »Jetzt weiß ich auch, wo der Hund gelernt hat, Türen zu öffnen und solche Sachen. Ich wusste ja, dass Border Collies unglaublich gelehrig sind, aber diese Pirouette auf Handzeichen und der Sprung auf Christians Rücken – das war schon beeindruckend. Vor allem, wenn man bedenkt, dass die beiden einander seit zwei Jahren nicht gesehen haben.«

»Und es ist der Beweis, dass Asco wirklich sein Hund ist«, fügte Sabrina hinzu. »Sonst hätte er die Befehle ja gar nicht verstanden.«

»Genau.« Der neunjährige Jan, der bislang nur still zugehört hatte, nickte heftig. »Ich hab Tilly auch ein paar Sachen beigebracht, aber nur mit Befehlen, die kein anderer kennt. Bestimmt auch kein anderer Hund.«

»Also ich bleibe dabei. Einem Christian Bonner sollte man kein lebendes Wesen anvertrauen.« Hiltrud setzte eine eherne Miene auf, die anzeigte, dass sie von ihrer Meinung nicht abrücken würde.

»Und was machst du jetzt, so ganz ohne Asco?« Sabrina rückte ein wenig näher an Annalena heran. »Bist du nicht traurig?«

»Doch, natürlich.« Annalena bemühte sich um ein gleichmütiges Lächeln. »Aber ich kann doch nicht den Hund eines anderen behalten. Christian hat Asco sehr vermisst, das konnte ich ihm ansehen. Und umgekehrt auch. Also war es nur vernünftig, ihm Asco zu überlassen.«

»Holst du dir jetzt einen anderen Hund aus dem Tierheim?«

»Irgendwann bestimmt. Nicht jetzt sofort.« Achselzuckend widmete sich Annalena ihrem Essen, obwohl sie nicht den geringsten Appetit verspürte. »Na ja, und hin und wieder werde ich Asco bestimmt sehen, denn er wohnt ja nebenan.« Sie wandte sich an ihren Bruder. »Ehe ich es vergesse: Ich soll dich von Christian grüßen.«

»Danke. Hoffentlich lässt er sich bald mal hier sehen.« Ohne auf die Blicke seiner Eltern zu achten, fügte er hinzu: »Mich würde schon interessieren, wie es ihm ergangen und was aus ihm so geworden ist.« Er hielt kurz inne. »Ihr beide scheint ja wohl das Kriegsbeil endlich begraben zu haben.«

»Warum Kriegsbeil?« Interessiert ließ Elena ihren Blick von Steffen zu Annalena wandern.

Steffen hüstelte. »Die beiden waren zuletzt nicht die besten Freunde. Keine Ahnung, weshalb sie sich gestritten haben, aber das letzte Jahr, bevor Christian weggegangen ist, bestand zwischen den beiden eine tiefe Eiszeit.«

»Wir haben uns nicht gestritten.« Annalena fluchte innerlich über ihre vorschnelle Antwort, die jetzt garantiert noch mehr Fragen aufwerfen würde.

»Es war sehr klug von dir, dich von ihm zu distanzieren«, befand Hiltrud. »Du warst immer viel zu fasziniert von ihm. Das hätte böse enden können.«

»Ach?« Elena hob neugierig den Kopf. »Fasziniert warst du von diesem Christian? Jetzt wird es interessant. Ich will Details hören.«

»Ich auch!«, setzte Sabrina grinsend hinzu.

»Warst du verliebt in den?« Jan musterte sie mit großen Augen.

»Nein!« Vehement schüttelte Annalena den Kopf. »War ich nicht.« Sie spürte, dass sich ihre Wangen erwärmten, und hätte fluchen mögen. Normalerweise wurde sie nicht rot. Warum ausgerechnet jetzt?

»Sososo.« Elena klimperte mit ihren perfekt manikürten Fingernägeln gegen ihr Wasserglas. Im selben Moment knarzte es im Babyfon und sie hob lauschend den Kopf. »Ist Finja-Marie aufgewacht?« Nach einem Moment entspannte sie sich wieder. »Nein, sie redet bloß im Schlaf. Noch mal Glück gehabt.« Sie richtete ihren Blick wieder auf Annalena. »Also los, raus mit der Sprache.«

»Das Baby kann doch noch gar nicht reden«, tadelte Hiltrud. »Willst du nicht nach ihr sehen?«

»Nein, sie brabbelt oft im Schlaf vor sich hin. Das hat sie wohl von ihrem Vater.« Elena lächelte Steffen zu. »Wenn er gestresst ist, redet er auch im Schlaf.«

»Also wirklich.« Hiltrud stand auf. »Ich sehe nach dem armen Kind. Was für eine Mutter bist du eigentlich?«

Elena blickte ihrer Schwiegermutter achselzuckend nach. »Eine gelassene. Und das, obwohl es mein erstes Kind ist.« Sie zwinkerte Sabrina und Jan zu. »Mal abgesehen von euch.«

Die beiden Kinder grinsten breit.

»Du warst früher also mal verliebt in diesen Christian Bonner«, sprach Elena an Annalena gerichtet weiter und lächelte dabei fein. »Ich glaube, jetzt muss ich ihn mir doch mal ganz dringend näher anschauen.«

»Annalena!« Emil Kilian verzog missgelaunt die Lippen. »Das wird doch wohl nicht wahr sein, oder?«

»Ich ... äh ...« Verlegen und zugleich wütend, weil sie sich so schlecht verstellen konnte, wich Annalena den Blicken aller Familienmitglieder aus. »Es war überhaupt nichts.«

»Verdammter Mist.« Steffen starrte sie aufgebracht an. »Entschuldigung.« Er warf seinen Kindern einen Blick zu, die daraufhin aber nur kicherten. »Das wusste ich nicht.«

»Es ist ja auch vollkommen un...«

»Ich will hoffen, dass er die Finger von dir gelassen hat«, unterbrach er Annalenas Einwand. »Ich hatte ihn gewarnt.«

»Du hast was?« Annalena hob ruckartig den Kopf.

»Ihm gesagt, dass er was erleben kann, wenn er jemals auf die Idee kommen sollte, dir zu nahe zu treten.«

»Aber ...«

»Oh, oh.« Elena räusperte sich vernehmlich. »Das gibt Ärger, Steffen. Wie konntest du nur?«

»Was meinst du?« Verständnislos sah er seine Frau an. »Christian war dafür bekannt, dass er die Mädchen – oder Frauen – reihenweise vernascht und dann am Wegesrand liegengelassen hat.«

»Die Kleine schläft tief und fest«, verkündete Hiltrud, die in diesem Moment ins Esszimmer zurückgekehrt war.

»Sag ich doch.« Elena lächelte ihr amüsiert zu, wandte sich dann aber gleich wieder an Steffen. »Ich fürchte, deine Schwester wird dir gleich eins mit der Bratenplatte überziehen. Und zu Recht. Du bist nicht ihr Bodyguard.«

»Doch, als ihr großer Bruder bin ich das sehr wohl. Jedenfalls wenn es um Kerle geht, die ihr das Herz brechen könnten.«

»Deine guten Absichten in allen Ehren, aber bist du nicht der Meinung, dass eine Frau selbst entscheiden darf, von wem sie sich das Herz brechen lässt? Falls das überhaupt der Fall gewesen wäre.«

»Wäre es, das versichere ich dir. Christian war mein Freund, aber deshalb war ich nicht blind gegenüber seinen Fehlern. Meine Schwester sollte nicht als weitere Kerbe in seinem Bettpfosten enden. Sie war erst was ... sechzehn? Siebzehn?« Fragend wandte er sich an Annalena. »Wann?«

»Lasst mich mit diesem Unsinn in Ruhe!« Erbost verschränkte Annalena die Arme vor sich auf dem Tisch. »Da war überhaupt nichts zwischen uns.« Sie funkelte Steffen an. »Wir sprechen uns noch, *Bruderherz*.«

»Ich wollte dich bloß beschützen.« Steffen zuckte die Achseln. »Das tun große Brüder nun einmal.«

Unweigerlich musste Annalena an Senta denken. »Mein Liebesleben geht ausschließlich mich etwas an, Steffen.«

»Ich habe nur verhindert, dass er dir wehtut.«

»Mhm.« Elena legte ihm eine Hand auf den Arm. »Lass mal gut sein, Schatz. Ich glaube, wir wechseln jetzt lieber das Thema.« Sie warf Annalena einen warmen Blick zu. »Du musst mir die ganze Geschichte bei Gelegenheit mal von Anfang bis Schluss erzählen. Unter vier Augen.« Entschlossen lächelte sie in die Runde. »Habt Ihr auch schon von Toms Plänen für das diesjährige Weihnachtsfest des Sportvereins gehört? Jan hat einen Infozettel vom letzten Fußballtraining mitgebracht. Es wird um Plätzchenspenden gebeten.« Sie grinste Steffen an. »Und sie suchen noch jemanden, der den Weihnachtsmann gibt.«

»O nein!« Abwehrend hob Steffen beide Hände. »Vergiss es. Nicht ich.«

8. Kapitel

Als Annalena gegen halb elf nach Hause kam, fühlte sie sich erschöpft und überanstrengt. Normalerweise war sie immer diejenige, die ihren Eltern gegenüber einen kühlen Kopf behielt und ihre engstirnigen Kommentare spielend abblockte. Heute war sie jedoch eindeutig zu empfindlich und zu sehr mit sich selbst beschäftigt gewesen, um den Puffer geben zu können. Ganz abgesehen davon, dass am heutigen Tag bereits eine emotionale Achterbahnfahrt hinter ihr lag.

Sie versuchte, nicht darüber nachzudenken, wie still und einsam ihr Haus war, als sie die Tür hinter sich schloss. Sonst ließ sie immer, wenn Asco abends mal alleine blieb, ein Licht an, meistens das im Flur. Heute lagen alle Räume im Dunkeln. Niemand begrüßte sie, nirgendwo lag ein vergessener Hundekuchen herum oder ein Bällchen oder das Spieltau. Ein paar Hundehaare auf den Fliesen waren der einzige Hinweis, dass hier ein Vierbeiner gewohnt hatte.

Entschlossen, tapfer zu bleiben, ging sie hinüber in die Küche und räumte die Tupperdose mit dem übrig gebliebenen Braten und den Kartoffeln in den Kühlschrank. Schließlich war Asco nicht gestorben. Er war nicht einmal weit weg. Genau genommen trennten sie nur ein paar Steinmauern voneinander.

Bestimmt war Senta begeistert gewesen, den Hund wiederzusehen. Es war ja auch wirklich wie ein kleines Wunder oder ein seltsames Spiel des Schicksals, dass Christians gestohlener Hund über irgendwelche Umwege ausgerechnet bei Annalena gelandet war.

Am besten war es bestimmt, sich abzulenken, deshalb öffnete sie den Kühlschrank erneut, entnahm ihm die angebrochene Flasche Weißwein und trug sie zusammen mit einem Glas hinüber ins Wohnzimmer. Dort stellte sie beides auf den Couchtisch ... und hielt inne. Auf dem Sofa lag noch immer – reichlich verknautscht – die hellrote Wolldecke.

Kraftlos ließ Annalena sich in die Polster sinken, nahm die Decke zwischen die Hände und presste sie an ihr Gesicht. Ein bisschen, so bildete sie sich ein, roch die Wolle nach Asco. Das reichte, um ihr die Tränen in die Augen zu treiben. Zurückhalten ließen sie sich nicht. Sie vermisste den Border Collie. Sie liebte ihn. Sie wollte ihn zurückhaben!

***

Hm. Also ... Hm. So war das irgendwie nicht gedacht. Ich bin echt und ehrlich total glücklich, endlich wieder bei meinem Herrchen zu sein. Eigentlich kann ich mein Glück noch kaum fassen. Er ist wieder bei mir und ich bei ihm. Und Senta ist so lieb. Ganz schön groß geworden ist sie auch. Ich habe mich vorhin so lange neben sie auf die Couch gelegt, bis sie eingeschlafen ist, weil sie doch tatsächlich vor Freude geweint hat. Weinende Menschen machen mich immer ganz seltsam feinfühlig. Da will ich dann trösten, aber sie brauchte ja gar keinen Trost, weil sie einfach nur glücklich war. So wie ich.

Jetzt habe ich es mir hier auf meinem Schlafkissen bequem gemacht, das sonst immer bei Annalena im Schlafzimmer war. Christian hat es auf den Boden in der Ecke seines Schlafzimmers gelegt. Von hier aus kann ich ihn sehen und er mich. Ganz wie früher. An der Wand hängt so ein flacher Fernseher und Christian hat ihn eingeschaltet, weil er ja jetzt nicht unten im Wohnzimmer gucken kann. Da schläft doch Senta. Keine Ahnung, was in dieser Kiste läuft, aber die Musik kommt mir bekannt vor. Die habe ich bei Annalena auch schon mal gehört.

Annalena. Also, ganz ehrlich? Ich glaube, ich vermisse sie. Nicht, dass ich nicht selig wäre, endlich wieder bei meinem Herrchen leben zu dürfen, aber jetzt fehlt mir Annalena doch ziemlich. Dabei wollte ich mich doch nie so sehr mit ihr anfreunden, dass so etwas passiert. Ob sie mich auch vermisst? Sie hat mich ja ganz schnell an Christian abgegeben, aber das war ja nur richtig und ich wollte das auch, damit ich endlich wieder bei meinem Herrchen sein kann. Nur ... Ich wäre auch so gerne bei Annalena.

Was sie wohl gerade macht? Es ist schon spät, also liegt sie entweder auf der Couch – ohne mich! – oder sie sitzt am Computer und tippt auf ihrer Tastatur herum. Das macht sie manchmal bis ganz spät am Abend oder in der Nacht. Manchmal aber auch nur den ganzen Tag lang. Dann unterbreche ich sie immer alle zwei Stunden und erinnere sie daran, mit mir rauszugehen oder zu spielen oder auch mal etwas zu essen.

Ich wüsste wirklich zu gerne, ob sie auf der Couch liegt oder vielleicht auch schon im Bett. Vorhin habe ich ihr Auto gehört. Sie war irgendwo und ist dann nach Hause gekommen. Meine Ohren trügen mich bei so etwas nicht. Normalerweise, wenn sie irgendwo gewesen ist, begrüße ich sie immer. Würde ich jetzt auch gerne tun. Und ein bisschen von ihr gestreichelt und hinter den Ohren gekrault werden. Und überhaupt.

Ja, ja, ich weiß, ich wollte nicht ihr Freund werden, aber jetzt bin ich es doch und wäre so gerne bei ihr. Ich vermisse sie wirklich. Sogar so sehr, dass ich ein bisschen winseln muss. Tut mir leid, ich kann nicht anders.

***

Um diesen unglaublichen Tag ein wenig sacken zu lassen, hatte Christian sich auf seinem Bett ausgestreckt und den Fernseher eingeschaltet. Da im regulären TV-Programm nichts lief, was ihn reizen könnte, hatte er blindlings eine Serie über einen Streaming-Anbieter ausgewählt. Irgendwas mit dem Teufel. Klang ganz witzig.

Er kam aber nicht über das Intro hinaus, denn Ascos leises Winseln veranlasste ihn, die Pause-Taste zu drücken. Besorgt musterte er seinen Hund. »Hey, Kumpel, was ist denn los?«

Mit mir? Weiß ich auch nicht. Ich bin glücklich und unglücklich zugleich. Wusste gar nicht, dass so was möglich ist.

Asco erhob sich von seinem Kissen und tappte mit hängendem Schwanz und ebensolchen Ohren auf Christian zu. Sein Blick war dermaßen traurig, dass Christian sich wieder aufrichtete.

»Du siehst ja aus, als würde für dich gerade die Welt untergehen.«

Zustimmend schnaubte Asco und stupste ihn mit der Nase an, dann ging er zur geschlossenen Zimmertür und kratzte leicht daran.

»Willst du noch mal raus?« Rasch erhob sich Christian. »Von mir aus können wir noch einen kurzen Gang um den Block machen.«

Um den Block will ich gar nicht. Nur mal nach Annalena sehen. Ich muss doch wissen, was sie macht und ob es ihr gutgeht.

»Wir müssen aber leise sein, damit Senta nicht aufwacht.« Christian zog seine Sneakers an und warf sich im Flur rasch seine schwarze Lederjacke über. Um ihn herum hüpfte und tänzelte Asco aufgeregt, sodass Christian schon mal die Haustür öffnete, um ihn hinauszulassen. Dann schnappte er sich in der Küche Schlüssel und Handy und folgte dem Hund nach draußen.

Zuerst konnte er Asco nirgendwo entdecken, doch dann vernahm er ein ungeduldiges Bellen und stutzte. »Was machst du denn da? Willst du jetzt noch Annalena besuchen? Dazu ist es viel zu spät. Bestimmt schläft sie schon.« Noch während er sprach und auf das kleine Nachbarhaus zuging, sah er, dass dort Licht brannte. Dennoch zögerte er. »Komm schon, ich dachte, du musst nur noch mal.«

Hab ich schon erledigt. Ich will da rein zu Annalena, und zwar sofort. Wuff.

Aufgeregt hüpfte Asco auf der Stelle, kratzte an der Tür und bellte mehrmals laut.

»Schsch!« Eilig ging Christian auf seinen Hund zu und wollte ihn am Halsband sanft von Annalenas Tür wegziehen. »Du weckst ja die gesamte Nachbarschaft auf. Damit mache ich mir bestimmt keine Freunde.«

Ich will aber Annalena sehen! Unbeirrt bellte Asco und kratzte erneut an der Tür. *Moment, ich weiß was.* Zu Christians

Überraschung stellte Asco sich auf die Hinterbeine, stützte sich mit den Vorderpfoten an der Hauswand ab und presste dann eine Pfote auf die Türklingel. *Gut, was? Hat Pablo mir beigebracht.*

Nur einen Moment später öffnete sich die Tür. Offenbar hatte Annalena das Gebell zuvor bereits gehört. Ohne auf Christian zu achten, ging sie sofort in die Hocke und schloss den aufgeregten Asco in die Arme.

Hach, ja, genau so! Hallo Annalena, wie schön, dich zu sehen. Jetzt geht es mir erst so richtig gut, weil ich weiß, dass du da bist und dass alles in Ordnung ist. Lass mich mal dein Gesicht ablecken. He, Moment, das schmeckt aber salzig. Hast du etwa geweint?

»Asco.« Annalenas Stimme klang ein wenig dumpf, weil sie ihr Gesicht in seinem Fell vergraben hatte. »Was machst du denn hier?« Sie hob nur ganz kurz den Kopf in Christians Richtung. »Du hättest nicht zu klingeln brauchen. Er hat laut genug gebellt.«

»Ich habe nicht geklingelt. Das war Asco.«

»Was?« Verblüfft sah sie wieder zu ihm hoch, und erst jetzt konnte er sehen, dass ihre Augen leicht gerötet waren. Der Anblick versetzte ihm einen unangenehmen Stich.

»Hast du geweint?«

»Was?« Sie wandte sich Asco zu. »Nein. Hey, Süßer, was machst du denn für Sachen? Seit wann kannst du die Türklingel betätigen?«

Schon lange. War nur bisher nie notwendig. Ja, kraul mich bitte noch ein bisschen weiter, das tut guuut!

»Das ist ein ziemlich später Besuch, Asco. Ich war gerade auf dem Weg ins ...«

»Annalena!« Ungeduldig beugte Christian sich vor, fasste sie am Oberarm und brachte sie mit sanftem Nachdruck dazu, sich aufzurichten. »Was ist los? Ich sehe doch, dass du geweint hast.« Als sie seinem Blick beharrlich auswich, fluchte er unterdrückt. »Etwa wegen Asco?«

»Lass mich in Ruhe.« Sie wollte sich abwenden, doch er ließ es nicht zu, sondern zog sie ein Stück näher zu sich heran und suchte ihren Blick.

»Scheiße, verdammt noch mal. Warum lügst du mich an?«
Ihre Augen weiteten sich. »Das habe ich doch gar nicht.«

»Ich komme damit klar? Es ist alles in Ordnung? Und jetzt hockst du da und weinst, weil Asco bei mir ist.«

»Das ist allein meine Sache.«

»Nein, ist es nicht.« Er gab Asco ein Zeichen. »Komm, wir gehen ins Haus. Hier draußen ist es mir zu ungemütlich.« Wie zur Bekräftigung raschelte eine eisige Windbö in dem Holunderstrauch neben dem Haus.

Klar, gerne. Ich bin schon drin. Asco sauste ganz selbstverständlich an ihnen vorbei bis in Annalenas Wohnzimmer und hüpfte auf einen Sessel.

»Hey, runter da!«, rief Christian, der Annalena vor sich her ins Zimmer führte, obgleich sie sich nach wie vor sträubte. »Setz dich«, sagte er zu ihr und bedeutete Asco, der sofort wieder von dem Sessel heruntergesprungen war, sich neben der Couch hinzulegen.

Na gut, einen Versuch war es wert. Macht aber nichts. Ich liege auch gerne hier auf dem Boden, solange Annalena da ist. Und mein Herrchen. Beide zusammen. Das gefällt mir richtig gut, auch wenn Annalena gerade gar nicht froh aussieht. Na, an mir liegt es bestimmt nicht. Sie guckt Christian böse an, also ist das wohl irgendein Menschending. Da halte ich mich lieber heraus und mache ein Nickerchen.

Widerwillig ließ Annalena sich auf ihrer Couch nieder; Christian setzte sich neben sie und sah sie eindringlich an. »Jetzt noch einmal: Warum lügst du mich an?«

»Asco ist dein Hund.«

»Deiner aber auch. Zumindest seit August.«

»Er hängt an dir. Sollte ich mich da etwa querstellen?«

»An dir hängt er genauso«, erwiderte er immer noch aufgebracht, weil ihn der Anblick von Annalenas rotgeweinten Augen härter traf, als es für sie beide gut war. »Er wollte eben mit aller Gewalt hier herüberkommen.« Unwirsch strich er sich durchs

Haar. »Wir sollten irgendeine Lösung finden. Ich will nicht, dass du leidest, weil du Asco hergegeben hast.«

»Das geht schon irgendwann vorbei. Ist ja nicht so, dass ich ihn nie wiedersehen würde.« Sie verschränkte die Arme vor der Brust.

Unter Christians eindringlicher Musterung wandte sie den Blick wieder ab.

»Ja, klar.« Er schnaubte sarkastisch. »Entschuldige, wenn ich dir kein Wort glaube. Ich weiß selbst, wie es ist, einen Hund – diesen Hund – zu lieben und dann zu verlieren.«

»Das kannst du doch überhaupt nicht miteinander vergleichen. Asco wurde dir gestohlen!«

»Mag sein, aber weg ist weg.« Er lehnte sich in der Couch zurück, richtete sich jedoch gleich wieder auf. »Timesharing.«

»Was?« Irritiert hob sie den Kopf.

Er grinste. »Wir teilen uns das Sorgerecht, bis wir eine andere Lösung finden.«

»Wie soll das denn gehen?« Zweifelnd runzelte sie die Stirn.

Er hob die Schultern. »Ich habe noch gar nicht darüber nachgedacht, was ich mit Asco machen soll, wenn ich drüben in der Akademie bin oder während des Sportunterrichts an der Schule.« Abwartend blickte er sie an.

Annalena erwiderte seinen Blick fragend. »Ich soll auf ihn aufpassen, meinst du?«

»Werktags von morgens ab ungefähr sieben bis nachmittags um vier oder fünf, je nachdem, wie mein Stundenplan aussieht. Wenn ich es schaffe, dass Senta hierbleiben kann, wird sie auf die Gesamtschule gehen, und dort gibt es Ganztagesbetreuung, was bedeutet, dass sie auch erst um kurz nach vier nachmittags nach Hause kommt. So lange können wir Asco nicht alleinlassen. Da wäre er hier deutlich besser aufgehoben. Zumindest, wenn du nicht wegen eines Seminars wegmusst.«

»Ich habe erst im Januar wieder Seminare außerhalb und auch nicht allzu weit weg.« In Annalenas Augen glomm ein kleiner, glücklicher Funken auf. »Das würdest du tun?«

Christian legte ihr kurz seine Hand auf den Arm, zog sie jedoch rasch wieder zurück, weil ihm bewusst wurde, dass die Geste viel zu vertraulich war. »Es wäre eine Win-Win-Win-Situation, oder etwa nicht? Allen Beteiligten wäre damit gedient. Über die Wochenenden, Urlaub und Feiertage können wir uns ja später noch Gedanken machen.« Er zögerte. »Oder hin und wieder etwas zusammen unternehmen.« Gespannt wartete er, wie sie auf diesen sehr gewagten Vorstoß reagieren würde. Er wusste selbst noch nicht recht, was er von dem Vorschlag halten sollte, denn er hatte ihn ausgesprochen, bevor er richtig darüber nachdenken konnte.

»Zusammen?« Sie zögerte sichtlich. »Ich glaube nicht, dass das eine gute Idee ist.«

»Warum nicht? Wir sind immer gut miteinander ausgekommen.«

Verlegen wich sie seinem Blick aus. »Früher vielleicht mal.«

Er schluckte und bemühte sich, so gut es ging, nicht an jenes Ereignis zu denken, das ihre Freundschaft so abrupt beendet hatte. »Ich hätte nichts dagegen, den Faden dort wiederaufzunehmen, wo er uns damals entglitten ist.«

Ihr Kopf hob sich ruckartig. »Du meinst, bevor ich mich komplett lächerlich gemacht habe.«

»Das hast du nicht.« Die Erinnerung drängte sich beharrlich vor sein inneres Auge und verursachte eine Mischung sehr unterschiedlicher Empfindungen, von denen ihm im Moment nicht eine willkommen war.

Annalena schien es ähnlich zu gehen, denn sie rieb sich mit den Fingerspitzen energisch über die Augenlider. »Doch, das habe ich. Nichts in meinem gesamten Leben war mir je so peinlich.« Sie hielt inne und blickte ihm im nächsten Moment abschätzend ins Gesicht. »Hast du damals meinem Bruder versprochen, dich von mir fernzuhalten?«

Er stutzte, räusperte sich. »Ja.«

»Weil er nicht wollte, dass ich als Kerbe in deinem Bettpfosten ende.«

Die Wendung des Gesprächs verursachte ihm Unbehagen. »So in der Art, ja.«

»Also hätte diese Gefahr tatsächlich bestanden?«

Ihr undefinierbarer, jedoch sehr eindringlicher Blick ließ eine Mischung aus Verlegenheit, Reue und Panik in ihm aufsteigen, sodass er nicht fähig war, ihr ehrlich zu antworten. Also sagte er gar nichts.

Sie nickte leicht. »In dem Fall muss ich dir danken, dass du mich damals rausgeworfen hast.«

Fieberhaft überlegte er, wie er sich aus dieser Falle befreien könnte. »Es war besser so.«

»Offensichtlich.« Sie zog die Schultern ein wenig hoch. »Ich war wohl zu jung und unbedarft, um die Signale richtig zu deuten.«

»Signale?« Er zögerte und verfluchte sein früheres gedankenloses Ich sowie die Tatsache, dass er einfach alles falsch gemacht hatte, was nur möglich gewesen war. »Ich schätze, ich habe es damals mit diesen«, er lächelte unfroh, »Signalen ein wenig übertrieben.«

»Also,« sie runzelte die Stirn, »gab es diese Signale, aber sie waren nicht echt, sondern dein gewohnheitsmäßiges Bad-Boy-Gehabe?«

»Mein was?«

»Und ich dachte danach immer, ich sei komplett schief gewickelt gewesen.« Sie atmete hörbar ein und wieder aus. »Gut, dass wir das endlich geklärt haben.«

»Haben wir das?« Er war sich nicht sicher, ob er ihrem Gedankengang korrekt gefolgt war und ob ihm gefiel, wohin dieser geführt hatte.

»Ja.« Nun lächelte sie tatsächlich, wenn auch etwas angestrengt. »Ja, das haben wir. Gut. Du willst dir also das Sorgerecht für Asco teilen?«

Der abrupte Themenwechsel brachte ihn ein wenig aus dem Gleichgewicht, doch er nickte rasch. »Ja, fürs Erste ... bis uns etwas Besseres einfällt.«

9. Kapitel

»Ich glaube, allmählich sollten wir umkehren, meinst du nicht auch, Asco?« Besorgt blickte Annalena zum bedeckten Himmel hinauf, der sich immer mehr verdunkelte. Es war noch nicht ganz drei Uhr nachmittags an diesem Montag, aber es schien, als würde es heute ganz besonders früh dunkel werden. Sie hatte das gesamte Wochenende durchgearbeitet – hauptsächlich an Blogartikeln und den diversen Interviews, die sie regelmäßig auf Online-Plattformen gab, sobald ein neues Buch von ihr erschienen war. *Nun! Mach! Endlich!*, ihr neuestes Werk, war heute exakt zwei Wochen in den Buchhandlungen erhältlich und bereits in die zweite Auflage gegangen. Ihre Agentin hatte ihr die frohe Botschaft am vergangenen Donnerstag telefonisch mitgeteilt, und seitdem hatte Annalena besonders gute Laune. Der Verlagswechsel hatte sich wirklich gelohnt.

Als Nächstes standen noch zwei von ihr begleitete Leserunden an – eine auf einer bekannten Leserplattform, die andere in einem Forum, das sich hauptsächlich mit Motivationsliteratur befasste. Den heutigen Vormittag hatte sie damit verbracht, sich auf beides vorzubereiten, indem sie die Leseabschnitte des Buches eingeteilt und sich zu jedem Abschnitt verschiedene Fragen und Diskussionsanregungen notiert hatte. Danach war sie, weil sie einfach zu viel Zeit am Computer verbracht hatte, unruhig geworden und hatte beschlossen, mit Asco einen schönen, langen Spaziergang zu machen, bevor sie ihn am späteren Nachmittag zu Christian hinüberbringen musste.

Das Arrangement, das sie getroffen hatten, funktionierte erstaunlich gut. Die Wochenenden hatte Asco überwiegend bei Christian verbracht, bis auf den ersten Samstag, an dem Christian mit Senta losgefahren war, um Möbel für ihr neues Zimmer zu kaufen.

Noah Silberberg hatte Christian geholfen, einen Eilantrag beim Jugendamt in Hannover zu stellen, damit ihm zumindest übergangsweise das Sorgerecht für Senta zugesprochen wurde. Da sich Ines Bonner mittlerweile in einer Entzugsklinik befand, war dem Antrag glücklicherweise stattgegeben worden. Die Anmeldung an der Gesamtschule war problemlos vonstattengegangen, sodass das Mädchen nun hier die siebte Klasse besuchte.

Soweit Annalena erkennen konnte, kamen die beiden Geschwister ausgezeichnet miteinander aus. Allerdings war Senta auch so zurückhaltend, ja sogar schüchtern, dass sie vermutlich von Natur aus wenig aufbegehrte und sich gar nicht traute, irgendeinen Unsinn anzustellen. Sie schien einfach nur froh zu sein, nicht mehr bei ihrer Mutter leben zu müssen. Annalena konnte sich kaum vorstellen, was die Kleine bereits hatte durchmachen müssen. Sie selbst hatte auch nicht nur angenehme Erinnerungen an ihr Elternhaus, doch die bezogen sich mehr auf die Engstirnigkeit ihrer Eltern und deren kolossale Unfähigkeit zu begreifen, dass ihre Kinder nicht ewig nach den Vorstellungen von Mutter und Vater leben wollten. Steffen hatte sich lange – viel zu lange – angepasst und versucht, es ihnen recht zu machen. Im Grunde hatte das erst aufgehört, nachdem er Elena kennengelernt hatte. Annalena hingegen hatte sich gleich nach dem Abitur abgenabelt und alle Bemühungen der Eltern, ihr in ihr Leben hineinzureden, rigoros abgeblockt. Was das anging, war sie so etwas wie das schwarze Schaf der Familie, auch wenn ihre Eltern das nicht zugeben wollten. Es war auch nicht so, dass ihre Eltern sie nicht liebten – oder umgekehrt. Die Kilians hatten stets versucht, ihren Kindern eine behütete und glückliche Kindheit zu ermöglichen. Eltern und Kinder lagen nur im Entferntesten nicht auf einer Wellenlänge. Annalena hatte sich damit abgefunden und versuchte, das Beste aus dieser nicht ganz einfachen Situation zu machen.

Zurück nach Hause? Ja, das ist, denke ich, eine gute Idee. Ich kann nämlich riechen, dass es bald regnen wird. So kalt, wie es derzeit ist, wird das ganz bestimmt sehr ungemütlich. Aber warte mal, wo sind wir denn hier eigentlich? Ist das nicht diese Schule mit den vielen Kindern und Jugendlichen, wo mein Herrchen jetzt oft hingeht? Ja, stimmt, sieht so aus und riecht auch so. Moment mal, ich wittere Herrchen. Ist er hier irgendwo?

»Nanu, Asco, was ist denn los?« Lachend betrachtete Annalena den Hund, der mitten im Lauf angehalten hatte und die Nase in die Luft streckte. Schon legte er die Ohren an, um loszustürmen, doch sie hielt ihn rasch am Halsband fest. »Stopp, nicht schon wieder lossausen.« Sie befestigte mit einem schnellen Handgriff die Leine an Ascos Geschirr und sah sich um. »Wir sind heute wirklich weit gegangen. Da vorne ist ja schon die Gesamtschule.« Der Anblick des alten Hauptgebäudes aus den Sechzigerjahren erinnerte sie an ihre eigene Schulzeit, als die Schule noch ein Gymnasium gewesen war. Zur Gesamtschule mit Ganztagsunterricht hatte man sie erst vor knapp fünf Jahren gemacht und bei der Gelegenheit noch zwei neue Gebäude angebaut. Auch die Außenanlagen waren erweitert worden. Neben der alten Turnhalle mit dem kleinen Ascheplatz hatte man einen größeren neuen Sportplatz angelegt sowie einen Schulgarten und ein Biotop.

Montags gab Christian Seminare drüben in der Sportakademie, deshalb war sie überrascht, als sie ihn jetzt am Rand des Sportplatzes stehen sah – zusammen mit Tom Winkmann, Tessas Ehemann, der ebenfalls Sportlehrer war, sowie Noah Silberberg und Arthur Mondoli, dem Leiter der städtischen Sozialstation. Auf dem Platz kickten ein paar Jungen im Alter von etwa acht bis zehn Jahren einen Fußball hin und her, jedoch offensichtlich ohne auf irgendwelche Regeln zu achten. Ein Stück weiter übten zwei Mädchen Weitwurf.

Annalena hatte diese Disziplin gehasst und war auch immer grottenschlecht darin gewesen. Selbst heute konnte sie noch nicht sonderlich weit werfen, was Asco zum Glück nicht störte.

Interessiert beobachtete sie, wie Christian zu den beiden ging. Er trug heute Jeans, die seine schmalen Hüften und sein höchst ansehnliches Hinterteil vorteilhaft kleideten, ein graues Hemd und darüber seine schwarze Lederjacke, die seine breiten Schultern betonte. Ein Anblick, der sich unwillkürlich auf Annalenas Pulsschlag und Blutdruck auswirkte. Sie ärgerte sich, dass sie diese Reaktion ihrer Hormone auf ihn einfach nicht in den Griff bekam. Sie hatten zu einem kameradschaftlichen Umgang gefunden, der sich allerdings hauptsächlich auf die kurzen Momente beschränkte, in denen er Asco zu ihr brachte oder umgekehrt. Christian war sehr mit dem Einzug in sein Haus, der neuen Lehrerstelle und Senta beschäftigt gewesen und Annalena mit den Aktivitäten rund um ihr neues Buch. Vermutlich hätte sie durchaus etwas mehr Zeit erübrigen können, aber sie fühlte sich wohler, wenn sie ihm nicht lange zu nah kam. Noch hatte sie die neuen Erkenntnisse über die Sache von damals nicht richtig verarbeitet und wusste nicht recht, was sie davon halten sollte. Deshalb war es wohl besser, den Kontakt auf ein Minimum zu beschränken.

Nun aber blieb sie stehen und sah Christian dabei zu, wie er den Mädchen etwas erklärte, sie erneut werfen ließ und ihnen danach zeigte, wie sie ihre Wurftechnik verbessern konnten. Die beiden waren vielleicht vierzehn oder fünfzehn Jahre alt, trugen einen enganliegenden bunten Sportdress, Stulpen um die Waden und Schals um den Hals. Selbst auf die Entfernung konnte Annalena sehen, dass sie ihren Lehrer anschmachteten und sich – kichernd zwar, aber doch eifrig – bemühten, seinen Anweisungen zu folgen und ihn zu beeindrucken.

Christian konnte dieses Teenagergeflirte nicht entgangen sein, doch er ließ sich nicht anmerken, was er davon hielt, sondern übte geduldig abwechselnd mit beiden Mädchen, bis sie die Wurfbewegung, die er ihnen vormachte, einigermaßen hinbekamen. Als er sich kurz einmal in ihre Richtung drehte, erblickte er Annalena und nickte ihr lächelnd zu.

Annalenas Herz machte einen kleinen Satz. Ein bisschen ärgerte sie sich, dass er sie beim Zuschauen ertappt hatte, und noch ein bisschen mehr, dass sein Lächeln sie so gewaltig aus dem Konzept brachte. Schon wollte sie eilig weitergehen, als er laut ihren Namen rief und winkte.

Herrchen! Oh, wie schön, er kommt zu uns! Das finde ich jetzt aber wirklich gut. Hallo, hallo, wuff!

Verblüfft sah sie Christian entgegen, denn er strebte nun mit schnellen Schritten auf sie zu.

»Hallo, ihr beiden«, grüßte er, wuschelte dem aufgeregt tänzelnden Asco kurz durchs Fell und legte Annalena zu deren Verblüffung und Schrecken einen Arm um die Schultern. »Du bist meine Rettung«, raunte er ihr ins Ohr, sodass es aussah, als habe er sie dorthin geküsst. Sein warmer Atem streifte über ihre Haut und stellte merkwürdige Dinge mit ihrem Innenleben an. »Ich hatte vergessen, wie anstrengend fünfzehnjährige Mädchen sein können.«

»Ach ja?« Sie versuchte, sich von ihm zu lösen, doch er zog sie einfach noch näher an sich heran. »Das hat dich früher nie gestört.«

»Früher war ich auch noch gewissenlos und keine respektable Lehrperson.«

»Wie die Zeiten sich geändert haben.«

»Nicht wirklich. Ich habe den beiden gegenüber soeben schamlos behauptet, du seist meine Freundin und hier, um mich abzuholen. Ich hoffe, das hat ihnen einen kleinen Dämpfer versetzt.«

»Deine Freundin?« Beinahe wäre ihre Stimme übergekippt. »Spinnst du?«

»Nein, denn Freunde sind wir doch wohl.« Er stockte kurz. »Oder so was Ähnliches zumindest.«

»Jetzt greifst du schon zu solchen Lügen, um dir die Frauen vom Leib zu halten?« Spöttisch musterte sie ihn von der Seite.

»Also der Ausdruck Frauen ist für die beiden Küken noch reichlich weit hergeholt.« Er zuckte mit den Achseln. »Was macht ihr beiden denn hier?«

Annalena schaffte es endlich, sich mit einer, wie sie hoffte, eleganten Drehung von ihm zu lösen und einen Schritt zur Seite zu machen. »Einen Spaziergang, was sonst? Mir ist die Decke auf den Kopf gefallen. Ich habe zweieinhalb Tage fast nonstop gearbeitet.«

»Das habe ich gemerkt. Du hattest jeden Abend das Licht bis nach Mitternacht an.«

»Stalkst du mich?« Sie runzelte die Stirn.

»Nein, ich war nur vor dem Schlafengehen immer noch kurz mit Asco draußen und habe Licht in deinem Arbeitszimmer gesehen. Jetzt machst du also mal eine verdiente Pause?«

»Ja.« Sie warf einen kurzen Blick zum Sportplatz. »Die beiden Küken beobachten dich. Du scheinst ja immer noch ein Talent dafür zu besitzen, Eindruck zu schinden.«

Sein Blick verfinsterte sich leicht. »Ich schinde keinen Eindruck. Schon gar nicht bei Kindern.«

»Also Kinder sind die zwei auch nicht mehr.«

»Du weißt, was ich meine.« Er zog die Stirn verärgert in Falten. »Das sind Schülerinnen. Wofür hältst du mich eigentlich?«

»Ich stelle lediglich fest, dass dein Bad-Boy-Charme immer noch zieht, ob du willst oder nicht.«

»Was soll das überhaupt bedeuten?« Irritiert sah er sie an.

Sie legte den Kopf etwas schräg. »Komm schon, du weißt genau, was ich meine. Wenn du die Frauen, die du mit deiner Masche verführt und dann am Wegesrand entsorgt hast, hintereinander aufreihen würdest, dürfte die Schlange einmal um den Globus reichen, oder?«

Er lachte trocken. »So arg ist es nun auch wieder nicht gewesen. Und eine Masche hatte ich auch nicht. Mag sein, dass ich es eine Zeit lang übertrieben habe, aber zuletzt ...«

»Was zuletzt?« Gegen ihren Willen hob sie neugierig den Kopf. »Hast du deine Bemühungen halbiert?«

»Gegen null laufen lassen«, erwiderte er ruhig.

»Christian Bonner, der Mönch?« Spöttisch verzog sie die Lippen.

»Das vielleicht nicht gerade, aber die letzten zwei Jahre ...« Er zuckte mit den Achseln. »Meine Arbeit war mir wichtiger – und ein vernünftiger Lebenswandel, der mir eine Chance gibt, Senta bei mir aufzunehmen.«

Nun war sie wirklich verblüfft. »Du bist seit zwei Jahren solo?«

»Das war ich vorher auch.« Er hüstelte. »Nennen wir es lieber: frei von jeglichen amourösen Tätigkeiten. Schockiert dich das?«

»Und wie.« Plötzlich musste sie lachen. »Tut mir leid, aber ich kann es mir kaum vorstellen. Du hast es doch noch nie länger als ein paar Tage oder höchstens Wochen unbeweibt ausgehalten. Und jetzt ganze zwei Jahre?«

»Lach nur.« Er grinste. »Tatsächlich hat mir diese Zeit direkt gutgetan. Frauen können das Leben ziemlich kompliziert machen, selbst wenn sie nur für kurze Zeit den Weg eines Mannes kreuzen.«

»Und Gott bewahre dich vor jeglichen Komplikationen!« Sie lachte noch immer.

»So würde ich es nun auch nicht ausdrücken.« Er wurde wieder ernst. »Ich schätze, ich bin nur inzwischen alt genug, um einzusehen, dass es Komplikationen gibt, die es wert sind, und solche, die in meinem Leben vollkommen überflüssig sind.«

»Weise Worte. Musst du nicht zurück auf den Platz?«

Er warf einen kurzen Blick auf seine Armbanduhr. »Die AGs sind gleich vorbei.« Er deutete vage in Richtung der drei Männer, die nach wie vor am Rand des Spielfeldes standen und sich rege unterhielten. »Ein neues Projekt der Schule in Kooperation mit der Sozialstation. Tom hat mich dabei um Mithilfe gebeten. Es wird zwei neue Sport-AGs geben, in denen jeweils mindestens zur Hälfte Kinder aus sozial benachteiligten Familien und solche aus schwierigen Elternhäusern aufgenommen werden sollen. Noah fand die Idee toll, mich mit einzubinden, weil ich ja gewissermaßen ein Prototyp für ein verkorkstes Elternhaus bin und, na ja, trotzdem etwas aus mir gemacht habe.«

»Wow.« Beeindruckt blickte sie vom Sportplatz zu ihm und wieder zurück.

»Ja.« Er lächelte leicht. »Da ich Noah wegen der Hilfe mit dem Sorgerecht für Senta einen Gefallen schulde, konnte ich mich nicht dagegen sträuben.«

»Hättest du das denn lieber getan?«

»Ich weiß nicht.« Er dachte kurz nach. »Wahrscheinlich nicht. Ich bin ja auch aus einem guten Grund Lehrer geworden.«

Sie nickte leicht. »Ja, wahrscheinlich. So ganz kann ich mich noch immer nicht daran gewöhnen.« Sie musterte ihn von Kopf bis Fuß. »Du siehst auch nicht wie ein Lehrer aus.«

»Haha.«

»Nein, wirklich!« Diesmal war es an ihr zu grinsen. »Wissen deine Vorgesetzten, dass deine linke Schulter über und über bis auf die Brust tätowiert ist? Ich meine, das dürfte spätestens im kommenden Sommer für Aufregung sorgen, oder? Und falls du den Schwimmunterricht beaufsichtigen musst ...«

»Werde ich wohl«, brummelte er.

»Dann kannst du dich auf etwas gefasst machen. Speziell von den Küken.«

»Herzlichen Dank.« In seine Augen trat ein mutwilliges Funkeln. »Dich hat die Tätowierung nie sonderlich beeindruckt, oder?«

Annalena räusperte sich. »Doch, hat sie. Hauptsächlich, weil ich mir nicht vorstellen konnte, wie man das aushalten kann. Das Tätowieren an sich, meine ich.«

»Es gibt angenehmere Dinge«, gab er zu. »Aber auch schlimmere. Wie ist es, wartest du die paar Minuten und spielst noch mal meine Freundin?«

»Ungern.« Sie wollte noch etwas hinzufügen, doch ihr Handy gab einen Piepton von sich, der signalisierte, dass eine E-Mail von ihrer Agentin eingetroffen war. Eine Sekunde später klingelte das Mobiltelefon. »Entschuldige, da muss ich drangehen.«

»Okay, bis später.« Er strich ihr in einer viel zu intimen Geste über die Wange und kehrte zum Sportplatz zurück.

Annalena kämpfte das prompte Herzklopfen nieder und nahm den Anruf an. »Hallo Beate, wie geht es dir?«

»FANTASTISCH!«, schrillte es ihr entgegen. Ihre Agentin klang, als sei sie vollkommen aus dem Häuschen. »Hast du meine E-Mail bekommen?«

»Ja, gerade eben, aber ich habe sie noch nicht geöffnet. Worum geht es denn?«

»Mach sie auf, Annalena. Jetzt sofort. Und dann rufst du mich umgehend wieder an.« Es knackte in der Leitung und die Verbindung war unterbrochen.

Verdutzt blickte Annalena auf ihr Handy. Sie wusste, dass ihre Agentin, Beate Hachenberg, für ihre 53 Jahre manchmal ein bisschen ausgeflippt war. Eine knallharte Geschäftsfrau, treusorgende Ehefrau und liebende Mutter von vier Kindern, aber eben leicht ausgeflippt. Ein wenig wie Elena.

»Also gut, was haben wir denn da?« Nicht halb so aufgeregt, wie Beate es sich vielleicht erhofft hatte, rief Annalena die Mail auf. Es handelte sich um die Weiterleitung einer Nachricht, die der Verleger ihres neuen Buches persönlich an Beate geschrieben hatte. Und einen Dateianhang.

Für einen langen Moment starrte Annalena wie betäubt auf das Display. »Nein.«

Wie? Was? Warum nein? Asco, der sich neben ihr hingelegt und dem Treiben auf dem Sportplatz zugesehen hatte, hob neugierig den Kopf. *Ach, du meinst gar nicht mich. Was ist denn los? Du siehst ja so käsig aus.*

»Das ... kann nicht ...« Ungläubig und mit leicht zitternden Fingern öffnete sie den Dateianhang und schluckte. Ihr Magen fühlte sich an, als würde er eine Meile absacken und dann wie am Gummiband zurückschnellen. Ihr Puls beschleunigte sich, das Blut rauschte in ihren Ohren. Sie konnte es nicht fassen. »Das gibt es nicht.« Leicht hektisch sah sie sich um. Ihr Blick traf erneut den von Christian, der zu den anderen Männern gegangen war und sich mit ihnen beriet. Dann blickte sie wieder auf ihr Handy, das in diesem Moment erneut klingelte. Zittrig nahm sie den Anruf an. »Beate?« Ihre Stimme krächzte ein wenig.

»Hab ich mir doch gedacht, dass du gar nicht fähig sein würdest, meine Nummer zu wählen. Ist das eine Neuigkeit? Ich hab hier gerade eine Flasche richtig teuren Schampus aufgemacht. Den pötte ich gleich mit meinem Männe. Schade, dass wir so weit auseinander wohnen, sonst wäre ich direkt zu dir gekommen.« Beates Stimme überschlug sich fast vor Begeisterung. »Platz eins, Schätzlein! Von null auf eins. Du hast es geschafft, Annalena! Aber denk daran, die Spiegel-Bestsellerliste wird erst am Mittwoch veröffentlicht. Bis dahin muss das streng geheim bleiben. Verstanden? Ich wiederhole: streng geheim. Kein Piep zu niemandem, es sei denn, er kann schweigen wie ein Grab. Und das können die wenigsten. Ach, ich könnte dich gerade knutschen! Die dritte Auflage ist übrigens auch schon im Druck, wie du dir wohl denken kannst.« Es wurde kurz still. »Annalena? Bist du noch da? Sag doch was!«

»Ich weiß nicht, was ich sagen soll, Beate. Ich bin noch total ... geflasht.« Sie schluckte. »Wirklich Platz eins? Ist das nicht irgendein dummer Computerfehler oder so?«

»Nein, kein Fehler. *Nun! Mach! Endlich!* ist die Nummer eins diese Woche. Wir haben es schwarz auf weiß und am Mittwoch wird es die ganze Welt erfahren.«

»Okay.«

»Nur okay?« Beate lachte.

»Ich ...« Annalena spürte eine Gänsehaut am ganzen Körper. »Ich fürchte, ich muss das erst mal verdauen. Wie kann das denn plötzlich ... Platz eins?«

»Ganz einfach, das Buch ist der Knaller! Der Verlag hat natürlich ordentlich was dafür getan, aber wenn das Buch nicht so wahnsinnig toll geschrieben wäre, hätte der Buchhandel es trotzdem links liegengelassen. Pass mal auf, verdau du die tolle Nachricht und morgen früh telefonieren wir noch mal und besprechen alle Einzelheiten.«

»Was denn für Einzelheiten?«

»Na, was jetzt auf dich zukommen könnte. Interviews, Presse, vielleicht sogar Talkshows, das volle Programm. Der Verlag wird dich herumreichen wollen wie geschnittenes Brot, aber ich will jeden einzelnen Auftritt und jedes Interview vorher prüfen. Verheizen wollen wir dich nämlich nicht, hörst du? Ich bin schon dabei, einen Schlachtplan aufzustellen. Morgen früh, okay? Ich ruf dich an. Feier jetzt erst mal und genieße das Gefühl. Küsschen!«

Schon war die Leitung unterbrochen. Annalena öffnete noch einmal die E-Mail und las sich die Nachricht des Verlegers durch. Ihr schwirrte der Kopf und noch immer konnte sie nicht glauben, was ihr da gerade widerfahren war. Sie war die Nummer eins auf der Bestsellerliste? Von null aufgestiegen?

»Annalena? Stimmt etwas nicht? Du siehst so schockiert aus und bist ziemlich blass.« Unbemerkt war Christian nähergekommen und fasste sie sanft am Arm.

Ich weiß auch nicht. Sie hat telefoniert und ist jetzt so komisch. Auf mich achtet sie gar nicht mehr. Aber krank sieht sie nicht aus.

Langsam hob Annalena den Kopf, schluckte gegen die Freude und den leichten Schrecken an. Schweigend hielt sie Christian ihr Handy hin, damit auch er die Mail lesen konnte.

Stirnrunzelnd warf er einen kurzen Blick darauf, stutzte und nahm ihr das Mobiltelefon aus der Hand. »Ist das wahr? Echt jetzt?«

»Ich glaube schon. Der Anruf eben, das war meine Agentin. Sie betrinkt sich gerade mit einer Flasche teurem Champagner.«

»Das ist ja der Wahnsinn!« Ehe sie sich versah, hatte Christian sie in seine Arme gezogen und einmal wild im Kreis herumgewirbelt.

Asco bellte empört, weil ihm die Leine um die Ohren flog.

Lachend stellte Christian Annalena wieder ab. »Entschuldige, Kumpel, das musste jetzt einfach sein.« Erneut zog er Annalena an sich, bevor sie reagieren konnte, und umarmte sie fest. »Ich wusste immer, dass du mal ganz groß rauskommst.«

Seine plötzliche Nähe alarmierte sie, doch da sich gerade ein unfassbares Glücksgefühl in ihr ausbreitete, erwiderte sie die Umarmung unwillkürlich. Sie brauchte jetzt einfach jemanden, mit dem sie die unglaubliche Glücksnachricht teilen konnte. »Du hast das immer gewusst? Du hast doch bestimmt nicht mal eine Ahnung, worüber ich schreibe.«

»Warum sollte ich das nicht wissen?« Er lockerte seine Umarmung gerade so weit, dass er ihr ins Gesicht sehen konnte. »Du scheinst ja wirklich keine allzu gute Meinung von mir zu haben. Wenn du es genau wissen willst: Ich habe deine Bücher alle gelesen. Manche sogar zweimal.«

»Du machst Witze.« Ungläubig blickte sie zu ihm auf.

»Nicht einen einzigen. Deinen Blog habe ich auch abonniert, aber leider komme ich nicht immer zeitnah dazu, alle Artikel zu lesen. Ich picke mir nur die heraus, die mich gerade am meisten interessieren. Dafür, dass du nicht studiert hast, sind deine Artikel und auch deine Bücher extrem fundiert und gleichzeitig auch für Laien verständlich geschrieben. Das ist beeindruckend, und deshalb wusste ich auch immer, dass du mal den Durchbruch schaffen würdest.«

»Extrem fundiert?« Sie hob die Augenbrauen leicht an.

»Aus Sicht des Experten, ja. Immerhin habe ich Sportpsychologie studiert ... unter anderem. Du nicht. Du hast gar keinen Studienabschluss.«

»Weil ich nie auf die Uni gegangen bin.«

»Damit könnte es etwas zu tun haben.« Er schmunzelte.

Sie zögerte kurz. »Findest du es schlimm, dass ich keinen Abschluss habe?«

»Ich dachte, ich hätte eben das Gegenteil behauptet.« Er wurde wieder ernst. »Ein Universitätsgrad ist nicht immer der Maßstab für Kompetenz und Können. Sicherlich kann man von Menschen mit einem Uni-Abschluss eine gewisse Kompetenz erwarten, aber das bedeutet noch nicht, dass sie ihr Wissen in der wahren Welt auch anwenden können. Soweit ich es beurteilen kann, hast du schon mehrfach unter Beweis gestellt, dass du dessen fähig bist. Du hast jetzt wie viele Bücher geschrieben?« Er hielt kurz inne.

»Acht. Das erste ist erschienen, als du nicht mal fünfundzwanzig warst. In dem Alter ackern die meisten Studenten noch an ihren Semesterscheinen und sind vom Abschluss weit entfernt, während du schon den ersten Schritt zum Erfolg gemacht hast. Insofern würde ich behaupten, dass es keine festen Regeln gibt.« Zu Annalenas Überraschung legte er ihr eine Hand an die Wange und sein Blick wurde ganz weich. »Ich bin stolz auf dich.«

Sie schluckte. Schluckte noch einmal. Ihr Magen hatte sich erneut um einige Meter abgesenkt, ihr Herzschlag war aus dem Takt geraten. Als er sie anlächelte, konnte sie nicht anders, als das Lächeln zu erwidern.

»Weißt du was?« Er zog seine Hand zurück, doch die Wärme, die sie hinterließ, kribbelte weiterhin auf Annalenas Haut. »Das feiern wir.«

»Wir?« Nun war sie doch ein wenig erschrocken.

»Aber hallo! Ich lade dich ein. Ins Sternbach, halb acht. Ich hole dich ab.« Er zwinkerte ihr zu. »Ist ja nicht weit.«

»Eigentlich darf noch niemand davon erfahren.«

»Ich weiß.«

Sie runzelte die Stirn. »Woher?«

Lachend zupfte er an einer ihrer Locken, die sich aus der Haarspange gelöst hatte. »Du hast mal in irgendeinem Blogartikel – oder war es auf Facebook? – geschrieben, dass die Spiegel-Bestsellerliste erst mittwochs veröffentlicht wird. Ich glaube, es ging um den Erfolg eines Kollegen, der auch schon zwei Tage früher Bescheid wusste und nichts sagen durfte.«

Sie hüstelte. »Irgendwie habe ich das Gefühl, dass du mich doch stalkst.«

»Wenn du meinst. Ich nenne es Interesse an deiner Arbeit.« Er zögerte und fügte etwas leiser hinzu. »Und an deinem Leben.«

Die Worte und sein veränderter Tonfall jagten ihr einen Schauder über den Rücken. »Ich habe umgekehrt in den letzten Jahren alles, was mit dir zu tun hatte, rigoros aus meinem Leben verbannt.«

»Was eine gute Entscheidung war.« Er blickte zum Himmel. »Ich fürchte, wir werden gleich nass, wenn wir uns nicht irgendwo unterstellen. Komm mit. Du auch, Asco, ich nehme euch im Auto mit nach Hause.« Da in diesem Moment tatsächlich die ersten Regentropfen fielen, nahm er Annalenas Hand und zog sie einfach im Laufschritt mit sich zum Parkplatz neben dem Schulgebäude.

***

Mit gemischten Gefühlen stand Annalena vor dem Spiegel in ihrem Schlafzimmer und begutachtete ihr Outfit. Sie hatte sich bereits zum vierten Mal umgezogen und war noch immer nicht zufrieden. Weshalb in aller Welt hatte sie einem Date mit Christian zugestimmt? War sie von allen guten Geistern verlassen? Er bezeichnete es zwar nur als eine Feier, aber letztlich war es ein Date, ganz gleich, wie sie den Anlass benannten. Sie hätte sich besser an diesem Abend daran gesetzt, neue Meldungen für ihre Seiten in den sozialen Netzwerken vorzubereiten, damit sie für den großen Tag am Mittwoch gerüstet war. Stattdessen stand ihr nun ein Abend mit zugeschnürter Kehle, Herzklopfen und vermutlich peinlich stockenden Gesprächen bevor, weil sie mit allen Mitteln danach trachtete, ihm nicht zu nahe zu kommen und ihm nicht wieder Raum in ihrem Leben zu lassen. Sobald das nämlich geschah, so fürchtete sie, würde sie sich erneut in ihn verlieben – und ein zweites Mal würde sie das nicht durchstehen. Zumindest nicht, wenn es ähnlich endete wie damals.

Das kleine Stimmchen in ihrem Ohr, das sie davon überzeugen wollte, dass sich ein zweiter Versuch vielleicht doch lohnen könnte, versuchte sie rigoros zum Schweigen zu bringen. Dieses Date, die Art und Weise, wie Christian sie heute Nachmittag angesehen und mit ihr geredet hatte – und zuvor auch schon, wenn sie ehrlich zu sich war – schienen eine eindeutige Sprache zu sprechen. Doch sie hörte nicht mehr auf ihre innere Stimme, und schon gar nicht vertraute sie darauf, Signale von Männern – seine ganz besonders – richtig zu deuten.

Zwar schien sie damals, im Vorfeld jenes schicksalhaften Abends, als sie nur mit ihrem Mantel bekleidet bei ihm aufgetaucht war, um ihn zu verführen, tatsächlich solche Signale aufgefangen, sie offenbar jedoch falsch verstanden zu haben. Er hatte mit ihr geflirtet und auch noch ein wenig mehr, aber anscheinend nur aus Gewohnheit und nicht, weil er tatsächlich an ihr interessiert gewesen war.

Aber wenn dem so gewesen war, weshalb verhielt er sich jetzt plötzlich wieder ganz genauso wie damals? Er war erwachsen geworden, hatte, wie er behauptete, aus seinen Fehlern gelernt. Wenn er sein Verhalten damals auch als Fehler ansah – so hatte sie es zumindest verstanden – warum wiederholte er ihn dann jetzt?

Wie sie es drehte und wendete, sie kam stets erneut zu dem Schluss, dass sie sich entweder gänzlich gegen alle Gefühle ihm gegenüber sperren musste oder den gefährlicheren Weg einschlagen und versuchen, hinter den wahren Grund für sein Verhalten zu kommen. Damit würde sie allerdings riskieren, übel auf die Nase zu fallen, wenn diese nervige innere Stimme falsch lag. Ob ihr Herz einen solchen Sturz unbeschadet überleben würde, bezweifelte sie stark.

All diese Überlegungen halfen ihr aber im Augenblick nicht weiter, denn sie beantworteten nicht die Frage, ob das graue Wollkleid dem dunkelroten vorzuziehen sei. Beide stammten aus Elenas letztjähriger Winterkollektion und unterschieden sich lediglich in der Farbe. Schnitt und Länge – hauteng und knapp oberhalb der Knie endend – waren identisch. Sie hatte sich damals einfach nicht für eine Farbe entscheiden können und deshalb kurzerhand beide Kleider gekauft. Zum Glück erhielt sie einen Familienrabatt, andernfalls hätte dieser Kauf sie gezwungen, sich einen Monat lang von Nudeln mit Tomatensoße zu ernähren. Oder von Brot und Wasser.

Zweifelnd hielt sie sich das graue Kleid vor den Körper, legte es beiseite, musterte sich in dem roten Kleid. Es besaß einen mit cremefarbenen Spitzen verzierten V-Ausschnitt, von dem aus sich zur Zierde große Perlmuttknöpfe bis zur Gürtellinie zogen. Die Ärmel waren enganliegend und dreiviertel lang mit ebenfalls cremefarbenen Spitzenbündchen. Chic, sexy, aber nicht zu sehr. Zusammen mit blickdichten Strümpfen und sehr dezenten dunkelgrauen Lederstiefeln genau richtig für ein erstes Date. Nur dass sie sich immer noch nicht mit dem Gedanken anfreunden konnte, so etwas in den Abend hineinzuinterpretieren.

Testweise probierte sie die kleinen Perlenohrstecker aus sowie eine kurze Kette mit einer einzelnen Perle als Anhänger, die Sabrina ihr zum Geburtstag geschenkt hatte, als es an der Tür klingelte. Erschrocken warf sie einen Blick auf die Uhr. Viertel nach sieben.

So früh würde Christian sie nicht abholen kommen, oder doch? Bis zum Sternbach waren es zu Fuß nur fünf Minuten, mit dem Auto höchstens zwei.

Rasch prüfte sie noch einmal, ob Haare und Make-up in Ordnung waren, dann eilte sie die Treppe hinab und öffnete die Tür.

»Vati!« Überrascht blickte sie ihren Vater an, der einen Blaumann und eine passende Arbeitsjacke trug. Seit er Rentner war, betätigte er sich gerne handwerklich und kleidete sich entsprechend. Hinter ihm stand sein Wagen mit einem Anhänger, auf dem sich gut gesichert eine hüfthohe Holzkommode befand. Als Annalenas Blick darauf fiel, lächelte sie. »Du hast die Kommode fertig?«

»Repariert und restauriert, wie du es dir gewünscht hast.« Er musterte sie missbilligend von Kopf bis Fuß. »In dem Fummel kannst du mir aber nicht helfen, sie nach oben zu tragen.«

Überrascht blickte sie an sich hinab und lachte. »Stimmt, ich gehe gleich aus. Ins Sternbach, da macht man sich ein bisschen schick.«

»Mit wem?«

Eine Antwort erübrigte sich, weil sich in diesem Moment die Tür des Nachbarhauses öffnete und Christian heraustrat. Er trug einen wollenen Kurzmantel über einem dunkelgrauen Anzug. Hatte sie ihn überhaupt schon jemals in einem Anzug gesehen? Sie konnte sich nicht entsinnen. Statt eines Hemdes mit Krawatte hatte er einen dunkelroten, enganliegenden Pullover mit Stehkragen gewählt, was sehr lässig und dennoch elegant wirkte. Annalenas Herz rumpelte unstet in ihrer Brust.

Ihr Vater war ihrem Blick natürlich gefolgt und runzelte prompt missfällig die Stirn. »Doch wohl nicht mit ihm? Kind, haben wir dir nicht ausdrücklich untersagt, dich mit ihm abzugeben?«

»Vati, hör auf damit. Ich bin erwachsen!« Sie funkelte ihren Vater verärgert an. »Mit wem ich ausgehe, ist allein meine Sache.«

»Guten Abend, Annalena.« Christian hatte den kurzen Weg bereits zurückgelegt und lächelte ihr zu. Dann wandte er sich an ihren Vater. »Herr Kilian, wie geht es Ihnen?« Er streckte die Hand aus, doch Emil Kilian machte keinerlei Anstalten, sie zu ergreifen.

»Lass meine Tochter in Ruhe und geh dahin zurück, wo du hergekommen bist.«

»Vati!« Entgeistert trat Annalena vor und fasste ihren Vater am Arm. »Was soll das denn?«

»Ich freue mich auch sehr, Sie wiederzusehen.« Das Lächeln war von Christians Lippen verschwunden. »Ist die Kommode da auf dem Anhänger für Annalena?«

»Allerdings.« Aus Emils Blick sprach tiefste Abneigung. »Sie ist für ihr Schlafzimmer gedacht. Den Raum, den du ganz sicher nicht betreten wirst, wenn es nach mir geht. Annalena, ich muss das Ding irgendwie abladen. Am besten ziehst du dich um und hilfst mir.«

»Ich ziehe mich nicht um, Vati.« In Annalena kochte es, aber sie wusste, dass es nichts brachte, aus der Haut zu fahren, auch wenn die Unverschämtheiten ihres Vaters zuweilen unerträglich wurden. »Wir wollen um halb acht im Sternbach sein.«

»Dann fällt das eben aus. Es fängt sicher gleich wieder an zu regnen, bis dahin müssen wir das Ding im Trockenen ...« Er stockte, als Christian sich einfach umdrehte und zum Anhänger ging. »Was soll das, Junge? Lass die Finger von meinen Sachen!«

Ohne auf die Ermahnung zu achten, begann Christian, die Spanngurte zu lösen. »Kommen Sie, gemeinsam haben wir die Kommode ganz schnell im Haus.«

Mit einem erbosten Schnauben eilte Emil zum Anhänger und löste ebenfalls einen der Gurte. »Bilde dir nur ja nicht ein, dass ich dich nicht durchschaue. Wenn du es wagen solltest, meine Tochter auch nur mit dem kleinen Finger anzurühren, zeige ich dich an.«

»Ach ja?« Unbeeindruckt öffnete Christian die Klappe am Anhänger und zog die Kommode vorsichtig bis zum Rand. »Mit welcher Begründung?«

»Bei deiner Vergangenheit?« Emil packte rasch mit an, und gemeinsam trugen sie das Möbelstück bis zur Haustür. »Solange ich noch etwas zu sagen habe, gibt sich meine Tochter nicht mit verdorbenen Typen wie dir ab.«

»Wenn Sie sich mal bitte das wütende Gesicht Ihrer Tochter ansehen würden, wäre Ihnen rasch klar, dass Sie, wenn Sie so weitermachen, nicht das Geringste je wieder zu sagen haben werden. Zumindest nicht, was Annalenas Leben angeht.«

Sprachlos verfolgte Annalena, wie die beiden Männer die Kommode in den ersten Stock bugsierten. Als sie oben angekommen waren, eilte sie ihnen rasch nach und fluchte innerlich, weil auf ihrem Bett immer noch die ganzen Klamotten lagen, die sie zur Auswahl aus dem Schrank genommen hatte. »Stellt sie einfach hier ab. Ich muss erst noch Platz schaffen.«

»Das hättest du doch schon lange tun können.« Kopfschüttelnd sah Emil sich um. »Und überhaupt, wie sieht es denn hier aus? In so einem Durcheinander empfängt man keine Besucher.«

»Vati, das hier ist mein Schlafzimmer!«

»Stimmt auffallend.« Christian grinste. »Ich schätze, hier empfängt Ihre Tochter normalerweise keinen Besuch. Oder etwa doch?« Er zwinkerte ihr zu. »Ich hatte die Ehre jedenfalls bisher noch nicht, Herr Kilian, also regen Sie sich wieder ab. Annalena kann in ihrem Haus doch wohl so unordentlich sein, wie sie will.«

»Es wirft aber kein gutes Licht auf sie«, moserte Emil. »Was sollen denn die Leute denken ...«

»Vati, hier herauf kommen keine Leute!«

»Und jeden Mann dürfte der Anblick eines solchen Chaos abschrecken. Eine Frau sollte stets beweisen, dass sie fähig ist, einen Haushalt ordentlich zu führen.«

Christian zuckte zusammen. »Autsch. In welchem vergangenen Jahrhundert sind Sie denn steckengeblieben?«

»Ich sage nur, wie es ist, oder vielmehr, wie es sein sollte. Wenn Annalena schon keinen vernünftigen Beruf erlernen will, muss sie sich über kurz oder lang einen Mann mit Geld suchen.«

»Das ist Ihre Meinung?« Verständnislos schüttelte Christian den Kopf. »Also soweit ich es sehen kann, arbeitet Ihre Tochter sehr hart an ihrer Karriere. Und überhaupt, sind Sie denn kein bisschen stolz auf ihren jüngsten Erfolg?«

»Christian, nein.« Annalena legte den Finger auf die Lippen, doch da war es bereits zu spät.

»Was für einen Erfolg meinst du?« Fragend blickte Emil von Christian zu Annalena.

Sie seufzte. »Mein neues Buch hat es diese Woche auf Platz eins der Bestsellerliste geschafft.«

»Von null auf eins«, fügte Christian trotz ihres warnenden Blickes noch hinzu.

»Ach.« Emil verzog überrascht die Lippen. »Na, das ist ja ganz gut. Trotzdem würde ich dir raten, auf dem Teppich zu bleiben, Kind. Du weißt doch wohl selbst am besten, dass in deinem Metier nichts von langer Dauer ist. Wenn den Leuten dieses Buch gefällt, kann das nächste bereits ein Flop werden.«

Christian starrte Emil verwundert an. »Mehr haben Sie dazu nicht zu sagen?«

»Lass, Christian.« Mahnend schüttelte Annalena den Kopf.

Er runzelte die Stirn. »Nicht einmal einen Glückwunsch haben Sie übrig? Wenn meine Tochter so einen Erfolg hätte, würde ich vor Freude auf dem Tisch tanzen.«

»Eine Gratulation würde implizieren, dass ich mit dem Tun meiner Tochter einverstanden bin, was aber nicht der Fall ist.« Annalenas Vater verschränkte die Arme vor der Brust. »Gut und schön, dass sie mal Erfolg hat, aber wenn das morgen wieder vorbei ist, steht sie vor dem Nichts. Kein Abschluss, keine Ausbildung. Selbst du hast es geschafft, ein Studium durchzuziehen, Junge. Ich bin zwar der Meinung, dass man jemanden wie dich nicht auf junge Leute loslassen sollte, aber zumindest hast du begriffen, dass man nicht ewig von der Hand in den Mund leben kann.«

»Das tut Annalena auch nicht. Haben Sie sich überhaupt schon einmal damit befasst, was sie schreibt?«

»Das muss ich nicht. Ich weiß auch so, dass sie irgendwann mal ganz dumm dastehen wird, wenn sie nicht langsam Vernunft annimmt.« Unbeeindruckt rückte Emil an der Kommode herum und wollte dann einen kleinen Schubladenschrank zur Seite rücken.

»Halt, warte, dahin soll die Kommode gar nicht. Lass mal, Vati, ich kümmere mich morgen darum.« Mit einem entschlossenen Griff um das Handgelenk ihres Vaters hielt sie ihn von seinem Tun ab. »Wir müssen jetzt wirklich los.«

Zwischen den Augen ihres Vaters entstand eine tiefe Falte. »Ich habe dir jetzt oft genug gesagt, was ich davon halte, dass du dich mit diesem«, er machte eine vage Bewegung mit dem Kinn in Christians Richtung, »Kerl abgibst. Das nimmt kein gutes Ende.«

»Im Moment endet hier gar nichts, Herr Kilian«, erwiderte Christian. »Außer dieses unersprießliche Gespräch vielleicht. Wir wollen lediglich ein wenig die gute Nachricht feiern. Sie sind ja offenbar nicht dazu bereit, also stelle ich mich gerne als Ersatz und guter Freund zur Verfügung.«

»Willst du vielleicht andeuten, ich würde Annalena in deine Arme treiben?« Auf Emils Wangen erschien ein Hauch von Zornesröte. »Da soll mich doch der ...«

»Vati, bitte geh jetzt.« Energisch schob Annalena ihren Vater zur Tür hinaus und die Treppe hinab. »Danke, dass du mir die Kommode gebracht hast. Ich bezahle dir die Arbeit selbstverständlich.«

»Vergiss es.« Er blickte wütend zu Christian, der etwas langsamer die Stufen herabkam. »Und dich warne ich, Freundchen!« Ohne einen Abschiedsgruß verließ Emil das Haus und ging zu seinem Wagen. Augenblicke später rollte dieser langsam davon.

»Tut mir leid.« Seufzend ließ Annalena den Kopf hängen.

»Weshalb?« Sachte berührte Christian sie am Arm. »So wie ich es sehe, ist dein Vater über die Jahre ausgesprochen zahm geworden.«

Wider ihren Willen musste Annalena lachen. »Kann sein. Er hat dir nicht die Kastration angedroht und auch nicht versucht, dir den Kopf abzureißen.«

»Was er früher immer tun wollte, weil ich seinen Goldsohn Steffen mit mir ins Verderben reißen wollte ... oder so ähnlich.«

»Ich hatte meinen Eltern absichtlich nichts von der Bestsellerliste erzählt.«

»Sie können sich wirklich nicht ein bisschen für dich freuen?«
Annalena hob die Schultern. »Vermutlich tun sie es schon irgendwie. Mutti wird damit bei ihren Bekannten mächtig angeben. Aber sie fühlen sich nun mal dazu verpflichtet, mich immer schön auf dem Boden der Tatsachen zu halten.«

»Die da wären, dass du demnächst in Armut dahinvegetieren musst, weil niemand mehr deine Bücher haben will?« Er runzelte die Stirn. »Und als Lösung schlagen sie dir einen reichen Ehemann vor. Das ist wirklich kaum zu toppen.«

»Alternativ würde ich mich auch gut als Tippse in irgendeinem Großraumbüro machen. Hauptsache geregelte Arbeitszeiten, soziale Absicherung, und was ich in meiner Freizeit mache, wäre dann ja egal. Bloß, dass ich noch nie der Typ für so ein Leben war.«

»Du bist doch über die Künstlersozialkasse pflichtversichert, oder? Worüber regt dein Vater sich dann auf?«

Überrascht hob sie den Kopf. »Woher weißt du das?« Sie stockte. »Schon gut, du stalkst mich.«

»Nein, das weiß ich rein zufällig, weil ich vor Jahren mal was mit einer Malerin hatte, die mir das mit der KSK erklärt hat.«

»Oh.«

Er lachte. »Ich sehe dir an, was du denkst: Hattet ihr überhaupt Zeit genug, euch über etwas zu unterhalten?« Er schmunzelte. »Wir waren ungefähr drei Monate zusammen, dann ist sie zu einem Studienjahr nach Frankreich gegangen.«

»Hast du sie vermisst?« Sie wusste selbst nicht, weshalb sie diese Frage stellte.

Grinsend schüttelte er den Kopf. »Nein. Sie war ziemlich anstrengend. Sehr von sich eingenommen und zuweilen leicht aggressiv.«

»Also du in einem Rock.«

Er stutzte und schmunzelte dann. »Röcke hat sie nie getragen. Lack und Leder schon eher. Eine malende Rockerbraut. Ihr Name war Karolina – mit einem K. Ganz wichtig. Und wehe, man kürzte den Namen ab, dann wurde sie bissig. Im wahrsten

Sinne des Wortes. Selbst der Sex mit ihr war zuletzt ziemlich anstrengend.«

»So genau wollte ich es gar nicht wissen.« Annalena schüttelte sich ein wenig, musste aber dann doch wieder lachen.

Er lachte ebenfalls. »Das ist acht Jahre her. Was ist nun, machen wir uns auf den Weg, bevor unsere Tischreservierung verfällt?«

***

Sie hatten sich dafür entschieden, den kurzen Weg zum Hotelrestaurant Sternbach zu Fuß zurückzulegen. Christian hatte zunächst ein wenig mit sich gehadert, weil er Annalena so spontan zu einem Date eingeladen hatte. Es war ein Date, natürlich, auch wenn er es eine Feier genannt hatte. Vielleicht war er so unvernünftig gewesen, weil er davon ausgegangen war, dass sie rundheraus ablehnen würde. Das hatte sie jedoch nicht getan, sodass sie einander nun in einer lauschigen Nische an einem Tisch für zwei Personen gegenübersaßen und beide ein vorzügliches Steak genossen.

Sinnierend betrachtete er sie. Er war immer schon bemüht gewesen, Annalena weitgehend auf Abstand zu halten. Seltsamerweise hatte er sich jedoch ausgerechnet ganz besonders zu ihr hingezogen gefühlt, zu ihrer frischen, ungekünstelten und geradlinigen Art, ihrem bodenständigen Humor, ihrem Lächeln. Einfach alles an ihr gefiel ihm, das war schon immer so gewesen und hatte sich auch in den Jahren seiner Abwesenheit nicht geändert.

Damals hatte er gedacht, er hätte es unter Kontrolle. Natürlich hatte er mit ihr geflirtet, als sie alt genug gewesen war, dass man ihm daraus keinen Strick mehr drehen konnte. Er war nur eben leider dabei ein gutes Stück zu weit gegangen, wenn man bedachte, wie die Sache sich entwickelt und zu welchen Folgen sie geführt hatte.

Alles unter Kontrolle ... Auch heute war er sich relativ sicher, dass dies der Fall war. Er hatte sich strikte Grenzen gesetzt, die zu überschreiten auf keinen Fall vorgesehen war.

Zumindest seine Befürchtung, die Unterhaltung könnte ins Stocken geraten, hatte sich bislang nicht erfüllt. Er hatte sich auf sicheres Terrain begeben und Annalena über das neue Buch ausgefragt, ihre Recherchen und ihre Pläne für die nächste Zeit. Von da aus war es dann leicht gewesen, ihr von seiner Arbeit mit den Schülern aber auch als Dozent zu erzählen.

Auch ihr einvernehmliches Schweigen während des Essens hatte nichts Peinliches, schien sehr natürlich. Nach einer Weile brach sie es jedoch mit einer Frage, die er eigentlich schon früher erwartet hatte.

»Warum bist du zurückgekehrt?«

»Weil ...« Für einen Moment lang sah er sie schweigend an, spürte den gemischten Gefühlen tief in seinem Inneren nach. »So was Ähnliches wie Heimweh?«

»So was Ähnliches?« Verblüfft ließ sie Gabel und Messer sinken. »Ich dachte immer, du wärst hier nicht glücklich gewesen.«

»Das war ich auch nicht«, gab er zu. »Trotzdem ist hier meine Heimat. Ich wäre damals nirgendwo glücklich gewesen. Nicht nach allem, was in meiner Familie passiert ist. Mein damaliges Verhalten hat natürlich auch nicht dazu beigetragen, irgendetwas besser zu machen.« Er lächelte leicht. »Es gibt allerdings auch ein paar schöne Erinnerungen.«

»Sag bloß.« Annalena griff nach ihrem Weinglas, drehte es jedoch nur ein wenig hin und her.

»Die meisten haben mit Steffen zu tun ... und mit dir.« Als er bemerkte, wie sie erstarrte, bildete sich ein kleiner, heißer Knoten in seinem Magen. »Und mit meinen sportlichen Erfolgen«, setzte er rasch hinzu, denn er wollte den Abend um keinen Preis verderben, indem er alte Geschichten anrührte. »Es ist etwas seltsam mit den Erinnerungen. Die schlechten verblassen rasch, die guten nehmen mehr und mehr Gewicht an. Irgendwann hatte ich das Gefühl, dass es nicht schaden kann, dieser Stadt eine zweite Chance zu geben ... und mir selbst auch. Als mir dann ausgerechnet die Dozentenstelle an der Sportakademie angeboten wurde, nahm ich das als Zeichen des Schicksals.«

Annalena griff wieder nach ihrem Besteck. »Für Senta ist so eine kleine Stadt bestimmt auch besser.«

»Das hoffe ich. Sie musste weg von unserer Mutter.« Er schluckte die bittere Galle, die in seiner Kehle hochstieg, entschlossen hinunter.

»Du hast eine große Verantwortung auf dich genommen.«

Zustimmend neigte er den Kopf. »Das weiß ich, und auch, dass es nicht einfach wird, aber ...«

»Aber?« Erneut hielt sie inne und sah ihn an.

Er hob nur leicht die Schultern. »Sie ist meine Schwester.«

Darauf gab Annalena keine Antwort, sodass sie erneut in ein längeres Schweigen verfielen, das sich aber wieder vollkommen entspannt anfühlte. Freundschaftlich.

Als sie ihre Teller schließlich geleert hatten, lehnte er sich behaglich zurück. »Noch Platz für ein Dessert?« Als Annalena nickte, zwinkerte er ihr zu und winkte dem Oberkellner – Otto war sein Name –, die Minitorte zu bringen, die er eigens telefonisch bestellt hatte. Sie war mit dem Schriftzug »Nr. 1« in hellblauer Zuckerschrift verziert, und eine einzelne Kerze brannte darauf.

»Was ist das denn?«, rief Annalena, als Otto die kleine Torte zwischen ihnen abstellte. »Bist du verrückt geworden?«

»Nur ein bisschen.« Er lächelte ihr zu. »Vor Stolz auf dich. Ja, wirklich, schau nicht so ungläubig drein. Ich kann jetzt überall angeben, dass meine Freundin eine berühmte Bestseller-Autorin ist.«

»Ich bin nicht deine Freundin!«

»Doch, bist du. Einmal grundsätzlich, denn den Freundschaftsstatus hatten wir doch gerade erst wieder etabliert, oder etwa nicht? Und außerdem auch aus ganz praktischen Erwägungen. Du als meine Freundin hältst mir die pubertierenden Gänschen vom Hals ...«

»Die Küken meinst du.«

»Nenn sie, wie du willst. Und außerdem schadet es auch nicht, innerhalb des Lehrkörpers offiziell als vergeben zu gelten.«

Sie tippte die Torte vorsichtig mit der Fingerspitze an und kostete von der Sahne, mit der sie überzogen war. »Lecker! Du willst doch wohl nicht behaupten, dass es dich stört, wenn die Frauen dir nachlaufen und zu Füßen liegen.«

»Ich habe lieber meine Ruhe vor rolligen Kolleginnen.«

»Du bist ganz schön von dir selbst eingenommen, das muss ich schon sagen.« Kopfschüttelnd nahm sie den Tortenheber und bugsierte erst ein Stück Torte auf seinen Teller, dann ein weiteres auf ihren eigenen.

»Nicht wirklich. Ich gelte nur nicht gerne als – und ich zitiere eine meiner Kolleginnen – appetitliches Frischfleisch. Single-Frischfleisch.«

»Nee, oder?« Sie lachte herzlich. »Was hast du denn für Kolleginnen?«

»Sexuell frustrierte offenbar.« Er grinste schief. »Möglicherweise ist mein Ruf mir auch vorausgeeilt.«

»Und das, obwohl du zwei Jahre lang den Eremiten gegeben hast. So ein Ärger. Vielleicht ist eine von ihnen ja nett und könnte dir doch noch gefallen.«

»Eher nicht.«

»Eher?« Sie hob den Blick von ihrem Teller.

»Eher ganz und gar nicht.« Er probierte einen Bissen von der Torte und nickte anerkennend, weil sie so gut war, wie er gehofft hatte. »Ich bin wählerisch geworden ... sehr wählerisch. Abgesehen davon sind Affären am Arbeitsplatz nie eine gute Idee. Schon gar nicht, wenn sie einem derart aufdringlich angetragen werden.«

»Vielleicht wollen sie dich auch bloß testen oder aufziehen.«

»Ich bin kein Versuchskaninchen und auch keine Aufziehpuppe. Allerdings könnte ich mir gut vorstellen, dass der Spuk schnell ein Ende hat, wenn ich gleich mit einer festen Freundin aufwarte.«

»Jetzt bin ich schon zur festen Freundin avanciert. Und ganz ohne mich vom Fleck zu bewegen.« Halb verärgert, halb amüsiert blickte sie ihn an. »Ich kann mich nicht erinnern, zu so etwas mein Einverständnis gegeben zu haben.«

»Das wirst du noch.«

»Werde ich nicht.«

»Doch, denn du wirst bestimmt nicht wollen, dass diese Schnepfen versuchen, mich zu vergewohltätigen.«

Annalena kicherte. »Doch, ehrlich gesagt würde ich da ziemlich gerne zusehen.«

»Wann hast du dir denn diese sadistische Ader zugelegt?«

»Keine Ahnung. Vielleicht sollte ich Krimis schreiben oder so.«

»Richtig schön blutrünstig?«

Sie hustete. »Nein, lieber nicht. Mein Bruder hat mich in der Hinsicht für alle Zeit verkorkst, indem er mich, als ich zwölf oder dreizehn war, mal einer ganzen Nacht mit Horrorfilmen der übelsten Sorte ausgesetzt hat. Ich zittere jetzt noch, wenn ich bloß daran denke.«

»Ach was, so ein richtig schöner Horrorfilm ist doch was Feines. *The Shining* oder *Die Vögel*. Richtige Klassiker. *Cujo* ... Einfach alles von Stephen King oder auch sämtliche Filme, bei denen Alfred Hitchcock Regie geführt hat.«

»Hör auf, sonst kriege ich allein beim Gedanken daran Albträume!«

»Hitchcock mochtest du früher aber gerne.«

»Ja, aber nicht seine Horrorfilme. Mehr die Thriller.

»*Marnie*«, schlug er vor.

Sie hielt inne. »Du meine Güte, den habe ich seit einer Ewigkeit nicht mehr gesehen.«

»Ich habe ihn auf DVD.« Dass er genau diese DVD damals für sie zum Geburtstag gekauft hatte, allerdings nie dazu gekommen war, sie ihr zu schenken, verschwieg er tunlichst. »Wir könnten uns den Film bei Gelegenheit mal zusammen anschauen.« Als ihre Augen sich weiteten, fügte er rasch hinzu: »Ich wollte ihn Senta auch schon immer mal zeigen. Sie mag alte Filme.«

»Senta?« Sofort entspannte Annalena sich wieder. »Warum nicht. Wie geht es ihr? Hat sie sich inzwischen eingelebt?«

»Ich denke schon, aber sie redet nie viel über sich oder ihre Probleme. Es muss schon richtig schlimm werden, bevor sie etwas sagt, deshalb ist es nicht so einfach zu beurteilen, was wirklich in ihr vorgeht.«

»Sie ist sehr schüchtern.« Annalena legte die Gabel zur Seite. »Hatte sie in Hannover Freundinnen?«

»Ich glaube nicht. Sie hat sich, soweit ich weiß, selten mit jemandem getroffen und auch keine Namen erwähnt, seit sie hier ist.«

»Jedes Mädchen braucht Freundinnen, ganz besonders in ihrem Alter.« Annalena überlegte kurz. »Ich könnte Sabrina mal fragen, ob sie Lust hat, sich mit Senta zu treffen. Die beiden sind nur ein Jahr auseinander, aber Sabrina geht schon in die neunte Klasse, weil sie ein Schuljahr übersprungen hat. Vielleicht verstehen die beiden sich ja. Sabrina hat zwar auch in ihrer Klasse gute Freundinnen, aber man weiß ja nie ...«

»Das wird deinen Eltern wieder nicht gefallen«, wandte er ein.

»Ich glaube nicht, dass sie etwas gegen Senta haben. Sie ist nicht du und mit Kindern, die sich in der Opferrolle befinden, haben sie normalerweise Mitleid.«

»Ihr Mitleid können sie sich schenken.« Seine Miene verfinsterte sich unwillkürlich.

»Du weißt, was ich meine. Sie sind nicht bösartig oder so was. Sie können dich nur ums Verrecken nicht leiden.« Sie lächelte leicht. »Elena hatte es anfangs unglaublich schwer mit ihnen. Sie war doch als Skandalnudel verschrien, und Mutti und Vati haben sich ihr gegenüber unmöglich benommen. Sie haben sogar versucht, Steffen mit einer anderen Frau zu verkuppeln, mit der er mal für eine Weile lose befreundet gewesen ist, die sich aber Hoffnungen auf mehr gemacht hat. Anscheinend haben sie gehofft, Elena damit zu vertreiben.«

»Aber das Gegenteil ist passiert.« Er nickte nachdenklich. »Du meinst also, für mich besteht noch Hoffnung?«

»Nein. Der Zug ist wohl für alle Zeit abgefahren. Das Beste, was du dir erhoffen kannst, ist vielleicht ein Waffenstillstand.«

»Nicht sehr reizvoll.«

»Trotzdem werde ich Sabrina mal darauf ansprechen. Sie ist ein sehr liebes Mädchen und unglaublich klug.«

»Muss sie wohl sein, wenn sie sogar ein Schuljahr überspringen konnte.«

»Sie hatte es anfangs nicht leicht in der neuen Klasse, weil alle sie als Baby betrachtet haben. Ein Jahr Altersunterschied kann manchmal ein schmerzhafter Abstand sein. Aber sie hat sich gefangen, nicht zuletzt durch Elenas Hilfe. Eine bessere Mutter beziehungsweise Stiefmutter ... Mutter«, beharrte sie, »hätten Sabrina und Jan sich nicht wünschen können.«

»Ich würde sie gerne einmal kennenlernen.«

»Sie dich ebenfalls. Ich bin sicher, Steffen wird dich über kurz oder lang mal einladen. Oder ruf ihn doch einfach mal an. Aber leg die Ohren an, Elena kann einem Tornado gleichen, wenn sie einmal in Fahrt kommt.«

»Gut zu wissen.« Er schmunzelte. »Noch ein Stück Torte oder sollen wir uns den Rest einpacken lassen?«

10. Kapitel

»Santa Claus, kommst du bitte mal nach draußen? Elf-Vierzehn ist mit dem neuen Schlitten im Hof und möchte gerne probeweise die Rentiere anspannen und eine Testfahrt machen.« Elfe-Sieben betrat das Büro und legte, während sie redete, einen Stapel Briefe in die dafür vorgesehene Ablage. »Rudolph ist schon aufgeregt und macht alle verrückt. Seine Nase leuchtet auch schon wieder ganz rot. Und Blitz und Donner streiten wie immer darum, wer von ihnen links und wer rechts laufen soll. Die anderen Rentiere lachen sich darüber kaputt. Ich glaube, es wäre besser, wenn du ein bisschen für Ordnung sorgst.«

»Ich komme gleich.« Mit abwesender Miene stand der Weihnachtsmann vor der Videowand und beobachtete, was sich auf einem der Bildschirme tat. Auf seinen Lippen spielte ein fast unmerkliches Lächeln, das die Neugier der Elfe weckte. »Was guckst du denn da, Santa?« Rasch trat sie näher. »Hat sich bei Annalena und Christian etwas getan?«

»Noch nicht so richtig, aber die Zeichen stehen gar nicht mal so schlecht. Sieh doch selbst.« Er deutete auf den Bildschirm und die Elfe stellte sich neben ihn. »Sie scheinen sich doch wieder ganz gut zu verstehen.«

»Das haben sie früher auch schon.« Elfe-Sieben beobachtete ganz genau, was sich auf dem Bildschirm tat. »Und dann, bumm, eine falsche Bewegung, und alles war vorbei.«

»Na ja, es war auch ziemlich gewagt von Annalena, so einfach fast nackt bei ihm aufzutauchen.« Santa Claus hüstelte verlegen. »Mutig, aber eben gewagt.«

»Das hätte sie nicht getan, wenn sie nicht geglaubt hätte, dass er dasselbe wollte wie sie.«

»Was ja auch der Fall war, wenn ich das richtig sehe.«

Elfe-Sieben nickte. »Mag sein, aber er hatte damals gute Gründe, sie zurückzuweisen. Ob diese Gründe klug und richtig waren, sei dahingestellt, aber ich glaube nicht, dass es so einfach werden wird, die beiden noch einmal zu diesem Punkt zu führen und ein anderes Ergebnis zu erzielen. Aber wenn er sie noch mal zurückweist, wird ihr Herz für immer brechen.« Die Elfe zögerte. »Ich weiß nicht, ob wir dieses Risiko wirklich eingehen dürfen.«

»Das müssen wir sogar, wenn wir uns nicht vorwerfen wollen, eine gute Gelegenheit verstreichen lassen zu haben.«

»Aber eigentlich haben wir doch den Wunsch, den Christian damals gedacht hat, erfüllt«, wandte Elfe-Sieben nachdenklich ein. »Er hat Asco zurück. Und Sentas Wunsch ist ebenfalls in Erfüllung gegangen. Sie darf bei ihrem Bruder leben. Eigentlich ist unsere Arbeit in dieser Sache getan.«

»Ich weiß, ich weiß.« Nachdenklich rieb der Weihnachtsmann sich übers Kinn. »Aber so ganz ist die Situation mit Asco noch nicht gelöst, denn ewig werden sie dieses Arrangement vielleicht nicht in dieser Form aufrechterhalten wollen. Und du weißt doch, dass wir niemals einen Wunsch erfüllen, wenn damit einem anderen Menschen Schaden zugefügt wird oder wir ihn unglücklich machen würden. Das entspricht nicht meinen Grundsätzen. Wenn es im Zuge unserer Wunscherfüllung hin und wieder zu Querelen oder Trennungen gekommen ist, dann immer schlussendlich auch zugunsten der Seite, die enttäuscht wurde. Ich habe immer darauf geachtet, dass nie jemand dauerhaft unglücklich gemacht wird. Aber so, wie ich das hier sehe, wäre es für Annalena ganz schlimm, wenn sie ganz auf Asco verzichten müsste. Auch wenn sie weiß, dass es ihm gut geht, finde ich es doch nicht richtig, die Sache so zu lassen, wie sie jetzt ist. Vor allem deshalb nicht, weil Asco auch sehr an ihr hängt. Ich glaube, ich schicke Elf-Siebzehn mal zu Asco auf die Erde, damit die beiden sich unterhalten. Vielleicht findet sich ja doch noch ein Weg, die Dinge ein wenig mehr in eine Richtung zu beeinflussen, um alle drei Beteiligten – oder vielmehr alle vier, denn Senta ist ja auch noch da – rundum glücklich zu machen.«

Elfe-Sieben zögerte, dann grinste sie. »Gib es zu, Santa, du bist nur total romantisch veranlagt und willst, dass aus Christian und Annalena ein Paar wird.«

Der Weihnachtsmann räusperte sich verschämt. »Das wäre die beste Lösung, weil dann keiner von beiden auf Asco verzichten müsste und der Hund umgekehrt Herrchen und Frauchen hätte. Und für Senta wäre es auch gut, wenn sie stabile Familienverhältnisse hätte und nicht nur ihren Bruder.«

»Ja, ja, klar.« Elfe-Sieben lachte. »Man muss nur lange genug daran herumüberlegen, dann findet man eine Begründung, sich weiter einzumischen.« Sie wurde wieder ernst. »Aber was, wenn es schiefgeht? Dann wäre alles verloren und wir hätten gleich mehrere Menschen und einen Hund unglücklich gemacht. Wenn deine Frau das hört, reißt sie dir den Kopf ab.«

»Das wird sie nicht.« Unbehaglich sah Santa Claus sich um, ob seine Frau auch wirklich nicht in der Nähe war.

»Ich will es trotzdem versuchen«, befand er nach einem Moment des Überlegens. »Irgendwie habe ich so ein Gefühl, dass die beiden sich nichts sehnlicher wünschen, als zueinander zu finden. Und wenn es auch kein konkreter Weihnachtswunsch ist, so bleibt es doch ein Wunsch.«

»Und ein Wunsch ist ein Wunsch ist ein Wunsch.« Die Elfe seufzte. »Also gut. Mich musst du ja gar nicht überreden. Ich bin für romantische Geschichten immer zu haben. Wir müssen nur ganz schrecklich aufpassen, dass wirklich nichts schiefgeht.«

»Gut, dann sag bitte Elf-Siebzehn Bescheid, dass ich ihn dringend sprechen muss.«

»Zuerst musst du aber raus zu Elf-Vierzehn und den neuen Schlitten Probe fahren!«, erinnerte Elfe-Sieben ihn mit mahnend erhobenem Zeigefinger.

»Stimmt ja!« Santa Claus schlug sich gegen die Stirn. »Na gut, sag Elf-Siebzehn, ich treffe ihn in einer Stunde hier im Büro. Und gib am besten auch Elfe-Acht und Elf-Zwei Bescheid. Vielleicht brauche ich die beiden auch noch.«

11. Kapitel

Es vergingen zwei weitere Wochen, die an Annalena vorbeirauschten, ohne dass sie wirklich etwas davon wahrnahm. Von dem Moment an, als ihr Spitzenplatz auf der Bestsellerliste öffentlich bekannt geworden war, stand ihr Telefon kaum mehr still und ihr E-Mail-Postfach quoll über von Glückwünschen, Lesungs- und Interviewanfragen. Beate bestand darauf, jede einzelne Anfrage persönlich zu prüfen, auch diejenigen, die vom Verlag an Annalena herangetragen wurden, und siebte rigoros aus, was sie für unnötig hielt.

Christian ließ sich, einmal abgesehen von den kurzen Momenten, in denen er Asco zu ihr brachte, nicht bei ihr blicken. Er fragte zwar immer, wie die Dinge gerade liefen, war dann aber auch rasch wieder fort. Annalena wunderte sich ein wenig darüber. Nach dem gemeinsamen Abend im Sternbach hatte sie den Eindruck gehabt, dass er durchaus daran interessiert war, ihre Freundschaft zu festigen, aber nun schien er entweder seine Meinung geändert zu haben oder aus einem anderen Grund wieder davon Abstand genommen zu haben, mehr Zeit mit ihr zu verbringen.

Nicht, dass sie Zeit gehabt hätte. Wenn sie nicht gerade telefonierte oder Mails beantwortete, versuchte sie, ihren Blog und ihre Seiten in den sozialen Netzwerken mit Inhalt zu füttern und nebenbei diverse Gastartikel zu verfassen und schriftliche Interviews für große Internetplattformen und -Medien zu beantworten. Die Pausen, in denen sie sich mit Asco beschäftigte oder mit ihm durch das eisige, aber trockene Novemberwetter wanderte, halfen ihr dabei, sich nicht gänzlich zu verausgaben. Sie hatte nicht erwartet, dass die Nachricht über ihren Erfolg derart einschlagen würde. Schon hatte sie vom Verlag Nachricht über Auslandslizenzen erhalten, bei denen sie geradezu Ohrensausen bekam. Es kamen bereits Anfragen für die kommende Leipziger Buchmesse herein und sogar für die in Frankfurt, obwohl die noch fast ein Jahr in der Zukunft lag.

Auch für Seminare war sie nun sehr begehrt, doch bis auf einige Veranstalter, die sie bereits kannte, vertröstete sie auf Beates Rat hin erst einmal alle weiteren Interessenten auf Januar, wenn sie ihre neuen Zeitpläne erstellen würde.

Für den Dienstag der letzten Novemberwoche hatte sie ihren ersten Fernsehtermin zugesagt, der ihr über den Verlag vermittelt worden war. Ein öffentlich-rechtlicher Sender wollte ein Interview mit Homestory über sie bringen, und zwar noch im Dezember, sodass der Termin, zu dem bei ihr gefilmt werden sollte, möglichst bald sein musste. Sie war ein bisschen nervös und verbrachte das gesamte Wochenende damit, ihre Wohnung zu putzen und auf Vordermann zu bringen, und den Montag, sich gute Ermahnungen von Beate anzuhören, worauf sie im Hinblick auf ihr Buch bei so einem Interview zu achten hatte. Später rief sie dann auch noch Elena an, um sich von ihr Ratschläge zu holen, denn immerhin kannte ihre Schwägerin sich mit Auftritten im Fernsehen bestens aus.

Danach fühlte sie sich gut vorbereitet – konnte jedoch trotzdem abends nicht einschlafen. Sie versuchte es mit Yoga, beruhigender Musik und zuletzt mit einem kleinen Spaziergang die Straße hinauf und wieder herab. Nichts half. Sie war nervös und unruhig und hatte das Gefühl, nicht einen Moment still sitzen zu können.

Zu viel Energie, konstatierte sie. Es war bereits nach elf, doch bei Christian brannte noch Licht. Spontan ging sie auf seine Haustür zu, zögerte dann aber. Wenn sie so spät klingelte, würde sie bestimmt Senta wecken. Also zog sie ihr Smartphone hervor und schrieb eine Textnachricht an die Handynummer, die Christian ihr gegeben hatte.

***

Mit einem unterdrückten Gähnen nahm Christian einen weiteren Hefter von dem Stapel, der einfach nicht kleiner werden wollte. Auch wenn die Klausuren des Sport-Leistungskurses der zwölften Klasse erfreulich positiv ausfielen, war es doch anstrengend, neunzehn Aufsätze über ein und dasselbe Thema durchzugehen. Das war ein Aspekt seiner Arbeit, der ihm manchmal gehörig auf den Geist ging, wobei er sich natürlich darüber freute, wenn seine Schüler das, was er versucht hatte, ihnen beizubringen, tatsächlich verinnerlicht hatten.

Das Piepsen seines Handys riss ihn aus den Gedanken. Stirnrunzelnd griff er nach dem Mobiltelefon und rief überrascht Annalenas Textnachricht auf.

Annalena: Kann ich deinen Fitnessraum benutzen? Stehe vor deiner Haustür.

Dass sein Herz schon beim Anblick des Namens der Absenderin ein wenig in seiner Brust zuckte, ignorierte er. Als er jedoch nur Augenblicke später mit eiligen Schritten die Treppe hinab lief, die Tür aufriss und sie leibhaftig – und ziemlich blass – vor sich stehen sah, musste er sehr an sich halten, seine Freude zu verbergen oder zumindest als Überraschung zu tarnen. »Hat dir schon mal jemand gesagt, wie unhöflich es ist, nach elf Uhr abends um Asyl im Fitnessraum deines Nachbarn zu ersuchen?« Er grinste breit.

»Was ist los? Du siehst so angefressen aus.«

»Morgen kommt das Fernsehteam her.«

»Du hast es schon erwähnt. Aufgeregt?«

Sie lächelte kläglich. »Ich kann nicht einschlafen, ich kann nicht mal ruhig sitzen.«

»Du musst dich mal so richtig auspowern.«

»Ja.« Sie knabberte an ihrer Unterlippe. »Darf ich?«

Einladend trat er einen Schritt zur Seite. »Komm rein.« Abschätzend musterte er sie. »Schicker Jogginganzug.«

Verlegen sah sie an ihrem rosa-weiß gemusterten Sportdress hinab. »Das ist eigentlich ein Fetzen, den ich nur anhabe, wenn ich krank bin. Ich hab ihn heute Morgen übergestreift, weil ich nichts von meinen anderen Sachen zerknittern wollte. Ich weiß noch nicht, was ich morgen anziehen soll, aber ich wollte mir alle Optionen offenhalten, deshalb ...«

»Deshalb läufst du herum wie Miss Piggy?« Er lachte. »Die hatte in irgendeiner Muppet-Show auch mal so einen Trainingsdress an.«

»Du vergleichst mich mit Miss Piggy?« Halb entsetzt starrte sie ihn an.

»Nur die Klamotten. Der Rest von dir ähnelt ihr nicht im Mindesten.«

»Ich hoffe, das ist als Kompliment gedacht.«

Er lachte leise. »Ja, ganz eindeutig.« Er ging ihr voraus zu dem Raum im Erdgeschoss, der inzwischen all seine Sportgeräte beherbergte, und ließ ihr dort den Vortritt. »Bitte sehr. Laufband, Rudergerät, Crosstrainer, Sandsack. Die Kraftstation musst du erst für dich einrichten, falls du dir dort so richtig Muskelkater holen willst. Ich fürchte, mit den Gewichten, wie ich sie eingestellt habe, wirst du nicht weit kommen.«

»Vermutlich nicht.« Annalena sah sich staunend um. »Jedes Fitnessstudio könnte hier vor Neid erblassen. Stereoanlage, Flachbildschirm-Fernseher ...« Und ein großer Spiegel an der Wand, in dem man sich selbst beim Sport zusehen konnte, wenn man wollte. Sie wusste, dass dieser Christian dazu diente, bei bestimmten Bewegungsabläufen die eigene Haltung zu überprüfen. Das hatte er ihr bereits vor vielen Jahren erklärt.

»Ich habe eben keine Lust, mich in öffentlichen Muckibuden beim Training zur Schau zu stellen.«

»Früher meintest du immer, dort könne man besonders gut Mädels aufreißen.«

»Stimmt ja auch, je nachdem, wann man sich dort herumtreibt.« Er grinste breit. »Aber wie es aussieht, muss ich dazu gar nicht mal mehr aus dem Haus gehen.«

»Ich bin nicht hier, um mich aufreißen zu lassen.« Sie lächelte, als Asco die Treppe herabgelaufen kam und sie freudig begrüßte.

Hallo, hallo! Was machst du denn hier, Annalena? Ich hatte schon geschlafen, vor Sentas Bett. Hast du gar nicht geklingelt?

Ist ja fast ein bisschen peinlich, dass ich dich so spät gehört habe. Spielen wir miteinander?

»He, he, nicht so wild, Süßer. Ich bin nicht hier, um mit dir zu toben. Außerdem würden wir damit bestimmt Senta aufwecken.«

Oh. Ja, stimmt, da hast du wohl recht. Asco beruhigte sich und setzte sich auf sein Hinterteil. *Und was jetzt?*

»Kommst du mit den Geräten klar oder soll ich dir irgendwas zeigen oder erklären?«

»Nein, danke, das kriege ich schon allein heraus. Es macht dir auch bestimmt nichts aus, wenn ich mich jetzt noch hier austobe?«

»Nicht die Spur.« Um nicht in Versuchung zu geraten, sie anzufassen, wuschelte er seinem Hund durchs Fell. »Ich habe sowieso noch eine Weile zu tun. Klausuren korrigieren«, fügte er auf ihren fragenden Blick hinzu.

Ihre Augen weiteten sich in einer Mischung aus Belustigung und Staunen. »Ich kann mir irgendwie nicht vorstellen, wie du vor der Klasse stehst und ...«

»Wie ich unterrichte?« Er zuckte die Achseln. »Du kannst mich ja mal besuchen. Vielleicht finden wir eine Möglichkeit, dich als Gastrednerin für die Oberstufenklassen einzusetzen. Motivation könnte einigen meiner Pappenheimer nicht schaden.«

Sie hob überrascht den Kopf. »Meinst du das ernst?«

»Ich scherze seltener, als du anzunehmen scheinst.«

»Die Idee ist gar nicht so übel. Ich meine, nicht gerade jetzt im Moment, weil ich mit Arbeit zugeschüttet werde, aber im nächsten Jahr vielleicht.«

»Ich werde es mit der Schulleitung besprechen.« Er wies mit dem Kinn in Richtung der Sportgeräte. »Viel Spaß.«

Sie grinste. »Dir auch.«

»Haha.« Mit einem Zwinkern schloss er die Tür hinter sich und Asco. »Komm, Kumpel, wir lassen Annalena jetzt ein bisschen in Ruhe.«

Aber ich hätte lieber ein bisschen mit ihr gespielt. Oder gekuschelt, das ist nicht so laut. Schnüff.

»Was denn, bist du enttäuscht? Du kannst doch morgen Vormittag wieder zu ihr. Allerdings nur bis mittags. Ich habe ihr versprochen, dich zu beschäftigen, solange das Fernsehteam da ist.« Glücklicherweise hatte er morgen nur vier Stunden Unterricht und würde den Nachmittag dazu nutzen, selbst etwas zu trainieren und dann die beiden Seminare vorzubereiten, die er am Mittwoch in der Akademie zu geben hatte. Außerdem musste er sich noch etwas für die neuen Sport-AGs überlegen. Er hatte versprochen, Tom in Kürze mit ein paar konkreten Ideen zu besuchen, damit sie dann gemeinsam die Trainingspläne erarbeiten konnten. Auch Noah wollte gerne mit von der Partie sein, um ihnen Hilfestellung hinsichtlich der zu erwartenden Problemfälle zu bieten. Immerhin kannte er die meisten Kinder und Jugendlichen, die bei den AGs mitmachen sollten, schon länger, weil er deren Familien als Sozialarbeiter betreute.

Heute hieß es aber leider erst einmal, sich ganz auf die verflixten Klausuren zu konzentrieren. Das war allerdings alles andere als einfach, jetzt, da er sich ständig Annalena auf seinen Fitnessgeräten vorstellte. Ganz leise vernahm er von unten Musik, offenbar hatte sie eine seiner CDs mit Technomusik eingelegt. Die hörte er ausschließlich beim Training, ansonsten war er mehr für Rockmusik oder auch Klassik zu haben. Hin und wieder auch mal eine Ballade. Doch die harten Technobeats und Bässe brachten ihn beim Training immer am besten in Schwung. Annalena schien es ähnlich zu gehen, oder vielleicht hoffte sie auch nur, sich mit der wenig geistreichen Musik vom Denken abzulenken.

Er war, als er noch erfolgreicher Zehnkämpfer gewesen war, hin und wieder auch im Fernsehen aufgetreten. Talkshows, Interviews. Anfangs war er dabei auch noch aufgeregt gewesen. Irgendwann hatte er sich daran gewöhnt und inzwischen war er froh, dieser Art Trubel entkommen zu sein.

»Klausuren!«, ermahnte er sich abermals, sich gedanklich auf seine Arbeit zu konzentrieren. Um einen Gegenpol zu der Musik von unten zu schaffen, öffnete er die Spotify-App auf seinem Handy und wählte seine Klassik-Playlist aus. Damit fiel ihm das Arbeiten so gut wie immer am leichtesten, und zum Glück schaffte er es nach einer Weile tatsächlich, sich beim Klang von Vivaldis Cello-Konzert in F-Dur endlich wieder in die Klausuren zu vertiefen.

***

Mit dem Laufband konnte Annalena sich nicht anfreunden, und selbst als sie das Rudergerät auf die kleinste Stufe eingestellt hatte, die Christian wahrscheinlich scherzhaft als lahme Ente bezeichnet hätte, hielt sie es darauf nur wenige Minuten aus. Deshalb wechselte sie bald auf den Crosstrainer und blieb für fast eine Dreiviertelstunde darauf. Irgendwann floss ihr der Schweiß in Strömen über den Rücken und tropfte aus ihren Haaren, aber sie hatte sich lange nicht so gut gefühlt. Als allerdings die Muskeln in ihren Beinen zu zittern begannen, stieg sie von dem Gerät herunter und machte ein paar vorsichtige Dehnübungen, bis sich ihr Atem wieder normalisiert hatte.

Danach überlegte sie, ob sie einfach so, wie sie war, zurück nach nebenan gehen sollte, doch zumindest bedanken musste sie sich bei Christian. So verstrubbelt und verschwitzt wollte sie ihm allerdings nicht gegenübertreten. Deshalb suchte sie spontan sein Gästebad auf, wo sie einen Stapel Handtücher im Regal neben der Dusche und an einem Haken an der Tür einen grauen Bademantel vorfand. Seinen Bademantel, der Größe nach zu urteilen. Vermutlich duschte er nach dem Training ebenfalls hier unten.

Ehe sie darüber nachdenken konnte, dass es ein wenig anmaßend war, einfach sein Bad zu nutzen, ohne ihn vorher zu fragen, schlüpfte sie aus ihren Sachen, rollte sie zu einem Paket zusammen und sprang unter den warmen Strahl der Dusche.

Sie beeilte sich, trocknete sich ab und entwirrte ihre Locken etwas umständlich mit den Fingern. Dann zog sie den Bademantel über, in dem sie beinahe versank. Doch das war ihr gerade recht, denn so konnte sie sich fest darin einwickeln und den Gürtel zweifach verknoten. Christians Geruch hing in dem Kleidungsstück, was ihr eine leichte Gänsehaut verursachte, und kurz kam ihr der unangenehme Gedanke, dass sie nun schon zum zweiten Mal mit fast nichts am Körper außer einem Mantel vorhatte, ihm gegenüberzutreten. Heute jedoch ganz sicher nicht, um ihn zu verführen, sondern lediglich, um Danke zu sagen.

Sie legte ihre Klamotten und Schuhe im Flur ab, atmete einmal tief durch, zupfte den Bademantel zurecht und stieg die Stufen in den ersten Stock hinauf. Die Tür zu seinem Büro war nur angelehnt und leise Cellomusik drang an ihr Ohr. Vivaldi, wenn sie sich nicht irrte. Christian war in seine Arbeit vertieft, sodass er zunächst nicht bemerkte, wie sie die Tür leise weiter aufschob. Für einen langen Moment beobachtete sie ihn schweigend.

Wie konnte ein Mann in einem ganz normalen blauen Freizeithemd und Jeans nur derart sexy und anziehend wirken? Schon gar, wenn er gerade Klausuren korrigierte? Er trug zum Lesen eine Brille – die kannte sie noch nicht –, die ihm etwas Ernstes, Seriöses gab, das jedoch von dem drei Knöpfe weit offenstehendem Hemd wieder abgemildert wurde. Von ihrem Standort aus konnte sie die Tätowierung, die sich bis über seine linke Brust zog, nicht sehen, doch allein zu wissen, dass sie dort war, gab seinem Anblick etwas seltsam Verruchtes.

Sie wollte sich gerade leise räuspern, um auf sich aufmerksam zu machen, doch Asco kam ihr zuvor. Er hatte offenbar in Sentas Zimmer geschlafen und tappte nun von hinten an ihr vorbei ins Büro. Zur Begrüßung schnaubte er laut. Dann schüttelte er sich.

Also heute ist hier ja was los! Hallo Annalena, du siehst jetzt so anders aus als eben. Das ist doch Christians Bademantel. Und du riechst wie er, wenn er aus der Dusche kommt, und deine Haare sind ganz nass. Das ist ja mal merkwürdig. Schau mal, Herrchen, wie Annalena aussieht!

Christians Kopf hob sich ruckartig, als er den Hund hereinkommen hörte, und im nächsten Moment weiteten sich seine Augen vor Überraschung. »Annalena.« Mehr sagte er erst einmal nicht. Sein Blick wanderte langsam an ihr hinab und wieder herauf. Dann räusperte er sich. »Du hast geduscht.«

»Ja, ich hoffe, das macht dir nichts aus. Ich war total durchgeschwitzt ...« Sie verschränkte die Arme vor dem Bauch, weil sie nicht recht wusste, wohin mit ihren Händen. Seiner Miene war anzusehen, dass er, ebenso wie sie, ganz offensichtlich durch ihren Aufzug an jenen Abend vor dreizehn Jahren erinnert wurde. »Ich habe mir deinen Bademantel geliehen«, fügte sie überflüssigerweise hinzu. »Morgen früh bringe ich ihn dir zurück. Ich kann ihn auch erst waschen, wenn du willst.«

»Äh ... Nein, schon gut.« Er schluckte und richtete seinen Blick seltsam starr auf ihr Gesicht. Ohne hinzusehen, schob er die Kappe auf den Stift, den er bis eben benutzt hatte, um Anmerkungen an den Rand einer Klausur zu schreiben, und erhob sich. »Geht es dir jetzt wieder etwas besser?«

Sie lächelte leicht. »Wie du schon immer gesagt hast: Es geht nichts über Sport, um den Kopf freizubekommen. Ich nehme an, dass ich jetzt endlich schlafen kann.«

»Gut.« Er kam um den Tisch herum und blieb etwa einen Meter vor ihr stehen. Noch immer war sein Blick auf ihr Gesicht geheftet. »Dann gilt das wenigstens für einen von uns beiden.« Seine Miene hatte sich leicht verändert, wirkte finsterer und leicht ungehalten.

Fragend zog sie die Augenbrauen zusammen. »Was meinst du damit?«

Er trat noch einen Schritt vor. »Dir ist schon klar, dass ich hier mit einer Art Déjà-vu kämpfe?«

Sie spürte, wie ihr das Blut in die Wangen stieg. »Das war nicht meine Absicht, Christian. Glaub mir, zweimal würde ich so eine Dummheit nicht begehen und mich zum Trottel machen. Das eine Mal hat mir auf Lebenszeit gereicht. Wahrscheinlich wird es noch in fünfzig Jahren das Peinlichste sein, was mir je passiert ist. Glaubst du wirklich, ich würde so etwas noch einmal tun? Für wie verrückt – und verzweifelt – hältst du mich?«

Seine Miene wurde noch finsterer und im nächsten Moment fasste er sie an der Schulter und rüttelte sie leicht. »Hör gefälligst auf, dich dafür selbst fertigzumachen. Dazu besteht kein Grund.«

»Dir muss es ja auch nicht peinlich sein.«

»Dir auch nicht. Du hast auf die Steilvorlage reagiert, die ich dir geliefert habe. Das ist nichts, wofür du dich schämen müsstest.«

»Tue ich aber.«

»Dann hör, verdammt noch mal, auf damit!« Mit der freien Hand fuhr er sich unwirsch durchs Haar. »Ich war ein Arsch. Wenn ich klüger gewesen wäre, hätte ich es gar nicht erst so weit kommen lassen. Wenn du schon jemanden fertigmachen willst, dann nicht dich selbst, sondern mich.«

Sie wand sich ein wenig, nicht weil sein Griff ihr wehtat, sondern weil seine Stimme so einen seltsam rauen Unterton angenommen hatte, der sie zutiefst verunsicherte. »Ich kann aber aus meiner Haut nicht heraus, Christian.« Sie rieb sich über die Stirn. »Ich hatte wirklich nicht vor, einen Streit vom Zaun zu brechen, sondern wollte lediglich aus den verschwitzten Sachen heraus und dachte, es wird dir schon nichts ausmachen, dass ich deine Dusche benutze.

Er schwieg einen Moment und ließ sie schließlich los. »Macht es auch nicht.« Nach einem weiteren Moment fügte er, noch immer mit dieser seltsam rauen, tiefen Stimme hinzu: »Ich glaube, es ist besser, wenn du jetzt nach Hause gehst, bevor ...«

»Bevor was?« Als sie den Kopf hob und den gefährlich dunklen Ausdruck in seinen Augen sah, wich sie erschrocken einen Schritt zurück. Ihr Herz begann unnatürlich schnell zu pochen und sie begriff zum ersten Mal, warum ihre Eltern und sogar ihr Bruder sie vor Christian Bonner gewarnt hatten. Er hatte sich nicht bewegt, doch seine Ausstrahlung hatte sich bedrohlich verändert. Er hatte plötzlich etwas Raubtierhaftes an sich und kurz fragte sie sich, ob er wohl angreifen würde, wenn sie sich nicht schleunigst aus dem Staub machte.

»Du ...« Sie musste sich räuspern, weil ihre Stimme so belegt klang. Ihr Blick irrte links und rechts an ihm vorbei, weil sie sich fürchtete, dem seinen noch einmal zu begegnen. »Du hast wohl recht. Es ist ja auch schon spät, und morgen wird ein langer, anstrengender Tag.« Sie wich noch einen Schritt zurück, und offenbar hatte sich auf ihrem Gesicht irgendetwas abgezeichnet, das ihn alarmierte, denn er streckte fluchend erneut seine Hand nach ihr aus, zog sie jedoch sofort wieder zurück, als sie zusammenzuckte.

»Scheiße, Annalena.« Der bedrohliche Ausdruck wich aus seinen Augen, so als habe er ihn mit Gewalt verbannt, und seine Miene entspannte sich. »Ich wollte dich nicht ...«

»Erschrecken?« Ihr Herz pochte bis hinauf in ihre Kehle.

»Habe ich das?« Nun wirkte er besorgt. »Hör zu, vergiss einfach, was ich gesagt habe. Du brauchst keine Angst vor mir zu haben.«

»Ich habe keine Angst vor dir.« Viel eher vor dem, was dieser gefährliche Blick und die unterschwellige, wenn auch sichtbar beherrschte Aggressivität, die bis gerade von ihm ausgegangen war, mit ihr anstellte. Erschreckende Dinge. Dinge, von denen sie nicht gewusst hatte, dass sie in ihr vorhanden waren. Doch, ja, sie hatte Angst vor ihm – und vor sich selbst.

Vorsichtig berührte er sie nun doch an der Schulter, diesmal aber nur ganz sachte. »Es tut mir leid.«

Ihre Blicke trafen sich für einen kurzen, schmerzlichen Moment und Annalena meinte, die knisternde Spannung zwischen ihnen fast greifen zu können. Rasch blickte sie wieder an ihm vorbei. »Ich, äh, gehe dann mal nach Hause.«

»Ja.« Er lächelte nicht, zupfte aber an einer ihrer nassen Locken. »Wir sehen uns morgen.«

»Ja. Danke, dass ich deinen Fitnessraum benutzen durfte.« Leider war es nun mit ihrer zurückerlangten inneren Ruhe wieder nicht mehr weit her. Sie wandte sich um und beeilte sich, von ihm fortzukommen.

Hey, warte mal, was ist denn jetzt schon wieder los? Ich dachte, du bleibst jetzt mal hier? Gehst du doch wieder weg? Mit einem ungehaltenen Brummeln folgte Asco ihr die Stufen hinab. *So langsam wird mir das lästig. Wäre es nicht viel besser, wenn wir alle unter einem Dach wohnen würden? Dieses ewige Hin und Her geht mir wirklich auf die Nerven.*

An der Haustür schlüpfte sie eilig in ihre Schuhe und klemmte sich die zusammengerollten Kleider unter den Arm. »Tut mir leid,

Asco.« Sie bückte sich und kraulte den Border Collie hinter den Ohren. »Für dich ist das ein ziemliches Durcheinander, was? Besuche bei mir, Besuche hier. Geh am besten wieder rauf zu Senta. Sie wird sich freuen, wenn du in ihrer Nähe schläfst.«

Klar freut sie sich. Sie ist ein liebes Mädchen. Ich mag sie sehr und habe immer das Gefühl, sie beschützen zu müssen. Na gut. Asco leckte ihr über den Handrücken. *Gehe ich halt wieder nach oben. Aber ich bleibe dabei: Da gäbe es ganz bestimmt bessere Lösungen. Vielleicht sollte ich es mir, nachdem ich mein Herrchen jetzt erfolgreich gefunden habe, zu meiner neuen Mission machen, eine solche zu finden.*

Mit einem erneuten Schnauben wandte der Hund sich ab und verschwand die Treppe hinauf. Als Annalena sich wieder aufrichtete und nach dem Türgriff tastete, fiel ihr Blick auf Christian, der mitten auf der Treppe stand und sie unverwandt ansah. Eine Spur der dunklen Aura schien ihn erneut zu umgeben. Mit heftig pochendem Herzen und ohne ein weiteres Wort floh sie in ihre eigenen vier Wände.

12. Kapitel

Mal sehen. Gestern hat sich Annalena in dem Raum mit den komischen Geräten eingeschlossen, und heute hat es mein Herrchen getan. Und jetzt ist er im Bad unter der Dusche. Die Menschen sind schon ein wenig seltsam. Ich habe noch nie kapiert, warum sie sich auf diesen Dingern abstrampeln. Das sieht anstrengend aus. Da gehe ich lieber in den Park auf die Hundewiese oder mache einen Spaziergang durch den Wald.

Christian war heute Morgen übrigens nicht besonders gut drauf, warum, weiß ich auch nicht. Er hat sogar Senta mit mir rüber zu Annalena geschickt, dabei geht er sonst immer gerne selbst mit. Zum Glück war er dann heute Mittag, als er von der Arbeit gekommen ist, wieder besser gelaunt. Viel mit Annalena gesprochen hat er trotzdem nicht, aber das war wohl, weil sie total nervös gewesen ist. Sie hat ja Besuch von irgendwelchen Leuten erwartet, die sind jetzt, glaube ich, schon eine Weile dort. Ich bin ja so was von neugierig und würde sie gerne begrüßen und beschnüffeln. Aber mein Herrchen hat gesagt, dass wir Annalena heute in Ruhe lassen, weil sie ins Fernsehen kommt. Das verstehe ich, ehrlich gesagt nicht so richtig. Fernsehen, das sind doch diese flachen Dinger, die hier und bei Annalena an den Wänden hängen oder auf Schränken stehen und in denen oft so bunte Bilder zu sehen und verschiedene Stimmen zu hören sind. Manchmal auch Tiere. Ich bin schon öfter darauf hereingefallen, wenn in dem Kasten ein Hund gebellt oder eine Katze miaut hat. Sehr ärgerlich und peinlich.

Also was in aller Welt hat Annalena im Fernsehen zu suchen? Sie passt doch gar nicht in den Kasten rein. Das müsste sie mir erst mal zeigen, wie sie das macht. Dann klettere ich sofort hinterher.

Na ja, wenn Christian meint, dass sie heute keine Zeit mehr für mich hat, dann muss ich das wohl akzeptieren. Obwohl, Moment, er ist ja gerade unter der Dusche und sieht nicht, wenn ich mal rasch drüben nach dem Rechten sehe. Ich muss nur ... Ja genau, ich mache mal die Terrassentür auf. Das ist kniffliger als eine normale Tür, aber nicht zu schwierig, wenn man weiß, wie es geht. Zum Glück hat Pablo mir das beigebracht.

So, und jetzt ... Puh, das ist schon komplizierter. Ich muss über die Mauer in Annalenas Garten. Wie stelle ich das am besten an? Zum Drüberspringen ist sie viel zu hoch, aber wenn ich da vorne auf die alte Kiste klettere und von da auf die abgedeckte Tonne, dann müsste es gehen. Ha, das wäre doch gelacht, wenn ich so eine dumme Mauer nicht überwinden könnte. Für einen Besuch bei meinem Frauchen, Pardon, bei Annalena, schaffe ich noch viel mehr, wenn es sein muss.

***

»Kamera eins noch mal frontal und Nummer zwei halbtotal. Wir schauen später, was sich besser macht.« Die Journalistin des Fernsehsenders, Ingrid Lauenhagen, die Annalena jetzt schon seit über zwei Stunden aus allen möglichen Perspektiven hatte aufnehmen lassen und ihr gleichzeitig die verschiedensten Fragen gestellt hatte, ließ sich Annalena gegenüber in einem der Wohnzimmersessel nieder und schlug lässig die Beine übereinander. Sie war eine Frau um die Fünfzig mit blondem Pagenschnitt und sportlicher Figur, die in einem hellblauen Businesskostüm steckte. »Reden wir nun ein wenig über Ihr Privatleben. Wenn Sie eine Frage nicht beantworten möchten, sagen Sie es bitte rundheraus.«

»Okay.« Inzwischen hatte Annalena sich einigermaßen entspannt, obwohl die Leute, die dauernd um sie herumwuselten – das Fernsehteam bestand aus acht Personen! – sie immer wieder kurz aus dem Konzept brachten.

»Gut. Fangen wir mit etwas Einfachem an.« Ingrid Lauenhagen richtete sich ein wenig auf. »Wie man an ihrem gut gefüllten

Bücherregal sehen kann, lesen Sie in Ihrer Freizeit gerne. Das dürfte bei einer Autorin nichts Ungewöhnliches sein. Verraten Sie uns doch bitte, ob Sie ein Hobby haben, dass vielleicht ein wenig ausgefallener ist. Womit verbringen Sie Ihre freie Zeit? Gibt es zum Beispiel ein ...« Sie brach ab, denn offenbar hatte etwas ihre Aufmerksamkeit erregt. »Wen haben wir denn da? Das ist aber ein Hübscher. Gehört der Ihnen?«

»Was?« Verblüfft folgte sie dem Blick der Journalistin und sprang vom Sofa auf. »Das gibt's doch nicht. Asco, wo kommst du denn her?«

Der Border Collie saß vor ihrer Terrassentür und machte, als alle zu ihm hinsahen, sogar Männchen.

»Der ist ja wirklich putzig. Sie hätten ihn aber doch nicht aussperren müssen« Ingrid Lauenhagen erhob sich ebenfalls und bedeutete gleichzeitig einer Kamerafrau, den Hund zu filmen.

»Das ist nicht meiner. Oder nicht mehr. Er gehört Christian, meinem, ähm ... Nachbarn.« Rasch öffnete Annalena die Terrassentür und ließ Asco herein.

Na bitte, geht doch. Draußen ist es ungemütlich kalt, aber hier drinnen schön warm. Aber huch, was für ein Durcheinander? Was sind das für Dinger und überall Kabel? Hallo, wer seid ihr denn alle? Lauter nette Menschen? Mit wedelnder Rute rannte Asco von einem zum anderen, schnüffelte und ließ sich streicheln. Zuletzt kehrte er zu Annalena zurück, sprang sie vorsichtig an, wie er es sich schon vor Längerem angewöhnt hatte, und streckte die Nase in Richtung ihres Kinns.

Annalena lachte und hielt ihm das Gesicht so hin, dass er ihr Kinn ablecken und ganz vorsichtig daran knabbern konnte.

»Habt ihr das?« Die Journalistin wandte sich mit fragender Miene an die Kamerafrauen, dann wieder an Annalena. »Das ist ja vielleicht eine nette Begrüßung. Das haben Sie aber lange geübt, oder?«

»Es ist ein kleines Ritual zwischen uns.« Neugierig und etwas verunsichert blickte Annalena hinaus und öffnete die Terrassentür noch einmal. »Wie bist du denn bloß in meinen Hof gekommen? Der ist doch ringsum eingezäunt.«

Ach, das war einfacher als gedacht. Wenn man wie ich ungefähr anderthalb Jahre lang auf Spaniens Straßen gelebt hat, lernt man so einige Tricks. Wuff.

»Kann er über die Mauer geklettert sein?« Ingrid Lauenhagen trat hinter Annalena in den Hof hinaus.

»Das muss er wohl.« Immer noch verblüfft machte Annalena einen Schritt auf die Mauer zu. »Ich glaube, auf der anderen Seite steht eine abgedeckte Regentonne.«

»Dann wollte Asco – so heißt er, nicht wahr? – aber unbedingt zu Ihnen. Wohnt er direkt nebenan? Dort steht die Terrassentür offen.«

»Ja, anscheinend ...« Annalena brach erschrocken ab, als sie Christians Stimme vernahm.

»Asco? Wo steckst du? Was ... Was ist das denn? Asco?«

Ja, wau, hier bin ich. Asco war den Frauen gefolgt und bellte nun fröhlich. *Hier drüben, Herrchen!*

Annalena stieß ein ersticktes Husten aus, als Augenblicke später Christian durch seine Terrassentür ins Freie trat. Sein Haar war nass und er trug nur Bluejeans und Sneakers; sein Oberkörper war nackt. Nackt und unglaublich sexy. Annalenas Blutdruck schnellte bei seinem Anblick in schwindelerregende Höhen und ihr Herzschlag folgte ihm auf dem Fuße: muskulöse Brust mit wenigen schwarzen Härchen, die sich nur ober- und unterhalb seines Bauchnabels in einer feinen Linie zeigten, die unter dem Hosenbund verschwand, kräftige Arme, breite Schultern. Die großflächige Tätowierung – ein keltisches Ornament, aus dem sich ein Drache von seinem linken Schulterblatt bis über die linke Brust schlängelte – zog den Blick sofort wie magnetisch auf sich.

Neben sich hörte sie die Journalistin einen überraschten Laut ausstoßen und hörbar ein- und wieder ausatmen. »Das gibt es ja nicht. Christian Bonner!«

»Asco? Um Himmels willen, wie bist du denn ...? Bist du über die Mauer gesprungen?«

Geklettert. Ich kann ja schon sehr viel, aber so hoch springen nun wirklich nicht.

Mit ungläubigem Gesicht trat Christian an die Mauer, die ihm bis etwas über die Hüfte reichte. »Asco hat die Terrassentür geöffnet.«

Halb verblüfft, halb lachend hob Annalena die Schultern. »Das hat er bei mir auch schon mal gemacht. Ich dachte, das hättest du ihm beigebracht.«

»Nein, nur normale Türen. Ganz sicher keine Terrassentüren.« Fragend blickte er auf Asco hinab. »Wo hast du denn das gelernt?«

Von Pablo, aber den kennt ihr ja nicht. Netter Kerl. Aber nicht so nett und toll wie du. Oder wie Annalena. Wedelnd rannte Asco zur Mauer, stellte sich dort auf die Hinterbeine und bellte kurz, dann kehrte er zu Annalena zurück.

Inzwischen war auch die Journalistin an die Mauer herangetreten. »Sie sind doch Christian Bonner, nicht wahr? Ich dachte, Sie leben in München.«

»Nicht mehr. Guten Tag, Frau ...«

»Lauenhagen. Ingrid.«

Die beiden schüttelten sich die Hand, dann lachte sie. »Das ist ja ein Ding. Sie sind also Frau Kilians Nachbar. Zwei Prominente Tür an Tür. Und was hat es nun mit diesem süßen Vierbeiner auf sich?«

Süß? Vielen Dank! Wiff.

Sie kicherte, als Asco ein helles Bellen ausstieß. »Er gehört also Ihnen, Herr Bonner? Aber wenn ich es recht verstanden habe, auch Frau Kilian? Oder früher mal? Das klingt sehr interessant. Sind Sie beide gut befreundet?«

»Wir ...« Annalena zögerte.

»Äh, ja.« Christian grinste schief. »Das ist eine lange Geschichte. Sowohl unsere als auch die von Asco.«

»Er schient Ihnen beiden sehr am Herzen zu liegen.« Die Journalistin blickte von ihm zu Annalena. »Verzeihen Sie, Herr Bonner, hätten Sie etwas dagegen, sich zu uns zu gesellen? Sie haben doch bestimmt nichts dagegen, Frau Kilian, oder? Das hier sind solche Zufälle, die ein Interview oder eine Homestory erst so richtig spannend machen.«

»Ähm, ja, von mir aus.« Unsicher sah Annalena Christian an, der daraufhin die Schultern hob.

»Ich will mich nicht dazwischendrängen. Das ist immerhin Annalenas Sendung, nicht meine.«

»Das soll sie auch bleiben, Herr Bonner, aber so eine vierbeinige Überraschung und dann jemand wie Sie als Nachbar und guter Freund, das ist einfach perfekt und wird die Leute unbedingt begeistern.« Ingrid Lauenhagen strahlte ihn an.

»Okay, warum nicht. Wenn es dir nichts ausmacht, Annalena?«

»Tut es nicht.« Sie rang sich mit Mühe ein Lächeln ab. Nicht, weil es ihr doch etwas ausmachte, sondern weil sein Anblick ihr gehörig auf den Magen schlug.

Ihm schien jetzt auch aufzufallen, dass er halb unbekleidet war, denn er rieb sich über die Oberarme. »Geben Sie mir fünf Minuten, dann komme ich rüber. Durch die Haustür«, sagte er halb in Ascos Richtung und grinste. »Wie es sich gehört.«

13. Kapitel

»Dir ist schon klar, dass sie es jetzt so hinstellen werden, als ob wir ein Paar wären.« Erschöpft warf Annalena sich in die Kissen auf ihrer Couch und rieb sich übers Gesicht. »Damit wäre dein Plan, dich vor den Küken und den rolligen Kolleginnen in Sicherheit zu bringen, geglückt – global sozusagen.« Sie richtete sich wieder auf und sah Christian anklagend an. »Kriegst du eigentlich immer, was du willst?«

»Nein.« Er lachte und setzte sich ihr gegenüber in einen Sessel. »Und du übertreibst. Wir haben nichts gesagt oder getan, was darauf schließen ließe, dass mehr zwischen uns ist als Freundschaft.« Mit einem anzüglichen Grinsen beugte er sich leicht vor. »Aber selbst, wenn du recht hast – was wäre so schlimm daran? Ein bisschen Drama, Baby! Das hat noch nie geschadet.«

»Das hat aber nicht das Geringste mit meinen Büchern zu tun.«

»Darum geht es bei solchen Homestorys auch nicht. Die Leute wollen Pikantes aus deinem Leben wissen. Wenn es ein bisschen schlüpfrig anmutet, umso besser.«

»Dann hättest du dir den Rollkragenpullover sparen und einfach halb nackt dableiben können.« Spöttisch verzog sie die Lippen.

»Ich wollte nicht meinem alten Ruf gerecht werden, sondern einen neuen etablieren.«

»Soso.« Sie richtete sich wieder halb auf. »Glaubst du, das wird eine gute Sendung? Oder muss ich im Erdboden versinken?«

»Kein Treibsand weit und breit, Annalena. Ich finde, du hast dich richtig professionell geschlagen.« Er beugte sich zu Asco hinab, der es sich auf seinen Füßen bequem gemacht hatte. »Du übrigens auch, Kumpel. Ich frage mich immer noch, wie du die Terrassentür aufgekriegt hast.«

Vielleicht zeige ich es dir irgendwann mal. Im Moment bin ich bloß froh, dass diese ganzen Leute weg sind. So nett sie auch waren, ein bisschen Ruhe hätte ich jetzt schon ganz gerne. Kommt nicht auch Senta bald nach Hause? Sie hat heute länger Schule, das weiß ich, weil das dienstags immer so ist. Ich würde gerne mit ihr spielen oder ein bisschen spazieren gehen. Es ist allerdings schon recht dunkel draußen, und es riecht nach Schnee. Das habe ich vorhin schon bemerkt.

»Was er wohl sagen würde, wenn er reden könnte?« Annalena streckte ein Bein so weit aus, dass sie Asco mit dem Fuß leicht berühren konnte. Er sah sie daraufhin mit einem Hecheln an, das aussah, als lächle er sie an.

»Ich bin mir nicht sicher, ob ich das so genau wissen will.« Schmunzelnd tätschelte Christian Ascos Rücken.

Hach, Streicheleinheiten von zwei Seiten! Daran könnte ich mich gewöhnen.

»Ich muss jetzt wieder rüber. Senta kommt gleich nach Hause, und ich habe noch nichts zu essen vorbereitet.«

»Kochst du?« Erstaunt richtete sich Annalena auf.

»Einer muss es ja tun.« Als er ihr Gesicht sah, lachte er. »Du traust mir tatsächlich sehr wenig zu. Wie wäre es, wenn ich dir beweise, dass ich durchaus in der Lage bin, nicht nur mich selbst, sondern auch ein heranwachsendes Mädchen gesund und lecker zu ernähren?«

»Lädst du mich zum Essen ein?«

»Und es wird nichts geben, das den Namen Fast Food im Entferntesten verdient hat. Nichts gegen eine Pizza oder einen Burger hin und wieder, aber wenn man nicht mit fünfzig schon an Arterienverkalkung zugrunde gehen will, sollte man die alltägliche Ernährung schon ein bisschen sinnvoller gestalten.«

»Was willst du denn kochen?«

Ein amüsiertes Lächeln erschien auf seinen Lippen. »Du bist nicht abgeneigt?«

»Ich sterbe vor Hunger. Seit gestern Abend habe ich nichts mehr runtergebracht außer Mineralwasser und einem Kaffee heute Morgen.«

»Das nehme ich als verbindliche Zusage.« Er erhob sich aus seinem Sessel. »Das Essen ist um«, kurz warf er einen Blick auf die Wanduhr, »halb acht fertig. Komm, Asco, wir haben zu tun.«

»Moment mal, was gibt es denn nun?«, rief Annalena ihm nach.

In der Wohnzimmertür drehte er sich kurz um. »Geheimnis des Küchenchefs. Sei pünktlich.«

Leicht verwirrt sah Annalena Mann und Hund nach, die im nächsten Moment schon zur Haustür hinaus waren. Hatte sie gerade eben einem gemeinsamen Abendessen zugestimmt? Und das, obwohl sie vergangene Nacht wegen Christian kaum ein Auge zugetan hatte? Was war bloß mit ihr los? Oder mit ihm? Warum lud er sie ein? Weshalb hatte er sich heute während des Interviews als ein viel engerer Freund gezeigt, als er tatsächlich war? Wie kam es, dass er immer wieder darauf bestand, dass es besser für sie war, sich von ihm fernzuhalten, doch dann tat er etwas, das sie genau zum Gegenteil veranlasste?

Diese und ähnliche Gedanken drehten sich in ihrem Kopf, während sie die Unordnung, die durch das Fernsehteam entstanden war, beseitigte. Ehe sie jedoch zu einem Ergebnis kam, klingelte ihr Handy. Nach einem Blick aufs Display wappnete Annalena sich mit einem Lächeln. »Hallo Beate.«

»Wie war's? Alles gut gelaufen? Hast du meine Ratschläge beherzigt? Hör mal, ich wollte dich gestern schon anrufen, aber hier waren alle Telefon- und Handyleitungen gestört. Das hast du bestimmt auch in den Nachrichten gehört, oder? Na, egal, heute ist es auch noch früh genug. Du bist morgen zum dritten Mal in Folge auf Platz eins. Im Verlag sind sie, glaube ich, alle dauerbetrunken.«

»Wirklich?« Ihr Herz schlug ein wenig schneller. »Das ist ja unglaublich.«

»Allerdings. Und jetzt kommt der Hammer.«

Annalena lachte. »Ich dachte, das sei schon der Hammer.«

»Pfff, ich kann so was immer toppen, das weißt du doch.« Vergnügt gluckste Beate. »Hör zu! Sitzt du?«

»Ja.«

»Stuhl oder Couch?«

»Was macht das für einen Unterschied?«

»Wenn du auf deiner Couch sitzt, fällst du weicher, falls es dich umhaut.«

Kichernd lehnte Annalena sich auf dem Sofa zurück. »Keine Sorge, ich falle so schnell nicht um.«

»Hör dir erst an, was ich zu sagen habe, bevor du solche Behauptungen aufstellst.« Beate atmete hörbar ein und wieder aus. Sie machte es gerne spannend und dramatisch. »Der Verlag will vier neue Buchverträge mit dir abschließen. Alles Bücher aus der *Nun!*-Reihe. Du kannst also deine beiden bereits existierenden Ideen umsetzten und hast noch Platz für zwei weitere. Und wahrscheinlich sogar für noch mehr, wenn es läuft, wie ich mir das vorstelle. Das Angebot habe ich schon seit vergangener Woche auf dem Tisch, aber ich wollte erst ein paar Eckdaten verhandeln, bevor ich es dir präsentiere. Ich wäre als Nächstes für *Nun! Lebe! Endlich!* Das hat dem Verlag als direkte Fortsetzung besonders zugesagt. Erscheinungstermine sind auch schon fix, jeweils Oktober, damit die Titel zur Buchmesse verfügbar sind. Umfang wie gehabt oder darüber, ganz wie es dir passt. Werbeaktivitäten schreiben wir noch konkret fest, da mache ich morgen eine Liste. Vorschuss ...«

»Ja?« Annalena hielt den Atem an.

»Da will ich noch mal nachverhandeln.« In Beates Stimme lag ein entschlossener Unterton.

»Was haben sie denn geboten?«

»Fünfzigtausend.«

»Wow!« Beinahe hätte Annalena sich verschluckt. »Aber das ist doch viel mehr, als ich in den letzten vier Jahren für genauso viele Bücher an Vorschüssen bekommen habe. Wenn es gut läuft, kommt ja auch sowieso mehr an Tantiemen dabei heraus.«

»Schätzlein«, unterbrach Beate sie rigoros. »Nicht für alle zusammen. Pro Titel.«

»Was?« Entgeistert schoss Annalena von ihrem Sitzplatz hoch. »Das ist ja … Ich meine … Das sind zweihunderttausend Euro!«

»Ja, ich weiß. Ein bisschen dürftig. Ich kann sie bis siebzig, fünfundsiebzig hochhandeln. Immerhin laufen gerade Gespräche über Lizenzen in zwölf weitere Länder. Das sind, Stand heute, insgesamt zwanzig. Und Amerika hat angeklopft. Wenn das was wird, geht die Post erst richtig ab. Sie versuchen es auch in Russland und China anzubringen, obwohl Letzteres wohl am schwierigsten werden dürfte. Du hast mit dem Buch den Nerv des Zeitgeistes getroffen. So hat es der Verleger ausgedrückt. Wenn er also Folgebücher haben will, muss er ordentlich tief in die Tasche greifen.«

»Das ist Wahnsinn.« Langsam ließ Annalena sich wieder in die Polster zurücksinken. »Ich dachte, so hohe Vorschüsse werden heutzutage nicht mehr gezahlt.«

»Ha, und wie sie das werden. Aber nicht oft und nur, wenn der Verlag wirklich Potenzial sieht. Süße, du bist jetzt seit zwei Wochen unangefochten auf Platz eins und es ist noch kein Ende der Fahnenstange in Sicht. Genieß es und lass mich machen. Ich melde mich, wenn der endgültige Vertragsentwurf vorliegt. Ciao, ciao!« Es erklangen noch Kussgeräusche, dann war die Leitung unterbrochen.

Vollkommen überwältigt starrte Annalena ihr Mobiltelefon an. In ihrem Inneren breitete sich ein warmes Glücksgefühl aus, das bis in die Fingerspitzen kribbelte. Plötzlich hielt sie es nicht mehr auf dem Sofa aus. Sie sprang auf, schnappte sich ihren Hausschlüssel und knallte die Haustür hinter sich zu. Es war bereits stockdunkel und ein eisiger Wind pfiff durch die Straße. Sie spürte ihn kaum. Mit wenigen Schritten war sie an Christians Haustür und klingelte Sturm.

***

Christian hatte gerade das Blech mit dem Lauch-Speck-Kuchen, einer von ihm kreierten Variante der Quiche Lorraine, in den Ofen geschoben und sich daran gemacht, Äpfel zu schälen, als es an der

Tür Sturm klingelte. Fast hätte er vor Schreck das Messer fallengelassen. Senta war mit Asco zu einer Runde um den Block aufgebrochen, und dieses alarmierende Dauerklingeln konnte nur einen Notfall bedeuten.

Er warf das Schälmesser in die Spüle und rannte zur Tür. Als er sie aufriss, warf sich ihm Annalena so heftig in die Arme, dass er fast gestolpert wäre.

»Vier Bücher! Sie wollen vier weitere Bücher mit mir machen. Ich bin nämlich diese Woche wieder auf Platz eins und jetzt wollen sie mir zweihunderttausend bieten, aber Beate glaubt, das kann sie noch hochhandeln. Ich hab's geschafft. Christian. Ich hab's wirklich geschafft!« Annalena schlang ihre Arme um seinen Hals und presste das Gesicht gegen seine Schulter. Ihr Körper zuckte leicht, weil sie lachte, aber ihre Stimme schwankte heftig und verriet, dass sie gleichzeitig weinte.

Obwohl Christian nur die Hälfte von dem verstanden hatte, was sie da gerade so unzusammenhängend herausgebracht hatte, erwiderte er die Umarmung spontan. Es fühlte sich einfach zu gut an, sie so nah bei sich zu haben. Doch dann schob er sie ein wenig von sich. »Okay, noch mal von vorne. Du bist schon wieder auf Platz eins?«

»Ja, die dritte Woche. Und jetzt will der Verlag mir vier neue Verträge anbieten. Vier!«

»Damit hast du erst mal für eine Weile Planungssicherheit, nicht wahr? Und ein finanzielles Polster, wenn ich das eben richtig verstanden habe.«

Sie lachte glücklich. »Ja, stimmt. Vier Bücher, und für jedes haben sie fünfzigtausend geboten. Aber Beate, das ist meine Agentin, meinte, sie könne sie spielend noch hochhandeln auf siebzig oder etwas darüber.«

»Wow.«

»Ja.«

Ihr Lächeln war so strahlend, dass er an sich halten musste, sie nicht zu küssen. Stattdessen zog er sie wieder mit Schwung in seine Arme und drehte sie im Kreis, wie neulich beim Sportplatz.

»Gratuliere! Siehst du, ich wusste, dass du den Durchbruch schaffen würdest. Ich meine, das hast du ja schon mit dem Bestsellerplatz, aber hey, vier Bücher?«

»Vier Bücher in vier Jahren, das hat Beate schon ausgehandelt. Und alle aus der *Nun!*-Reihe, also kann ich alle meine Ideen umsetzen.«

»Das ist toll.« Erneut zog er sich ein wenig zurück, aber nur, um ihr ins Gesicht blicken zu können. »Richtig, richtig toll. Ich freue mich für dich.«

Als sich ihre Blicke trafen, durchrieselte ihn ein warmes Gefühl des Stolzes, vermischt mit noch etwas, das ihn zutiefst alarmierte und in die Flucht geschlagen hätte, wäre er nicht gerade so begeistert gewesen.

Je länger der Moment dauerte, desto schwerer fiel es ihm, seinen Blick auf ihre Augen zu richten und nicht auf diese sanft geschwungenen, glücklich lächelnden Lippen. Sie war sofort gekommen, um ihm als Erstem von dieser Wahnsinnsbotschaft zu erzählen. Was das bedeuten könnte, darüber wagte er nicht nachzudenken, um dem Gefühl der Panik, das ihn beschlich, keinen Vorschub zu leisten.

»Entschuldige.« Überraschend machte Annalena sich los. »Ich platze einfach hier herein. Dabei bist du bestimmt mit dem Essen beschäftigt ...« Sie schnüffelte leicht. »Es riecht leicht nach Zwiebeln.«

»Lauch«, korrigierte er. »Und Speck.« Er hob seine Hände an die Nase und grinste schief. »Ich fürchte, das bin ich.«

»Du siehst gar nicht aus wie Lauch, und mit Speck hast du auch wenig Ähnlichkeit«, alberte sie.

Grinsend deutete er hinter sich auf die halb geöffnete Küchentür. »Mich selbst wollte ich heute Abend auch sicher nicht zum Abendessen servieren.«

»Sondern?« Ohne Umschweife ging sie an ihm vorbei in die Küche und warf dort einen Blick in den Ofen. »Was ist das?«

»So was Ähnliches wie Quiche Lorraine, aber vom Blech. Lauch-Speck-Kuchen mit Käsekruste. Dazu gibt es einen gemischten Salat und zum Nachtisch warme Apfeltarte mit Vanille-Eis.«

»Klingt himmlisch.«

»Das war der Plan.«

»Und kalorienreich.«

»Hey, du befindest dich in einem Sportlerhaushalt. Hier werden keine Kalorien gezählt, weil alle Bewohner sich genug bewegen, sodass solche Bomben erlaubt sind.«

»Du meinst also, ich sollte mehr Sport treiben?«

Er grinste breit. »Ich sehe nicht, dass du das nötig hättest. Unsportlich wirkst du nicht.«

»Yoga.« Sie führte eine einfache Bewegung aus. »Drei- oder viermal in der Woche je eine Stunde. Zu mehr komme ich meistens nicht, sieht man mal von den Spaziergängen mit Asco ab. Solche Exzesse wie gestern ...« Sie zögerte kurz. »So was brauche ich nur, um mich mental auszupowern.«

»Yoga ist gut. Damit habe ich damals angefangen, als ich die Rückenverletzung hatte.«

»Weil du beim Hochsprung falsch aufgekommen bist? Das ging damals durch die Presse.«

»Ja, bei den Europa-Meisterschaften. Der Mist hat mich damals den Platz auf dem Siegertreppchen gekostet.«

»Das muss eine große Enttäuschung für dich gewesen sein.«

Er nickte vage. »Im Nachhinein war es sogar ganz gut, dass ich von da an nicht weiter den Weg des Profisportlers eingeschlagen habe, sondern anfing zu studieren.«

»Tja, also ...« Unentschlossen warf Annalena einen Blick auf ihre Armbanduhr. »Ich schätze, ich lasse dich jetzt mal weiter in der Küche werkeln. Es ist ja erst viertel vor Sieben ...«

»Wie du willst. Du kannst mir auch gerne Gesellschaft leisten und Paprika und Radieschen für den Salat schnippeln.«

Ehe sie etwas darauf antworten konnte, öffnete sich die Haustür. Senta und Asco platzten herein. Beide waren wie weiß überzuckert.

»Es hat angefangen zu schneien!« Senta strahlte übers ganze Gesicht.

Ja, allerdings. Ganz schön kalt, aber lustig. Ich mag Schnee. Wau. Asco schüttelte sich heftig und umrundete dann Annalena freudig wedelnd. *Wen haben wir denn da? Meinen Lieblingsbesuch! Hach, das freut mich aber, dass du wieder hier bist. Da fühle ich mich gleich rundum wohl.*

»Hier, häng die Jacke auf einen Bügel, damit sie besser trocknen kann.« Christian reichte seiner Schwester einen Kleiderbügel. »Den Wintereinbruch hatten sie ja schon gemeldet, aber doch eigentlich erst ab morgen.«

»Ich find's toll. Ob wir auch weiße Weihnachten kriegen?« Die Wangen des Mädchens hatten sich leicht gerötet.

»Das kann man nie wissen.« Herzlich lächelte Annalena ihr zu. »In den letzten Jahren hatten wir hier ja immer Glück.«

»Das wäre sooo toll!« Senta hielt inne und räusperte sich verlegen. »Oh, ähm, hallo, Annalena. Ich hab dich noch gar nicht begrüßt.«

»Hallo Senta.« Annalenas Lächeln vertiefte sich. »Siehst du, das hätten wir damit erledigt.«

Auch das Mädchen lächelte, wenn auch immer noch leicht verlegen. »Bist du schon früher hergekommen? Christian hat gesagt, du wärst erst zum Essen hier.«

»Annalena ist rübergekommen, um uns eine tolle Nachricht zu erzählen. Sie ist nämlich diese Woche schon wieder auf Platz eins der Bestsellerliste.«

»Boah, echt? Herzlichen Glückwunsch.« Spontan streckte das Mädchen die Hand aus, und Annalena ergriff sie. »Das ist toll. Und ins Fernsehen kommst du auch. Dann bist du jetzt richtig berühmt, oder?«

»Na ja, berühmt wohl eher nicht.«

»Doch, wer ins Fernsehen kommt, ist berühmt«, beharrt Senta. »Das ist richtig genial.«

»Noch viel genialer ist, dass der Verlag jetzt noch mehr Bücher mit mir machen will und die auch noch wahnsinnig gut bezahlt.«

»Kommen die dann auch alle auf die Bestsellerliste?«

Annalena lachte. »Das weiß ich doch jetzt noch nicht. Kann sein, kann aber auch nicht sein. Auf jeden Fall bezahlt der Verlag jetzt so viel Geld im Voraus, dass dort alle richtig viel Werbung für mich machen müssen, damit sich die Investition hoffentlich auch lohnt.«

»Bestimmt.« Das Mädchen hockte sich hin und rieb Asco mit dem Hundehandtuch trocken. »Dein neues Buch ist total super. Christian hat es sich gekauft und mir erlaubt, es auch zu lesen. Ich hab' es sogar schon zweimal durch.«

»Wirklich?« Ganz kurz warf Annalena Christian einen Blick zu. »Dann sollte ich euch das Buch vielleicht signieren, was meinst du?«

»Echt, würdest du?« Senta warf das Handtuch in den Korb unter der Garderobe. »Warte, ich hole es.« Schon war sie wie der Blitz die Treppe hinauf verschwunden.

»Du hast einen neuen Fan.« Christian schmunzelte.

So schnell wie Senta verschwunden war, tauchte sie schon wieder auf, in der Hand das Buch. »Hier ist es. Ich hab auch total gut aufgepasst, dass keine Eselsohren reinkommen. So was mag ich nämlich überhaupt nicht. Ich nehme immer ein Lesezeichen.«

»Das ist sehr umsichtig.« Annalena nahm das Buch entgegen. »Ich habe gar keinen Stift.«

»Warum geht ihr zwei nicht ins Wohnzimmer und macht es euch bequem? Da liegen auch Kugelschreiber auf dem Tisch«, schlug Christian vor. »Ich muss zurück in die Küche, sonst wird unser Nachtisch nicht fertig.«

»Es riecht schon ganz lecker.« Genießerisch verdrehte Senta die Augen. »Christian kocht total gut. Ich kann das auch, aber nur ganz einfache Sachen. Wir hatten nie viel im Haus, deshalb kann ich nur Nudeln mit Soße oder Kartoffeln und Bratwürstchen und so. Oder Milchreis mit salziger Karamellsoße. Das Rezept hab ich mal im Fernsehen gesehen und mir aufgeschrieben. Geht total einfach und ist so was von voll lecker! Das ist mein absolutes Lieblingsrezept. Also für Nachtisch.«

»Das hört sich wirklich lecker an«, bestätigte Annalena und folgte Senta ins Wohnzimmer, wo sie sich beide auf die große L-förmige Ledercouch setzten.

Senta reichte ihr einen Kugelschreiber. »Hast du auch ein Lieblingsrezept?«

»Mehrere.« Rasch schrieb Annalena einen kurzen Gruß in das Buch und signiertes es. »Hier, bitte sehr.«

»Was denn für Lieblingsrezepte?«, hakte Senta neugierig nach, während sie das Buch wieder im Empfang nahm. Ihre Augen wurden kugelrund, als sie die wenigen Zeilen las, die Annalena geschrieben hatte. »Danke! Ich hatte noch nie ein signiertes Buch. Oder wir. Das ist so cool und mein Name steht als Erster da.«

Annalena lächelte nur. »Also wenn ihr beide so gut kocht, dann muss ich wohl mit etwas zu trinken aufwarten. An Weihnachten mache ich gerne heiße Kokos-Schokolade. Die zieht dir die Schuhe aus, so lecker ist sie. Aber du schaffst auch nur eine Tasse, dann kippst du um, weil sie so mächtig ist.«

Senta kicherte. »Die würde ich auch mal probieren.«

»Vielleicht ergibt sich ja mal eine Gelegenheit.«

»Ich soll für die Schule nächsten Montag ein Rezept und Sachen für Weihnachtspunsch mitbringen. Einen ohne Alkohol natürlich.« Leicht besorgt verzog das Mädchen die Lippen. »Wir feiern jetzt immer montags den Advent nach, und da soll jeder was mitbringen. Unsere Klassenlehrerin, Frau Roseck, hat alle für irgendwas eingeteilt, und dann bereiten wir die Sachen alle zusammen in der Schulküche zu und feiern nachmittags nach der Hausaufgabenbetreuung. Die, die gar nicht Weihnachten feiern, weil sie einen anderen Glauben haben oder gar keinen, machen auch mit, aber sie bringen dann etwas typisches Traditionelles aus ihrem Glauben oder ihrer Familie oder so mit.«

»Das klingt aber spannend«, befand Annalena. »Warum guckst du da so traurig?«

»Ich kenne kein Rezept für Weihnachtspunsch. Schon gar keins, das wir bei uns in der Familie benutzen. Frau Roseck meinte, wir sollen, wenn möglich, ein Rezept nehmen, dass bei uns traditionell benutzt wird, und wenn wir nicht gleich eins finden, sollen wir bei unseren Verwandten fragen. Ich hab aber nur Christian und Mariella und die beiden haben, glaube ich, noch nie alkoholfreien Weihnachtspunsch gemacht. Und meine Mama schon gar nicht. Christian hat angeboten, mit mir im Internet ein Rezept herauszusuchen, aber das ist nicht dasselbe, und irgendwie kommt es mir vor wie geschummelt.«

»Geschummelt ist es bestimmt nicht«, widersprach Annalena rasch. »Du kannst doch nichts dafür, dass es bei euch kein traditionelles Punschrezept gibt. Oder ...« Sie lächelte wieder. »Gilt auch das Rezept einer Freundin? Ich hätte nämlich eins in petto, das wir früher immer auf unseren Schulweihnachtsfeiern gemacht haben, und später habe ich es dann auch bei uns zu Hause zubereitet, allerdings mehr an Silvester für alle, die keinen Sekt wollten. Dieser Punsch schmeckt sogar meinen Eltern. Eigentlich müsste Christian sich auch noch daran erinnern, aber wahrscheinlich war er damals viel zu obercool, um so was Langweiliges wie Weihnachtspunsch auch nur anzurühren.«

»He, das habe ich genau gehört!« Grinsend erschien Christian in dem breiten Durchgang zur Küche. In einer Hand hielt er einen Handmixer, in der anderen zwei Quirle. »Klar war ich damals zu cool für Punsch!«

Senta kicherte wieder.

Annalena erhob sich. »Wie wäre es, wenn ich die Zutaten aus meiner Wohnung hole und uns eine Kostprobe zubereite? Wenn der Punsch dir schmeckt, Senta, dann schreibe ich dir das Rezept auf. Was meinst du? Man braucht auch gar nicht viele Zutaten, und die Zubereitung ist ganz einfach.«

»Würdest du?« Die Augen des Mädchens leuchteten auf. »Das wäre supernett von dir.«

»Das wäre es wirklich.« Die Quirle rasteten mit einem leisen Klicken ein, als Christian sie am Mixer befestigte. »Und vielleicht lasse ich mich ja heute dazu herab, auch mal von dem Gebräu zu probieren. Wie wäre es, wenn du den Punsch nach dem Essen servierst?« Er hielt kurz und bedeutsam inne. »Während wir uns zusammen *Marnie* ansehen.«

Überrascht hielt Annalena mitten in der Bewegung inne. »Ein Videoabend?«

»Au ja, bitte, das ist eine geniale Idee! Christian hat versprochen, mit mir den Film zu gucken. Ich mag nämlich solche alten Filme total gerne. Vor allem die mit Sean Connery. Den mag ich auch total als James Bond, obwohl ich Daniel Craig hübscher finde.« Aufgeregt zappelte Senta auf dem Sofa herum. »Bitte, Annalena, guck mit uns, und dann trinken wir Punsch dazu. Ich muss heute auch nicht so früh ins Bett, weil morgen nämlich die ersten beiden Stunden ausfallen und ich erst um zehn in der Schule sein muss. Ich kann zwar auch schon um acht Uhr hin und im Pausenraum abhängen, aber Ausschlafen ist schöner.«

Annalena blickte von Senta zu Christian, der eine neutrale Miene aufgesetzt hatte. Schon wieder fragte sie sich, warum er sie nun auch noch zu einem Videoabend einlud. Da sie aber weder Senta enttäuschen noch einen ihrer Lieblingsfilme verpassen wollte, nickte sie schließlich zustimmend. »Also gut, schauen wir uns gemeinsam *Marnie* an. Ich gehe nur rasch rüber und hole die Zutaten für den Punsch.« Sie wandte sich an Christian. »Hast du Zimt da? Und Nelken?«

»Habe ich«, bestätigte er. »Was brauchst du sonst noch?«

Annalena rief sich das Rezept ins Gedächtnis. »Muskatnuss, Zitronen, Orangen, Apfelsaft und Traubensaft.«

Er lachte. »Dann setz dich mal wieder schön hin und lass die Seele baumeln. Wenn das alle Zutaten waren, sind sie in meinem Vorratsschrank vorhanden.«

»Das war alles.« Verblüfft setzte Annalena sich wieder auf die Couch. »Also gut. Womit vertreiben wir uns denn die Zeit bis zum Essen?«

Christian trat noch einen Schritt näher und nickte Senta auffordernd zu. »Du könntest Annalena mal die Geschichte zeigen, die du neulich geschrieben hast.«

»Du schreibst Geschichten?« Überrascht wandte Annalena sich dem Mädchen zu, das daraufhin tiefrot wurde.

»Ähm ... ja, manchmal. Ich schreibe Fanfiction zu meiner Lieblingsserie. Die habe ich zufällig im Fernsehen entdeckt, weil ich abends ganz oft alleine zu Hause war und dann war es mir nicht so unheimlich, wenn ich den Fernseher angemacht habe. Und da lief dann die Serie und ich fand sie so toll, und im Internet habe ich dann gelesen, dass es ganz viele Leute gibt, die Fanfiction schreiben und dann hab ich das auch mal ausprobiert. Aber nur auf Deutsch, obwohl ich neulich auch mal eine Folge auf Englisch gesehen habe, gestreamt, weil Christian die auch geguckt hat, und da habe ich schon total viel verstanden und ...« Sie holte tief Luft. »Dann hab ich mal weiter im Internet geguckt und ganz viel Fanfiction auf Englisch gefunden und gelesen. Aber da verstehe ich noch nicht alles und brauche dauernd das *Urban Dictionary*.«

Annalena schmunzelte, weil Senta sich so in das Thema hineingesteigert hatte und mit einem Mal gar nicht mehr schüchtern, sondern richtig fröhlich und aufgeregt wirkte. »Jetzt bin ich aber wirklich gespannt. Die Geschichte würde ich gerne mal lesen.«

»Sie ist aber nur eineinhalb Seiten lang.«

»Das ist doch schon einiges«, befand Annalena. »Bei Fanfiction spielt es gar keine Rolle, wie lang oder kurz sie ist. Hauptsache, es macht dir Spaß zu schreiben.«

»Das hat wirklich Spaß gemacht.«

»Zu welcher Serie hast du die Geschichte denn eigentlich geschrieben?«

Die Röte kehrte auf Annalenas Wangen zurück. »Eine über den Teufel.«

»Ist halb so wild«, schränkte Christian rasch ein. »Ich habe mir die Serie selbst neulich zufällig angeschaut. Oder zumindest die ersten zwei Folgen. Ziemlich witzig gemacht.«

»Doch nicht etwa *Lucifer*?« Annalena grinste. »Jetzt muss ich deine Fanfiction aber unbedingt lesen, Senta. *Lucifer* ist zufällig auch eine meiner Lieblingsserien.«

»Echt? Nice! Ich hol die mal schnell. Hab sie vorgestern für Christian ausgedruckt und die Blätter liegen in meinem Zimmer.«
Schon stob Senta davon.

»Es ist wirklich nett von dir, die Geschichte zu lesen.« Christian nickte Annalena zu. »Sie ist übrigens wirklich gut. Finde ich.«

»Sie muss eigentlich gar nicht gut sein, sondern, wie gesagt, hauptsächlich Spaß machen.«

»In diesem Fall trifft, glaube ich, beides zu. Aber das ist nur meine unmaßgebliche Meinung.«

»Ich habe früher ebenfalls Fanfiction geschrieben.«

»Ach?« Seine Augenbrauen hoben sich erstaunt.

»Ja. Ein Detail aus meinem Privatleben, das ich meistens verschweige.«

»Warum?«

Sie zuckte mit den Achseln. »Weil es mein Privatvergnügen ist. Oder war. Ich hab schon lange keine Fanfiction mehr geschrieben.«

»Du hast auch schon mal Fanfiction geschrieben?« Außer Atem stürmte Senta schon wieder ins Wohnzimmer. »Zu welcher Serie denn?«

»*Twilight.*«

»Ach du Schreck!« Christian stöhnte in gespieltem Entsetzen. »Ich verschwinde wieder.«

»Und *Gilmore Girls*!«, rief Annalena mit Absicht so laut, dass er es auch hören konnte. »Ich war unsterblich in Luke Danes verliebt.«

Aus der Küche kam ein empörtes Husten.

Grinsend beugte Annalena sich zu Senta hinüber. »Und *Castle* auch«, raunte sie. »Das war tricky, weil das ja eine Krimiserie ist und ich mir immer spannende Fälle ausdenken musste. Kennst du die Serie?«

»Ja, die läuft immer nachmittags im Fernsehen. Ich hab fast alle Staffeln durch. Aber Fanfiction dafür wäre mir noch zu schwierig, weil mir keine Mordfälle einfallen oder wie die aufgeklärt werden. Bei meiner *Lucifer*-Geschichte hab ich auch keinen Fall erfunden, obwohl der Anfang im Polizeirevier spielt.« Sichtlich nervös, aber zugleich erwartungsvoll hielt sie Annalena die beiden Papierbögen hin.

Aus der Küche ertönte das Surren des Mixers.

»Christian backt seine berühmte Apfel-Tarte«, erklärte Senta, blickte dabei aber sehr gespannt Annalena an. »Die macht er nur zu besonderen Anlässen.«

»Ach ja? Und was ist am heutigen Abend so besonderes?«

Annalena hatte sich bereits in den Text vertieft und hob kaum den Kopf.

»Ich darf für ganz hierbleiben. Die vom Jugendamt und vom Gericht haben erlaubt, dass Christian das Sorgerecht über mich kriegt.«

Abrupt riss Annalena sich von der Geschichte los. Als sie den Kopf hob, blickte sie geradewegs in Sentas überglückliches Gesicht. »Das ist ja toll. *Das ist ja toll!*«, wiederholte sie so laut, dass auch Christian es hören konnte. »Warum hast du mir das nicht gleich gesagt?«

Der Mixer verstummte. »Wollte ich. Deshalb hatte ich dich doch eingeladen. Du bist mir dann aber mit deinen guten Nachrichten zuvorgekommen.«

Annalena beugte sich zu Senta hinüber und legte ihr eine Hand auf den Arm. »Das ist wirklich schön für dich.«

»Ja, total.« Das Mädchen strahlte, wurde dann aber wieder ernst. »Mama muss eine Entziehung machen und danach wissen wir noch nicht, wie es weitergeht.«

»Kommt Zeit, kommt Rat.« Einer der Lieblingssprüche ihres Vaters, und in diesem Fall schien er perfekt zu passen.

»Das hat Christian auch gesagt.« Senta lächelte wieder, diesmal etwas angestrengt. »Wie findest du die Geschichte?«

»Ich bin noch nicht ganz durch.« Rasch wandte Annalena sich wieder dem Text zu. Als sie nach wenigen Minuten am Ende angekommen war, lachte sie leise. »Du hast Lucifers Tonfall ziemlich gut getroffen und auch seinen Humor.«

»Echt?«

»Die Story ist richtig witzig. Hast du noch mehr davon geschrieben?«

»Äh, ja, aber die hab ich alle auf dem alten Laptop, den Christian mir geliehen hat. Oder handschriftlich, aber ich hab schon alles abgetippt. Zuhau..., ich meine in Hannover hatte ich ja keinen Computer, aber meine Schrift ist nicht so toll, deshalb hab ich alles noch mal abgeschrieben.«

»Ich würde die anderen Geschichten gerne auch lesen.« Sie warf einen Blick auf die Uhr. »Ein bisschen Zeit hätten wir noch.«

Wie der Blitz sprang Senta erneut von der Couch auf. »Ich hol schnell den Laptop!«

14. Kapitel

»Der Film war ja echt gut.« Senta hatte sich an Christian gekuschelt und die Füße auf die Couch hochgezogen. »Und das Ende war gar nicht so schlimm, wie ich dachte. Ich hatte schon Angst, dass einer von denen am Ende noch stirbt oder dass *Marnie* abhaut.«

»Das hat mir auch immer gut gefallen«, stimmte Annalena zu, die mit etwas Abstand auf Christians anderer Seite saß. »Dieses doch relativ glückliche Ende.« Sie lachte leise. »Aber in der Hinsicht bin ich sowieso ein hoffnungsloser Fall. Ich will immer ein Happy End oder zumindest ein sehr versöhnliches. Es gibt in der wirklichen Welt schon zu viele traurige Geschichten, da brauche ich die nicht auch noch im Film oder in einem Buch.«

»Dann passt ihr zwei ja perfekt zusammen.« Schmunzelnd beugte Christian sich vor und griff nach der Fernbedienung. »Will jemand noch ein Stück Tarte?« Er schaltete vom DVD-Player auf den Smart-TV um und wählte einen Streaming-Service.

»Ja, ich.« Annalena und Senta hatten gleichzeitig geantwortet und lachten. Annalena rieb sich leicht über den Bauch. »Eigentlich dürfte ich echt nicht, aber diese Apfeltarte ist verboten lecker. Falls du mal keine Lust mehr hast, Lehrer oder Dozent zu sein, könntest du auch ein Restaurant aufmachen. Dieser Lauch-Speck-Kuchen war einmalig. Verrätst du mir das Rezept?«

»Das braucht er doch gar nicht.« Senta hatte es übernommen, für jeden noch ein Stück Tarte abzuschneiden und auf die Teller zu verteilen. »Du kannst doch einfach immer zu uns rüberkommen, wenn Christian den backt.«

»Stimmt, das könntest du tun.« Christian grinste breit. »Ich kann auch gut Flammkuchen, Pizza ... Alles, was vom Blech kommt.«

»Hey, wir könnten doch einmal die Woche so einen Filmabend machen«, schlug Senta eifrig vor. »So wie heute. Erst essen und dann einen Film gucken. Das hat so viel Spaß gemacht.« Hoffnungsvoll blickte sie von Christian zu Annalena.

»Ich weiß nicht.« Zögernd hob Annalena die Schultern.

»Warum nicht?«, antwortete Christian zur gleichen Zeit. »Genug Auswahl habe ich im DVD-Regal, und wenn die nicht reicht, gibt es immer noch Netflix und Co. Wir könnten mit Edgar Wallace anfangen.«

Schmunzelnd nahm Annalena ihren Teller vom Tisch. »Du planst wohl gerne weit voraus.«

»Du nicht?«

Sie hob die Schultern. »Kommt darauf an, worum es geht.«

Mit leicht schräggelegtem Kopf musterte Christian sie. »Ein Videoabend, zum Beispiel jeden Dienstag, ist ja keine große Sache, oder?«

»Nein, natürlich nicht.« Verlegen wich Annalena seinem Blick aus und tat, als konzentriere sie sich ganz darauf, das nächste Stückchen Tarte mit der Gabel abzutrennen.

»Kannst du dann beim nächsten Mal die heiße Kokos-Schokolade machen?«, Senta wippte ein wenig auf der Couch. »Die klang so lecker. Und der Punsch, den du gemacht hast, ist echt toll und voll einfach. Das Rezept nehme ich nächste Woche auf jeden Fall mit zu der Adventsfeier in der Schule.«

»Das Zeug schmeckt wirklich ganz passabel«, gab Christian zu. »Ich hätte zwar bestimmt noch irgendwas anderes hineingemischt. Etwas, womit niemand rechnet.«

»So, was denn zum Beispiel?« Überrascht musterte Annalena ihn und fragte sich nicht zum ersten Mal an diesem Abend, wie es kam, dass sie sich plötzlich in seiner Gegenwart so wohl und entspannt fühlte, obwohl er ihr gestern noch eine schlaflose Nacht beschert hatte.

»Keine Ahnung. Mandeln.«

»Mandeln?« Verblüfft runzelte sie die Stirn. »Im Punsch?«

»Oder Rosinen«, schlug Senta vor.

»Honig«, ergänzte Christian.

»Klingt seltsam, aber nicht uninteressant.« Lächelnd spießte Annalena ein weiteres Stückchen Tarte mit der Kuchengabel auf.

»Ich hab eine Idee.« Senta, ungewöhnlich munter und beredt, stellte ihren leeren Teller auf den Tisch. »Können wir nicht mal alle zusammen einen Punsch machen? Selbst ausgedacht, meine ich. Und da tun wir dann alle Zutaten rein, die uns gefallen …«

»… und fallen hinterher um, weil die Mischung so scheußlich schmeckt?« Erheitert lachte Christian auf.

»Nee, da kommen doch dann nur leckere Zutaten rein.« Senta kuschelte sich an ihren Bruder. »Das wird bestimmt lustig. Bitte. Vielleicht am Wochenende oder so.«

»Was meinst du?« Fragend sah Christian Annalena an. »Punschtestküche am Sonntagnachmittag?«

»Warum nicht am Samstag?« Die Frage war Annalena herausgerutscht, bevor sie darüber nachdenken konnte, dass er sie als Zustimmung werten könnte.

»Weil«, er zog Senta kurz an sich, »am Wochenende der Weihnachtsmarkt aufmacht und ich Senta versprochen habe, mit ihr am Samstagnachmittag hinzugehen.«

»Ach so.« Annalena lächelte. »Das ist aber nett von dir. Früher fandest du den Weihnachtsmarkt immer blöd, wenn ich mich recht entsinne.«

»Früher fand ich alles blöd.« Er verzog ein wenig kläglich die Lippen. »Oder fast alles. Was den Weihnachtsmarkt angeht, bin ich mir nach wie vor nicht sicher. Ich bin eigentlich nicht so ein besonderer Weihnachtsfan.«

»Ich hab ihn angebettelt«, gestand Senta. »In Hannover war ich mal auf dem Weihnachtsmarkt, aber ganz allein, weil Mama zu so was nie Lust hatte, und das war irgendwie schön und nicht schön.«

»Ich kann mir vorstellen, was du meinst.« In Annalena stieg Mitgefühl mit dem Mädchen auf. »Weihnachtsmärkte sind toll, aber wenn man da ganz alleine ist, macht es nur halb so viel Spaß wie mit Familie oder Freunden.«

»Ja, und in der Schule sagen sie alle, der Weihnachtsmarkt wäre total schön hier.«

»Warum gehst du denn nicht mit deinen Klassenkameraden hin?«, schlug Annalena vor.

»Weil ...« Das Mädchen senkte den Kopf. »Mich mag in der Schule noch keiner so richtig.«

»Warum denn nicht?«

»Weiß nicht.«

»Hast du denn überhaupt schon mal versucht, dich mit jemandem anzufreunden?«

Sentas Kopf senkte sich noch mehr. »Ich trau mich nicht. Die kennen sich doch alle schon seit dem Kindergarten, und ich bin doch total uninteressant und nicht mal hübsch oder so. Einer von den Jungen hat mich Brillenschlange getauft, weil ...« Verlegen rückte Senta an ihrer viel zu großen und unansehnlichen Brille herum. »Und vielleicht wollen sie auch gar nichts mit mir zu tun haben, weil Mama so schrecklich ist und so, und alle glauben, ich bin auch so.«

»Aber das ist doch Unsinn!«, rief Annalena empört. »Du kannst doch gar nichts dafür, wie deine Eltern sind. Und bestimmt gibt es auch andere in deiner Klasse, bei denen es zu Hause nicht rundläuft. Und überhaupt, du bist doch jetzt hier bei Christian. Hier geht es dir doch gut. Wer von deinen Klassenkameraden hat schon einen großen Bruder wie ihn?«

»Stimmt.« Langsam hob sich Sentas Kopf wieder. »Anfangs haben alle gedacht, er wäre mein Vater. Das passiert uns überall.«

»Könnte ja theoretisch auch sein.«

»Es ist aber trotzdem peinlich, vor allem, wenn ich nach meinem richtigen Vater gefragt werde und sagen muss, dass ich ihn gar nicht kenne und nur seinen Vornamen weiß.«

»Dann sag doch einfach gar nichts. Das geht die Leute ja auch überhaupt nichts an.«

»Die Lehrer fragen aber auch immer nach so was.«

»Dann sind sie ziemlich unsensibel.« Fragend sah Annalena Christian an, der daraufhin mit den Achseln zuckte.

»Einige Kollegen haben den Takt nicht gerade mit Löffeln gefressen.«

Annalena beschloss, das Gespräch wieder in eine etwas andere Richtung zu lenken. »Wer behauptet eigentlich, dass du nicht hübsch bist? Brillenschlange haben sie mich übrigens früher auch genannt. Das ist oft gar nicht so sehr böse gemeint.«

»Meine Brille ist aber wirklich doof. Wir konnten uns nur so ein Nulltarifgestell leisten und Mama war an dem Tag total down und genervt und hatte keine Geduld. Deshalb hat sie einfach die Erstbeste gekauft, ohne mich groß zu fragen.«

»Vielleicht können wir ja mal bei Gelegenheit zusammen zum Optiker gehen.« Wieder warf Annalena Christian einen fragenden Blick zu. »Ich bin richtig gut im Aussuchen von Brillen und habe selbst immer drei oder vier verschiedene Modelle in meiner Sehstärke, damit ich zu jedem Outfit das passende Gestell kombinieren kann.«

»Eine neue Brille kaufen?« Senta schaute sie zweifelnd an.

»Wie lange hast du diese hier denn schon?«

»Fast zwei Jahre.«

»Dann solltest du sowieso mal wieder einen Sehtest machen, damit der Optiker feststellen kann, ob sich deine Sehstärke verändert hat. Was meinst du, Christian?«

Er grinste. »Ich meine, ich bin überstimmt. Aber abgesehen davon hätte ich Senta sowieso bald vorgeschlagen, mal einen Optiker aufzusuchen. Ich muss selbst auch wieder hin. Vielleicht können wir das kombinieren.«

»Am Samstag?« Hoffnungsvoll blickte Senta zwischen ihnen hin und her.

»Samstags zum Optiker? Weißt du, was da los ist?« Christian stöhnte theatralisch.

»Ach was, so wild wird es schon nicht werden«, beschwichtigte Annalena ihn. »Am besten gehen wir zum Optiker Glupsch.« Sie grinste in Sentas Richtung. »Ja, der heißt wirklich so. Wie Glupschauge. Er ist sehr nett und hat mich bisher immer wunderbar beraten.«

»Der alte Glupsch ist noch in Amt und Würden?« Verblüfft hob Christian den Kopf.

»Nein, sein Sohn. Aber der ist genauso gut wie sein Vater. Der ist übrigens jetzt Vorsitzender des Angelvereins, seit er sich zur Ruhe gesetzt hat.«

»Aha.« Christian schmunzelte.

»Kommst du dann auch hinterher mit uns auf den Weihnachtsmarkt?«

Annalena erschrak ein wenig, und das schien Christian bemerkt zu haben, denn das Schmunzeln auf seinen Lippen verbreiterte sich zu einem Grinsen. »Die Steilvorlage hast du selbst geliefert. Mitgegangen, mitgefangen, mitgehangen.«

Sie räusperte sich umständlich und stellte langsam ihren leeren Teller auf den Tisch. »Na ja, also ... Ich habe im Gegensatz zu dir ja nichts gegen den Weihnachtsmarkt.«

»Christian hat gegen alles etwas, das mit Weihnachten zu tun hat. Er ist ein richtiger Weihnachtsmuffel«, erklärte Senta.

»Ich mag bloß nicht dieses riesige Gewese mit Geschenken und wochenlang vorher schon in Stress geraten, weil man nichts findet und überall Geklingel und Gebimmel und Weihnachtsmänner ...«

»Er glaubt nämlich auch nicht an den Weihnachtsmann«, fügte Senta ernst hinzu.

»Du etwa?« Erstaunt sah er seine kleine Schwester an. »Bist du dazu nicht schon zu alt?«

»Dazu ist man nie zu alt«, befand Annalena. »Dann bist du also immer noch der alte Grinch und traust dich trotzdem auf den Weihnachtsmarkt. Hut ab.«

Er hüstelte amüsiert. »Wenn du mitgehst, kann ich dich ja als Schutzschild benutzen.«

»Pah, da hast du aber Pech gehabt.« Sie lächelte breit. »Ich liebe alles, was mit Weihnachten zu tun hat. Da kriegst du höchstens eine Überdosis verpasst.«

»Also kommst du mit?« Senta strahlte übers ganze Gesicht. »Nice!« Plötzlich hielt sie inne. »Boah, guckt mal, es schneit total heftig draußen!« Sie sprang so rasch auf, dass Asco, der zu ihren Füßen geschlafen hatte, erschrocken hochfuhr und bellte.

Hey, wau, was war das denn? Wie kannst du mich denn bloß so erschrecken? Ich hatte gerade so schön geträumt. Er schüttelte sich und folgte Annalena zur Terrassentür. *Ach herrje, was ist denn da draußen los? Alles dick mit Schnee bedeckt. Lass mich mal raus, das muss ich gleich mal näher anschauen. Und außerdem müsste ich sowieso mal ...*

»Soll ich Asco rauslassen?« Senta streichelte dem aufgeregt schwänzelnden Border Collie über den Kopf. »Ich glaube, er muss noch mal.«

»Dann hol aber auch gleich das Hundehandtuch.« Christian übernahm es, die Tür zu öffnen. »Sonst trägt er den Schnee nachher quer durchs Haus.«

Sofort sprintete Senta los in den Flur, während Asco mit einem freudigen Bellen in den Garten stob.

Annalena beobachtete lachend, wie er nach den dicht an dicht fallenden Flocken schnappte und wilde Spuren in den Schnee zog. Nach einer kurzen Weile schnüffelte er nur noch an der weißen Decke auf dem Boden und verschwand weiter hinten bei ein paar Büschen.

»So viel Schnee!« Sehnsüchtig blickte Senta nach draußen. »Darf ich auch noch mal raus?«

»Nein, es ist schon spät.« Vehement schüttelte Christian den Kopf.

»Aber ich kann morgen ausschlafen!«

»Der Schnee ist morgen früh auch noch da. Mehr sogar als jetzt. Wenn es so weiter schneit, werden wir morgen bis zum Hals darin versinken.«

»Glaubst du?« Hoffnungsvoll beäugte Senta die dicken Flocken. »Vielleicht fällt die Schule dann ganz aus.«

»Darauf würde ich nicht wetten. Der Winterdienst hier ist ziemlich auf zack.« Annalena berührte das Mädchen an der Schulter. »Aber im Hellen macht es doch viel mehr Spaß, den Schnee zu genießen.«

»Ich mag Schnee total gerne.« Seufzend wandte Senta sich ab. »Muss ich jetzt echt schon ins Bett?«

»Du kannst ja noch ein bisschen lesen«, schlug Annalena vor. Sie wandte sich an Christian. »Das ist bestimmt erlaubt, oder?«

Er zuckte die Achseln. »Solange das Licht nicht die halbe Nacht an bleibt.«

Annalena kicherte. »Ich hätte nie gedacht, dich mal als vernünftigen Erwachsenen zu erleben. Ausgerechnet den Rebellen vom Dienst.«

Er zog die Augenbrauen zusammen. »Untergrab hier bitte nicht meine Autorität.«

Sie kicherte noch mehr. »Würde mir im Traum nicht einfallen.« Noch einmal drückte sie Sentas Schulter. »Vielleicht fällt dir ja noch eine neue Fanfiction ein. Dann erzählst du mir morgen davon.«

»Ja, das kann ich machen.« Senta schauderte leicht. »Ist ganz schön kalt draußen.«

In diesem Moment kam Asco herbeigerannt. *Das kann ich bestätigen. Huh, wuff, eiskalt. Aber lustig.*

»Senta, bevor du raufgehst …« Christian deutete auf den schneebedeckten Hund.

»Ach ja, klar.« Rasch schnappte Senta sich das Handtuch und rubbelte Asco trocken.

Ah, danke, eine sehr gute Idee. Schnee im Fell ist doch ein bisschen ungemütlich auf Dauer. Das macht nur Spaß, solange man in Bewegung ist. Da draußen schleicht übrigens ein Weihnachts-Elf herum. Er hat mich angesprochen und sich als Elf-Siebzehn vorgestellt und mich gefragt, wie es mir bei meinem Herrchen und mit Annalena gefällt. Anscheinend hat Christian sich damals beim Weihnachtsmann gewünscht, mich wiederzubekommen. Das finde ich mal so richtig gut. Vor allem, weil der Wunsch ja in Erfüllung gegangen ist. Wenn ich gewusst hätte, dass es einen Weihnachtsmann gibt und dass man sich bei ihm so was wünschen kann, hätte ich das damals ganz bestimmt auch getan. Vielleicht wäre die Mission Finde Herrchen dann noch schneller gut ausgegangen.

Elf-Siebzehn wollte von mir wissen, wie sich Annalena und Christian vertragen und ob ich mir vorstellen könnte, beide zusammen als Herrchen und Frauchen zu haben. Na, aber hallo! Das wäre doch perfekt, oder etwa nicht? Ich weiß nur nicht so genau, wie das funktionieren soll. Elf-Siebzehn sagt, er, oder vielmehr der Weihnachtsmann, hätte einen Plan und ich soll ihnen dabei helfen. Na gut, das kann ich bestimmt tun. Ich habe sogar schon einen ersten kleinen Auftrag, weil nämlich Elf-Siebzehn rein zufällig Sternenstaub dabeihat. Er braucht ihn eigentlich noch woanders, sagte aber, er hätte genug dabei, um ihn hier auch zu benutzen. Keine Ahnung, wozu Sternenstaub gut sein soll, aber wenn er dabei hilft, dass ich bald Herrchen und Frauchen habe, soll mir alles recht sein. Jetzt muss ich nur noch auf den richtigen Moment warten und hoffen, dass alles so klappt, wie Elf-Siebzehn es gerne hätte. Das gefällt mir richtig gut. Eine neue Mission für mich. Eine Glücksmission sozusagen.

»Was brummelst du denn so?« Senta hatte Asco rundum abgetrocknet und erhob sich wieder. »Das klingt, als wolltest du uns etwas erzählen.«

Ja, würde ich gerne, aber das geht ja leider nicht.

»Senta.« Mit einem auffordernden Blick wies Christian in Richtung Treppe.

»Ja, ja, ich geh schon, manchmal kannst du echt gemein sein.«

»Ich weiß.«

»In der Schule sagen sie auch alle, dass du total streng bist.«

»Dann wird wohl etwas Wahres daran sein.«

»Und dass du gut aussiehst.« Senta grinste und stob davon.

Annalena gluckste in sich hinein.

Christian runzelte die Stirn. »Das ist überhaupt nicht lustig.«

»Doch, und wie.« Mit einiger Mühe beherrschte sie sich. »Entschuldige. Es ist nur so ... Wenn man dich von früher kennt, kommt es einem total unwirklich vor, dass du jetzt der strenge, verantwortungsbewusste Erwachsene bist. Genau das, was du früher immer so verabscheut hast.«

»Ich habe weder strenge noch verantwortungsbewusste Erwachsene verabscheut«, widersprach er, »sondern alle, die das genaue Gegenteil waren oder sich einen Scheißdreck gekümmert haben.«

Annalena wurde wieder ernst. »Tut mir leid. Ich wollte dir nicht zu nahetreten.«

»Bist du nicht.«

Hm, ich glaube, jetzt wäre eine gute Gelegenheit. Ich bin zwar gerade wieder einigermaßen trocken, aber was soll's. Wau! Mit hellem Gebell sprang Asco vor der inzwischen wieder geschlossenen Tür auf und ab.

»Was ist denn jetzt los? Musst du noch mal raus? Das kann doch gar nicht sein.« Stirnrunzelnd blickte Christian auf den Hund hinab.

Doch, doch, mach auf, sonst muss ich's selbst tun!

»Vielleicht hat er etwas vergessen«, witzelte Annalena und öffnete die Tür erneut.

Schon sauste Asco los und stob erneut durch den Schnee. Innerhalb weniger Sekunden war er über und über mit dem weißen Nass bedeckt. *Kommt mal mit raus! Na los, fangt mich. Oder so. Egal, nur raus mit euch.*

»Asco, was machst du denn? Senta hat dich doch gerade erst abgetrocknet!« Empört machte Christian einen Schritt in den Garten, zog aber den Kopf ein, weil die Flocken immer noch dicht an dicht fielen. Das Außenlicht schaltete sich ein, weil er den Bewegungsmelder ausgelöst hatte.

»Anscheinend hat er Spaß am Schnee.« Auch Annalena trat vorsichtig nach draußen, sogar ein wenig weiter als er, rieb sich aber über die Arme, weil es wirklich sehr kalt war. »Komm her, Asco«, rief sie dem herumtollenden Hund zu. »Du wirst ja wieder ganz nass.«

Stimmt, aber ehrlich gesagt macht das Spaaaaß. Jiff! Oh, Moment, ist das glatt. Ich kann gar nicht anhalten! Asco rannte auf sie zu, wollte abbremsen, geriet ins Schlingern und wirbelte eine ganze Schneewehe auf, die Annalena an den Beinen traf.

»Igitt!« Sie machte einen Satz rückwärts und prallte gegen Christian, der sie geistesgegenwärtig auffing.

»Hoppla! Nicht so stürmisch!«

»Entschuldige.« Verlegen trat sie einen Schritt zur Seite. Die kurze Berührung hatte gereicht, um ihren Puls, den sie den gesamten Abend hervorragend im Griff gehabt hatte, in ungesunde Höhen schnellen zu lassen. Sie unterdrückte einen Fluch, bemüht, sich nichts anmerken zu lassen. Schnell richtete sie ihr Augenmerk wieder auf den Hund. »Was machst du denn für Sachen, Asco? Bist du verrückt geworden?«

Ja, ein bisschen. Schneeverrückt. Ich hatte vergessen, wie sehr ich dieses weiße, kalte Zeug liiiiiebe! Jau, wau! Bellend sauste der Hund erneut auf Annalena zu, doch diesmal bekam er rechtzeitig die Kurve. Dennoch wirbelte er erneut Schnee auf. *Na los, macht schon mit!*

»Das gibt's doch nicht! Willst du mich etwa einseifen?« Empört, gleichzeitig aber auch mit einem Lachen, bückte Annalena sich, griff in den eisigen Schnee und warf etwas davon in Ascos Richtung.

Ha, daneben!

»Was wird das denn?« Kopfschüttelnd raffte auch Christian eine Portion Schnee zusammen. »Du solltest mal Zielwasser trinken.« Er zielte und warf den locker zusammengepressten Schneeball in Ascos Richtung, doch der hüpfte fast schon elegant zur Seite.

Du auch, Herrchen!

»Du aber auch.« Annalena lachte und warf erneut, traf Asco aber wieder nicht, weil dieser immer wieder hin und her sprang und aussah, als lache er sie aus.

»Na warte!« Auch Christian war schon wieder dabei, einen neuen Schneeball zusammenzupappen. Diesmal traf er Asco, der daraufhin ein empörtes Bellen ausstieß, auf Christian zusprang und sich direkt vor ihm so heftig schüttelte, dass der Schnee in alle Richtungen stob.

»Bah!« Christian klopfte sich den Schnee ab. »Das war ja klar.«

Annalena kicherte. »Gut gemacht, Asco!«

»Gut gemacht?« Stirnrunzelnd wandte Christian sich ihr zu. »Lachst du mich etwa aus?«

»Ja, was denn sonst?« Sie gluckste noch immer, wurde aber wieder halb ernst, als sie seinen Blick bemerkte. »Oh, oh.« Sie wich einen Schritt zurück. »O nein. Vergiss es.«

»Auslachen schreit nach Vergeltung, Frau Kilian.«

»Bleib mir vom Leib!« Fahrig sah sie sich nach allen Richtungen um.

Ha, der Plan funktioniert! Ich bin gut, wau!

Ganz langsam bückte Christian sich, nahm eine gute Portion Schnee auf und ging dann wie in Zeitlupe auf sie zu.

Annalena hob abwehrend die Hände. »Denk daran, du bist ein verantwortungsvoller Lehrer. Eine Respektsperson. Du wirst doch wohl nicht ...«

»Was? Mir Respekt verschaffen?« Auf seinen Lippen erschien ein grimmiges Lächeln. »Gegenüber meiner frechen Nachbarin, die mich einfach auslacht?«

»Hör auf damit!«

»Im Leben nicht.« Ehe sie sich versah, hatte er sie gepackt und versuchte, ihr den Schnee in den Kragen ihrer Bluse zu stopfen.

»Nein, nicht!« Mit aller Kraft wehrte Annalena sich, musste aber erneut haltlos kichern. »Das ist kalt! Iih, lass mich los!«

»Erst wenn du dich entschuldigst und zu Kreuze kriechst.«

»Niemals!«

»Also willst du noch eine Abreibung? Bitte, kannst du haben.« Mit Schwung zog Christian sie zu einem Holunderbusch und drängte sie dagegen, dann schüttelte er die bereits dicht mit Schnee bedeckten Äste über ihr.

Annalena quietschte vor Schreck, aber auch vor Lachen, als die eisige Dusche sie traf. Sie klammerte sich so fest an Christian, dass dieser ebenfalls von dem kalten Nass getroffen wurde. »Da, das geschieht dir recht!«

»Na, danke.« Lachend half er ihr, sich aus dem Geäst des Holunders zu befreien. Beide schüttelten sie sich und klopften an ihren Kleidern herum.

Plötzlich hielt Annalena inne. »Schau mal, das sieht ja merkwürdig aus.«

»Was meinst du?« Christian folgte ihrem Blick, der sich auf die herabfallenden Flocken gerichtet hatte. Im Licht der Außenlampe leuchteten sie strahlendweiß auf und glitzerten sogar märchenhaft.

Je länger Annalena hinsah, desto merkwürdiger fühlte sie sich. »Hast du so was schon mal gesehen? Ich wusste nicht, dass Schnee nachts so glitzern kann. Das sieht fast so aus wie ...« Verlegen brach sie ab.

»Wie was?« Er trat dicht neben sie und betrachtete das ungewöhnliche Naturschauspiel.

»Wie Sternenstaub.« Sie schluckte, weil ihr seine Nähe überdeutlich bewusst wurde. »Es sieht aus wie glitzernder Sternenstaub.«

»Woher weißt du, dass Sternenstaub glitzert?«

Als sie ihm auf seine amüsierte Frage hin ins Gesicht sah, stockte ihr für einen Moment der Atem. »Ich ... weiß nicht. Ich nehme es einfach an.«

Christian erwiderte nichts darauf, sondern sah ihr nur in die Augen. Seine Miene war ernst geworden, sein Blick dunkel und geheimnisvoll.

Annalenas Herzschlag beschleunigte sich besorgniserregend. Keiner von ihnen hatte sich bewegt und dennoch war ihr, als verringere sich der Abstand zwischen ihnen immer mehr. Als sie es nicht mehr aushielt, unterbrach sie den Blickkontakt. »Ich ... glaube, ich sollte allmählich nach Hause gehen.«

»Ja.« Christian räusperte sich. »Es ist schon spät geworden.«

»Mhm«

Sie rührten sich nicht vom Fleck, obwohl ihre Haare und Schultern inzwischen schneebedeckt waren. Als sich ihre Blicke erneut trafen, durchzuckte Annalena ein kleiner, heftiger Stich. Sie bemühte sich jedoch, sich nichts anmerken zu lassen.

»Danke, dass du dir Sentas Geschichten durchgelesen und ihr Tipps gegeben hast.« Christians Stimme klang ruhig, sein Blick schien jetzt auch nicht mehr so intensiv und dunkel zu sein wie noch Sekunden zuvor.

Annalena atmete erleichtert auf. »Sie will mal Schriftstellerin werden.«

Überrascht zog er die Stirn in Falten. »Hat sie das gesagt?«

»Nein.« Annalena lächelte leicht. »Aber das merke ich.«

»Schriftstellerin also.« Er kräuselte leicht die Lippen.

»Stört dich das?«

»Nein.« Er schüttelte den Kopf. »Ganz und gar nicht. Ich habe nur gerade überlegt, was für ein Glück es ist, dass wir ausgerechnet neben dir eingezogen sind. Wenn sie wirklich mal Autorin werden will, hat sie in dir das beste Beispiel, wie so was geht und wie hart man dafür arbeiten muss.«

Überrascht hob sie den Kopf. »Danke für die Blumen.«

»Bitte sehr.« Er lächelte leicht. »Sehen wir uns also am Samstagnachmittag zu einem Brillendate mit anschließendem Weihnachtsmarkt-Besuch?«

»Ja, also ...« Ihr Herzschlag hatte sich noch immer nicht ganz beruhigt und das Wort Date trieb ihn gleich wieder in die Höhe. »Von mir aus gern.«

»Gut.« Ehe sie wusste, was geschah, hatte er sie auf die Wange geküsst. Lächelnd wies er auf die Terrassentür. »Wir sollten reingehen, sonst erkälten wir uns noch.«

»Du hast recht.« Sie lachte, obwohl ihr das Herz mittlerweile bis hinauf in die Kehle pochte. »Nun sieh dir Asco an. Sitzt im Wohnzimmer auf dem Handtuch und wartet, dass ihn wieder jemand abtrocknet.«

Na klar, was denn sonst? Mein Job für heute Abend ist getan. Der Sternenstaub war ein interessantes Gimmick. Ich hoffe, Elfe-Siebzehn ist zufrieden mit mir. Wuff.

15. Kapitel

Wieder einmal saß Elfe-Sieben auf der Kante von Santas Schreibtisch und ließ die Beine baumeln. Ihr Blick war auf die Videowand gerichtet, auf ihrem Gesicht lag ein halb überraschtes, halb amüsiertes Lächeln. »Das hast du dir ja gut ausgedacht. Es geht doch nichts über ein bisschen Herumtollen im Schnee.«

»Das hat Asco gut hinbekommen, nicht wahr? Und die Elfen-Brigade natürlich auch. Wie gut, dass Elfe-Acht und Elf-Zwei mit Elf-Dreizehns Hilfe die Handy- und Telefonnetze rund um Annalenas Agentin gestört haben, damit sie Annalena erst einen Tag später als geplant die gute Nachricht mitteilen konnte. Das passte perfekt mit der Einladung zum Essen und dem Wetter zusammen und war ein strategischer Geniestreich.« Zufrieden lehnte der Weihnachtsmann sich auf seinem Stuhl zurück und faltete die Hände auf dem Bauch. »Vor allen Dingen, weil Elf-Siebzehn sowieso an dem Abend in der Stadt unterwegs war und einen Beutel voll Sternenstaub dabeihatte. Damit konnte er der Sache noch den letzten Schliff geben.«

Elfe-Sieben lachte. »Ja, Sternenstaub ist immer enorm nützlich, um eine romantische Stimmung zu erzeugen. Obwohl er ja eigentlich gar nichts tut – außer zu glitzern. Hoffen wir mal, dass das ausreicht, um die beiden in die Gänge zu bringen. Ich würde mich ja sehr darüber freuen, habe aber immer noch Angst, dass wir hier etwas falschmachen könnten. Normalerweise mischst du dich wirklich nicht mehr ein, wenn ein Wunsch erfüllt ist.«

»Richtig.« Santa Claus wurde wieder ernst. »Ich habe mir aufgrund deiner Befürchtungen noch mal das kosmische Regelwerk durchgelesen. Es ist ein bisschen heikel, jetzt noch weiterzumachen, da hast du recht, denn es lag bisher kein expliziter Grund vor.«

Erstaunt drehte die Elfe sich zu ihm um. »Du sprichst in der Vergangenheit. Hat sich denn etwas geändert?«

»Gewissermaßen.« Der Weihnachtsmann hüstelte. »Man könnte es zumindest so auslegen, und ich habe vor, das zu tun.«

»Was genau meinst du denn?« Gespannt sah die Elfe ihn an.

Santa Claus lächelte leicht. »Hast du nicht gehört, was Christian über Weihnachten gesagt hat? Und Senta hat es bestätigt. Er kann dem Fest nicht viel abgewinnen.«

»Ja, und?« Fragend runzelte Elfe-Sieben die Stirn, dann hellte ihre Miene sich auf. »Du willst deine Abmachung mit dem Christkind als Begründung für deine Einmischung benutzen! Klar, das ist eine Möglichkeit. Ihr wollt so viele Weihnachtshasser wie nur möglich zu Weihnachtsliebhabern machen. Aber so richtig verhasst ist Christian das Weihnachtsfest doch nicht.«

»Auf den Grad der Abneigung kommt es doch nicht an. Auch Zweifler und Gleichgültige vom wahren Geist der Weihnacht zu überzeugen, hilft uns in unserem Bemühen. Schließlich wollen wir, dass wieder mehr Menschen an uns glauben und an den wahren Sinn des Weihnachtsfestes. Es müssen ja nicht immer nur die wirklich schweren Fälle sein, davon haben wir dieses Jahr schon genug in Arbeit. Ich glaube, dass es bei Christian vergleichsweise einfach sein wird, ihn in echte Weihnachtsstimmung zu versetzen. Insbesondere wenn sein Herzenswunsch in Erfüllung geht. Den hat er zwar mir gegenüber nie geäußert, dazu ist er auch gar nicht der Typ, aber man sieht ihm doch genau an, was er für Annalena empfindet. Und umgekehrt, wie ich hinzufügen will, verhält es sich genauso. Bloß dass beide sich nicht trauen, ihren Gefühlen nachzugeben.«

»Sie haben aber auch beide gute Gründe dafür«, gab Elfe-Sieben zu bedenken.

»Das schon«, stimmte der Weihnachtsmann zu. »Aber du weißt auch genau, dass die Liebe solche Hindernisse mit Leichtigkeit aus dem Weg räumen kann, wenn sie nur zugelassen wird.«

»Ja, wenn.«

»Daran arbeiten wir ja jetzt.«

16. Kapitel

»Die neue Brille wird in etwa acht bis zehn Tagen fertig sein, Herr Bonner«, sagte Werner Glupsch freundlich. Er war ein mittelgroßer, schlanker Mann Ende dreißig mit hellblondem Haar, das er im Nacken zu einem langen Zopf gebunden trug. »Dann wird sie noch genau angepasst.« Er zwinkerte Senta zu. »Damit sie dir auch garantiert nicht von der Nase rutscht. Meine Frau ruft an, sobald die Brille abholbereit ist.«

»Noch sooo lange!« Senta seufzte laut. »Die Brille ist echt schön.«

»Du hast ja auch einen guten Geschmack.« Annalena lächelte sie an.

»Ja, aber nur, weil du dabei warst.«

»Ach was, das hättest du auch ohne mich geschafft.«

Vehement schüttelte Senta den Kopf. »Nein, hätte ich nicht. Du hast sofort die richtigen Gestelle ausgesucht. Die hätte ich bestimmt total übersehen.« Sie strahlte. »Ich bin schon so gespannt, wie es ist mit der neuen Brille. Die, die du dir ausgesucht hast, ist aber auch sehr schön.«

»Ja, finde ich auch.« Kurz wandte Annalena sich an den Optiker. »Wären Sie so nett, mir noch eine Rechnung für meine Versicherung auszudrucken? Ich habe dort schon alles geklärt und muss die Rechnung nur noch einreichen.«

»Na klar, kommt sofort.« Glupsch gab etwas in den Laptop ein, der hinter dem Tresen neben der Kasse stand, und Augenblicke später surrte ein Drucker im Regal hinter ihm.

»Jetzt haben wir bloß für Christian keine Brille gefunden.« Leicht enttäuscht blickte Senta zu ihrem Bruder auf und lehnte sich kurz an ihn. »Dabei wolltest du dir doch auch noch eine aussuchen. Aber jetzt macht das Geschäft gleich schon zu.«

»Das läuft nicht weg.« Christian zuckte mit den Achseln. »Wichtiger war es, dass du ein neues Nasenfahrrad bekommst. Da sich deine Sehstärke ja auch verändert hat, war das wirklich nötig. Meine neue Brille kann ruhig noch ein paar Tage warten. Ich brauche sie ja nur zum Lesen.«

»Schade ist es trotzdem«, befand Senta. »Wäre doch genial gewesen, wenn wir heute alle drei eine neue Brille bekommen hätten.«

»Wir können ja eine aussuchen, wenn wir deine Brille abholen«, schlug er vor. »Du bist ja jetzt schon so was wie ein Profi darin.«

»Ja, das machen wir.« Senta sah ihn glücklich an. »Gehen wir jetzt auf den Weihnachtsmarkt? Guckt mal, Asco guckt schon ganz traurig. Bestimmt war ihm die ganze Zeit total langweilig.« Sie lief zu der kleinen Wartezone mit Stühlen und Bänken, in der sie Asco zurückgelassen hatten. Auf Bitten des Optikers hatten sie ihn mit der Leine an einem fest installierten Schirmständer angebunden, denn eigentlich waren Hunde hier nicht gestattet. Aber draußen lassen wollten sie ihn auch nicht, denn es lag immer noch Schnee bei Temperaturen knapp unterhalb des Gefrierpunkts, und für die kommenden Tage war weiterer Neuschnee gemeldet.

Du hast vollkommen recht, Senta, mir ist schrecklich langweilig. Obwohl man hier viele interessante Leute beobachten kann, aber irgendwann wird das doch fade. Ich habe sogar ein bisschen geschlafen, deshalb bin ich jetzt wieder ganz fit und hoffe, wir erleben noch etwas Aufregendes oder Lustiges.

Senta lachte, als Asco wie der Blitz aufsprang und mit dem ganzen Körper zu wedeln schien, als sie die Leine von dem Schirmständer losmachte. »Ja, ja, wir gehen jetzt raus.« Sie drehte sich zu Christian um. »Zum Weihnachtsmarkt, oder? Ich habe Hunger.«

»Ich auch«, gab er zu. »Aber zuerst müssen wir mit Asco noch in den Park, damit er sein Geschäft verrichten kann. Hast du die Schmutztüten dabei?«

»Klar, in meiner Jackentasche.« Senta übergab ihm die Leine und schlüpfte in ihren dick gefütterten Anorak.

Auch Annalena zog ihren Mantel und ihren Schal an. Dann half sie dem Mädchen, den Schal zu richten. Zuletzt nahm sie Christian die Leine ab, damit auch er seinen Mantel anziehen konnte. Dabei lächelte sie schief. »Leinchen, wechsel dich«, scherzte sie.

Er grinste zurück. »Darin sind wir ja schon richtig eingespielt.«

»Das passiert wohl, wenn man sich das Sorgerecht teilt.« Absichtlich wich sie einer weitergehenden Antwort aus, indem sie nach einem kurzen Gruß in Glupschs Richtung allen voran mit Asco das Optikergeschäft verließ. Christian und Senta folgten ihr rasch und sie begaben sich einvernehmlich in Richtung Stadtpark. Dort hielten sie sich allerdings nicht allzu lange auf, denn inzwischen knurrte ihnen allen der Magen. Sobald Asco sein Geschäft verrichtet und sie es ordnungsgemäß im nächsten Abfallbehälter entsorgt hatten, kehrten sie in die Innenstadt zurück. Der mit Tannengirlanden, bunten Kugeln und Lichterketten geschmückte Rundbogen, der als Eingang zum Weihnachtsmarkt diente, war schon von Weitem gut sichtbar. Je näher sie kamen, desto deutlicher war auch die weihnachtliche Musik zu vernehmen, die überall aus versteckten Lautsprechern ertönte. Deutsche, englische und auch französische Weihnachtslieder, klassisch und modern, vermischten sich mit den Stimmen und dem Gelächter der Besucher. Als sie den Torbogen durchschritten, entdeckten sie linkerhand ein altmodisches Karussell mit Holzpferden, -kutschen und -wagen. Dort spielte gerade *Leise rieselt der Schnee*, während sich lachende Kinder im Kreis herumfahren ließen und ihren Eltern begeistert zuwinkten.

Senta blieb stehen und musterte das altertümliche Fahrgeschäft fasziniert. »Das ist ja total schön. Gibt es das schon lange?«

»Sehr lange.« Auch Christian betrachtete das Karussell eingehend. »Sogar schon, als ich noch klein war. Es hat sich nicht verändert.«

»Klaus hält es gut in Schuss und stellt es inzwischen viermal im Jahr auf«, erklärte Annalena. »Auf dem Weihnachtsmarkt, dem Ostermarkt, dem Stadtfest im Juli und im Oktober auf der Herbstkirmes. Es kann übrigens sein, dass wir heute Abend noch Steffen und Elena mit den Kindern hier antreffen. Und wenn, dann fahren sie garantiert auch eine Runde mit.«

»Dein Bruder und seine Frau?« Senta drehte sich erstaunt zu ihr um. »Aber die sind doch schon erwachsen. Warum fahren sie denn noch mit dem Karussell?«

»Weil Klaus abends immer mal gerne Extrarunden für verliebte Paare fährt.« Annalena schmunzelte. »Steffen und Elena haben sich vor zwei Jahren ineinander verliebt und auf diesem Karussell beinahe zum ersten Mal geküsst.«

»Warum nur beinahe?«

»Das interessiert mich allerdings auch.« Amüsiert sah nun auch Christian sie an. »Sich nur beinahe zu küssen ist doch irgendwie am Sinn der Sache vorbei, oder nicht?«

Annalena lachte. »Das ist eine lange Geschichte. Kurzgefasst: Sie wollten sich gerade küssen, aber in dem Moment wurden sie von einem Paparazzo fotografiert.«

»Das hat der Angelegenheit wohl einen Dämpfer versetzt.« Auch Christian lachte. »Obwohl ... Damit hätten sie doch wenigstens ein lohnenswertes Motiv abgegeben.«

»Das haben sie auch so.« Annalena hob die Schultern. »Sie sind auch ohne Kuss ein paar Tage später auf Seite sechs der *Celebrity News* gelandet. Ihr könnt euch nicht vorstellen, wie sehr meine Eltern sich darüber aufgeregt haben.«

»Warum das denn?« Senta machte große Augen. »In die Zeitung zu kommen, ist doch mega.«

»Das sehen meine Eltern anders. Sie fanden, Elena sei eine hochnäsige Schickimicki-Tussi und wolle sich nur profilieren. Sie hat damals bei so einer Weihnachtsaktion des Magazins *Zeitschritte* mitgemacht und zwei Monate lang als Aushilfs-Nanny bei meinem Bruder gearbeitet.«

»Und er hat sie sich geschnappt und gleich dabehalten.« Erheitert schüttelte Christian den Kopf. »Das hätte ich ihm gar nicht zugetraut.«

»Ganz so einfach war es auch nicht.« Bei der Erinnerung wurde Annalena wieder ernst. »Er hatte lange an Katrinas Tod zu knabbern. Ich habe damals die Sache mit Elena in die Wege geleitet, und beinahe hätte er sie am ersten Tag gleich wieder rausgeworfen. Aber dann haben sie sich doch zusammengerauft und am Ende besser vertragen, als sie beide je gedacht hätten.«

»So kann's gehen.« Christian grinste. »Ich weiß nicht, wie es euch geht, aber mir hängt der Magen in den Kniekehlen. Wie wäre es, wenn wir uns etwas zu essen suchen? Heute darf es auch ruhig mal heiß, fettig und vollgepackt mit unnütz leeren Kalorien sein.«

»Au ja.« Senta nickte heftig. »Ich hab auch Hunger. Was gibt es hier denn so?«

»Na, schnupper mal.« Annalena machte eine ausholende Handbewegung. »Bratwurst mit Fritten, Reibekuchen, Gemüse- und Champignonpfanne, Döner, Pizza, Crêpes, heiße Maronen, Schnitzel ...«

»Reibekuchen«, entschied Senta. »Und Fritten und Bratwurst. Und zum Nachtisch Crêpes.«

»Da hast du dir ja etwas vorgenommen.« Christian lachte. »Bist du sicher, dass du das alles schaffst?«

»Weißt du was?« Verschwörerisch stieß Annalena das Mädchen an. »Wir holen uns von allem etwas und teilen uns die Portionen immer. Dann können wir mehr probieren.«

»Echt? Würdest du das machen?« Senta strahlte. »Dann zuerst die Reibekuchen.«

Hey, wuff, wenn ich mich mal zu Wort melden dürfte. Ich habe auch Hunger und hier riecht es verflixt lecker. So eine Bratwurst wäre jetzt ganz in meinem Sinne.

Christian verzog amüsiert die Lippen. »Ich schätze, dann werde ich mir meine Portionen wohl mit Asco teilen müssen.«

»Aber Reibekuchen und Bratwurst sind doch kein Hundefutter.« Senta feixte. »Das sagst du zu mir auch immer.«

»Stimmt, aber auf dem Weihnachtsmarkt gelten ausnahmsweise andere Regeln.« Er legte seiner Schwester leicht eine Hand auf den Rücken und führte sie in Richtung des Reibekuchen-Standes. Annalena, die immer noch die Hundeleine hielt, folgte ihnen mit Asco in kurzem Abstand.

Sie wusste genau, wenn man sie drei, oder besser vier, von außen betrachtete, wirkten sie fast wie eine junge Familie. Sehr jung, wenn man bedachte, dass Senta schon zwölf war. Aber der Eindruck war nicht von der Hand zu weisen. Seltsamerweise fühlte sie sich bei dem Gedanken alles andere als unwohl, und das war doch besorgniserregend. In eine solche Richtung sollten weder ihre Gedanken noch ihre Gefühle gleiten, denn damit begab sie sich auf gefährlich dünnes Eis. Sie kämpfte mit aller Kraft dagegen an, sich wieder in Christian zu verlieben. Denn das war einmal sehr schmerzhaft für sie ausgegangen. Ein zweites Mal wollte sie sich das nicht antun.

Heute allerdings war sie des Kämpfens ganz besonders müde. Ständig auf der Hut zu sein, stets bemüht, ihm nicht zu nahe zu kommen, war anstrengend.

Vielleicht, so überlegte sie, während sie sich mit Senta einen Stapel Reibekuchen teilte, war es nur so anstrengend, weil sie sich zu sehr Mühe gab. Hin und wieder brauchte jeder Mensch eine kleine Pause vom ständigen Ankämpfen gegen Gefühle, die sich nicht vertreiben ließen. Wenn sie jetzt mal einen einzigen Abend ihren Schutzschild sinken ließ, würde das bestimmt nichts ändern. Immerhin hatten sie ja Senta dabei, sodass überhaupt nichts Schlimmes passieren konnte.

»Teilen wir uns hier auch noch was, Annalena?« Sie hatten inzwischen zum Bratwurststand gewechselt, und Senta ließ ihren Blick über die große Karte gleiten, auf der alle verfügbaren Wurstsorten in großen geschwungenen Lettern aufgelistet waren. »Ich möchte die mit der süßen Barbecue-Soße. Das klingt lecker.«

»Warum nicht?« Rasch zückte Annalena ihre Geldbörse. »Diesmal zahle ich.«

»Das brauchst du nicht.« Auch Christian hatte seinen Geldbeutel bereits in der Hand. »Immerhin haben wir dich heute schon als Beraterin eingespannt. Da musst du nicht auch noch unser Essen bezahlen.«

»Quatsch.« Sie winkte einfach ab und gab die Bestellung für sich und Senta auf. »Ich wäre nicht hier, wenn es mir keinen Spaß machen würde.«

»Kommt da noch was dazu?«, fragte der rundliche Bratwurstverkäufer und klopfte mit den Fingerspitzen auf den Tresen.

Fragend sah Annalena Christian an. »Komm, nun sag schon, was du essen möchtest, sonst halten wir hier den ganzen Betrieb auf. Den Nachtisch darfst du dann wieder bezahlen.«

»Ach, darf ich?« Er grinste und wandte sich an den Verkäufer. »Eine Currywurst mit Fritten und Mayo.«

Annalena lächelte breit. »Das nennt man Gleichberechtigung.« Verschwörerisch zwinkerte sie Senta zu. »Obwohl du damit auch den Zonk gezogen haben könntest. Ich bin, was Nachtisch angeht, ein Fass ohne Boden.«

»Ich auch!« Senta wippte auf den Fußballen. »Nachtisch ist immer das Beste von allem.«

»Siehst du?« Kichernd stieß Annalena Christian an. »Am Ende treiben wir gefräßigen Mädels dich noch in den Ruin.«

»Au ja.« Senta stieß ihn lachend an. »Wir fressen dir die Haare vom Kopf.«

»Das versucht nur mal, Löckchen.« Er knuffte sie leicht zurück.

»Ist das eine Herausforderung?« Annalena verzog die Lippen zu einem schelmischen Lächeln und wandte sich mit einem lauten Flüstern an das Mädchen. »Nehmen wir sie an?«

»Klar!« Grinsend blickte Senta zu ihrem Bruder auf. »Wir sind zwei gegen einen!«

»Huh, ich bibbere vor Angst.« Er schüttelte sich übertrieben.

Annalena nahm je drei Holzgabeln und -messer aus dem Behälter aus dem Tresen. »Wenn wir mit dir fertig sind, wirst du vor lauter ungesunden Transfettsäuren und Zucker kollabieren.«

»Und wenn schon.« Er nahm die Pappschalen mit den Bratwürsten entgegen und trug sie zu einem Stehtisch. »Das ist mir der Spaß wert.«

Annalena hätte ihm gern zugestimmt, doch der Blick, mit dem er sie ansah, raubte ihr für einen Moment den Atem, sodass sie sich rasch abwandte und tat, als müsse sie unbedingt noch zusätzliche Servietten organisieren.

Nachdem sie sich später tatsächlich noch an Crêpes mit Nutella-Füllung und Waffeln mit heißen Kirschen gütlich getan hatten, waren sie so satt, dass Senta und Annalena die Waffen streckten.

Gemütlich schlenderten sie eine Weile von Stand zu Stand, bewunderten die Auslagen oder verspotteten sie auch schon mal freundlich. Hier und da trafen sie auf Bekannte und kauften sogar ein paar Weihnachtsgeschenke. Annalenas innere Anspannung ließ immer mehr nach, und auch Christian wurde immer lockerer und wirkte vollkommen ausgeglichen. Irgendwann, während sie bei der Bühne mitten auf dem Platz stehenblieben und dem Konzert eines Gospelchores lauschten, ergriff er sehr vorsichtig Annalenas Hand. Sie sahen einander nicht an, sprachen kein Wort, doch sie entzog ihm ihre Hand nicht, sondern verflocht sogar ihre Finger mit den seinen.

Ein warmes, gefährlich intensives Gefühl schwemmte über sie hinweg, einer Welle gleich, die sich von ihrem Herzen bis zu den Zehen ausbreitete. Wenn Senta nicht gewesen wäre, die zwar von dem Chor vollkommen in Bann gezogen zu sein schien, jedoch so dicht bei ihnen stand, dass Christian seinen Arm um ihre Schultern gelegt hatte, wäre es Annalena sicherlich schwerer gefallen, gelassen zu bleiben, besonders als Christian ihre Hand leicht drückte. Sie erwiderte das kleine Zeichen mit klopfendem Herzen und Schmetterlingen im Bauch.

***

»Sagt mal, ist euch eigentlich bewusst, wie spät es schon ist?« Annalena hatte einen kurzen Blick zur Uhr am nahegelegenen Kirchturm geworfen. »Neun Uhr! So lange war ich schon ewig nicht mehr auf dem Weihnachtsmarkt. Aber dieses Gospelkonzert war einmalig schön.«

»Stimmt, die Sängerinnen und Sänger sind sehr talentiert«, stimmte Christian ihr zu.

»Ich bin überrascht, dass du so lange ausgehalten hast, dafür dass du sonst so ein Grinch bist.« Sie lachte ihn an. »Du wirst doch wohl nicht plötzlich vom Geist der Weihnacht erfasst worden sein?«

»Das nun nicht gerade.« Er grinste. »Ich nehme an, die gute Gesellschaft hat mich vor Fluchtgedanken bewahrt. Und das leckere Essen.«

Sie ließ seine Hand los und trat einen Schritt zur Seite, um ein paar Leuten Platz zu machen, die an ihnen vorbeigehen wollten. »Ach was, gib's zu. Irgendwo tief da drinnen lungert ein kleiner Junge herum, der Weihnachten über alles liebt.« Um ihre Worte zu unterstreichen, trat sie wieder näher und tippte mit dem Zeigefinger gegen seine Brust. »Du bist nur viel zu tough, um es zuzugeben. Bad Boy Christian Bonner würde doch niemals so eine peinliche Schwäche zugeben.«

Mit gespielt empörter Miene fing er ihre Hand auf und hielt sie fest. »Ich gebe dir gleich einen Bad Boy. Von wegen kleiner Junge!«

»Der Weihnachten liebt, hast du vergessen.«

Spöttisch verzog er die Lippen. »Zumindest hast du soeben selbst zugegeben, dass Weihnachtsschwärmerei peinlich ist.«

»Pfff, nur für den unnahbaren Grinch. Nicht für jemanden wie mich. Ich stehe dazu, hoffnungslos romantisch zu sein.«

»Ich auch«, stimmte Senta fröhlich zu. Ihre Wangen waren gerötet, ihr Gesicht strahlte.

»Genau.« Annalena legte dem Mädchen einen Arm um die Schultern. »Wir sind nämlich viel klüger und lieben Weihnachten.«

»Ja, total!« Senta nickte eifrig. Sie zögerte kurz, dann legte sie Annalena ihren Arm um die Hüfte.

Annalena zog sie noch etwas fester an sich. »Und damit haben wir deinen Bruder gnadenlos überstimmt.«

»Scheint so.« Mit einem etwas seltsamen Lächeln musterte Christian erst Senta, dann Annalena. »Jetzt muss ich mir etwas überlegen, wenn die Frauen in meinem Leben sich gegen mich verbünden. Am Ende wollt ihr noch das Haus mit kitschigem Dekokram schmücken.«

»Au ja, bitte«, rief Senta sofort. »Haben wir so was?«

»Zum Glück nicht.«

»Ha, da kann ich aushelfen.« Mit einem liebenswürdigen Augenaufschlag lächelte Annalena ihm zu. »Ich habe nämlich mehr als genug Weihnachtsschmuck für zwei Häuser. Damals als Elena zu Steffen kam, haben sie ganze Tonnen voll Weihnachtsschmuck aus dem Lager der Gärtnerei geholt. Ihr wisst schon, diese Sachen, die immer in der Deko- und Wohnaccessoires-Abteilung verkauft werden. Die Kinder hatten die Idee, das Haus wie in Hollywood zu schmücken. Total überladen, aber sie hatten einen Heidenspaß. Am Dreikönigstag haben sie dann über die Hälfte der Sachen verschenkt. Das meiste habe ich mir gekrallt, weil ich Weihnachtsschmuck einfach liebe. Die Sachen stehen alle gut verpackt bei mir im Keller. Ich wollte eigentlich morgen ein paar davon für meine diesjährige Weihnachtsdeko heraufholen. Den Rest dürft ihr euch gerne ausleihen.«

»Ja, bitte, machen wir das?« Bettelnd sah Senta zu ihm auf.

»Ich dachte, morgen wollen wir unseren eigenen Weihnachtspunsch erfinden«, wandte er ein.

»Das können wir doch danach machen.« Senta legte den Kopf schräg. »Bitte! Ich hatte noch nie Weihnachtsschmuck außer der Holzpyramide, die wir in der Grundschule gebastelt haben, und Papiersternen fürs Fenster.«

»Ich stelle mich gerne als Dekorationsassistentin zur Verfügung«, fügte Annalena hinzu, weil sie merkte, dass Christian sich zu winden begann. Sie spürte, dass er weniger abgeneigt war, als er tat, vermutlich schon, um seiner Schwester eine Freude zu machen.

Dennoch stöhnte er übertrieben theatralisch. »Na toll, fall mir so richtig in den Rücken! Wer weiß, in was für einer Kitschhöhle ich bis Januar leben muss, wenn ich jetzt ja sage?«

»Ein bisschen Kitsch gehört in jedes Leben«, dozierte Annalena mit scherzhaft erhobenem Zeigefinger.

»Ja, genau. Außerdem ist bald Weihnachten.« Senta sah ihren Bruder geradezu flehentlich an.

Er verdrehte die Augen. »Also gut, meinetwegen. Aber wenn ihr es übertreibt, reiße ich das Zeug wieder von den Wänden.«

»Keine Sorge, deine Wände werden sowieso verschont«, tröstete Annalena lachend. »Für deine Fenster, Sideboards und Tische kann ich allerdings nicht garantieren.«

»Zu Hilfe!«

»Nichts da, Mr. Grinch. Ich hab dich doch gewarnt.« Sie stieß ihn lachend an. »Von mir kriegst du weihnachtsmäßig die volle Dröhnung.«

»Tja, in dem Fall sollten wir uns allmählich auf den Heimweg machen, denn sonst ist mein Fräulein Schwester morgen nicht mal ansatzweise ausgeschlafen genug, um auch nur eine Lichterkette anzubringen.«

***

Puh, endlich sind wir wieder zu Hause. Also so ein Weihnachtsmarkt ist ja richtig spaßig und spannend. So viele Menschen und auch ein paar Hunde und Geräusche und Gerüche. Einfach toll, vor allem, wenn man Bratwurst, Pommes und Reibekuchen zugesteckt bekommt. Aber jetzt bin ich doch ziemlich erschöpft. Zumindest kann ich Elf-Siebzehn, wenn er das nächste Mal vorbeikommt, gute Nachrichten übermitteln. Es scheint ja wirklich gut mit Christian und Annalena zu laufen, seit sie neulich den Sternenstaub gesehen haben. Ich glaube, ich werde mich meiner neuen Glücksmission von nun an noch viel stärker widmen. Wenn es nämlich so ist wie heute, wenn man Herrchen und Frauchen zusammen hat, dann will ich das zukünftig immer, immer haben. Besser kann es eigentlich überhaupt nicht sein. Ich glaube, davon träume ich heute Nacht.

»Guckt mal, Asco ist müde.« Senta hängte ihre Jacke an die Garderobe und ging hinter dem Hund ins Wohnzimmer. »Er gähnt dauernd.«

»Es war ja auch ein anstrengender Tag.« Annalena fragte sich, warum sie nicht gleich zu sich hinüber gegangen war, doch irgendwie war sie Christian einfach in sein Haus gefolgt und ließ sich jetzt auch noch aus dem Mantel helfen, obwohl der Abend doch eigentlich zu Ende sein müsste. »Ist doch klar, dass er da müde wird. Du solltest auch allmählich ins Bett gehen, Senta.«

»Och.« Das Mädchen wirkte enttäuscht. »Können wir nicht noch mal einen Film gucken oder so? Morgen ist doch Sonntag.«

»Für einen Film ist es doch viel zu spät, Löckchen«, widersprach Christian.

»Dann noch eine Folge *Lucifer*. Dann gehe ich auch ganz bestimmt ins Bett.« Senta sah ihn bittend an. »Wir können doch alle zusammen gucken. Du hast doch noch nicht weitergeguckt, oder?«

»Nein, nur die ersten beiden Folgen«, bestätigte er. »Na gut, eine Episode, aber dann verschwindest du in den Federn.«

»Super! Ich schalte schon mal den Fernseher an!« Senta schnappte sich die Fernbedienung und warf sich auf die Couch.

»Du bist also doch ein Softie«, raunte Annalena Christian zu. Laut sagte sie: »Na, dann lasst uns mal noch ein bisschen Spaß mit dem Teufel haben.« Auch sie setzte sich auf die Couch und legte Senta erneut den Arm um die Schultern. Christian blieb für einen Moment neben ihnen stehen und sah sie erneut mit diesem seltsamen Ausdruck an, den sie schon vorhin an ihm bemerkt hatte. Es schien, als wolle er etwas sagen, schwieg dann aber doch und setzte sich neben sie. Erst in etwas Abstand, doch als die Sendung anfing, rückte er beiläufig näher und legte seinen Arm hinter Annalena auf die Lehne der Couch.

Sie ließ sich in die Polster sinken, das Mädchen an ihrer Schulter, und lehnte den Kopf zurück, bis sie gegen seinen Arm stieß. Ihr Herz klopfte schneller, als er den Arm wie zufällig von der Lehne herunterrutschen und bis auf ihre Schultern sinken ließ.

Ohne einander anzusehen oder auf die Geste mit einem Wort einzugehen, konzentrierten sie sich ganz auf die Geschichte, die sich vor ihren Augen entspann.

Die Folge war kaum zu Ende, da war Senta auch schon eingeschlafen. Christian trug sie hinauf in ihr Zimmer, während

Annalena einfach auf der Couch sitzen blieb. Sie hatten auf Pause geschaltet, und eigentlich wäre es jetzt wirklich angebracht gewesen, sich zu verabschieden. Sie wusste selbst nicht genau, warum sie es nicht tat. Irgendwie wollte sie nicht, dass der schöne Abend schon endete.

Es dauerte nicht lange, bis Christian zurückkehrte und sich schweigend wieder neben sie setzte. In stillem Einvernehmen drückte Annalena wieder auf Play und ließ die nächste Episode anlaufen.

***

»*Okay, let me make myself perfectly clear*«, murmelte Annalena den Dialog in der Szene, die gerade lief, leise mit. »*I will never, ever, EVER sleep with you. Never. Okay? Got it?*«

»Jawohl, verstanden. Laut und deutlich.«

Sie zuckte zusammen und blickte Christian an, der sie breit angrinste. »Sorry. Das ist eine meiner Lieblingsszenen. Die habe ich schon hundertmal gesehen.«

»Warum? Was ist daran so besonders?«

Sie hob die Schultern. »Na, ist doch offensichtlich. Wer so oft *never, ever* sagt ...«

»Meint genau das Gegenteil, meinst du?«

In seinem Blick saß der Schalk, was ihr bewusstmachte, dass sie sich auf dünnes Eis begeben hatte. »Bei diesen beiden, ja.«

»Aha.«

Sein amüsierter Tonfall ließ sie verlegen den Blick abwenden. Mit einiger Mühe schaffte sie es, sich wieder auf den Bildschirm zu konzentrieren, als er sie wie zufällig an der Hand berührte.

»Du bist also der Überzeugung, dass sie ihre Meinung ändern wird.«

»Das weiß ich, denn ich kenne die Serie ja schon länger. Aber ich will nicht spoilern.«

»Ach so. Na, dann ...« Er klang immer noch leicht amüsiert, doch seine Stimme hatte einen etwas tieferen Klang angenommen, der sie alarmierte.

Sie räusperte sich. »Ja, aber auch nur, weil er sein Verhalten ebenfalls ändert.«

»Ich schätze, dazu gehören immer zwei, oder?«

Sie nickte vage. »Vermutlich.«

»Ihr zuliebe?«

Sie riss ihren Blick wieder vom Bildschirm los. »Was meinst du?«

»Ändert er sich nur ihr zuliebe?«

Sie dachte kurz über die Frage nach. »Nein. Es sieht vielleicht anfangs so aus, aber ... Er muss ja erst lernen, was Liebe ist und wie sie ... funktioniert. Je mehr er das begreift und dass sich Gefühle nicht einfach abschalten, vertreiben oder beeinflussen lassen, desto mehr lässt er sie bei sich selbst zu. Auch wenn ihn das verletzlich macht.«

Aus unerfindlichem Grund beschleunigte sich ihr Herzschlag. Seine unmittelbare Nähe, seine männliche Ausstrahlung waren mit einem Mal zu viel für sie. Sie tat, als blicke sie rein zufällig hinauf zur Wanduhr. »Ich glaube, ich muss allmählich nach Hause und ins Bett. Wenn«, sie räusperte das belegte Krächzen in ihrer Stimme weg, »wir morgen euer Haus schmücken und dann auch noch Punsch brauen wollen, wäre es besser, ausgeschlafen zu sein.«

»Wie ich Senta kenne, wird sie auch noch eine Schneewanderung mit Asco machen wollen«, fügte Christian hinzu und erhob sich, als sie Anstalten machte aufzustehen. Er reichte ihr die Hand und zog sie hoch. »Zum Glück hast du es nicht weit. Bei dem Wetter würde ich dich andernfalls jetzt nicht mehr mit dem Auto fahren lassen.«

»Sondern?«

Er deutete vage hinter sich. »Auf der Couch ist es relativ bequem. Senta kann das bestätigen. Sie hat immerhin auch ein paar Nächte darauf verbracht.«

»Unsere Autos sind bestimmt wieder bis zur Unkenntlichkeit eingeschneit. Allein das Freischaufeln hätte mich vermutlich dazu gebracht, dieses Angebot anzunehmen. Aber glücklicherweise muss ich ja nur ein paar Schritte gehen.« Während sie sprach, hatte sie sich in den Flur begeben und ihren blauen Wintermantel übergezogen. Den bunten Schal behielt sie in der Hand. »Also dann ...«

»Nichts da.« Christian grinste sie an. »Ich bringe dich noch bis zu deiner Haustür.«

»Das ist doch unnötig. Es sind nur ein paar Schritte.«

»Auf denen du ausrutschen könntest.«

Sie lachte. »Du aber auch.«

»Dann aber wenigstens als Gentleman.«

Überrascht musterte sie ihn. »Seit wann bist du denn auf diese Bezeichnung scharf?«

Er ging nicht darauf ein, sondern wies zur Haustür. »Lass uns einfach gehen.«

He, Moment mal! Das geht aber jetzt überhaupt nicht. Mit einem kurzen Bellen kam Asco die Treppe herabgeschossen. *Annalena kann doch nicht einfach weggehen, ohne sich von mir zu verabschieden. Ehrlich gesagt hatte ich gehofft, sie würde überhaupt nicht gehen, aber anscheinend muss ich daran noch ein bisschen intensiver arbeiten. Ich weiß zwar noch nicht wie, aber ... Egal, ich will geknuddelt werden!*

»Oh, entschuldige, mein Süßer.« Während Christian bereits die Haustür aufhielt, hockte Annalena sich hin und umarmte den aufgeregt wedelnden Hund. »Ich dachte, du schläfst schon tief und fest bei Senta.«

Das habe ich auch, aber mein Gehör ist auch im Schlaf noch gut genug, um zu hören, wenn sich hier unten etwas tut.

Liebevoll kraulte Annalena Asco hinter den Ohren und küsste ihn erst auf die Stirn, dann auf die Nase. »Bis morgen, okay? Pass gut auf dein Herrchen und Senta auf.«

Mach ich doch immer. Aber wer passt dann auf dich auf? Asco leckte ihr übers Kinn und den Hals, bis sie lachte.

»Schon gut, schon gut. Jetzt brauche ich mich nicht mehr zu waschen, was?« Den kleinen Stich Traurigkeit, den sie stets verspürte, wenn sie Asco zurücklassen musste, verdrängte sie rigoros, als sie sich wieder erhob. »Geh wieder rauf zu Senta, sonst fühlt sie sich vielleicht einsam.« So wie sie selbst, wenn sie gleich ihre leere Wohnung betreten würde.

Na gut, von mir aus. Aber ich will doch sehr hoffen, dass wir uns morgen wirklich schon wieder sehen. Sonst vermisse ich dich immer so sehr. Mit einem Schnauben und einer Kopfbewegung, die sehr an ein Nicken erinnerte, trat Asco zurück, drehte sich um und tappte die Treppe wieder hinauf.

»Ihr habt wirklich einen guten Draht zueinander«, befand Christian. Er hatte sich nur seine Lederjacke übergeworfen und schüttelte sich, als sie in die kalte Winterluft hinaustraten. Es schneite nur noch ganz fein, aber das leise Rieseln war in der nächtlichen Stille gut zu vernehmen.

»Du verdirbst dir deine Schuhe.« Annalena ging mit festen, ausholenden Schritten durch den knirschenden Schnee voraus, denn ihre Winterstiefel waren sehr viel besser für dieses Wetter geeignet.

Als sie vor ihrer Tür angekommen waren, kickte Christian leicht mit den Fußspitzen gegen die oberste Treppenstufe, um das kalte Nass abzuschütteln. »Ich fürchte, morgen früh müssen wir als Erstes Schnee schippen.«

»Damit wäre dann der Frühsport zumindest schon mal erledigt«, scherzte sie und schloss rasch ihre Tür auf. Als sie sich wieder zu Christian umdrehte, erschrak sie ein wenig, weil er plötzlich so dicht vor ihr stand, dass sie den Kopf heben musste, um ihm ins Gesicht sehen zu können. Sie schluckte gegen den Gefühlssturm an, den er in ihr auslöste. »Also dann ...«

»Es war ein schöner Tag heute.« Sein Blick war unverwandt auf sie gerichtet, der Ausdruck in seinen Augen undeutbar. »Danke, dass du uns beim Optiker so gut beraten hast. Und auch sonst ... Senta ist sonst nie so lebhaft.«

»Ihr fehlt eine beste Freundin und eine Clique. In Gesellschaft von anderen Mädchen würde sie bestimmt bald aufleben.«

Er nickte vage. »Kann sein. Aber ich fürchte, ihr fehlt auch eine Mutter. Eine, die dieser Bezeichnung würdig ist.«

»Zumindest hat sie jetzt eine mütterliche Freundin.« Bei dem Gedanken schmunzelte sie. »Macht mich das jetzt so alt, wie es sich anhört?«

»Überhaupt nicht.«

Aus ihrem Schmunzeln wurde ein mutwilliges Lächeln. »Das sagst du jetzt nur, damit ich dir morgen kein Gift in den Punsch mische.«

»Das würdest du tun?« Er tat entsetzt. »Dabei war ich doch ganz brav oder etwa nicht?«

»Das musst du den Weihnachtsmann fragen.« Lachend strich sie sich ein paar Haarsträhnen hinters Ohr. »Aber du hast recht. Es hat Spaß gemacht heute.« Sie hielt kurz inne. »Vielleicht können wir morgen noch eine oder zwei Folgen der Serie zusammen anschauen. Das schien Senta richtig gut zu gefallen. Vielleicht schreibt sie danach noch ein paar neue Geschichten.«

»Ich habe nichts dagegen.« Er schob seine Hände in die Taschen seiner Lederjacke und wippte ein wenig auf den Fußballen. Als sich das plötzliche Schweigen zwischen ihnen auszudehnen drohte, zog er seine Hände wieder hervor und ergriff überraschend die ihren.

»Übrigens habe ich heute auch etwas gelernt.«

»Ach ja?« Nervös irrte ihr Blick zu ihren Händen hinab. »Was denn?«

»Etwas, dem Lucifer Morningstar vielleicht zustimmen würde, wenn es stimmt, was du über den Fortgang der Serie angedeutet hast.«

»Oh.« Verblüfft hob sie den Kopf und begegnete seinem Blick, der sich leicht verdunkelt hatte. »Klingt ja nach einer Erleuchtung.«

»So könnte man es vielleicht nennen.« Er lächelte fast unmerklich. »Es ist verdammt anstrengend, Gefühle oder Wünsche permanent zu unterdrücken oder zu verleugnen.« Seine Stimme nahm wieder diesen dunklen, rauen Ton an, der Annalena stets eine Gänsehaut bescherte und ihren Blutdruck in die Höhe schnellen ließ. »Deshalb habe ich beschlossen, dabei eine kleine Pause einzulegen.« Er hielt kurz inne. »Auch wenn ich nicht ganz sicher bin, in welche Gefahr ich mich damit begebe.«

»Gefahr?« Ihre Stimme krächzte ein wenig, und sie spürte ihren Herzschlag inzwischen wieder bis hinauf in ihre Kehle. Als sein

Blick kurz von ihren Augen zu ihren Lippen hinabzuckte, verspürte sie ein heftiges Kribbeln in der Magengrube.

»Allerdings. Ich bin nämlich längst nicht mehr so risikofreudig wie früher.«

»Was ...« Sie schluckte mehrmals hart gegen die aufsteigende Nervosität an. »Was könnte denn schlimmstenfalls passieren?«

Er trat dicht an sie heran, ließ ihre Hände los, jedoch nur, um die seinen an ihre Wangen zu legen. »Sag du es mir«, raunte er und berührte sehr, sehr vorsichtig mit seinem Mund ihre Lippen.

Ein heftiger Stich durchzuckte Annalena, fast wie ein elektrischer Schlag. Noch ehe sie wusste, was sie tat, hatte sie bereits die Aufschläge seiner Jacke umfasst, reckte sich ein wenig und erwiderte den Kuss. Seine Lippen waren warm, weich und fest zugleich, sein Blick immer noch auf sie gerichtet. Obwohl der Kuss sehr sanft und zärtlich war, stieg unvermittelt Hitze zwischen ihnen auf. Erschreckende Hitze.

Offenbar spürte er sie ebenfalls, denn er löste sich wieder von ihr und trat einen halben Schritt zurück. »Das war sogar noch gefährlicher, als ich dachte. Aber zumindest hast du mir nicht gleich ein Messer in den Leib gerammt.«

Mit einiger Mühe versuchte Annalena, den Aufruhr in ihrem Inneren unter Kontrolle zu bringen. »Vielleicht nur, weil ich gerade keines zur Hand habe.«

»Da hatte ich wohl Glück.« Ein schalkhaftes Lächeln erschien auf seinen Lippen. »Außerdem konnte ich doch nicht zulassen, dass Asco zum Abschied mehr Aufmerksamkeit erhält als ich.« Er zwinkerte ihr zu. »Bis morgen. Ich schätze, wir sehen uns beim Schneeschippen.« Damit machte er kehrt und ging zurück, bevor sie noch etwas erwidern konnte. Aber vielleicht war das ganz gut, denn ihr fiel sowieso keine passende Antwort ein.

17. Kapitel

»Was machst du denn da, mein Lieber?« Die Ehefrau des Weihnachtsmannes betrat sein Büro mit einem Teller voll frisch gebackener Lebkuchen. Sie stellte ihn auf einer freien Ecke des Tischs ab und trat dann neben ihren Mann, um zu sehen, weshalb er so angestrengt auf den Bildschirm starrte und dabei auf seiner Tastatur herumtippte. Dabei fiel ihr Blick auf die Zimmerecke hinter ihm, in der mehrere Geräte aufgebaut waren. Erschrocken runzelte sie die Stirn. »Äh, hast du noch nicht gesehen, dass das Gefühlsradar wie wild blinkt?« Sie ging zu dem Radar und studierte die Anzeigen. »Ach du liebe Zeit, sieh dir das an. Das sieht aber gar nicht gut aus.« Als ihr Mann nicht reagierte, tippte sie ihn leicht an. »Santa? Hast du das nicht bemerkt? Hier scheint etwas ganz Schreckliches vorzugehen.«

»Mhm, ja, ich weiß. Ich hab den Ton am Gefühlsradar abgestellt, weil er mich ganz nervös gemacht hat.« Während er sprach, tippte und klickte er konzentriert weiter.

Seine Frau runzelte verwundert die Stirn und trat dicht hinter ihn, um sich ansehen zu können, woran er gerade arbeitete. »Willst du denn nichts dagegen tun? Das ist doch der Radar, der auf Annalena und Christian ausgerichtet ist. Sonst reagierst du doch auch immer sofort auf solche Alarme. Weshalb ignorierst du diesen jetzt? Die Ausschläge sind ganz schön wild und gehen stark in den negativen Bereich. Wenn du nichts tust, könnte es sogar sein, dass deine ganze bisherige Mühe umsonst gewesen ist.«

»Nein, nein, mach dir keine Sorgen. An dem Alarm bin ich selbst schuld. Ich bin sogar froh, dass er so heftig ausfällt, denn das zeigt mir, dass bei den beiden tiefe Gefühle im Spiel sind.«

»Was sagst du da?« Empört starrte sie ihn an. »Du hast dieses Chaos selbst verursacht? Warum denn um Himmels willen? Sieh dir nur an, wie sehr das Gefühlsradar verrückt spielt. Das kann doch unmöglich zu etwas Gutem führen.« Sie stemmte die Hände in die Seiten. »Raus mit der Sprache, Santa, was hast du angestellt? Du hast doch noch nie etwas getan, das zwei Menschen so offensichtlich in negative Gefühle stürzt. Wie in aller Welt soll dir das dabei helfen, die beiden zueinander zu bringen, oder auch nur, Christian in einen Weihnachtsliebhaber zu verwandeln? Für mich sieht das viel eher danach aus, dass du ein riesiges Fiasko angerichtet hast.«

»Ja, habe ich.« Der Weihnachtsmann lächelte schief. »Das gehört alles zu meinem Plan.«

»Wenn zwei Menschen deshalb leiden müssen, kann das kein guter Plan sein. Mach sofort rückgängig, was auch immer du da in die Wege geleitet hast!«

»Das kann ich leider nicht. Oder vielmehr kann ich das zum Glück nicht mehr tun. Der Stein ist bereits ins Rollen geraten und lässt sich nicht mehr aufhalten. Aber beruhige dich bitte, mein Schatz, denn es ist noch gar nicht sicher, ob alles so bleibt. Du weißt selbst, dass das Radar auch Wellen aus der potenziellen Zukunft auffängt, manchmal bis zu zwei, drei Wochen im Voraus. Wenn alles läuft, wie ich es mir vorstelle, kann das Radar noch komplett umschalten.«

»Das ist einfach unglaublich.« Verärgert schüttelte Santas Frau den Kopf. Dann beugte sie sich vor und sah sich an, was der Weihnachtsmann gerade am Computer gemacht hatte. Ihre Augen weiteten sich. »Nein! Bist du denn verrückt geworden? Wie konntest du denn so etwas tun? Das ist ja in höchstem Maße gemein und unfair!«

»Nein, ist es nicht.« Er hüstelte. »Na ja, vielleicht ein bisschen, aber ich musste einen Weg finden, die beiden dazu zu bringen, sich ihren Ängsten zu stellen. Vor allem Christian. Du weißt, dass das damals bei Noah und Lidia auch funktioniert hat. Nun ja, zusammen mit einigen weiteren Schachzügen meinerseits.«

»Ja, bloß mit dem Unterschied, dass du damals nicht wusstest, was auf Noah zukommen würde und auch nicht daran schuld warst. Das hier ist eine richtige Gemeinheit, nicht nur Christian gegenüber.«

»Aber eine wirkungsvolle, die am Ende für alle Beteiligten zu einem guten Ende führen wird.«

»Ich begreife nicht, wie du so zuversichtlich sein kannst. Schau doch nur mal ...« Santas Frau ging zur Videowand und stellte den betreffenden Bildschirm auf eine bestimmte Frequenz ein. »Du meine Güte! Das ist wirklich entsetzlich. Christian wird ausflippen und sich komplett von Annalena zurückziehen. Das hier ist doch genau das, wovor er immer Angst hatte. Und das Mädchen ... Woher wusstest du überhaupt, was ihr zugestoßen ist? Nein, vergiss es, ich will es gar nicht wissen. Also wirklich! So grausam kenne ich dich gar nicht. Du bist ein weihnachtlicher Glücksbote. Darfst du überhaupt auf derart massive Weise in das Leben dieser Menschen eingreifen?«

»Ich habe mir das Regelwerk genau durchgelesen. Besondere Situationen erfordern manchmal drastische Maßnahmen. Außerdem habe ich nur das mit der Wohnung veranlasst und so weit Druck ausgeübt, dass sie keinen anderen Ausweg mehr sieht, als die Wahrheit zu sagen. Glaub mir, am Ende wird ihr damit auch am meisten geholfen sein.«

»Das mag vielleicht stimmen, aber ich sehe nicht ein, dass das deine Pläne für Christian und Annalena auch nur ansatzweise voranbringen kann. Doch eher im Gegenteil, weil jetzt genau das passiert, was er immer befürchtet hat.«

»Nein, nein.« Begütigend hob Santa Claus die Hände. »Sieh es einmal so: Bei Annalena und Christian hätte sich nicht mehr viel getan, weil beide immer wieder Ausflüchte gefunden hätten. Also habe ich mit etwas Sternenstaub nachhelfen lassen und gehe jetzt in die Phase zwei meines Plans über. Vertrau mir, ich habe ihn bis ins letzte Detail durchdacht.« Santa Claus lehnte sich mit zufriedener Miene in seinem Stuhl zurück. »Du wirst dich noch wundern, wie perfekt alles funktionieren wird.«

Santas Frau schüttelte besorgt den Kopf und ging zur Tür. Dort drehte sie sich noch einmal um. »Hoffentlich wirst du nicht dein blaues Wunder erleben. Falls dein Plan schiefgehen sollte ...«

»Das wird er nicht.« Santa rieb sich die Hände. »Danke übrigens für die Lebkuchen, die riechen ganz wunderbar. Aber nun lass mich bitte allein. Ich muss noch ein paar Dinge in die Wege leiten.«

»Wie du meinst.« Ganz und gar nicht überzeugt von den Erfolgschancen dieses Plans, zog Santas Frau sich zurück. »Aber behaupte hinterher nicht, ich hätte dich nicht gewarnt!«

18. Kapitel

»Das Haus haben wir echt toll geschmückt.« Mit Feuereifer pellte Senta nacheinander mehrere Clementinen und sammelte die Schalen in einer kleinen Schüssel.

»Ja, schön kitschig«, murrte Christian, konnte sich ein Lächeln aber nicht verkneifen. »Wie kann man nur derartig viel Weihnachtsdeko horten?«

»Ich sagte doch, dass ich die meisten Sachen von Steffen bekommen habe.« Annalena rührte in einem Topf mit Traubensaft, gab vorsichtig etwas Zitronensaft dazu und dann noch etwas Honig. »Jetzt die Clementinen.« Sie nickte Senta zu, die die gepellten Früchte rasch auf einem Schneidbrett auseinanderpflückte.

Christian übernahm das Brett und schnitt die Spalten in kleine Stückchen. »Ich komme mir vor wie bei den Griswolds aus *Eine schöne Bescherung*.«

»Ja, genau«, pflichtete Senta ihm vergnügt bei. »Nice, oder? Und die Schalen hier können wir auf die Heizung legen, dann riechen sie gut. Das hat uns unsere Kunstlehrerin gesagt. Sie macht das nämlich immer.«

»Gute Idee.« Vorsichtig füllte Annalena die Clementinenwürfel in den Topf. Sie fühlte sich trotz des Kusses vom Vorabend erstaunlich ruhig und entspannt. Christian war überhaupt nicht mehr darauf eingegangen, weder am Morgen, als sie tatsächlich gemeinsam Schnee geschaufelt hatten, noch während des gemeinsamen Spaziergangs am frühen Nachmittag, auf dem sie sich köstlich über Asco amüsiert hatten, der wie ein Derwisch durch den Schnee getobt war. Wenn überhaupt, verspürte sie eine gewisse erwartungsvolle Spannung zwischen ihnen, die sie aber in Sentas Gegenwart beide sehr gut überspielten.

»Jetzt sagt mir mal, was wir noch alles in den Punsch mischen sollen.«

»Rosinen«, bestimmte Senta. »Die mag ich total gerne.«

»Im Vorratsschrank müsste noch eine Packung sein.« Christian nahm einen Kaffeelöffel und probierte die Flüssigkeit im Topf. »Mehr Honig«, befand er, »und Nelken, würde ich sagen.« Er entnahm dem Gewürzregal eine Dose mit ganzen Nelken und gab nach Augenmaß einige in den Topf.

»Nicht zu viele, sonst schmeckt man sie zu sehr heraus«, warnte Annalena und rührte noch etwas mehr Honig in die Flüssigkeit. »Habt ihr Mandelstifte im Haus? Die wolltest du doch, glaube ich, mit drin haben.«

»Haben wir alles da. Das gibt einen Punsch mit essbarer Einlage«, scherzte Christian und entnahm einem Küchenschrank einen Beutel mit Mandelstiften. »Gut, dass ich neulich Backzutaten eingekauft habe.«

»Wir wollen nämlich auch noch Weihnachtsplätzchen backen«, erklärte Senta eifrig. »Das hab ich noch nie gemacht.«

»Ich auch nicht.« Lachend gab Christian eine Portion Mandelstifte in den Topf. »Aber so schwer kann das ja nicht sein.«

»Ist es auch nicht.« Vorsichtig rührte Annalena den Punsch um, bis der Honig sich ganz gelöst hatte. »Was jetzt noch? Zimt?«

»Ein bisschen.« Senta gab eine großzügige Menge Rosinen in den Topf. »Was gibt es denn noch für Weihnachtsgewürze?«

»Kardamom vielleicht«, schlug Annalena vor. »Und Muskatnuss. Aber auch damit muss man sehr vorsichtig umgehen, sonst schmeckt es nicht mehr.«

Abwechselnd würzten sie den Punsch und probierten, bis sie schließlich mit dem Ergebnis zufrieden waren. Sicherheitshalber notierten sie sich alle Zutaten ihres selbsterfundenen Weihnachtspunschs und die ungefähren Mengen, damit sie nur ja nichts vergaßen. Annalena wollte sich das Rezept kopieren, weil sie fand, dass es sich ausgezeichnet für die traditionelle Weihnachtsfeier in der Gärtnerei und Baumschule Kilian am kommenden Samstag eignete, zu der stets die gesamte Belegschaft samt Familien eingeladen wurde. Jedes Jahr bat Steffen sie, etwas zu dem Fest beizusteuern, und da es meistens genug Salate, Kuchen oder Nachtisch gab, wäre der Punsch eine perfekte Abwechslung.

Annalena ließ sich schließlich auch noch überreden, beim Plätzchenbacken zu helfen, sodass sie erneut bis zum Abend bei Christian und Senta blieb. Sie hatten viel Spaß miteinander, tranken den Punsch bis auf einen winzigen Rest aus, während sie Butterplätzchen, Schwarz-Weiß-Gebäck, Kokosmakronen und Spritzgebäck nach Rezepten aus dem Backbuch herstellten, das Annalena rasch aus ihrer Küche geholt hatte.

Wenn sie allerdings gedacht hatte, dass sich der Gute-Nacht-Kuss vom Abend zuvor noch einmal wiederholen würde, hatte sie sich geirrt, denn Senta blieb die gesamte Zeit über in ihrer Nähe und brachte sie schließlich auch noch bis zur Tür, sodass sich jegliche Annäherung verbot.

In den kommenden Tagen sah sie Christian sehr sporadisch und stets nur für wenige Minuten. Er brachte Asco morgens zu ihr, scherzte jedoch nicht wie gewöhnlich mit ihr, sondern wirkte merkwürdig abwesend und war immer rasch wieder verschwunden. Nachmittags, wenn sie Asco zurückbrachte, blieb Christian ebenfalls auf Abstand und tat, als habe es den Kuss nie gegeben.

Annalena konnte sich keinen Reim darauf machen und fragte sich, ob er die Sache vielleicht inzwischen bereute. Sie war sich selbst nicht ganz sicher, was sie davon halten sollte. Was hatte er damit gemeint, dass es anstrengend sei, Gefühle zu unterdrücken? Hatte er ihr nicht stets den Eindruck vermittelt, dass solche Gefühle lediglich von ihrer Seite aus existiert hatten? Zumindest damals? Hatte sich das geändert oder hatte er doch nur aus einer spontanen Laune heraus gehandelt? Letzteres würde dafürsprechen, dass er sich jetzt wieder so zurückhaltend gab.

Sie hätte ihn gerne danach gefragt, aber ganz abgesehen davon, dass er ihr allzu geschickt auswich, wusste sie auch nicht genau, ob sie die Antworten auf ihre Fragen wirklich wissen wollte.

Auch wenn sie sich idiotisch und kindisch vorkam, griff sie am Mittwochmorgen, nachdem sie Asco wieder einmal von einem allzu wortkargen Christian in Empfang genommen hatte, zum Telefon und wählte Elenas Handynummer. Zwar war es noch sehr früh, doch sie wusste genau, dass ihre Schwägerin meist schon sehr zeitig ans Zeichenbrett in ihrem Atelier ging. Meistens gleich nachdem Steffen sich auf den Weg zur Gärtnerei gemacht hatte.

Es dauerte tatsächlich nur wenige Augenblicke, bis ihr Anruf angenommen wurde. Annalena atmete tief durch. »Elena? Guten Morgen. Entschuldige, dass ich dich so früh störe, aber ich muss dringend mit dir reden.«

***

»Also das ist mal eine aufregende Geschichte.« Es war mittlerweile halb elf vormittags und Annalena saß ihrer Schwägerin an deren Esstisch bei einer Tasse Kaffee und einem Stück von Steffens leckerem Christstollen gegenüber. »Und dein Bruder weiß von alldem überhaupt nichts?«

»Nein. Er hätte Christian wahrscheinlich umgebracht, wenn er davon erfahren hätte.« Verlegen zerkrümelte Annalena ihr Stück Stollen.

»Warum das denn? Du warst doch diejenige, die nackt bei Christian aufgetaucht ist, nicht umgekehrt.«

»Nicht vollkommen nackt!«

»Na, den Mantel wolltest du doch wohl nicht allzu lange anbehalten, oder?« Erheitert kicherte Elena. »Ich muss schon sagen, was ich da so von dir erfahre, lässt mich staunen.«

»Ich bin auch nicht besonders stolz darauf.«

»Warum nicht?« Elena griff über den Tisch hinweg nach Annalenas Hand. »Ich finde, das war sehr mutig. Du bist deinem Herzen gefolgt und hast Nägel mit Köpfen gemacht. Na gut, du bist damit auf die Nase gefallen, aber hey, so kannst du wenigstens später mal deinen Enkeln erzählen, dass du im Leben nichts ausgelassen hast. Und du brauchst nie zu bereuen, dass du es nicht zumindest versucht hast.«

»Ja, toll. Dafür bereue ich jetzt mein Leben lang, *dass* ich es versucht habe.« Betrübt starrte Annalena auf ihren Teller.

»Warum denn? Ihr versteht euch doch so gut. Und dass er dich geküsst hat, sagt, wie ich finde, mehr als tausend Worte.«

»Das dachte ich auch, aber warum ist dann jetzt auf einmal totale Funkstille? Er tut so, als sei der Kuss gar nicht geschehen.« Verzagt rieb Annalena sich über die Wangen. »Hör mir bloß mal zu. Ich klinge wie ein erbärmlicher Teenager.«

»Quatsch.« Elena drückte ihre Hand. »Wenn du mich fragst, liegt der Ball jetzt eindeutig in deinem Tor. Du musst entscheiden, in welche Richtung du ihn als Nächstes schießt.«

»Ich?« Langsam hob sie den Kopf.

Elena nickte. »Selbst ist die Frau. Vielleicht wartet er nur darauf, dass du nun den nächsten Schritt tust. Oder er hat Gründe, sich auf einmal so zurückzuhalten. Du wirst sie aber nur herausfinden, wenn du aktiv wirst.«

»Soll ich mich ihm vielleicht schon wieder an den Hals werfen? Das kannst du vergessen. Ich habe seine Signale schon mal vollständig falsch interpretiert. Noch einmal gebe ich mich nicht der Lächerlichkeit preis.«

»Davon war doch aber auch gar nicht die Rede.« Elena lächelte aufmunternd. »Geh es diplomatisch an. Lade ihn zu unserer Firmen-Weihnachtsfeier ein.« Sie lächelte leicht. »Steffen hat mir erzählt, dass Christian früher hin und wieder in der Baumschule gejobbt hat. Also gilt er als ehemaliger Mitarbeiter. Senta kann er auch mitbringen und Asco sowieso. Tilly wird sich über die Gesellschaft freuen.« Sie streckte die Hand nach Asco aus, der neben dem Tisch lag und döste. »Schade, dass Steffen sie heute mit zur Arbeit genommen hat, sonst hättet ihr beiden ein bisschen das Haus auf den Kopf stellen können.«

Ja, echt schade. Tilly ist eine Nette. Wenn auch ein bisschen überkandidelt. Aber was soll's. Asco sprang auf und ließ sich mit einem freundlichen Schwanzwedeln hinter den Ohren kraulen.

»Und wenn er schon etwas anderes vorhat? Samstag ist doch etwas kurzfristig.«

Elena legte den Kopf etwas schräg. »Suchst du nach Ausflüchten?«

»Er könnte auch gar nicht mitkommen wollen.«

»Dann schieß ihn auf den Mond.«

Wider Willen musste Annalena lachen. »Ja, vermutlich hast du recht.«

»Nicht nur vermutlich.« Mit der ihr typischen, schwungvollen Bewegung warf Elena ihre blonden Locken zurück. »Entweder ist er interessiert oder er ist es nicht. Wenn ein Mann eine Frau küsst, liegt in der Regel Interesse vor. Warum er einen Rückzieher gemacht hat, findest du nur heraus, wenn du die Sache selbst in die Hand nimmst. Wer weiß, vielleicht ist er ja bloß schüchtern.«

Nun musste Annalena laut lachen. »Christian Bonner und schüchtern? Im Leben nicht. Da lachen ja die Hühner.«

Elena grinste. »Ich würde ihn wirklich gerne mal kennenlernen. Die Weihnachtsfeier ist doch die perfekte Gelegenheit dazu. Außerdem kann ich ihn dort unauffällig beobachten und dir hinterher meine Eindrücke mitteilen. Glaub mir, ich habe ein gutes Auge für Zwischenmenschliches. Was auch immer ihn umtreibt, ich kriege es heraus, falls es dir nicht zuerst gelingt.«

Ich glaube, es wird wirklich Zeit, dass ich mir Rat bei den Weihnachtselfen suche. Hier scheint ja einiges im Argen zu liegen. Wenn ich Annalena doch bloß erzählen könnte, dass mein Herrchen am Sonntagabend ganz spät noch über eine Stunde auf den Sandsack eingedroschen hat, der in dem Raum mit den Fitnessgeräten hängt. Das tut er jetzt übrigens fast jeden Tag nach der Arbeit. Zu Senta sagt er immer, das braucht er zum Ausgleich, aber so verbissen, wie er immer aussieht, wenn er in dem Raum verschwindet, glaube ich, dass ihn etwas ganz anderes beschäftigt. Er murmelt nämlich nachts im Schlaf, das habe ich jetzt schon mehrmals gehört, wenn ich von Sentas Zimmer auf mein Schlafkissen umgezogen bin. Und dabei fällt Annalenas Name ziemlich oft.

Ich begreife ja nicht, warum die Menschen es sich so schwermachen und nicht einfach sagen, was Sache ist, aber das ist wohl nun mal so. Deshalb muss mir dringend etwas einfallen, um den beiden zu helfen. Das ist doch immerhin jetzt meine Mission, und wenn ich mich auf einer Mission befinde, gebe ich nicht auf. Kommt gar nicht in Frage!

»Ich weiß nicht. Ich komme mir wirklich vor wie ein verzweifelter Teenager.«

»Das sind bloß die Hormone.« Grinsend tätschelte Elena erneut Annalenas Hand. »Glaub mir, als das damals mit Steffen anfing, ging es mir ganz ähnlich. Schmetterlinge im Bauch und alles. Oder vielmehr war es bei mir eine Ameisenarmee, die mir zu schaffen gemacht hat. Kribbeln von Kopf bis Fuß ... Das habe ich immer noch, wenn er mich auf diese besondere Weise ansieht.« Verträumt lächelte sie, wurde aber gleich wieder ernst. »Ich gebe dir eine Einladung mit, die kannst du ihm ganz zwanglos heute Nachmittag überreichen. Und dann siehst du ja schon, wie er reagiert. Wenn er zusagt, kannst du von da an deine Angriffsstrategie planen.«

»Meine was?« Annalena hob erschrocken den Kopf.

»Du musst dir schon genau überlegen, wie du vorgehst, um ihn aus seinem Schneckenhaus zu locken«, erklärte Elena vergnügt. »Wenn er allerdings dankend ablehnt, suchst du dir einen anderen. Auf der Weihnachtsfeier werden auch ein paar Singles sein. Da findet sich schon ein Trostpflaster.«

***

Christian parkte seinen Wagen auf seinem Stellplatz vor dem Haus, lehnte den Kopf gegen die Kopfstütze und schloss für einen Moment die Augen. Er sehnte sich nach seinem Sandsack, den Boxhandschuhen und einer halben Stunde ungestörter Zeit für sich. Schon seit Sonntagabend, seit dieser verdammten E-Mail, stand er unter diesem ihm nur zu bekannten, langsam aber unaufhaltsam ansteigenden Druck. Ausgerechnet seit Sonntag.

Manchmal fragte er sich, ob er verflucht war. Einen Moment, nur einen einzigen Moment hatte er genießen wollen. Einen Augenblick lang seinen Schutzschild sinken lassen und das tun, wonach ihn verlangte – lange schon verlangte. Doch das Schicksal war ein Biest. Unberechenbar und unerbittlich darin, ihm klarzumachen, dass er kein Recht hatte, sich seine Wünsche zu erfüllen. Nicht einmal für kurze Zeit. Denn wenn er es tat, würde er anderen Menschen Schaden zufügen. Annalena insbesondere. Das hatte sie nicht verdient. Dieses Leben voller Probleme, voller Chaos und Menschen, die ständig seine Aufmerksamkeit und seiner Fürsorge bedurften. Wenn er sicherstellen wollte, dass wenigstens seine Schwestern ein einigermaßen normales Leben führen konnten, musste er seine eigenen Bedürfnisse zurückstellen. Zwar hätte er das, was nun wieder geschehen war, nicht verhindern können, wenn er Annalena nicht geküsst hätte, doch sie jetzt auf Abstand zu halten und sie damit zu verletzen, war entsetzlich viel schlimmer, als wenn er einfach alles beim Alten belassen hätte.

Während er noch mit sich haderte, gingen im Haus nach und nach die Lichterketten in den Fenstern an. Senta war also zu Hause. Sie war nachmittags immer dort. Annalena hatte recht, seine Schwester brauchte Freundinnen. Es war bestimmt nicht gut, dass sie Tag für Tag alleine oder nur mit ihm zu Hause herumhockte. Auch wenn sie leidenschaftlich gerne las und Geschichten schrieb – es gab im Leben auch noch andere Dinge. Außer für ihn.

Das Bedürfnis, seine Faust gegen irgendetwas Hartes zu rammen, wurde beinahe übermächtig. Entschlossen stieg er aus dem Auto aus, schnappte sich seine Arbeitstasche von der Rückbank und beeilte sich, ins Haus zu kommen. Dabei vermied er es, zu Annalena hinüberzuschauen. Bei ihr waren ebenfalls alle Fenster von Lichterketten und altmodischen Holzpyramiden beleuchtet und vor der Haustür stand seit gestern ein neues Gesteck – Tannengrün mit Zapfen und silbernen und blauen Weihnachtskugeln. Daneben saß ein grinsendes, bunt bemaltes Rentier aus Steingut mit roter Nase. Albern. Kitschig. Und dennoch irgendwie nett.

»Löckchen, ich bin wieder da!«, rief er, sobald die Tür hinter ihm ins Schloss gefallen war. Dann schnüffelte er überrascht. »Wonach riecht es hier?«

»Essen.« Sentas wirrer blonder Lockenschopf erschien im Durchgang zur Küche. »Ich hab Spaghetti Bolognese gemacht. Aus der Fertigpackung, das ging ganz einfach. Und kleingeschnippelte Paprika, weil du sonst bestimmt gemeckert hättest, dass ich zu wenig Gemüse esse.«

Verblüfft folgte er ihr in die Küche. »Nicht schlecht. Aber du weißt, dass du nicht zu kochen brauchst. Ich mache das schon.«

»Ja, aber ich hatte solchen Hunger und wollte nicht länger warten. Außerdem kochst du jeden Tag. Wir können uns doch auch abwechseln.«

Kopfschüttelnd setzte er sich an den bereits fertig gedeckten Tisch. »Du wirst zu schnell erwachsen.«

»Stellen wir eigentlich heute Abend unsere Stiefel raus, damit der Nikolaus Geschenke reinpackt?«

»Oder vielleicht doch nicht«, murmelte er vor sich hin. An seine Schwester gewandt lächelte er. »Du kannst es ja mal versuchen. Aber wehe, die Stiefel sind nicht geputzt.«

»Ich hab sie geschrubbt und mit Pflegespray eingesprüht.« Senta lächelte breit. »Deine auch.«

»Meine?« Überrascht hob er den Kopf. »Warum das denn?«

»Vielleicht bringt der Nikolaus dir ja auch etwas.«

Amüsiert griff er nach der Schüssel mit den Spaghetti. »Ob ich wohl brav genug gewesen bin?«

Senta kicherte. »Du kannst es ja mal versuchen«, benutzte sie seine Worte und brachte ihn damit zum Lachen. »Ich hab auch was für Annalena. Nur einen Schokoladen-Nikolaus, der in einem Ministiefel steckt. Soll ich ihn ihr einfach vor die Tür legen? Dann findet sie ihn morgen früh, wenn sie nach draußen geht.«

»Wenn er nicht einschneit. Es sind wieder heftige Schneefälle vorausgesagt.«

»Ich könnte ihn ihr auch einfach morgen geben.«

»Das ist bestimmt vernünftiger.«

»Aber es macht weniger Spaß.« Sie grinste und reichte ihm die Schüssel mit der Soße. »Ich will ihr auch ein Tütchen mit

Weihnachtsplätzchen dazutun. Dann weiß sie auch sofort, von wem die Geschenke sind. Nicht dass sie glaubt, sie hätte einen heimlichen Verehrer oder so was.«

»Einen heimlichen Verehrer?« Beinahe hätte er sich verschluckt. »Wie kommst du denn darauf?«

»Keine Ahnung. Was würdest du denken, wenn du morgens Geschenke vor deiner Haustür fändest?«

»Dass der Nikolaus da war.«

Sie warf ihm einen beredten Blick zu.

»Vielleicht hat sie ja einen.«

»Einen was?« Senta schob sich eine große Portion Nudeln mit Soße in den Mund.

»Verehrer.«

Senta kaute bedächtig und schluckte, bevor sie antwortete. »Du meinst einen anderen als dich?«

Christian ließ beinahe die Gabel auf den Teller fallen. »Wie bitte? Ich bin doch nicht Annalenas Verehrer.«

»Nein, du bist ihr Freund. Oder so was in der Art. Warum seid ihr eigentlich nicht richtig zusammen?«

Mit einem Mal fühlte er sich alles andere als wohl in seiner Haut. »Richtig zusammen?«

»Ja, so als Paar. Ihr würdet toll zusammenpassen.« Vollkommen unbekümmert aß Senta weiter. »Sie ist total nett und lieb. Und du magst sie auch, sonst würdest du ihr nicht Asco anvertrauen und sie so oft hierher einladen. Und du guckst sie auch so an.«

Nun wurde ihm wirklich unwohl. »Wie sehe ich sie an?«

»Na, so wie man eben jemanden anguckt, den man liebhat.«

War er wirklich so leicht zu durchschauen?

»Wir sind nur Freunde, Senta.«

»Ja. Leider.« Achselzuckend nahm Senta sich noch mehr Soße. »Frau Roseck hat übrigens gesagt, dass ich das Punschrezept noch mal in Schönschrift abschreiben und für alle in der Klasse kopieren soll. Und beim Schulbasar nächsten Mittwoch will sie davon einen großen Topf voll anbieten.«

Christian atmete bei dem abrupten Themenwechsel auf. »Am Mittwoch bin ich vormittags drüben an der Akademie, aber ab mittags schaue ich mal vorbei. Wisst ihr inzwischen, was eure Klasse machen wird?«

»Ja, wir übernehmen den Waffelstand. Immer abwechselnd sechs Leute. Ich bin ab vierzehn Uhr für eine Stunde dran. Hoffentlich verkaufen wir ganz, ganz viele Waffeln und die anderen Stände auch ihre Sachen, damit wir viel Geld einsammeln und der Kindergarten bald neue Spielgeräte für draußen kriegt. Gemein, dass die einfach jemand in dem Schuppen angezündet hat. Warum sind manche Menschen so gemein?«

»Das weiß ich leider auch nicht.« Er hob die Schultern. »Aber zum Glück gibt es viel mehr nette Menschen, die in solchen Fällen einspringen und helfen.«

»Ja.« Auf Sentas Miene erschien ein Lächeln. »Weißt du was? Ich könnte doch eine Fanfiction schreiben, in der so was passiert, und Lucifer und Chloe müssen dann den Täter fangen.« Sie zögerte. »Aber dann muss da auch jemand umgebracht werden, weil sie ja immer nur Morde aufklären. Ich überlege noch mal und dann frage ich morgen oder so Annalena, wie sie die Idee findet.«

»Du kannst sie wirklich gut leiden, was?«

»Total.« Senta nickte heftig. »Sie ist lieb und total klug und behandelt mich gar nicht wie ein Kind. Das machen nämlich viele Erwachsene und das kann ich nicht ausstehen.«

»Wo du immerhin schon so eine alte Frau bist«, scherzte er.

»Nein, aber kein Kleinkind mehr oder so.«

»Ich weiß.«

»Ja, klar, du bist ja auch mein Bruder.«

Er lachte und war froh, sich wenigstens ein kleines bisschen beruhigt zu haben. Senta wusste noch nichts von den neuesten Vorkommnissen, und solange er die Dinge nicht im Griff hatte, wollte er sie heraushalten. So erwachsen sie ihm manchmal erschien – sie war erst zwölf und musste nicht unbedingt mit jeder Art von Problemen konfrontiert werden. Zumindest vorerst nicht.

»Wie läuft es denn in der Schule?«

»Gut.«

»Schon irgendwelche Freunde gefunden?«

»Weiß nicht.« Plötzlich war seine Schwester wieder so einsilbig wie früher.

»Es werden doch bestimmt wenigstens ein paar deiner Mitschülerinnen und Mitschüler nett sein.«

»Ja, kann sein.«

»Senta?« Eindringlich blickte er sie an.

Sie hob die Schultern. »Ich wünschte, ich hätte schon die neue Brille. Ich glaube, ich bin nicht hübsch genug.«

»Wer hat dir denn diesen Blödsinn eingeredet?«

»Niemand. Aber meine Brille ist hässlich, meine Klamotten uralt und manche sogar zu klein, und meine Haare stehen immer in alle Richtungen ab, ganz egal, was ich damit anstelle. Bestimmt finden alle, dass ich aussehe, wie eine verhutzelte Waldhexe.«

Beinahe hätte er gelacht. »Du siehst nicht aus wie eine verhutzelte Waldhexe. Und du hast doch ein paar neue Sachen.«

»Ja, aber nicht genug. Meistens sind die in der Wäsche und ich kann nicht jeden Tag dasselbe anziehen. Das wirkt auch doof.«

Er seufzte innerlich. Anscheinend wurde Senta wirklich allmählich erwachsen. »Vielleicht kannst du Annalena überreden, mit dir shoppen zu gehen.«

»Meinst du?« Ihre Miene hellte sich auf.

»Das wäre mir allemal lieber, als mich noch mal stundenlang ins Kaufhaus setzen zu müssen.«

»Typisch Mann.« Senta grinste breit. »Ich frag sie mal.«

»Oder vielleicht findet sich ja eine Klassenkameradin, die mit dir einkaufen geht.«

Das Grinsen schwand. »Die haben alle schon beste Freundinnen und so.«

»Alle?«

Sie zuckte mit den Achseln. »Ich frag Annalena.«

Dass sich so ein großer Teil des Gesprächs um Annalena drehte, brachte leider nach und nach die Anspannung zurück. Deshalb half Christian seiner Schwester nach dem Essen nur noch rasch, die Küche aufzuräumen, und zog sich dann in seinen Fitnessraum zurück. Sport auf vollen Magen war alles andere als ideal, aber glücklicherweise fragte sein Sandsack nicht danach.

***

Annalena hatte lange überlegt, ob sie Christian wirklich zu der Weihnachtsfeier einladen sollte. Ganz schlüssig war sie sich immer noch nicht, weil sie sein Verhalten ihr gegenüber so schlecht einordnen konnte. Deshalb beschloss sie, ihre Entscheidung davon abhängig zu machen, wie er sich ihr gegenüber verhielt, wenn sie Asco zurückbrachte. Sie schnappte sich den Ordner mit Kopien ihrer alten Fanfictions, die sie Senta zum Lesen geben wollte, pfiff nach dem Hund und wickelte sich lediglich einen Schal um den Hals, weil der Weg ja nicht weit war.

Senta öffnete auf ihr Klingeln die Tür und strahlte sie an. Hinter ihr hämmerten harte Technobeats durch das Haus.

»Hallo Annalena, hallo Asco!« Das Mädchen ging in die Hocke und umarmte den Border Collie.

Hallo Senta. Ich freue mich so, dich zu sehen. Lass dich abschlecken! Freudig wedelnd drückte Asco sich an das Mädchen und fuhr ihr mit der Zunge über Kinn und Wange.

»Iih, ist das nass!« Kichernd erhob Senta sich wieder. »Komm rein, Annalena. Was hast du denn da mitgebracht?« Neugierig beäugte sie den blauen Ordner.

Annalena reichte ihn ihr. »Lesestoff. Das sind Kopien aller Fanficions, die ich früher mal geschrieben habe.«

»So viele?« Mit großen Augen klappte Senta den Deckel auf und blätterte in den Seiten. »Ist ja Wahnsinn. Darf ich die echt alle lesen?«

»Klar.« Annalena lächelte ihr zu. »Ein paar sind eigentlich mehr für Erwachsene, aber ich bin sicher, du bist schon alt genug, um sie zu verstehen. Und wenn nicht oder wenn es dir zu peinlich wird, gehst du einfach zur nächsten Geschichte.«

»Da sind peinliche Sachen drin?« Kichernd blätterte Senta weiter.

»Ein paar.« Zwinkernd lockerte Annalena ihren Schal. »Dein Bruder scheint zu trainieren.«

»Ja, er hat die Musik wieder voll laut gestellt.« Senta klappte den Ordner wieder zu und klemmte ihn sich unter den Arm. Ihre Miene war ernst geworden. »Das macht er neuerdings jeden Tag. Einmal hab ich heimlich nachgeschaut. Entweder ist er auf dem Rudergerät oder er boxt. Total hefig.«

»Ach ja?« Erstaunt hob Annalena die Augenbrauen.

Ja, das hätte ich dir auch gerne erzählt, wenn ich sprechen könnte. Irgendetwas ist mit Herrchen, aber ich weiß nicht was. Wuff.

Kurz blickte Annalena zu Asco, der ein seltsames Bellen von sich gegeben hatte, das wie eine Bestätigung klang.

Senta nickte. »Er ist schon seit Montag so komisch. Oder Sonntag. Nachdem du weg warst, war er oben in seinem Arbeitszimmer, und dann ist er plötzlich noch ganz spät trainieren gegangen. Oder boxen. Das macht er eigentlich nur, wenn ihn jemand richtig schlimm geärgert hat. Er hat mir mal erzählt, dass ihm das Boxen hilft, sich zu beherrschen, weil er sonst den Leuten den Kopf abreißen könnte oder so. Früher hat er sich ja mit anderen Leuten geschlagen, das weiß ich schon. Heute macht er das nicht mehr, aber dafür boxt er den Sandsack. Ich hab das auch mal probiert, aber das tut ganz schön an den Händen weh und ich hab ja auch keine Boxhandschuhe.«

»Ich wollte eigentlich kurz mit ihm reden, aber es scheint ja ein ungünstiger Moment zu sein. Dann versuche ich es lieber ein andermal.« Schon wollte Annalena sich zum Gehen wenden, doch Senta hielt sie am Arm fest.

»Nein, warte. Du kannst ruhig zu ihm reingehen. Er tut dir schon nichts. Wenn er wütend ist, dann lässt er das echt nur an dem Sandsack aus und ...« Senta zögerte. »Annalena?«

»Ja?« Neugierig musterte sie das Mädchen, dessen Miene eine Mischung aus Besorgnis und Entschlossenheit widerspiegelte. »Kannst du ihn vielleicht mal fragen, was er hat? Dir erzählt er es wahrscheinlich, aber mir nicht. Irgendwas ist passiert, aber bestimmt will er nicht, dass ich mir Gedanken mache. So ist er schon immer. Aber ich sehe ihm an, dass etwas nicht stimmt.«

Annalena hüstele. »Eigentlich geht mich das ja gar nichts an, weißt du.«

»Doch, tut es wohl. Ihr seid doch Freunde, oder?«

»Ja, schon ...«

»Christian redet nie über seine Probleme. Mit mir schon gar nicht, weil ich noch zu jung bin. Bitte.« Das Mädchen ergriff Annalenas Hand. »Er war am Wochenende so gut drauf und so ...« Wieder zögerte sie sichtlich. »So glücklich. Und jetzt ist irgendwas mit ihm und ich will nicht, dass er wieder unglücklich wird.« Verzagt brach sie ab.

»Na gut, ich versuche es.« Obwohl sie sich alles andere als wohl in ihrer Haut fühlte, nahm Annalena den Schal ab und hängte ihn an die Garderobe.

»Ich geh dann mal nach oben. Lesen.« Senta lächelte wieder. »Komm, Asco!«

Wau, klar. Mit heiterem Gebell folgte der Hund dem Mädchen die Treppe hinauf.

Mit gemischten Gefühlen ging Annalena auf die Tür zum Fitnessraum zu. Das Wummern von drinnen wechselte zu einem schnelleren Rhythmus. An das Musikstück erinnerte sie sich von ihrem eigenen Besuch in seinem Fitnessraum. Es war eindeutig die richtige Musik, um überschüssige Energien bei hartem Training abzubauen. Doch boxen? Natürlich hatte sie den Sandsack neulich gesehen, sich aber nicht allzu viele Gedanken gemacht. Wenn sie so darüber nachdachte, erschien es ihr jedoch plausibel, dass ein Mann wie Christian seine Aggressionen an so einem Ding auslieÃŸ.

Anzuklopfen war bei diesem Lärm überflüssig, also öffnete sie einfach die Tür und trat vorsichtig ein. Beinahe wäre sie vor Schreck zurückgeprallt, als sie Christian sah. Er stand mit dem Rücken zu ihr – oder vielmehr tänzelte er und drosch mit solcher Wucht auf den schweren Sandsack ein, dass dieser bei jedem Treffer heftig hin und her schaukelte. Sie konnte das Spiel der Muskeln an Christians gesamtem Körper erkennen, denn er trug nur kurze Trainingsshorts und ein Muskelshirt. Die Luft war nicht nur angefüllt von wummernden Technobässen, sondern auch von Hitze, Schweiß und Testosteron. Aggressive Spannung waberte regelrecht greifbar um Christian. Annalena spürte geradezu den Zorn, den er an dem schwarzen Ledersack ausließ.

Entsetzt und fasziniert zugleich starrte sie ihn an. Wenn sie jemals Zweifel daran gehabt haben sollte, welche Kraft er besaß und zu was er, wenn er in Rage geriet, fähig wäre, dann waren sie in diesem Moment wie ausradiert. Sie wusste, dass er diese Gewalt niemals an ihr oder seinen Schwestern auslassen würde. An keiner Frau. Das hatte er nie getan – im Gegenteil. Einmal hatte er einen jungen Mann verprügelt, der seiner Freundin eine geschmiert hatte. Der Kerl war mit zwei gebrochenen Rippen im Krankenhaus gelandet und Christian zu einer Sozialstrafe verurteilt worden. Nicht das erste und nicht das letzte Mal. Das war, bevor er den Sport für sich entdeckt hatte. Irgendwann hatte er ihr mal erzählt, dass er im Grunde jegliche Art von Gewalt verabscheute. Er hatte sie nur leider tief in sich, besonders schlimm dann, wenn es in seiner Familie wieder einmal extrem zuging.

Annalenas Herzschlag hatte sich leicht beschleunigt, sie fühlte sich fehl am Platz und zutiefst verlegen, weil er das, was sie da sah, sicherlich nicht gerne mit jemandem teilte.

Als nach einer Weile die Musik noch einmal wechselte und der Beat sich etwas verlangsamte, richtete Christian sich auf – schweißüberströmt – und versetzte dem Sandsack einen heftigen Tritt. Dann drehte er sich um – und erstarrte.

»Hallo.« Sie lächelte etwas kläglich.

Seine Miene war finster, beinahe so wie neulich, als sie sich vor ihm erschrocken hatte. Doch zu ihrer Überraschung entspannte sie sich im nächsten Moment wie durch Zauberhand. Bedächtig zog er seine Boxhandschuhe aus, legte sie in eine Holzkiste und drehte die Musik ab.

Die plötzliche Stille wirkte lauter als das Gewummer zuvor.

»Hallo, Annalena.«

»Ich habe Asco zurückgebracht.« Innerlich verdrehte sie die Augen. Das klang fast so albern wie *Ich habe eine Melone getragen*. »Senta macht sich Sorgen um dich.« Und jetzt hatte sie auch noch den Verstand verloren!

»Senta?« Er zog das klitschnasse Shirt aus, wischte sich damit den Schweiß vom Gesicht und warf es danach achtlos in den Wäschekorb neben der Tür.

Annalena wich ein wenig zurück, als er ihr so nahekam. Weder die aggressive Ausstrahlung, die ihn umgab, noch sein von harten, scharf modellierten Muskeln durchzogener Körper taten ihr im Moment sonderlich gut. »Ja. Sie glaubt, dass etwas mit dir nicht stimmt.«

Er runzelte die Stirn und in seiner Wange zuckte ein Muskel. Unvermittelt trat er auf sie zu, sodass sie erneut zurückwich und mit dem Rücken gegen die Tür stieß. »Und da hat sie dich in die Höhle des Löwen geschickt?«

Sie schluckte hektisch, als sie die Hitze spürte, die von seinem Körper abstrahlte, und sein Geruch ihr in die Nase stieg. »Gewissermaßen. Aber ich wollte auch etwas mit dir besprechen. Oder vielmehr dir geben.« Sie hatte das Gefühl, nicht mehr klar denken zu können.

Sein Blick glitt, immer noch leicht verdunkelt, über ihr Gesicht, seine Miene blieb jedoch seltsam neutral. »Du hast Angst vor mir.« Der Muskel in seiner Wange zuckte erneut.

Sie wagte kaum noch zu atmen. »Sollte ich das?«

»Ja.« Sichtlich verärgert fuhr er sich durchs verschwitzte Haar. »Verdammt. Natürlich nicht. Tut mir leid. Ich habe trainiert.«

Das Herz schlug ihr inzwischen bis zum Hals. »Wessen Gesicht hattest du denn vor Augen, als du auf den Sandsack eingedroschen hast?«

»Nicht deins.« Er trat einen Schritt zurück.

»Das hatte ich auch nicht angenommen.« Sie log, denn seltsamerweise hatte sie durchaus das Gefühl, etwas mit seinem Zorn zu tun zu haben. Was genau, war ihr jedoch nicht klar, und sie war sich auch nicht vollkommen sicher, ob sie es in Erfahrung bringen wollte.

»Lass mich kurz duschen, dann reden wir weiter.« Ohne einen weiteren Kommentar ging er hinüber ins Bad und nur Augenblicke später hörte sie das Wasser rauschen.

Unentschlossen stand sie im Flur herum, beschloss, sich ins Wohnzimmer zu setzen, blieb dann aber dort an der Terrassentür stehen und blickte in die spätnachmittägliche Dunkelheit hinaus. Es dauerte nur fünf Minuten, bis er wieder erschien, viel zu kurz, um sich über ihr weiteres Vorgehen klarwerden zu können.

Er hüstelte leise und trat neben sie, nun in Jeans und ein enges schwarzes T-Shirt gekleidet. »Senta also, ja?«

Sie sah ihn von der Seite an und stellte fest, dass seine Ausstrahlung sich weitgehend normalisiert hatte. Nur noch ein Hauch gefährlicher Schwingungen schien ihn zu umgeben. »Sie glaubt, dass du ihr etwas verschweigst, um sie zu schonen. Ist etwas passiert?«

»Kann man so sagen, ja.« Er schwieg einen Moment. »Mariella hat Probleme. Dieses verflixte, sture Weib!« Er spannte sich an, ballte die Hände zu Fäusten, stieß dann aber geräuschvoll die Luft aus und wurde wieder ruhiger. »Ich kümmere mich darum.«

»Kann ich irgendwie helfen?«

»Nein.«

Der verärgerte Blick, der sie traf, ließ sie die Stirn runzeln. »Entschuldige. Ich wollte nicht ...«

»Ich will dich da nicht hineinziehen, verstanden? Das ist meine Sache ... oder unsere. Nichts, womit du dich belasten müsstest.«

»Ist ja schon gut, es war ja nur ein freundlich gemeintes Angebot.« Beschwichtigend hob sie die Hände. »Deshalb musst du mir nicht gleich ins Gesicht springen.«

»Ich springe dir nicht ... Scheiße.« In einer ratlosen Geste hob er die Hände und ließ sie wieder fallen. »Tut mir leid. Worüber wolltest du mit mir reden?«

Unentschlossen zog sie die zweifach gefaltete Einladung aus ihrer Gesäßtasche und hielt sie ihm hin.

Er griff stirnrunzelnd danach, entfaltete sie und hob verblüfft den Kopf. »Eine Einladung zur Weihnachtsfeier in Steffens Firma?«

»Du bist auch ein ehemaliger Mitarbeiter und Elena dachte, du würdest vielleicht gerne hingehen. Das wäre auch eine gute Gelegenheit, Steffen und die Kinder zu sehen. Ihr habt euch noch nicht getroffen, oder?«

»Nein.« Die Andeutung eines schiefen Grinsens erschien auf seinen Lippen. »Ich habe mich noch nicht getraut, dem großen Meister entgegenzutreten.«

»Warum nicht?«

Er hob die Schultern, antwortete aber nicht darauf. »Gehst du auch hin?«

»Ja, selbstverständlich.« Sie musterte ihn argwöhnisch. »Warum? Ist das ein Grund für dich mitzukommen oder fernzubleiben?«

»Letzteres.« Er verschränkte die Arme vor der Brust, nahm sie wieder herunter, fuhr sich durchs nasse Haar. »Hör zu, Annalena ... Es tut mir leid. Das am Samstag ... Es geht nicht. Ich dachte, ich könnte wenigstens einmal ... *einmal* ...« Mit bitterer Miene schüttelte er den Kopf und richtete seinen Blick auf die Terrassentür. »Es funktioniert nicht. Es wäre nicht fair dir gegenüber.«

»Was wäre nicht fair?« Ihr Herzschlag hatte sich erneut beschleunigt.

»Dich mit meinen Problemen und meinem kaputten Leben und den Menschen darin zu belasten.«

»Aber das tust du doch gar nicht.«

»Dazu wird es aber kommen, wenn ...« Beharrlich wich er ihrem Blick aus. »Lass es einfach dabei bewenden.«

»Und wenn ich das nicht will?« Sie wusste selbst nicht, woher sie den Mut nahm, aber sie berührte vorsichtig seinen Arm. Auf seine

Reaktion war sie allerdings nicht gefasst. Mit einer blitzschnellen Bewegung griff er nach ihrem Handgelenk, hielt es fest.

»Nicht, Annalena. Du hast keine Ahnung, worauf du dich da einlassen würdest. Ich bin kein Umgang für dich.«

Sie blickte etwas atemlos auf seine Hand, die ihr Handgelenk nicht losließ. »Jetzt klingst du wie mein Vater.«

»Wo er recht hat, hat er recht.«

»So ein verdammter Unsinn.« Sie versuchte, ohne Erfolg, sich loszumachen. »Mit wem ich umgehe und mit wem nicht, ist allein meine Entscheidung.«

»Diese hier nehme ich dir ab. Meine Probleme haben in deinem Leben nichts zu suchen.« Nun ließ er sie doch los.

»Die Entscheidung kannst du mir nicht abnehmen.« Dort, wo er sie festgehalten hatte, kribbelte ihre Haut heiß, sodass sie ganz automatisch mit den Fingerspitzen darüberfuhr.

Seine Augen verengten sich. »Verdammt noch mal, habe ich dir wehgetan?« Schon wollte er erneut nach ihr greifen, doch sie entzog sich ihm. »Nein, hast du nicht. Wirklich nicht«, setzte sie hinzu, als er sie argwöhnisch musterte. »Ich bin keine Porzellanpuppe und auch nicht wehrlos. Wenn du mir wehgetan hättest, hätte ich es dir gesagt.«

»Das will ich hoffen.«

»Ich kann mich meiner Haut wehren, verlass dich darauf.«

Seine Miene verfinsterte sich noch mehr. »Dazu darf es gar nicht erst kommen, so oder so. Begreifst du das nicht?«

Sie schüttelte den Kopf. »Ich begreife im Augenblick nur, dass dich irgendetwas umtreibt, was du mir nicht erzählen willst, dich aber wütend genug macht, dass du deinen Sandsack windelweich prügelst. Und dass du offenbar der Meinung bist, ich wäre nicht Frau genug, es mit dir aufnehmen zu können.« Herausfordernd starrte sie ihn an.

»Nein, Annalena, so war das nicht ...«

»Ich bin kein hilfloses Frauchen, Christian, und auch kein Kind mehr. Wenn du glaubst, ich wüsste nicht, was ich tue, bist du ziemlich schief gewickelt.«

»Bin ich das?«

Diesmal verschränkte sie die Arme vor der Brust und blickte in den dunklen Garten hinaus. »Vielleicht kommst du einfach mal von deinem verdammten Heldenross herunter und tust, was du ursprünglich tun wolltest.«

Sie hörte ihn hart schlucken. »Und das wäre?«

Entschlossen, sich nicht von ihrem rasenden Puls ängstigen zu lassen, blickte sie ihn wieder an. »Einfach mal eine Pause machen beim ewigen Kämpfen.«

»Ich habe es versucht und Punktum die Quittung dafür erhalten.«

Mit leicht gekräuselten Lippen blickte sie zu ihm auf. »Ich weiß zwar nicht, was Mariella für Probleme hat, aber glaubst du wirklich, sie sind die Strafe dafür, dass du mich geküsst hast? Falls du das denken solltest, bist du ganz schön kaputt da oben.« Sie deutete vage auf seinen Kopf.

Er stieß erneut hörbar die Luft aus. »Natürlich ist es keine Strafe ... Aber es hat mich daran erinnert, dass ich mir so etwas nicht erlauben kann.«

»Warum nicht? Was ist so schlimm daran?«

»Mein Leben ist ein verdammter Saustall.«

»Na und?« Sie hob die Schultern. »Vielleicht brauchst du mal jemanden, der dir beim Ausmisten hilft.« Selbst überrascht von ihrer Verwegenheit wandte sie sich ihm voll zu. »Für den Anfang könntest du einfach am Samstag mit zu der Feier kommen. Ein bisschen Abwechslung tut uns allen gut. Senta und Asco können auch dabei sein.«

»Am Wochenende wird Mariella herkommen.« Er schloss kurz die Augen. »Und hier einziehen.«

Entschlossen trat sie ganz nah an ihn heran. »Dann bring sie ebenfalls mit.« Mutig stellte sie sich auf die Zehenspitzen und küsste ihn vorsichtig auf den verkniffenen Mund. Ganz sachte ließ sie ihre Lippen über seinen schweben, bis sie spürte, dass sich seine Haltung veränderte und er den Kuss zögernd erwiderte.

Rasch zog sie sich zurück und lächelte leicht. »Wo das herkommt, gibt es noch mehr. Aber nur, wenn du es dir holen kommst. Am

Samstag. Halb acht. Wir treffen uns draußen vor dem Haus und gehen zu Fuß, damit keiner von uns nüchtern bleiben muss, wenn er es nicht will.« Mit rasendem Herzschlag wandte sie sich ab und eilte in den Flur. »Und sprich bitte mit Senta über was auch immer vorgefallen ist. Sie macht sich wirklich Sorgen und sollte vielleicht erfahren, dass ihre Schwester bald hier einzieht.« Rasch schnappte sie sich ihren Schal und verließ das Haus.

Diese Nacht, so nahm sie an, würde sie endlich einmal wieder durchschlafen können. Oder vielleicht auch nicht.

19. Kapitel

Nachdem die restliche Woche mit viel Arbeit – hauptsächlich Interviews und Absprachen für Lesungen im kommenden Jahr – angefüllt gewesen war, genoss Annalena es, den Samstag ruhig angehen lassen zu dürfen. Christian war immer noch verschlossen, was die Probleme seiner Schwester anging, und gleich am frühen Samstagmorgen nach Bonn gefahren. Er hatte sie allerdings darum gebeten, mit Senta einkaufen zu gehen, weil er seiner kleinen Schwester zu Nikolaus einen Gutschein für neue Kleidung und Schuhe geschenkt hatte. Annalena hatte gelacht, ihn einen Softie mit viel zu großem Herzen genannt und sich am späten Vormittag mit dem Mädchen auf den Weg durch die Bekleidungsläden der Stadt gemacht.

Die meiste Zeit hatten sie sich über Belanglosigkeiten unterhalten oder herumgealbert, aber als sie zwischendurch Tüten ins Auto gebracht und danach einen Zwischenstopp auf dem Weihnachtsmarkt gemacht hatten, um Crêpes zu essen, hatte Senta ihr erzählt, dass Mariella offenbar in Geldnot geraten war, weil ihr Vater aufgehört hatte – leider nicht zum ersten Mal – ihr das vereinbarte monatliche Geld zu überweisen. BAföG und Studienkredit reichten nicht für den Lebensunterhalt und die Ausgaben für das Studium selbst, sodass Mariella nebenher mehrere Jobs angenommen hatte. Nun waren ihr die beiden Mitbewohner ihrer WG auch noch abgesprungen, sodass sie nach einer neuen Bleibe suchte, vergeblich, da sich keine passende WG fand und alles andere zu teuer war. Irgendetwas anderes musste wohl noch vorgefallen sein, was der Grund für Christians unübersehbaren Zorn gewesen war. Was genau dahintersteckte, wusste Senta jedoch auch nicht, deshalb ließen sie das Thema schließlich wieder fallen.

Als sie am späten Nachmittag glücklich und schwerbepackt von ihrem Raubzug durch die Geschäfte zurückkehrten, war Christian noch nicht da. Deshalb kümmerten sie sich als Erstes um den aufgeregten Asco, der zu Hause auf sie gewartet hatte und nun natürlich erst einmal nach draußen musste.

Annalena hatte Senta am Nikolaustag einen schicken Plastikstiefel vor die Haustür gestellt, der eine neue Bürste, einen grobgezinkten Kamm sowie eine bunte Auswahl an Haarspangen und -gummis enthielt. Sie bot Senta an, ihr noch ein paar Tricks zu zeigen, wie mit krausen, widerspenstigen Locken umzugehen war. Sie hatte in dieser Hinsicht ja selbst Erfahrung. Ihr Haar war zwar nicht ganz so kraus wie das von Senta, aber sehr dick und die Locken meist stark verwuschelt, wenn sie sie nicht rigoros bändigte. Die Haare waren ein Erbe ihres Vaters, das sie sich mit Steffen und sogar dessen Kindern teilte. Nicht selten hatte sie über die störrische Haarpracht geflucht, inzwischen aber Mittel und Wege gefunden, sie im Zaum zu halten.

Senta war begeistert und ließ sich geduldig eine Stunde lang frisieren und erklären, mit welchen Pflegemitteln und Tricks sie das Geringel auf ihrem Kopf in den Griff bekommen konnte. Sie übte auch selbst und freute sich wie eine Schneekönigin über die kleinen Shampoo- und Pflegemittelpröbchen, die Annalena ihr ebenfalls geschenkt hatte.

Am Ende fühlte Senta sich sogar richtig hübsch, aber das lag vielleicht auch an der neuen Brille, die sie ebenfalls am Nachmittag abgeholt hatten. Da sie so ungeduldig gewesen war, hatten sie einfach auf gut Glück beim Optiker nachgefragt und prompt Erfolg gehabt. Die Brille war gerade eingetroffen und die Benachrichtigung für Montag vorgesehen gewesen. Annalena hatte das Geld für die Rechnung vorgestreckt, weil sie Senta unbedingt diese Freude machen wollte.

Nun war sie wieder in ihrer eigenen Wohnung, räumte auf, putzte und versuchte sich einzureden, dass sie nicht im Mindesten aufgeregt war, was den bevorstehenden Abend anging.

Von ihrem Fenster aus bemerkte sie gegen sechs Uhr, wie Christians Wagen vorfuhr. Er trug mehrere Koffer und Kisten ins Haus, doch von Mariella war weit und breit nichts zu sehen. Vielleicht holte er sie später ab oder sie hatte ein eigenes Auto. Dagegen sprach zwar, dass sie laut Senta gar kein Geld hatte, aber das würde sich wohl früher oder später klären. Annalena wünschte sich sehr, dass Christian ihr selbst bald davon erzählen würde. Sie wusste von früher, dass es sinnlos war, in ihn zu dringen, wenn er etwas nicht von sich aus preisgeben wollte. Wenn er Probleme hatte, wurde er zum Eigenbrötler. Vielleicht war es an der Zeit, dass sie ihm zeigte, wie viel einfacher es war, Dinge nicht immer nur im Alleingang anzugehen, sondern zusammen mit einem Menschen, der voll hinter ihm stand und für ihn da war.

Annalena hatte viel über ihn und ihre Freundschaft nachgedacht und war nach den jüngsten Ereignissen und den Andeutungen, die er über seine Gefühle ihr gegenüber gemacht hatte, zu dem Schluss gekommen, dass Elena vollkommen recht hatte. Sie musste ihn zum Reden bringen und herausfinden, was wirklich hinter seinem Verhalten steckte. Das Kribbeln in ihrer Magengrube beim Gedanken an den Kuss am Mittwoch half jedoch nicht gerade dabei, ihre Nervosität zu mildern. Sie wusste nicht, woher sie an dem Abend den Mut genommen hatte, so deutlich auf ihn zuzugehen. Immerhin hatte sie sich einmal geschworen, so etwas niemals wieder zu tun. Allerdings war sie weder nackt gewesen noch hatte er sie abgewiesen. Wahrscheinlich war Letzteres der Hauptgrund für die Schmetterlinge in ihrem Bauch. Er hatte sie nicht abgewiesen. Er empfand etwas für sie. Auch wenn es sie noch eine gehörige Portion neuen Mutes kosten würde, wollte sie unbedingt wissen, was in ihm vorging.

***

Zwei Minuten vor halb acht klingelte es bei Annalena Sturm. Sie hatte lange überlegt, was sie anziehen sollte, und sich schließlich für hautenge Jeans mit hohen braunen Stulpenstiefeln, einen altrosafarbenen Wollpullover mit tiefem V-Ausschnitt und ihren schicken blauen

Wintermantel mit hellrosa Schal entschieden. Ihr Haar hatte sie mit Kämmen zurückgenommen, ließ es aber ansonsten offen über den Rücken fallen. Sie zupfte hastig noch einmal an ihrem Schal herum, warf einen letzten Blick in den Flurspiegel und schnappte sich ihre Umhängetasche sowie die beiden Körbe mit den Zutaten für den Punsch.

Sobald Annalena die Haustür geöffnet hatte, drehte Senta sich vor ihr im Kreis. »Schau mal, ist das gut so?«

Annalena musterte das Mädchen eingehend, dann grinste sie schelmisch. »Wer bist du und was hast du mit Senta Bonner angestellt?«

Senta lachte begeistert. Sie hatte ihre Haare mit einer Spange locker hochgesteckt, so wie Annalena es ihr gezeigt hatte, und trug ebenfalls Jeans, Stiefel und ihren neuen braunen Steppmantel. »Die alte Senta gibt's nicht mehr. Ich hab mich ... Wie hast du das vorhin genannt, Christian?« Sie drehte sich zu ihrem Bruder um, der am Fuß der Treppe stehen geblieben war.

»Runderneuert.« Er lächelte, doch seine Augen blieben ernst. Es schien, als habe der Tag ihm einiges abverlangt. Seine Miene wirkte angestrengt.

Annalena hoffte, dass die düstere Wolke, die ihn umgab, sich bald auflösen oder dass er sich ihr wenigstens anvertrauen würde.

»Ihr habt ganz schön zugeschlagen. Das nächste Mal überlege ich es mir zweimal, ob ich zwei Frauen mit meinem Geld zum Einkaufen schicke.«

Erleichtert, dass zumindest ein Hauch seines Humors durchschimmerte, lächelte Annalena ihm warm zu. »Ich fürchte, an so etwas musst du dich gewöhnen. Warte erst einmal ab, bis Senta ein Teenager ist und so richtig loslegt.«

»Genau«, pflichtete Senta ihr bei. »In drei Monaten werde ich dreizehn!«

»Ich kann mich kaum halten vor lauter Vorfreude.« Er grinste schief.

Während Annalena die Haustür abschloss, kam er näher und griff nach den beiden Körben. »Die Weihnachtsfeier der Kilians findet also noch immer im Freien statt.«

»Ja, schon seit Mitte der Siebzigerjahre«, bestätigte Annalena und bückte sich, um Asco zu begrüßen, der um Aufmerksamkeit bettelte. »Ich freue mich schon seit Wochen auf die leckeren Grillsteaks.«

»Schön blutig?«

»Medium.«

Habe ich da etwas von Steaks gehört? Wuff?

»Asco will auch Steak essen.« Senta kicherte und hüpfte so fröhlich wie selten voran.

Aber hallo! Steak ist immer gut. Freudig bellend sauste Asco um das Mädchen herum. *Ich bin ja mal gespannt, wohin wir jetzt überhaupt gehen. Was eine Weihnachtsfeier sein soll, weiß ich nicht so recht. Aber wenn es etwas zu mampfen gibt, bin ich schon mal begeistert davon.*

»Hat heute alles geklappt, wie es sollte?« Vorsichtig musterte Annalena Christian von der Seite.

»Mhm.« Seine Miene verschloss sich für einen Moment, dann zuckte er die Achseln. »Senta hat dir von Mariellas Problemen erzählt.«

»Ja, ein bisschen. Ich hoffe, du bist ihr nicht böse.«

»Warum sollte ich? Ich hatte ihr nicht verboten, darüber zu reden. Es ist nur ... Senta weiß nicht alles.«

»Das habe ich mir schon gedacht.« Sie hielt inne. »Soll ich nicht einen der Körbe nehmen?«

Er schüttelte nur den Kopf. »Mariella geht es nicht gut. Sie hat ... Einiges durchgemacht, und es wird wohl eine Weile dauern, bis sie wieder auf die Beine kommt. Fürs Erste wird sie bei mir wohnen, zumindest für das kommende Semester. Danach ... Warten wir es ab.«

»Wenn ihr Hilfe braucht oder Mariella jemanden zum Reden ...« Sie berührte Christian leicht am Arm. »Ich bin für euch da, das weißt du, oder?«

Er hielt den Blick starr geradeaus gerichtet. »Du musst dich zu nichts verpflichtet fühlen.«

»Das hat mit Verpflichtung nichts zu tun.« Sie ließ sich von seinem etwas ruppigen Ton nicht abschrecken. »Wir sind Freunde, und Freunde sind füreinander da. In guten wie in ... du weißt schon ... schlechten Zeiten.«

Um seine Mundwinkel zuckte es kurz. »Ich schätze, ich muss mich erst daran gewöhnen.«

»Dabei war das schon immer so.« Sie stieß ihn leicht mit dem Ellenbogen an. »Meine Eltern werden heute auch da sein. Nur so als kleine Vorwarnung. Ich weiß nicht, wie sie im Moment drauf sind.«

»Was mich angeht, wird sich an ihrer Attitüde kaum etwas geändert haben.«

»Vermutlich nicht.« Sie seufzte leise. »Aber das ist ihr Problem, nicht meins und erst recht nicht deins.«

»Das ist sehr wohl dein Problem. Sie sind immerhin deine Eltern.«

»Die genau wissen, dass sie sich nicht in mein Leben einzumischen haben.« Energisch schob sie ihr Kinn vor. »Ich bin erwachsen und kann selbst entscheiden, was – oder wer – gut für mich ist und wer nicht.«

Er antwortete nicht darauf, doch der kurze Blick, den er ihr zuwarf, ließ ihr Herz höherschlagen.

***

Je näher sie ihrem Ziel kamen, desto größer wurden Christians Zweifel, ob es richtig war, Annalena auf die Weihnachtsfeier zu begleiten. Die Ereignisse der vergangenen Tage hatten ihn durch ein Wechselbad der Gefühle geschickt, von dem er sich noch lange nicht erholt hatte. Mariella würde im Lauf des morgigen Sonntags von Bonn herüberkommen. Eine Kommilitonin würde ihr einen Van leihen, mit dem Mariella ihre restlichen Habseligkeiten transportieren wollte. Sie hatte darauf bestanden, sich allein darum zu kümmern, damit er auf die Feier gehen konnte.

Er sorgte sich um sie. Als sie ihm am vergangenen Sonntag per E-Mail von ihren Problemen geschrieben hatte, war er mehr als entsetzt gewesen. Sie hatte spät, viel zu spät, um Hilfe gebeten.

Aber das war so typisch für sie. Sie besaß einen steinharten Dickkopf, war stur wie ein Esel und wollte immer alles selbst schaffen.

In diesen Eigenschaften ähnelten sie einander sehr, das musste er zugeben, und diese Einsicht ärgerte ihn ebenso, wie sie ihn alarmierte.

Auf dem kurzen Weg zur Gärtnerei und Baumschule Kilian musterte er Annalena mehrmals heimlich von der Seite und versuchte, sich darüber klarzuwerden, ob er das Risiko eingehen wollte und durfte, sich ihr anzuvertrauen. Es widerstrebte ihm zutiefst, sie in seine Welt hineinzuziehen, nicht weil er ihr nicht vertraute, sondern weil er sie schützen wollte.

Sie lehnte diesen Schutz ab, das hatte sie ihm sehr deutlich gemacht, aber er konnte nicht so leicht aus seiner Haut heraus. Der Gedanke, sie mit dem Haufen Müll, aus dem sein bisheriges Leben bestand, zu konfrontieren, ängstigte ihn, denn wenn sie am Ende nicht damit klarkam, würde es ihm nur umso schwerer fallen, sie wieder gehen zu lassen.

»Da wären wir!« Mit einem strahlenden Lächeln deutete Annalena auf die Zufahrt zum Kundenparkplatz der Gärtnerei, die von bunt geschmückten und mit LEDs beleuchteten Weihnachtsbäumen flankiert wurde. »Hmmm, und man riecht das Grillfeuer schon bis hierher!« Sie lief ein paar Schritte voraus zu Senta und hakte sich bei dem Mädchen unter. »Was meinst du, hilfst du mir beim Zusammenbrauen des Punsches? Du erinnerst dich doch noch, wie er schmecken muss, nicht wahr?«

»Klar, gerne.« Senta drehte sich zu Christian um. »Hilfst du auch mit?«

»Ich glaube, dein Bruder sollte erst mal rüber zum Grill gehen und Steffen begrüßen.« Annalena zwinkerte Christian zu. »Na los, er freut sich schon darauf, dich wiederzusehen. Du hättest ihn längst mal besuchen sollen. Und Vorsicht vor Elena. Sie ...«

»... gleicht einem Wirbelsturm, wenn sie erst mal loslegt.« Er lächelte schwach. »Ich erinnere mich noch an deine Worte.«

»Annalena, da seid ihr ja!«, erklang in diesem Moment ein begeisterter Schrei quer über den Platz.

»Und schon geht es los.« Annalena grinste Christian kurz an und wurde im nächsten Moment bereits fast von dem Wirbelsturm namens Elena umgeweht.

»Wie schön, dass ihr so zeitig hier seid.« Herzlich drückte Elena sie an sich, küsste sie auf beide Wangen und wandte sich dann ihm zu. Ihre graublauen Augen funkelten neugierig. »Du musst Christian Bonner sein. Hm, ganz wie auf den Fotos im Internet und in Steffens Album, nur noch ein bisschen attraktiver. Wie macht ihr Männer das? Je älter ihr werdet, desto besser seht ihr aus, während wir Frauen uns mit Antifaltencreme einschmieren und mit Cellulite herumplagen müssen. Und entschuldige, dass ich dich gleich duze, aber so spricht es sich leichter. Immerhin bist du einer von Steffens ältesten Freunden und damit eindeutig auch meiner.«

»Bin ich das?« Er konnte nicht anders, als ihr Lächeln zu erwidern. Annalena hatte nicht zu viel versprochen, Elena Kilian – oder Elena Gante, wie sie mit Künstlernamen hieß – sprühte geradezu vor Energie und guter Laune.

»Allerdings, das waren seine Worte.«

»Na, mal sehen, ob er das später immer noch von mir denkt«, murmelte er mit einem Seitenblick auf Annalena und Senta, die gerade die Köpfe zusammensteckte. Laut antwortete er: »Es freut mich, dich kennenzulernen, Elena. Du brauchst dir übrigens ganz sicher keine Gedanken über dein Aussehen zu machen. Ich glaube nicht, dass du in absehbarer Zeit Bekanntschaft mit Antifaltencreme zu machen brauchst.«

»Aha, da haben wir also einen Charmeur.« Grinsend hakte Elena sich bei ihm unter. »Dafür kriegst du schon mal gleich ein paar Bonuspunkte. Komm, gehen wir rüber zu Steffen. Dort kannst du auch gleich Finja-Marie kennenlernen. Jan und Sabrina sind irgendwo da hinten.« Sie wies vage in Richtung der Gewächshäuser. »Bei den anderen Kindern und Jugendlichen. Senta, vielleicht hast du Lust, später zu ihnen zu stoßen. Hallo übrigens.« Sie streckte seiner Schwester lächelnd die Hand entgegen.

Senta ergriff sie etwas zögernd und mit einem Anflug ihrer üblichen Schüchternheit. »Hallo. Ja, ähm, später vielleicht. Ich möchte Annalena gerne mit dem Punsch helfen.«

»Dann tu das. Viel Spaß ihr beiden. Ich bin schon sehr gespannt auf das Zeug.« Elena zog Christian mit sich. »Na komm, ich will sehen, was Steffen zu meinem Fang hier sagt.«

Widerstand schien bei dieser Frau zwecklos zu sein, deshalb folgte er ihr ergeben hinüber zum Vorplatz vor dem Eingang des großen Gartencenters. Dort standen der Grill und ein großes Salatbüfett sowie Tische und Bänke für die Gäste und mehrere gasbetriebene Heizpilze. Zwischen den Gewächshäusern war Platz für eine Tanzfläche geschaffen worden, an deren Rand eine Musikanlage aufgebaut war. Im Moment tanzte jedoch noch niemand und die Musik war eher dezent weihnachtlich. Die Gäste hatten sich in kleineren oder größeren Grüppchen zusammengefunden, unterhielten sich und lachten. Asco, der ihm dicht bei Fuß gefolgt war, sauste bellend los, als er Tilly erblickte, die mit ein paar Kindern herumtollte. Einer der Jungen, etwa neun Jahre alt und mit braunem Wuschelkopf, konnte nur Steffens Sohn Jan sein. Die Ähnlichkeit der beiden war nicht zu übersehen. Zuletzt hatte er den Jungen und dessen ältere Schwester Sabrina auf der Beerdigung ihrer Mutter gesehen, das war jetzt schon gut sechs Jahre her.

»Das gibt's ja nicht. Du bist tatsächlich hier.« Mit einem breiten Lächeln kam Steffen hinter dem riesigen Grill hervor, an dem er eben noch hantiert hatte. Augenblicklich zog er Christian zu sich heran und klopfte ihm herzlich auf den Rücken. »Ich dachte schon, du wolltest dich weiterhin rarmachen. Wie geht es dir?«

»Nicht so gut wie dir, schätze ich.« Christian erwiderte die Umarmung und fragte sich mit einem Mal, warum er so lange gezögert hatte, seinen alten Freund zu besuchen. »Du scheinst ja das große Los gezogen zu haben.«

Mit einem verliebten Lächeln in Elenas Richtung nickte Steffen. »Das kannst du laut sagen. Besser kann es kaum noch werden. Elena, wenn du Finja-Marie suchst, sie ist bei Helene. Die Kleine brauchte eine neue Windel und ich konnte hier nicht weg.«

»Okay, ich seh' mal nach ihr. Bin gleich zurück.« Schon wirbelte Elena davon.

»Du musst mir unbedingt erzählen, wie es dir in den vergangenen Jahren ergangen ist.« Steffen wandte sich wieder dem Grill zu und wendete die darauf brutzelnden Steaks und Würstchen. »Mehr als die paar Ansichtskarten, die du hin und wieder geschickt hast, hätte es schon ruhig sein dürfen.«

»Kann sein. Ich bin lausig in so was.« Verhalten räusperte sich Christian. »Aber es ist gut, wieder hier zu sein.«

»Das will ich meinen.« Langsam drehte Steffen sich wieder zu ihm um. »Du und meine Schwester ... Ihr wohnt also jetzt nebeneinander.«

»Ja.« Er ging in Habachtstellung.

»Und ihr unternehmt hin und wieder etwas zusammen.«

Ein leichtes Unwohlsein beschlich ihn unter Steffens aufmerksamem Blick. »Ab und zu.«

»Gut.« Beiläufig deutete Steffen auf den Grill. »Steak oder Bratwurst?«

»Äh ...« Dass Steffen ihn so sang- und klanglos vom Haken lassen würde, verblüffte ihn. »Ein Steak, wenn du mich so fragst.«

»Schön blutig?«

»Medium.«

Steffen lachte. »Mist, damit hast du mir die Pointe verdorben. Ich wollte nämlich hinzufügen, dass du genauso blutig wie dein Steak endest, wenn du Annalena wehtun solltest.«

Erleichtert, dass er Steffen doch nicht ganz falsch eingeschätzt hatte, nahm er von ihm den Teller mit dem Rindersteak entgegen. »Ich werde es mir merken.«

»Das solltest du. Und nun komm, setzen wir uns kurz.« Er winkte einem blonden jungen Mann Mitte Zwanzig zu. »Jens, kümmere dich mal um den Grill.«

Nachdem sie sich beide an dem kleinen Pavillon neben dem Büffet etwas zu trinken geholt und Christian sich außerdem noch verschiedene Salate auf seinen Teller gehäuft hatte, setzten sie sich an einen Tisch.

»Alkoholfreies Bier?« Interessiert betrachtete Steffen die Getränkeflasche neben Christians Teller. »Musst du noch fahren?«

»Nein, aber einen klaren Kopf behalten.« Als er Annalenas und Sentas Gelächter vernahm, wanderte sein Blick ganz automatisch zu den beiden hinüber. Sie hatten einen Tisch neben dem Getränkepavillon aufgebaut, auf dem ein großer Topf auf einer einzelnen Kochplatte stand, und waren bereits eifrig dabei, die Zutaten für den Punsch zusammenzurühren. Ohne dass er es zunächst bemerkte, schlich sich ein Lächeln auf seine Lippen.

»Aha. Soso.« Steffens leises Hüsteln erinnerte Christian daran, wem er gegenübersaß. Rasch konzentrierte er sich auf das Essen auf seinem Teller. »Sehr gut, das Steak. Selbst mariniert?«

»Ein Rezept meines Schwiegervaters.« Steffen lachte. »Mein lieber Herr Gesangsverein. Dass ich das noch erleben darf.«

Irritiert hob Christian den Kopf. »Was meinst du?«

»Dich mit diesem Blick zu sehen. Nein, leugne es nicht. Ich bin weder blind noch dumm.«

»Steffen ...« Er wand sich. »Es ist nichts zwischen uns passiert ...«

»Und woran liegt das?«

Mit dieser Frage hatte Christian nicht gerechnet. »Es ist ... kompliziert.«

»Das ist es immer. Davon kann ich ein Lied mit vielen Strophen singen.«

»Und du wolltest nie, dass ich ...«

»Das war damals und aus guten Gründen. Ich will hoffen, dass du inzwischen erwachsen geworden bist.« Steffen musterte ihn ernst und sehr aufmerksam. »Tu ihr nicht weh, ganz gleich, was du vorhast.«

»Ist das Christian Bonner?« Eine überraschte Frauenstimme unterbrach ihr Gespräch. Helene Marbach, Steffens Schwiegermutter, kam mit einem fröhlichen Lächeln an den Tisch und setzte sich neben Christian. »Tatsächlich, er ist es, wie er leibt und lebt. Meine Güte, ist das lange her. Wie viel ... dreizehn, vierzehn Jahre? Du hast dich ja ganz schön gemacht, mein Lieber. Dozent an der Sportakademie und Sportlehrer an der Gesamtschule, wie mir die Buschtrommeln anvertraut haben. Erzähl mal, wie es ausgerechnet dazu gekommen ist, wo du doch früher so eine Abneigung gegen jegliche Autorität hattest!«

Ehe Christian sich versah, war er in ein angeregtes Gespräch mit Helene verwickelt, in das kurz darauf auch ihr Mann Berthold einfiel. Nach einer Weile gesellten sich Annalena und Senta dazu sowie Jan und Sabrina, die die Hunde im Schlepptau hatten. Es ging laut und lustig her, sodass Christian sich ganz allmählich und zu seiner größten Überraschung immer mehr entspannte und tatsächlich begann, sich wohlzufühlen.

***

Gegen neun Uhr wechselte die Musik von verspielt-weihnachtlich zu etwas flotteren Tönen, sodass die ersten Paare sich auf der vom Schnee befreiten Fläche zwischen den Gewächshäusern zum Tanzen einfanden. Auch Elena und Steffen waren mit von der Partie und legten zu Christians grenzenloser Überraschung einen Mambo aufs Parkett.

Als Annalena seine verblüffte Miene sah, stieß sie ihn grinsend an. »Das hättest du meinem Bruder nicht zugetraut, was? Inzwischen hat sich das zu einer Tradition entwickelt. Sie tanzen viel miteinander und seit sie sich damals, nun ja, nähergekommen sind – übrigens unter anderem auch hier auf der Weihnachtsfeier – eröffnen sie den abendlichen Tanz immer mit einem Mambo. Ganz schön heiß, was?« Sie erhob sich. »Ich glaube, ich geselle mich auch mal zu ihnen. Du tanzt ja leider nicht, oder?« Ohne auf seine Antwort zu warten, war sie schon in Richtung Tanzfläche verschwunden.

Mit etwas gemischten Gefühlen sah Christian ihr zu, wie sie zu einer Gruppe jüngerer Leute trat, offenbar Angestellte der Gärtnerei, und mit ihnen scherzte. Kurz darauf ließ sie sich von einem schlaksigen jungen Mann zu einem Foxtrott auffordern.

»Tja, da warst du wohl nicht schnell genug.« Helene lächelte ihm mit einem wissenden Lächeln zu. »Aber der Abend ist ja noch jung.«

»Christian?« Hinter ihm tauchte Senta auf, die für eine Weile mit Asco verschwunden gewesen war. »Darf ich mit Liliane zusammen den Punschstand übernehmen? Oder bleiben wir nicht mehr so lange?« Sie lehnte sich an ihn. »Liliane ist aus meiner Klasse.« Mit einer Hand wies sie in Richtung eines brünetten Mädchens in ihrem Alter, das am Punschkessel stand und eifrig darin rührte. »Ich wusste nicht, dass sie auch hier ist, aber ihre Mama arbeitet in der Gärtnerei.«

»Das ist eine sehr gute Idee«, befand Helene, bevor Christian etwas sagen konnte. »Passt aber auf, dass ihr euch nicht verbrüht.«

»Wir sind ganz vorsichtig«, versprach Senta.

Christian hob die Schultern. »Von mir aus. Wenn Helene nichts dagegen hat.«

»Keineswegs. Liliane ist übrigens ein sehr nettes Mädchen.« Warm lächelte Helene dem Mädchen zu. »Ihr werdet euch gut verstehen.«

»Wo hast du denn Asco gelassen?«, wollte Christian wissen, bevor seine Schwester sich abwenden konnte.

»Der ist da hinten bei Tilly. Jan und sein Freund Carlos spielen mit den beiden.« Senta wies hinüber zum Parkplatz, wo die beiden Jungen mit den Hunden herumtobten. »Ich geh dann mal. Hast du gesehen, Christian? Annalena tanzt.«

»Ja, ich weiß.«

»Könntest du doch auch mal. Mit ihr tanzen, meine ich.« Ohne auf seine Antwort zu warten, stob Senta davon.

»Wo die Kleine recht hat, hat sie recht.« Helene erhob sich. »Entschuldige mich bitte, ich muss mal wieder eine Runde drehen und mich vergewissern, dass überall alles im Lot ist. Bis später. Amüsier dich noch gut.«

Überraschenderweise tat er das wirklich. Er begab sich nicht mehr allzu oft in Gesellschaft, hauptsächlich weil er dergleichen in seiner Jugend übertrieben hatte. Dass er allerdings nicht tanzte, so wie Annalena behauptet hatte, stimmte nicht ganz. Er tat es nicht oft, sondern nur, wenn ihm danach war. Vielleicht, so überlegte er, während er sich zögernd erhob, könnte heute einer dieser seltenen Tage sein.

***

»Der Kandidat hat einhundert Punkte«, raunte Elena Annalena ins Ohr, als diese sich nach einem flotten Tanz mit einem der Auszubildenden aus der Gärtnerei an den Rand der Tanzfläche zurückgezogen hatte, um den anderen Paaren zuzusehen.

»Was meinst du?« Überrascht drehte sie sich zu ihrer Schwägerin um, die ihr mit funkelnden Augen einen Arm um die Taille legte.

»Nicht was, sondern wen.« Elena lächelte ihr Eintausend-Watt-Lächeln. »Dein Christian.«

»Er ist nicht mein Christian.« Angestrengt vermied Annalena es, sich nach ihm umzusehen.

»Er sitzt immer noch drüben am Tisch«, informierte Elena sie prompt, so als könne sie Gedanken lesen. »Halt, nein, er ist aufgestanden und sieht aus, als wüsste er noch nicht so genau, wohin mit sich. Er hat dich, seit ihr hier angekommen seid, nicht einmal aus den Augen gelassen. Ich finde ihn übrigens sehr sympathisch, obwohl ... nein, gerade weil er eine leicht gefährliche Aura um sich verbreitet. So ein bisschen Bad Boy, aber auf charmante Weise. Gefährlich, aber ganz bestimmt nicht für dich.« In Elenas Augen glitzerte es vergnügt. »Oder vielleicht nur für dich.« Sie küsste Annalena auf die Wange. »Mach was draus.«

Schon wirbelte sie weiter, zurück zu Steffen, der gerade seine kleine Tochter von Berthold übernommen hatte und in den Armen wiegte. Normalerweise hätte Finja-Marie natürlich längst ins Bett gehört, aber das Baby schien heute auch mitfeiern zu wollen. Es krähte vergnügt und hellwach vor sich hin und schien die Aufmerksamkeit der Gäste und seiner Eltern in vollen Zügen zu genießen.

»Mich einfach so stehen- oder besser am Tisch sitzenzulassen, ist nicht gerade die feine englische Art.«

Annalena zuckte zusammen, als sie Christians Stimme dicht hinter sich vernahm. »Tut mir leid, aber ich freue mich jedes Jahr auf die Feier, und ich tanze nun mal gerne.« Sie sah zu ihm auf, als er neben sie trat. »Im Gegensatz zu dir.«

»Wer behauptet das?«

»Du selbst zu unzähligen Anlässen.«

Dass er sich früher geweigert hatte, mit ihr zu tanzen, hatte Gründe, über die er hier und jetzt nicht nachdenken wollte, weil er sich nicht sicher war, ob er damals einen Fehler gemacht hatte oder dabei war, gerade jetzt im Augenblick einen solchen zu begehen. Er fühlte sich jedoch zu wohl und beschwingt, um sich von seinem einmal gefassten Beschluss abbringen zu lassen. »Vielleicht habe ich dir«, er zögerte, entschloss sich dann aber, ehrlich zu sein, »ein etwas falsches Bild von mir vermittelt.«

»Ach ja?« Überrascht runzelte sie die Stirn und stieß im nächsten Moment einen überraschten Laut aus, als er sie an der Hand auf die Tanzfläche zog. Gerade begann Petula Clarks *Downtown*, und ehe sie sich versah, folgte sie bereits seinem Schritt.

»Ich wusste nicht, dass du Cha-Cha-Cha tanzen kannst.« Etwas atemlos hielt sie sich an seiner Schulter fest. Auch einige andere Paare waren ihrem Beispiel gefolgt, während andere mitsangen oder -klatschten. Als sie an Elena und Steffen vorbei tanzte, winkte Elena ihr unauffällig zu, zwinkerte und hob den rechten Daumen.

Etwas verlegen blickte sie in eine andere Richtung.

Christian lachte leise. »Tanzkurs während meines Studiums. Ich habe immer nebenher als Trainer gearbeitet und wurde entsprechend oft auch zu offiziellen Anlässen eingeladen. Da war es praktisch unerlässlich, ein paar gesellschaftlich anerkannte Umgangsformen zu erlernen. Dabei habe ich herausgefunden, dass es gar nicht so übel ist. Zumindest nicht mit der richtigen Tanzpartnerin.«

Schmunzelnd ließ sie sich von ihm im Kreis herumdrehen. »Gibt es noch mehr solche versteckten Eigenschaften an dir zu entdecken?«

»Möglich.« Er grinste sie schalkhaft an. »Ich spreche etwas Russisch.«

»Tatsächlich.«

»Kann Schlittschuhlaufen.«

»Das wusste ich schon. Immerhin waren wir früher gelegentlich zusammen auf der Schlittschuhbahn.«

»Stimmt. Sollten wir vielleicht mal wieder tun.« Er hielt inne. »Und ich bin laut meinem Professor an der Uni mit einer gewissen erzählerischen Gabe gesegnet. Keine Ahnung, ob das wirklich stimmt, denn das Längste, was ich je geschrieben habe, war meine Diplomarbeit, und das war ganz schön anstrengend. Aber sie hat ihm wohl ausgesprochen gut gefallen. Bestnote.«

Sie wollte schon antworten, dass die Begabung vielleicht in der Familie lag, doch damit hätte sie ihn wohl an seine Mutter erinnert, und das hätte die angenehme Stimmung bestimmt zerstört. »Ist das alles?«

»Reicht das noch nicht? Dann muss ich ein bisschen überlegen.«

Als das nächste Lied begann, wechselten sie zum Foxtrott, ohne aus dem Takt zu geraten. »Zählt auch, dass ich seit heute Weihnachtsfeiern nicht mehr ganz so entsetzlich finde?«

»Das liegt bestimmt am leckeren Essen.«

»Eher an der angenehmen Gesellschaft«, gab er zu ihrer Überraschung zu. »Ich hatte vergessen, wie nett und unkompliziert Steffens Schwiegereltern sind.«

»Stimmt. Die beiden sind einsame Spitze. Sie haben damals Elena sofort ins Herz geschlossen und fungieren jetzt als so etwas wie ein zusätzliches Elternpaar für die beiden.« Sie wurde etwas ernster. »Ich wünschte, meine Eltern hätten nur einen Bruchteil von Helenes und Bertholds offener Freundlichkeit.« Damit das

Gespräch nicht doch noch in eine Richtung glitt, die sie vermeiden wollte, wechselte sie rasch das Thema. »Senta scheint eine Freundin gefunden zu haben.«

»Das Mädchen mit den langen braunen Haaren. Sie geht wohl in Sentas Klasse.«

»Liliane. Ihre Mutter arbeitet schon seit vielen Jahren in der Gärtnerei und ihr Vater – der mit dem langen Zopf drüben im Getränkepavillon – ist Anwalt.«

»Ach.«

»Eine sehr nette Familie. Sie haben auch noch einen brasilianischen Jungen adoptiert. Er heißt Carlos und ist eng mit Jan befreundet.«

Da Christian nicht weiter darauf einging, schwiegen sie, bis das Lied endete. Als Nächstes erklang *What a wonderful world* von Louis Armstrong, sodass sie gezwungen waren, wesentlich langsamer zu tanzen. Annalenas Puls beschleunigte sich, als Christian sie wie selbstverständlich näher zu sich heranzog. Auch Steffen und Elena tanzten nun wieder, und da sie nicht wusste, was sie sonst sagen sollte, wies sie mit dem Kinn auf die beiden. »Das ist eines von Elenas Lieblingsliedern. Sie tanzen jedes Jahr dazu, genau wie den Mambo.«

»Sie scheinen sehr glücklich miteinander zu sein.« Christians Stimme war nur noch ein Raunen dicht an ihrem Ohr, das ihr eine heftige Gänsehaut verursachte.

»Das sind sie.« Sie lächelte überrascht, als sein Mund ihr Ohr streifte. In ihrer Magengrube begann es zu kribbeln. »Was tust du da?«

»Ich versuche, deinen Rat zu beherzigen.«

»Was für einen Rat?« Sie hielt beinahe die Luft an, weil sein warmer Atem ihr heiße Schauer über den Rücken jagte.

»Nicht zu kämpfen. Nur für einen Moment.«

Ihr Herz begann heftig zu pochen. »Das war ursprünglich dein Vorschlag, nicht meiner.«

»Macht mich das jetzt zu einem klugen Mann oder zu einem elenden Dummkopf?«

Als sich ihre Blicke trafen, durchzuckte sie ein heftiger Stich. »Vielleicht beides?«

In diesem Moment wechselte die Musik erneut, und als sie das Musikstück erkannte, seufzte sie leise. »Das ist eins meiner absoluten Lieblingslieder.«

Er hielt ihren Blick noch immer gefangen. »*Stay* von Bonnie Bianco und wie heißt er noch mal?«

»Pierre Cosso. Ich weiß schon, was du sagen willst. Aber ich hatte dich gewarnt. Ich bin hoffnungslos romantisch.«

»Es gibt Schlimmeres.« Sein Gesicht näherte sich langsam dem ihren und sie bewegten sich nur noch sehr, sehr langsam. »Ich mag die Lyrics.« Seine Stimme senkte sich erneut zu einem Raunen. »*Stay by my side ...*«

Ihr Herz zuckte nervös, als sie leicht gepresst ergänzte: »*You're the air, that I breathe tonight ...*«

Ihre Blicke verschmolzen erneut miteinander und für einen Moment schienen nur noch sie beide zu existieren. Als er mit seiner Stirn leicht die ihre berührte, schlang sie ihre Arme um seinen Hals.

***

»Hach, wie schön.« Elena stieß ein Seufzen aus, das aus tiefstem Herzen kam. »Schau mal.« Sie tanzte sehr eng und langsam mit Steffen und drehte sich nun so, dass er in dieselbe Richtung blicken konnte wie sie.

Er räusperte sich leise. »Verdammt. Das ist eine ganze Menge mehr, als ich vermutet hatte.«

Wieder seufzte Elena gerührt. »Wunderbar, nicht wahr?«

»Dass er meine Schwester beinahe mit Blicken auffrisst?«

Sie lachte leise. »Sie ihn aber schon auch.«

Er schwieg einen Moment. »Ich frage mich, woher das so plötzlich kommt.«

»Plötzlich?« Langsam hob sie den Kopf, um ihm in die Augen blicken zu können. »Mein Lieber, selbst wenn Annalena nicht kürzlich gestanden hätte, dass sie schon als Teenager in Christian verliebt gewesen ist, hätte ich auf den ersten Blick erkannt, dass das, was zwischen den beiden ist, nicht erst vor Kurzem angefangen hat.«

Steffen brummelte etwas Unverständliches. »Ich habe ihm damals gedroht, ihm den Garaus zu machen, sollte er auch nur daran denken, sie anzurühren.«

»Daran hat er sich gehalten.«

Irritiert runzelte er die Stirn. »Woher willst du das so genau wissen? Eben hast du noch gesagt, Annalena sei bereits damals ...«

»In ihn verliebt gewesen, ja. Aber sie hat mir auch noch mehr erzählt. Dinge, die für die Ohren eines älteren Bruders nicht geeignet sind. Ich kann dir nur so viel sagen, dass er sie nie angefasst hat.«

»Sein Glück!«

»Da bin ich mir nicht so sicher.« Elena küsste ihn zärtlich auf den Mundwinkel. »Vielleicht war damals nicht der richtige Zeitpunkt, das kann man im Nachhinein nicht mehr beurteilen. Aber jetzt ... Sieh sie dir an!«

»So genau will ich da gar nicht mehr hinschauen.« Seine Stimme klang ein wenig verzweifelt, sodass sie lachen musste. »Sie küssen sich doch nicht mal. Schade eigentlich. Ich bin überzeugt, dass er das ziemlich gut kann.«

»Elena!« Entsetzt starrte er sie an, was sie noch mehr zum Lachen reizte.

»Gönn deiner Schwester doch das Glück.«

»Ich habe nicht gesagt, dass ich es ihr nicht gönne. Ich muss nur nicht live und in Farbe dabei zusehen. Jedenfalls nicht beim ... Du weißt schon.«

»Küssen?«

»Die beiden sehen nicht so aus, als ob es lange dabei bleiben würde.«

Sie lächelte leicht. »Du würdest ihm also jetzt nicht mehr den Hals umdrehen wollen?«

Diesmal war es an Steffen zu seufzen. »Ich habe ihm bereits so etwas wie grünes Licht gegeben. Mir war nur nicht klar, wie weit die Sache schon vorangeschritten ist.«

»Grünes Licht?« Fragend runzelte sie die Stirn.

Er zuckte mit den Achseln. »Ich habe ihm gesagt, er soll ihr nicht wehtun, sonst bekommt er es mit mir zu tun.«

»Mit uns allen.« Ihr Lächeln vertiefte sich. »Ich glaube, das ist ihm bewusst.«

»Verdammt!«

»Was ist denn?« Alarmiert sah sie sich um, als Steffen erstarrte und sein Blick sich besorgt verfinsterte. Als sie den Grund für seine Reaktion erkannte, hätte sie beinahe ebenfalls geflucht. »Deine Eltern sind angekommen. Ziemlich spät.«

»Nicht spät genug.« Steffen fasste sich an die Stirn. »Das gibt Ärger.«

Elena beobachtete, wie ihre Schwiegereltern einige Bekannte begrüßten und dann in ihre Richtung strebten. Auf dem Weg fielen ihnen natürlich auch Annalena und Christian auf, die nach wie vor ineinander versunken tanzten. »O nein. Sie werden doch nicht?«

Steffen fluchte erneut. »Selbstverständlich werden sie.«

20. Kapitel

Das scheint ja wirklich zu funktionieren. Elf-Siebzehn hat mir, als er mich neulich abends noch mal im Garten besucht hat, erklärt, dass ich meine Menschen – jawohl, denn Christian und Annalena sind meine Menschen, meine Lieblingsmenschen! – möglichst immer nah beieinander halten muss. Fast wie eine Herde, die man hütet. Mein Rudel eben. Das darf auf keinen Fall auseinandergerissen werden. Er hat mir auch gesagt, dass es umso besser ist, je näher sich die beiden kommen, und dass ich dafür sorgen soll, dass sie möglichst oft miteinander allein sind. Na ja, allein sind wir hier draußen ja wohl nicht, aber alles andere klappt wunderbar, obwohl ich noch nicht mal eingreifen musste. Noch viel näher als die beiden kann man sich nämlich fast schon nicht mehr kommen. Da passt keine Hundepfote mehr dazwischen. Glücklich sehen sie auch aus, die beiden. Hoffentlich bleibt das jetzt so, dann wäre meine neue Mission ja viel einfacher erfüllt, als ich dachte.

Elf-Siebzehn hat angedeutet, dass es schwierig werden könnte, weil die Menschen so fürchterlich kompliziert sind. Aber das hier sieht mir doch nach einem ganz einfachen Fall aus. Wiff, ist das schön!

Ich glaube, ich werde es mir ab sofort einfach zur ultimativen Mission machen, dafür zu sorgen, dass meine beiden Lieblingsmenschen immer und immer glücklich sind. Dann bin ich es nämlich auch. Das ist doch mal eine Glücksmission, nicht wahr?

Oder ... Nee, Moment mal, was ist das jetzt? Da kommen Annalenas Eltern. Oh, oh, ich glaube, ich gehe mal näher heran. Wenn die zwei auftauchen, wird es immer unruhig. Keine Ahnung, warum das so ist. Sie sind eigentlich ganz nett, aber manchmal auch wieder nicht. Hoffentlich machen sie nicht wieder Stunk, denn das kommt leider manchmal vor. Das würde mir meine Glücksmission glatt verderben, und das geht ja mal ganz und gar nicht!

»Hey, Asco, wo willst du denn hin?«, rief Jan dem Border Collie verwundert hinterher, als dieser sich mit aufgestellten Ohren in Richtung Tanzfläche davonmachte.

Entschuldige, Jan, aber ich kann jetzt nicht weiterspielen. Tilly ist ja noch bei euch. Ich habe jetzt zu tun.

»Vielleicht hat er Hunger bekommen«, vermutete Carlos.

»Nein, er hat doch vorhin eine Bratwurst gekriegt.« Jan schüttelte den Kopf. »Aber Oma und Opa sind gekommen. Wahrscheinlich will er sie begrüßen.«

***

Warme Glückswellen breiteten sich in Annalena aus, strahlten von ihrem Bauch bis hinauf in den Brustkorb. Ihr Herzschlag hatte sich gerade so viel beschleunigt, dass sie noch ruhig atmen konnte, und hunderte kleine, angenehme Stiche in ihrer Magengrube gaben ihr das Gefühl, leicht unter Strom zu stehen. Ihre Blicke hatten sich ineinander verhakt. Sie tanzten – oder standen sie einfach nur und wiegten sich leicht im Takt? – dicht an dicht, Stirn an Stirn.

Christians Augen schienen ganz allmählich immer dunkler, sein Blick intensiver, verlangender zu werden. Ein klein wenig bedrohlich ebenfalls, denn es lag ein unterschwelliger Ausdruck in seinen Augen, unerbittlich und schonungslos, der sie innerlich aufwühlte und verunsicherte. Sie hätte so gerne gewusst, was in ihm vorging, doch ihr fehlten die Worte, um ihn danach zu fragen. Es war, als habe sich ein Bann über sie gelegt, gleichzeitig süß und schmerzlich, den sie sich nun beide nicht zu durchbrechen trauten.

Der innige Moment endete jäh, als Christian sich abrupt aufrichtete und im gleichen Augenblick die Stimme ihrer Mutter hinter ihr erklang.

»Annalena.« Hiltrud sagte nicht mehr, doch die Art und Weise, wie sie den Namen aussprach, reichte vollkommen aus, um ihre Empörung deutlich zu machen.

Annalenas Magen sank um mindestens einen Meter ab, vor Enttäuschung und noch mehr, weil Christian seinen festen Griff um ihre Mitte reflexartig gelockert hatte, um einen Schritt zurückzutreten. Entschlossen, ihn am weiteren Rückzug zu hindern, schlang sie ihrerseits einen Arm um seine Hüfte und drehte sich sehr langsam zu ihrer Mutter um. »Guten Abend, Mutti. Vati.« Sie versuchte sich an einem Lächeln. »Ihr seid aber spät. Ich hoffe, ihr kriegt noch etwas vom Grill.«

»Wir hatten heute unseren monatlichen Kegelabend, das müsstest du doch wissen. Den können wir nicht einfach so auslassen«, erklärte ihr Vater, während er missbilligende Blicke auf Christian abschoss. »Pflichten sind Pflichten.«

»Natürlich.« Sie behielt ihr Lächeln tapfer bei und zog Christian sanft mit sich zum Rand der Tanzfläche, weil inzwischen wieder etwas rockigere Klänge aus den Boxen tönten und sie den Tänzern nicht im Weg stehen wollte. Ihre Eltern folgten ihnen prompt, und insbesondere ihre Mutter behielt ihren entrüsteten Gesichtsausdruck bei. »Ich hoffe, das Kegeln hat euch wie immer Spaß gemacht. Habt ihr daran gedacht, Elvira von mir zu grüßen? Sie hatte mir ja neulich ...«

»Es reicht jetzt.« Hiltrud stemmte nun sichtlich erzürnt die Hände in die Hüften. »Lass meine Tochter sofort los, Christian Bonner, und mach, dass du von hier verschwindest.«

»Mutti!« Entgeistert starrte Annalena ihre Mutter an. »Was ist denn in dich gefahren?« Obwohl Christian sich angespannt hatte, blieb sie weiterhin dicht an seiner Seite. »Du kannst nicht einfach hier auftauchen und ...«

»Und wie ich das kann.« Ein strenger mütterlicher Blick traf sie. »Du wirst dich mit diesem Kerl da nicht mehr weiter abgeben, hast du verstanden? Das hast du nun wirklich nicht nötig.«

»Lass mal, Frau, das können wir auch ein andermal bereden«, versuchte Emil, sie zu beschwichtigen, doch sie schoss nun einen wütenden Blick auf ihn ab.

»O nein, das klären wir gleich hier an Ort und Stelle. Ich schaue mir doch nicht seelenruhig mit an, wie dieser ... dieser«, sie stieß ein regelrechtes Fauchen aus, »Mistkerl meine Tochter missbraucht und unglücklich macht! Wahrscheinlich hat er mitbekommen, dass sie zu Ruhm und Geld gelangt ist, und rechnet sich jetzt Chancen darauf aus, aber so nicht. So nicht!« Sie stach mit ihrem Finger auf Christians Brust ein. »Lass deine dreckigen Finger von ihr, habe ich gesagt.«

Annalena spürte, wie sich Christians Körper immer mehr versteifte. Seine Gesichtszüge verhärteten sich, der eben noch dunkle Blick wurde gefährlich eisig. Obwohl sie es zu verhindern versuchte, schob er sie ein wenig von sich.

»Besser so?« Seine Stimme war beherrscht, neutral und dennoch schnitt sie ihr tief ins Herz.

»Nein, besser ist es erst, wenn du von hier verschwunden bist.« Ihre Mutter schob in grimmiger Entschlossenheit das Kinn vor. »Und wag es ja nie wieder, meiner Tochter zu nahe zu kommen.«

»Mutter? Was ist hier los?« Steffen und Elena waren nähergekommen, ebenso Helene und Berthold, die sich aber im Hintergrund hielten.

»Das kann ich dir genau sagen, Junge.« Hiltrud wandte sich erbost ihrem Sohn zu. »Wie kannst du es zulassen, dass dieser Kerl sich an deine Schwester heranmacht?«

Ungehalten verschränkte Steffen die Arme vor der Brust. »Das ist allein Annalenas Angelegenheit, würde ich sagen. Und Christians. Wenn die beiden ...«

»Nichts, die beiden!«, unterbrach Hiltrud ihn und fuhr wieder zu Annalena herum. »Weißt du überhaupt, was er für einer ist? Nein, bestimmt nicht, denn dann würdest du dich nicht in aller Öffentlichkeit von ihm antatschen lassen. Oder vielmehr überhaupt nicht.«

Verständnislos starrte Annalena ihre Mutter an. »Was ist denn bloß los? Ich weiß gar nicht, weshalb du dich so aufregst.«

»Er belügt und betrügt dich doch nur! Merkst du das nicht? Nein, wie auch, darin ist er ja wohl richtig gut, was?« Hiltruds Augen sprühten geradezu vor Zorn. »Aber er kann sich nicht herausreden, denn ich habe ihn mit eigenen Augen gesehen. In flagranti ertappt, sagt man dazu.«

Auf Christians Stirn erschien eine steile Falte. »Wovon reden Sie da, Frau Kilian?«

»Von dem Herzchen, mit dem du dich heimlich triffst.« Triumphierend fixierte Hiltrud ihn. »Hast wohl gedacht, das bemerkt keiner, weil ihr euch heimlich in Köln verabredet, aber ich war zufällig da, weil ich eine ehemalige Kollegin zum Kaffee getroffen habe, und da habe ich es mit eigenen Augen gesehen.« Herausfordernd trat sie auf ihn zu. »Groß, schlank, so kurzes Röckchen, dass es geradezu Flittchen schreit, und das bei dem Wetter, lange rötliche Locken. Na, klingelt es?« Sie wandte sich an Annalena. »Er hat in aller Öffentlichkeit mit ihr rumgeschmust. Tut mir leid, dass du es so erfahren musst, aber ich halte es für meine Pflicht, dich darüber in Kenntnis zu setzen. Ich gehe davon aus, dass du diese«, sie machte eine wedelnde Handbewegung, »Farce nun umgehend beendest.«

Annalena schüttelte verblüfft und etwas benommen den Kopf, blickte zu Christian und erschrak über seine harte, verbitterte Miene und den beinahe schwarzen Blick. Jenen Blick, der sie schon einmal so erschreckt hatte.

Hiltrud schien seinen Gesichtsausdruck bereits interpretiert zu haben. »Sieht so vielleicht die Unschuld vom Lande aus? Nein, weil er genau weiß, dass ich ihn erwischt habe und er sich da nicht herauswinden kann, der Mistkerl.«

»Frau, hör mal, das ist hier wirklich nicht...« Emil verstummte, als Hiltrud einfach weiterredete.

»Neunzehn oder zwanzig war die Kleine, allerhöchstens. Das ist an sich schon skandalös. Das müsste man mal in der Schule berichten, dass er sich an so junge Dinger heranmacht.«

»Zweiundzwanzig.« Christians Stimme war nach wie vor beherrscht, nun klang jedoch eine Schärfe hindurch, die Hiltrud einen Schritt zurückweichen ließ. Jetzt schien auch sie seine gefährlich finstere Aura bemerkt zu haben. »Sie ist zweiundzwanzig. Und wenn ich Sie noch einmal das Wort Flittchen sagen höre oder mir zu Ohren kommen sollte, dass Sie auch nur ein übles Wort über sie in Umlauf bringen, Frau Kilian, dann bekommen Sie es mit mir zu tun, haben Sie verstanden?« Abrupt wandte er sich ab, ging hinüber zum Punschstand und sagte etwas zu Senta, woraufhin sie sehr enttäuscht wirkte, ihm jedoch bereitwillig folgte.

Wau? Moment mal! Was ist denn jetzt los? Hab ich es doch geahnt. Herrchen, warte! Bellend und winselnd rannte Asco hinter Christian her, blieb stehen, drehte sich zu Annalena um. *Was denn, bleibt sie etwa hier? Das geht doch nicht. Ich muss euch doch zusammenhalten.*

»Asco, hierher!« Christians Ruf war ruhig und klar.

Der Border Collie zog den Kopf ein und gehorchte.

Entsetzt blickte Annalena den Dreien nach.

»Immerhin verteidigt er sie noch. Hätte ich ihm gar nicht zugetraut.« Sichtlich zufrieden verschränkte Hiltrud die Arme vor der Brust. »Trotzdem müsste man ihm mal gehörig ...«

»Mutti, halt den Mund.« Zornig musterte Annalena ihre Mutter. »Wie konntest du das tun?«

»Was, ihn in flagranti ertappen? Es war doch wohl gut, dass ich dir sofort ...«

»Das war seine Schwester, Mutti!«

»Mariella?« Steffen trat neben sie. »Bist du sicher?«

»Unmöglich.« Hiltrud schüttelte den Kopf. »Aus dem kleinen, pummeligen Ding ist nicht dieser langbeinige Vamp geworden.«

»Natürlich bin ich mir sicher«, antwortete Annalena ihrem Bruder. »Mariella hat im Moment ein paar Probleme und zieht morgen bei Christian ein, weil sie sich ihre Wohnung in Bonn nicht mehr leisten kann. Und ...« Erschrocken hielt sie inne. »Wo genau hast du sie gesehen, Mutti? Warst du bei Greta? Die wohnt direkt gegenüber von dem großen Ärztehaus.«

»Ja, genau.« Nun wirkte ihre Mutter doch leicht verunsichert. »Das kann unmöglich seine Schwester gewesen ...«

»Verdammter Mist. Die arme Mariella.« Annalena fasste sich an die Stirn, denn nun glaubte sie zu verstehen. »Wahrscheinlich ist sie total verzweifelt. Wie kannst du bloß immer gleich das Schlimmste von allen Menschen annehmen, Mutti?« Erbost trat sie auf ihre Mutter zu. »Christian tut alles für seine Schwestern. Und er kann mich auch gar nicht betrügen, weil wir überhaupt nicht zusammen sind.«

Elena trat neben sie und legte ihr eine Hand auf den Arm. »Vielleicht solltest du das schleunigst ändern, Schatz.« An ihre Schwiegermutter gewandt ergänzte sie seufzend: »Ganz wunderbar, Hiltrud. Du hast dich mal wieder selbst übertroffen.«

»Ich habe gleich gesagt, dass das nichts ist, was man in aller Öffentlichkeit auf einer Weihnachtsfeier beredet«, verteidigte Emil sich schwach.

Helene bedachte ihn mit einem verständnislosen Blick. »Warum sprichst du dann nicht mal ein Machtwort? Meine Güte, so ein Drama wegen nichts, das euch auch nur im Entferntesten etwas angeht.« Mit einem leicht wehmütigen Gesichtsausdruck lächelte sie Elena zu. »Unsere Weihnachtsfeiern scheinen ja prädestiniert für solche Showdowns zu sein.«

Elena nickte ernst. »Ja, scheint so. Aber wenn dieser hier nur annähernd ein so gutes Ende nehmen soll wie der damals bei uns, sollte Annalena sich lieber sofort auf den Weg machen, um mit Christian zu reden.« Sie warf Hiltrud einen strengen Blick zu. »Und du überlegst dir besser schon mal eine passende Entschuldigung.«

»Ich habe nur getan, was ich für meine Pflicht hielt.« Hiltrud wirkte nun leicht verlegen.

»Ja, ja, wie immer.« Elena wandte sich einfach ab und ging davon.

»Gut gemacht.« Mit einem indignierten Blick in Richtung seiner Mutter folgte Steffen seiner Frau.

Annalena presste kurz die Hände an ihre Wangen und versuchte, sich zu sammeln. Helene trat neben sie und berührte sie leicht an der Schulter. »Nun lauf schon. Er braucht dich jetzt.«

***

Mannomann. Wie lange sollen wir denn bitte noch durch die kalte Nacht laufen? Können wir nicht allmählich umkehren? Hier draußen treffen wir Annalena doch ganz sicher nicht. Wir sind jetzt schon bestimmt eine Viertelstunde unterwegs, und Herrchen hat mich an die blöde Leine genommen, sodass ich nicht mal ausbüxen und ihn so nach Hause locken kann.

Aber vielleicht geht das auch anders. Ich bleibe einfach hier stehen und gehe keinen Schritt weiter. Knurr.

»Was ist denn?« Christian blieb stehen, als sein Hund einfach mitten auf dem Feldweg anhielt und sich gegen Leine und Geschirr stemmte.

Na, das ist doch offensichtlich. Ich habe keine Lust auf eine Nachtwanderung. Gehen wir nach Hause zu Annalena. Ich muss euch heute noch irgendwie zusammenbringen. Elf-Siebzehn hat mir dringend dazu geraten, und er muss es schließlich wissen. Immerhin hat er dem Weihnachtsmann schon sehr oft geholfen, Menschen glücklich zu machen.

»Ist es dir zu kalt?« Kurz blickte Christian zum Himmel hinauf, an dem zwischen dichten Wolkenfeldern immer mal wieder ein paar Sterne zu sehen waren.

Ja, das auch. Nun komm schon. Es fühlt sich unangenehm an, wenn ich mich so in die Leine stemme. Deshalb mache ich das normalerweise nicht.

Ergeben folgte Christian schließlich der vehementen und unmissverständlichen Aufforderung seines Hundes umzukehren. Er wusste selbst, dass sein nächtlicher Spaziergang nur dazu diente, Zeit zu schinden. Weniger der unangebrachte Auftritt von Annalenas Eltern hatte ihn aufgewühlt, sondern vielmehr das, was zuvor zwischen ihm und Annalena geschehen war. Natürlich ärgerte er sich auch über die infamen Anschuldigungen, die Hiltrud Kilian erhoben hatte. Er hatte sich vor allem sofort zurückgezogen, um einer unangenehmen Auseinandersetzung aus dem Weg zu gehen, die die Probleme seiner Schwester zum Inhalt gehabt hätten. Das wollte er Mariella ersparen. Es ging niemanden etwas an, was sie derzeit durchmachen musste. Dass aber diese Sache ausgerechnet dicht auf den beängstigend schönen Moment mit Annalena gefolgt war, schien symptomatisch für sein gesamtes Leben zu sein. Der Abend hatte ihm wieder einmal vor Augen geführt, wie eng das Gute für ihn stets mit dem Chaos verbunden war. So sehr er es sich auch wünschen mochte, es war einfach nicht möglich, die Lasten, ob nun alte oder neue, die er mit sich herumtrug, für mehr als einen Atemzug beiseitezuschieben. Wie konnte er so etwas der Frau zumuten, die er liebte? Wie lange würde es dauern, bis sie dieses ständige Auf und Ab, die permanente Belastung, nicht mehr aushielt?

Er wollte ihr nicht im Weg stehen; sie sollte sich nicht verpflichtet fühlen, für ihn da zu sein, wo sie doch gerade dabei war, sich ihre Träume zu erfüllen.

Doch wie in aller Welt sollte er dem schmerzlichen Sehnen in seinem Herzen widerstehen, das ihn stets mit Macht ergriff, wenn er nur an sie dachte?

Lass endlich diese blöde Leine los, wir sind gleich da und ich wittere, nein ich riiiieche Annalena! Wau, verdammt noch mal.

»Hey!« Christian schrak aus seinen düsteren Gedanken auf, als Asco bellte und so heftig voran preschte, dass ihm die Leine aus der Hand glitt. Für einen Moment blieb er mitten auf dem Bürgersteig stehen und blickte dem bellenden Hund nach, wie er mit fliegenden Ohren auf Annalena zustürmte, die vor ihrer Haustür auf den Steinstufen saß. Als Christian sich langsam wieder in Bewegung setzte, erhob sie sich und blickte ihm ruhig und mit ernster Miene entgegen.

Sein Herzschlag holperte bei ihrem Anblick. Angestrengt suchte er nach den richtigen Worten. »Annalena. Es tut mir ...«

»Nicht.« Abrupt hob sie die Hand. »Willst du etwas Warmes trinken? Komm rein.« Sie drehte sich um und stieß die nur angelehnte Haustür auf.

Ja, komm mit rein. Asco bellte und lief auffordernd die Treppe hinauf, wieder herab und wieder hinauf.

Er war ein elender Feigling. »Es ist schon spät. Wäre es nicht besser, wenn ...«

»Nein, wäre es nicht.«

Überhaupt nicht, da hat sie recht. Also ich gehe jetzt rein, da ist es nämlich schön warm und trocken. Wollen doch mal sehen, ob du nicht ausnahmsweise mal mir folgst. Hat ja eben auch funktioniert. Mit einem erneuten Bellen, das seltsam schnippisch klang, wischte der Hund ins Haus.

»Asco!« Widerstrebend ging Christian auf die Treppe zu.

»Dein Hund hat eindeutig mehr Grips als du.« Auf Annalenas Lippen erschien ein grimmiges Lächeln. »Nun komm schon rein. Es sind minus zehn Grad oder so.«

Er wagte einen letzten Versuch. »Senta ist ganz allein zu Hause.«

»Na und? Sie wird es überleben. Sie ist zwölf und wir sind nur eine Tür weiter. Sie hat ein Handy oder kann gegen die Wand klopfen, wenn etwas sein sollte.« Ein vielsagender Blick traf ihn, der ihm klarmachte, dass er sich kindisch benahm. Da sie einfach kehrtmachte und im Haus verschwand, blieb ihm nichts anderes übrig, als ihr zu folgen.

Endlich! Ich dachte schon, das wird nie was. Also gut, die beiden sind wieder zusammen und reden. Das hoffe ich doch zumindest. Dann werde ich sie mal sich selbst überlassen. Wenn mich jemand sucht, ich bin auf der Couch. Gute Nacht.

Nach kurzem Zögern hängte Christian Mantel und Schal an die Garderobe und betrat Annalenas Küche. Sie war bereits dabei, Wasser in einen Wasserkocher zu füllen, und wandte ihm den Rücken zu. »Ich glaube, nach diesem Abend können wir beide einen Grog gebrauchen, was?« Nur ganz kurz warf sie einen Blick über die Schulter. »Wasser kann, Zucker darf, Rum muss?«

Sie hatte natürlich inzwischen auch ihren Mantel ausgezogen, sodass er nun in den Genuss kam, ihre ansehnliche Rückseite in den engen Jeans zu bewundern. Das war allerdings ein Anblick, der seinem aufgewühlten Innenleben nicht guttat. Der enge, dunkelrosafarbene Pullover betonte ihre Rundungen allzu verführerisch, und als sie sich erneut umdrehte, um an ihm vorbei zum Vorratsschrank neben der Tür zu gehen und eine Flasche Jamaika-Rum herauszunehmen, hätte er beinahe mit den Zähnen geknirscht. Der tiefe V-Ausschnitt des Pullis reichte bereits, um seine Gedanken in eine Richtung zu treiben, die in seinem derzeitigen Gemütszustand eindeutig gefährlich war.

Schon war Annalena wieder an ihm vorbei und stellte die Flasche neben dem Herd ab. »Ich muss mich für meine Mutter entschuldigen.« Sie drehte sich langsam wieder um und lehnte sich gegen die Anrichte. »Wie geht es Mariella? Und diesmal bitte die unzensierte Version.«

»Du musst dich für gar nichts entschuldigen.« Er machte einen Schritt in die Mitte des Raumes. »Sie hätte ja auch richtig liegen können. Früher ...«

»Nein, hätte sie nicht.« Annalenas ruhiger, bestimmter Tonfall ließ ihn innehalten. »Weder heute noch damals hättest du eine Frau betrogen. Das war nie dein Stil.«

Sie hatte recht, deshalb nickte er langsam. »Mariella geht es den Umständen entsprechend gut. Sie war bei einer Psychologin ... an dem Tag, als deine Mutter uns gesehen hat. Sie wollte, dass ich sie begleite, weil sie ein bisschen Angst vor dem Termin hatte.«

»Bei einer Psychologin?« Auf Annalenas Miene zeichnete sich Verblüffung ab. »Ich dachte ...«

»Eine Psychotherapeutin, um genau zu sein, die sich auf die Betreuung von«, er musste hart schlucken, weil es ihm schwerfiel, die Tatsachen beim Namen zu nennen, »Vergewaltigungsopfern spezialisiert hat.«

»O mein Gott.« Annalena wurde blass. »Ich dachte ... Was ... ist denn passiert?«

Er hob hilflos die Hände und ließ sie gleich darauf wieder fallen. »Sie hat Geldprobleme, wie ich schon sagte.«

»Senta sagte, Mariellas Vater hätte aufgehört, ihren Unterhalt zu zahlen.«

»Nicht zum ersten Mal«, bestätigte er. »Diesmal sitzt er im Knast, wegen Betrugs.«

Ihre Augen weiteten sich, doch sie schwieg abwartend.

»Sie bekommt zwar BAföG, aber das reicht hinten und vorne nicht, und auch das Geld ihres Studienkredits ist fast aufgebraucht. Aufstocken wollte sie ihn nicht, weil sie Angst hat, sich zu überschulden und dann nicht wieder auf die Beine zu kommen. Also hat sie mehrere Jobs angenommen. Kellnern, Kurierdienste, alles Mögliche. Das geht natürlich während eines anstrengenden Medizinstudiums nicht lange gut. Irgendwann hat eine Kommilitonin ihr ein anderes Angebot gemacht.« Er schloss kurz die Augen. »Anstatt mich um Hilfe zu bitten, hat sie zugegriffen. Sie sagte, sie wollte mich nicht belasten.«

»Bei was hat sie zugegriffen?« Ahnungsvoll sah Annalena ihn an.

»Sie sollte für so einen teuren Escort-Service arbeiten. Alles ganz legal und ohne anrüchigen Touch.«

»Also kein verdeckter Sexladen?«

»Nein. Das heißt ...« Er seufzte. »Das liegt wohl im Ermessen der Frauen. Ob sie weitergehen oder es bei der reinen Abendbegleitung belassen.«

»Und Mariella hat gedacht, dass sie etwas mehr Geld verdienen könnte, wenn sie ...« Annalena brach verlegen ab.

»Nein. Oder ... Ich bin mir nicht sicher, aber sie sagte, sie wollte erst mal sehen, ob der Job überhaupt etwas für sie ist. Vor einer Weile wurde sie von einem Geschäftsmann engagiert, ihn auf eine Modenschau mit anschließendem Empfang zu begleiten. Leider hatte er dabei verschwiegen, dass der Empfang in seiner Wohnung stattfinden würde. Da aber einige andere Leute anwesend waren, dachte sie sich noch nichts dabei, bis ihr irgendwann schwummrig wurde und sie erkannte, dass man sie unter Drogen gesetzt hatte.«

»O nein!« Entsetzt schlug Annalena die Hände vors Gesicht. »Er hat sie betäubt und dann ...«

»Er, wahrscheinlich auch einer seiner Freunde. Sie kann sich nicht mehr genau an alles erinnern.«

»Hat sie ihn angezeigt?«

»Natürlich, aber der Scheißkerl hat einen guten Anwalt und bringt mehrere Zeugen, die einvernehmlich zu seinen Gunsten aussagen. Offenbar hat er so etwas nicht zum ersten Mal gemacht und ein entsprechendes Netzwerk von weiteren Scheißkerlen, die sich gegenseitig helfen.«

»Wie grässlich.«

»Wir lassen natürlich nicht locker, aber du kannst dir sicher vorstellen, wie sehr das alles Mariella belastet. Sie kann sich kaum noch auf ihr Studium konzentrieren. Den Termin bei der Psychotherapeutin hat sie selbst gemacht, weil sie nicht mehr weiterwusste. Leider hat sie mir viel zu spät von ihren Problemen erzählt, sonst hätte sie vielleicht nie bei dieser Firma angefangen. Der Inhaber hat sich zwar persönlich bei ihr entschuldigt und ebenfalls Anzeige gegen seinen Kunden erstattet, aber das hilft ihr leider im Moment nicht viel. Sie ist überhaupt nur damit zu mir gekommen, weil jetzt auch noch ihre Mitbewohner sang- und klanglos ausgezogen sind und sie sich die Miete allein nicht leisten kann. Der Wohnungsmarkt ist total dicht, sodass sie keinen Ausweg mehr wusste.«

»Du darfst ihr keine Vorwürfe machen.« In Annalenas Augen stand Anteilnahme, aber auch eine Spur Strenge. »Es ist Mariellas Leben, und wenn sie dir auch nur eine Spur ähnelt, was ich sehr annehme, dann ist es nur natürlich, dass sie es erst allein versuchen wollte. Aber dir selbst solltest du auch nichts vorwerfen, denn du bist nicht für alles und jeden verantwortlich. Mariella ist erwachsen.«

»Ich weiß.« Er erschrak selbst über den bitteren Ton seiner Stimme. »Sie war nur immer die Vernünftige, Kluge. Dass nun ausgerechnet sie solch einen Fehler begeht und auch noch so schrecklich dafür bezahlen muss …«

»Man kann nicht wissen, ob du das hättest verhindern können. Außerdem gibt es doch auch viele Frauen, die solche Jobs machen und denen nie etwas Schlimmes dabei passiert. Andernfalls könnten diese Firmen allesamt dichtmachen.« Annalena drehte sich wieder zum Herd um, als der brodelnde Wasserkocher sich mit einem Piepsen abschaltete. Rasch goss sie etwas Rum in zwei Teegläser, gab Kandiszucker hinzu und goss alles mit dem heißen Wasser auf. Als sie sich ihm wieder zuwandte, hielt sie ihm vorsichtig am Rand eines der Teegläser hin. »Ich bin für euch da, das weißt du doch? Wenn etwas sein sollte, ihr irgendetwas braucht, musst du es nur sagen.«

Er schluckte hart, weil der Aufruhr in seinem Inneren kaum mehr zu ertragen war. Entschlossen nahm er ihr beide Gläser ab und stellte sie zurück auf die Ceranplatte. »Ich will nicht, dass du dich zu irgendetwas verpflichtet fühlst, Annalena. Nicht so und nicht ... ausgerechnet jetzt.«

»Das weiß ich.« Sie warf den Gläsern einen kurzen, zögernden Blick zu, dann sah sie ihm wieder ins Gesicht. »Ich fühle mich nicht verpflichtet. Oder falls doch, dann nur weil ...« Sie stockte, wich seinem Blick aus. Dann runzelte sie die Stirn. »Warum nicht gerade jetzt?«

»Weil du es gerade geschafft hast, erfolgreich zu sein. Du hast diesen Wahnsinnsbestseller geschrieben, kannst finanziell aufatmen. Alles, was du dir erarbeitet hast, trägt endlich Früchte. Ich will dir nicht im Weg stehen. Meine Familie hat die unangenehme Eigenart, einem in jegliches Glück hineinzupfuschen. Das will ich nicht. Du hast Besseres verdient.«

»Habe ich das?« Zwischen ihren Augen entstand eine senkrechte Falte. »Und wer bist du, dass du glaubst, bestimmen zu dürfen, was ich verdient habe oder wie mein Glück auszusehen hat?«

Er runzelte die Stirn. »Das habe ich doch gar nicht gesagt. Ich will nur nicht ...«

***

»Was?« Aufgebracht öffnete sie den Kühlschrank rechts neben der Anrichte und stellte die angebrochene Rumflasche hinein. Etwas zu heftig schloss sie die Tür und wandte sich ihm wieder zu. »Was willst du nicht?«

Er stand jetzt dicht vor ihr, so dicht, dass sie den Wandel in seiner Haltung und Miene von ganz nah miterleben konnte, auch die Veränderung seines Blicks. Der wurde innerhalb von Sekunden wieder so schwarz und bedrohlich, dass sie eine Gänsehaut bekam. Doch diesmal wollte sie ihm nicht ausweichen. Sie hatte vorhin auf dem Weg hierher und während sie darauf gewartet hatte, dass er mit Asco zurückkehrte, Zeit gehabt, einen Entschluss zu fassen. Wenn sie dem Mysterium Christian Bonner auf den Grund gehen wollte, musste sie sich in die Höhle des Löwen – und die damit verbundene Gefahr – begeben. Ihn zusätzlich zu reizen, hatte sie nicht vorgehabt, aber wenn das hier zu etwas führen sollte, konnte sie nicht einfach schlucken, dass er offenbar dachte, für sie Entscheidungen treffen zu dürfen.

Da er nicht gleich reagierte, gab sie selbst die Antwort auf ihre Frage: »Du willst keine verdammte Hilfe annehmen. Damit bist du genauso stur wie Mariella. Du willst mir vorschreiben, wie und mit wem – oder mit wem nicht – ich glücklich sein darf. Damit bist du so engstirnig und vernagelt wie meine Eltern. Und du willst mir nicht sagen, was wirklich in dir vorgeht, weil du glaubst, ich könnte damit nicht umgehen. Dass ich zu schwach bin.«

»Ich halte dich nicht für schwach, Annalena. Im Gegenteil.«

Sie schüttelte nur den Kopf. »Dann sag mir eins: Wenn es allein nach dir ginge – was würdest du wollen? Warum glaubst du, dir jegliche Schwäche und jedes Gefühl verbieten zu müssen? Oder ist es einfach so, dass du gar nichts empfinden kannst, weil das alles in dir abgestorben ist?«

»Nein.« Er fuhr sich verzweifelt durchs Haar, wandte sich ab, ging bis zur Tür und machte dort wieder kehrt. »Verdammte Scheiße. Ich ...«

»Ja? Was?« Sie schluckte, weil sein teuflisch brutaler Blick sie vollkommen unvorbereitet traf. Sie hatte gedacht, schon alle Facetten gesehen zu haben, doch dieser harte, gehetzte Ausdruck ging ihr durch und durch und nahm ihr beinahe die Luft zum Atmen. Dennoch gab sie nicht nach. Nicht jetzt. »Sag mir nur ein einziges Mal, was *du* willst, Christian.«

Er trat wieder dicht an sie heran, mit verzerrter Miene und dieser aggressiven Ausstrahlung, die ihr hätte Furcht einflößen müssen, wenn sie sich nicht gezwungen hätte, ihm in die Augen zu blicken und dem Sturm, der sich zusammenbraute, standzuhalten. Ihr Herz raste, das Blut schoss heiß durch ihre Adern. Sie verspürte einen schmerzhaften Stich von ihrer Magengrube bis hinauf in ihr Herz. Sie begriff.

»Ich will dich. Verdammt noch mal.« Seine Stimme grollte wie der sprichwörtliche Donner über sie hinweg. »Ich will dich. Aber ...« Kurz, so als müsse er sich sammeln, hielt er inne, lehnte seine Stirn gegen ihre. Er schien vor unterdrückten Emotionen geradezu zu vibrieren.

»Aber was?« Sie brachte die Worte kaum heraus.

Er atmete schwer ein und wieder aus. »Ich habe Angst.«

Beinahe vorsichtig suchte er ihren Blick, und erneut schoss ein heißer Stich durch sie hindurch. Sie verstand. Verstand endlich, dass diese steinerne, gefährliche Fassade, die brutal finstere Aggression, die ihn umgab, schlicht und ergreifend ein Spiegel seiner Seele und seines Herzens waren. Er hatte gelernt, sich zu kontrollieren, sodass die Emotionen, die in ihm tobten, keinen Schaden mehr anrichten konnten, wenn er es nicht wollte. Doch ganz verbergen konnte er sie nicht. Sie hatte sich nur nie getraut, genau hinzusehen. Vielleicht, weil sie noch nicht bereit dazu gewesen war. Denn wenn sie hingesehen hätte, so wie jetzt, wäre ihr aufgefallen, dass dieser Ausdruck in seinen Augen Christians wahre Gefühle schonungslos offenlegte – und die ihren widerspiegelte.

Wild trommelte ihr das Herz gegen die Rippen, als sie versuchte, Worte zu formen. »Wovor hast du Angst?«

Sein Blick irrte von ihren Augen zu ihren Lippen und wieder zurück. »Dich zu brauchen. Dich zu verlieren.« Seine Stimme klang heiser und gepresst. Seine Lippen näherten sich den ihren, zögerten, zogen sich eine Winzigkeit zurück. Sein warmer Atem strich über ihr Gesicht. »Ein Leben ohne dich zu führen, ist einfacher zu ertragen, als die Angst, dich wieder gehenlassen zu müssen.« Wieder näherte sich sein Mund ihren Lippen, wieder hielt er inne.

In ihrem Inneren brannte ein Feuer aus Sehnsucht und gespannter Erwartung. Doch noch war nicht alles gesagt. Auch wenn der Blickkontakt immer noch fast schmerzhaft war, hielt sie ihm entschlossen stand. »Damals schon?«

Wieder streifte sie sein Atem. »Schon immer. Schon als ... Scheiße, du warst viel zu jung. Ich hätte mich strafbar gemacht und ... mein Versprechen gegenüber Steffen gebrochen.«

Ihr Herz war tatsächlich fähig, noch wilder zu schlagen. »Also hast du mich belogen und rausgeworfen.« Vorsichtig hob sie die Hand und berührte seine Wange.

Er schauderte leicht unter der Berührung, sein Blick zuckte erneut zu ihren Lippen, heftete sich dann aber wieder auf ihre Augen. »Ja.« Ein drittes Mal näherten sich seine Lippen, so langsam, dass es beinahe zur Qual wurde. »Ich habe dir nur nie sagen können, wie schwer es mir gefallen ist, dich zurückzuweisen.«

Endlich berührten seine Lippen die ihren, wenn auch nur ganz leicht. Annalena kam es vor, als würden sich hunderte winziger elektrischer Ladungen von ihm auf sie übertragen. Atemlos verharrten sie für einen Augenblick so. Ganz sachte strich sie mit den Fingerspitzen seine Wangenlinie entlang und spürte, wie er sich anspannte. »Dann tu das niemals wieder«, raunte sie gegen seinen Mund. »Mich zurückweisen meine ich.«

Sachte, tastend, strich er mit seinen Lippen über ihre und hielt dabei noch immer ihren Blick gefangen, so intensiv, dass sie glaubte, darin zu vergehen. Für einen Moment stand die Zeit für sie still, verharrten sie erneut. Im nächsten Augenblick reckte sie sich ihm entgegen, presste er seinen Mund hungrig auf ihren und drängte sich so heftig an sie, dass sie hart gegen den Kühlschrank prallte. Sie stieß einen erschrockenen und zugleich triumphierenden Laut aus und vergrub ihre Finger in seinen Haaren.

Wild plünderte er ihre Lippen, bis sie nach Atem rang. Sogleich drang seine Zunge vor, suchte die ihre und wieder schienen sie unter Strom zu stehen.

Ihre Magengrube flatterte, Hitze stieg zwischen ihnen auf. Christian hielt sie mit dem Gewicht seines Körpers spielend gefangen, seine Hände strichen rau und begehrlich ihre Arme hinab, umfassten ihre Taille, dann ihre Hüfte. Immer fester drängte er sich an sie, und sie kam ihm noch entgegen, krallte sich in seine Schultern, schob ihr Becken gegen seines und schlang ihr rechtes Bein um sein linkes.

Sogleich wanderte seine Hand weiter hinab, packte ihren Oberschenkel und zog ihn weiter hoch. Sie spürte seine Erektion und reagierte darauf mit einem wilden Pochen in ihrer Körpermitte, das sie noch nie zuvor verspürt hatte. Alles in ihr schrie danach, ihm nah zu sein, mit ihm eins zu werden.

Als sein Mund von ihrem abließ und über ihr Kinn hinabstrich, bot sie ihm auffordernd ihre Kehle dar und zerrte gleichzeitig an seinem grauen Pullover und dem T-Shirt, das er darunter trug. Sie keuchte unterdrückt, als seine Lippen und Zähne ihren Hals hinabglitten und für einen Moment an ihrem Schlüsselbein verharrten.

Heiße und kalte Schauder durchrieselten sie, und sie kam nicht dazu, einen klaren Gedanken zu fassen, denn schon hatte er erneut Besitz von ihrem Mund ergriffen und drängte sie gleichzeitig ein wenig nach links. Im nächsten Augenblick hatte er sie bereits gepackt und auf die Anrichte gehoben. Sie schlang ihre Beine fest um seine Hüften, zog ihn damit wieder zu sich heran und spürte erneut seine Erregung.

Er stieß ein tiefes, grollendes Stöhnen aus und schob ihren Pullover nach oben. Sie half ihm, das Kleidungsstück auszuziehen, und es verschwand eine Sekunde später nach unten. Sofort zerrte er ungeduldig an dem dunkelblauen Seidenhemdchen, das sie über ihrem gleichfarbigen Spitzen-BH trug. Eine Naht krachte, als er es ihr über den Kopf zog, und auch dieses Wäschestück fiel zu Boden.

Annalena erschauderte heftig, als sie Christians Hände rau über ihre nackte Haut fahren spürte. Sein Mund verließ den ihren und wanderte erneut nach unten, ihren Hals entlang bis zu ihrer Schulter. Sie lehnte sich etwas zurück, um ihm besseren Zugang zu ihren

Brüsten zu verschaffen, und ehe sie sich versah, hatte er bereits den Stoff über ihrer rechten Brust hinabgeschoben. Sein Mund schloss sich sanft und fest zugleich um ihre Brustwarze, woraufhin ein heißer Strahl sie von dort bis hinab in ihren Schoß durchfuhr. Sie sog erschrocken die Luft ein drängte sich ihm aber entgegen, damit er nur nicht auf den Gedanken kam aufzuhören.

Ihre Brustwarze zog sich zusammen und richtete sich hart auf, als er begann, sie mit der Zunge zu umkreisen. Mit der rechten Hand umfasste er ihre andere Brust, schob auch hier den Stoff nach unten, reizte die empfindliche Spitze mit dem Daumen, bis Annalena einen erstickten Laut ausstieß. Während er ihr die Träger des BHs von den Schultern schob und schließlich nach dem Verschluss tastete, zerrte sie das T-Shirt aus dem Bund seiner Jeans und schob es mitsamt dem Pullover nach oben. Beides gesellte sich zu ihrer Oberbekleidung auf dem Boden, ebenso gleich darauf ihr BH.

Ehe er sich erneut über ihre Brüste hermachen konnte, fuhr sie mit beiden Händen über seinen harten, muskulösen Brustkorb, betrachtete für einen langen Moment die detailreiche Drachentätowierung auf seiner linken Brust, die, verschlungen in ein keltisches Ornament bis auf sein Schulterblatt reichte. Annalena hatte sie schon oft – sehr oft – gesehen, jedoch noch nie aus solcher Nähe. Sie wirkte düster und unheilverkündend auf den ersten Blick, auf den zweiten jedoch eher hintergründig-stark. Wenn sie ganz genau hinsah, glaubte sie sogar, im Blick des Drachen einen leicht verschmitzten Ausdruck zu erkennen.

Ehe sie weiter darüber nachdenken konnte, hatte Christian ihren Mund wieder in Besitz genommen und drängte erneut seinen Unterleib gegen ihren. Er stöhnte auf, als sie ihre Hände forschend über die glatte Haut an seinem Rücken und an seinen Seiten wandern ließ. Ihre Zungen rangen miteinander, bis sie kaum noch Luft bekam, dann strich sein Mund bis an ihr Ohr. Sie erschauerte, als seine Zunge über ihre Ohrmuschel strich, und ihr wurde beinahe schwarz vor Augen bei den heftigen Empfindungen, die das in ihr auslöste.

»Schlafzimmer?« Er atmete schwer und hob sie, als sie nur nickte, mit einem Griff von der Anrichte herunter. Sie schlang ihre Beine fest um ihn und staunte nicht einen Augenblick, dass er sie vollkommen mühelos, seine Hände unter ihrem Hintern, die Treppe hinauftragen konnte.

In ihrem Schlafzimmer angekommen, streifte sie kurz der Gedanke, dass es gut gewesen war, diesmal aufzuräumen, nachdem sie sich für ein Outfit entschieden hatte. Sie lächelte kurz, kam aber nicht dazu, etwas zu sagen, denn Christian hatte erneut ihre Brüste umfasst, leicht angehoben und reizte mit Zunge und Lippen abwechselnd die aufgerichteten Spitzen, bis ihr ganz schwindelig wurde. Sie griff nach seinem Hosenbund und nestelte die Knöpfe auf, begierig, mehr von ihm zu sehen und zu spüren.

Ehe sie jedoch ihre Hand unter den Stoff schieben konnte, umfasste er ihre Handgelenke. Sein Blick war ebenso erregt wie amüsiert. »Warte ... einen Moment, sonst ...« Er lächelte leicht. »Ich bin, wie du weißt, ein bisschen aus der Übung.«

Wie sehr sie das heitere Funkeln in seinen Augen vermisst hatte, wusste sie erst, als sie es erblickte. Ihr Herz weitete sich und sie lächelte ihm ebenso schalkhaft zurück. »Das hättest du dir früher überlegen müssen. Jetzt bist du mir ausgeliefert.«

»Allerdings.« Seine Augen wirkten fast schwarz. Von der dunkelblaugrauen Iris war nur noch ein winziger Rand zu erkennen. Langsam, bedächtig, senkte er seine Lippen wieder auf ihren Mund.

***

Das Blut schäumte wild durch seine Adern und ein guter Teil davon sammelte sich pochend in seinem Unterleib. Nachdem der Bann einmal gebrochen war, konnte er nicht mehr aufhören, Annalena zu berühren, zu küssen, zu schmecken, zu spüren. Jede Faser seines Seins drängte danach, sie zu nehmen, eins mit ihr zu werden.

Er hatte es hinausgezögert, weil er ihr die Gelegenheit geben wollte, sich doch noch anders zu entscheiden. Wahrscheinlich war ihr nicht klar gewesen, wie wild und heftig das Begehren in ihm brodelte, doch unter ihrer heiter-ausgeglichenen Schale schien ebenfalls ein Temperament zu schlummern, mit dem er nicht gerechnet hatte. Seine Sorge, er könne zu viel von ihr verlangen, hatte sich weitgehend verflüchtigt, denn ganz gleich, wie viel er forderte, sie gab mehr – und verlangte mehr. Das führte dazu, dass die Gedanken in seinem Kopf wild umeinanderkreisten und sich nicht mehr einzeln fassen ließen. Stattdessen hatte sein Körper die Kontrolle über das Geschehen übernommen. Nur mit Mühe beherrschte er sich so weit, dass er sich nicht tatsächlich schon vorzeitig verausgabte. Er biss die Zähne hart zusammen, als sie ihm, ohne seine Warnung weiter zu beachten, die Jeans über die Hüften streifte.

Hastig kickte er die Schuhe von den Füßen und zog Hose und Socken aus. Die engen schwarzen Shorts behielt er jedoch tunlichst an. Sie verbargen nicht im Geringsten, wie erregt er war, doch er erhoffte sich zumindest einen kleinen Vorteil von dieser Stoffbarriere.

Während er noch mit seinen Kleidern kämpfte, zog auch Annalena Stiefel und Jeans aus und schließlich, nach einem kurzen Moment des Innehaltens, auch noch den blauen Slip und warf ihn beiseite.

Wenn Christian vorher schon um Selbstbeherrschung gekämpft hatte, dann jetzt umso mehr. Ihr Anblick erinnerte ihn mit schmerzhafter Eindringlichkeit an jenen Abend vor dreizehn Jahren und die inneren Qualen, die er damals ausgestanden hatte. Damals hatte er sich verboten, auf ihr so überaus verlockendes Angebot einzugehen. Er hatte aufgehört zu zählen, wie viele schlaflose Nächte ihm das beschert hatte.

Nun aber, hier und heute, war sie zum Greifen nah. Selbst wenn er gewollt hätte, wäre es ihm zu diesem Zeitpunkt unmöglich gewesen, sie abzuweisen. Zu groß war sein Begehren und zu heiß brannte die Sehnsucht nach ihr in seinem Herzen.

Da er es kaum noch ertragen konnte, einen noch so geringen Abstand zwischen ihnen zu wissen, zog er sie an den Händen zu sich heran, bis ihre Körper sich leicht berührten. Sachte, um sich nicht zu überfordern, strich er mit den Fingerspitzen über ihre Wangenlinie, ihren Hals, ihre Brüste. Er konnte eine leichte Gänsehaut erkennen, die sich bei seinen Berührungen auf ihrem Körper ausbreitete. Ihre Brustwarzen zogen sich erneut zusammen und richteten sich auf. Ein Anblick, dem er nicht widerstehen konnte. Er umkreiste sie ganz leicht mit den Daumen und ließ nach einem Augenblick süßer Qual seine Lippen und Zunge folgen. Sie seufzte leise und schickte ihre Hände erneut auf Wanderschaft über seinen Körper.

Es dauerte nicht sehr lange, bis aus zärtlichem Streicheln erneut begehrliches Zugreifen wurde. Während er von ihren Brüsten abließ und wieder ihren Mund suchte, gestattete er sich, seine Hände bis zu ihrem runden, festen Hintern gleiten zu lassen. Das Gefühl ihres weichen, warmen Fleisches unter seinen Fingerspitzen verursachte brennende Stiche in seiner Lendengegend. Gieriger als geplant fasste er zu, zog sie wieder fest an sich, genoss das unbeschreibliche Gefühl ihrer weichen Rundungen an seinen harten Muskeln und ließ sie unmissverständlich an seiner Erregung teilhaben.

Er war hart und bereit, wollte jedoch jeden Moment auskosten. Wie lange er sich noch zurückhalten konnte, wusste er nicht, insbesondere, weil Annalenas Hände mittlerweile ebenfalls seine Hüften erreicht hatten und sich von dort aus fest um sein Gesäß schlossen und sie ihr Bein gleichzeitig wieder um seines schlang.

Der Aufforderung folgend, packte er ihren Oberschenkel und zog ihn weiter hoch, genoss das Gefühl, als sie ihr Becken dem seinen entgegendrängte. Diese Frau brachte ihn um den Verstand, und er genoss jeden einzelnen Augenblick.

In stillem Einvernehmen begaben sie sich zum Bett und sanken darauf. Annalena zog ihre Brille aus und legte sie auf den Nachttisch, dann schob sie sich halb über ihn, küsste ihn, strich mit der Zungenspitze über seine Unterlippe, bis er ihren Kopf mit einem unterdrückten Keuchen zu sich herabzog und den Kuss gierig vertiefte. Wieder umfasste er ihren Hintern, knetete ihn lustvoll und keuchte laut, weil ihre Hand nun doch den Weg zu seinen Shorts gefunden hatte. Sanft und fordernd zugleich strich ihre Hand über den Stoff, der sich fest über seiner Erektion spannte. Sternchen tanzten vor seinen Augen und instinktiv griff er selbst fester zu.

Ein betörender Laut, irgendwo zwischen Stöhnen und Schnurren, entrang sich ihrer Kehle und wiederholte sich etwas lauter, als er sich so mit ihr drehte, dass er seine Hand zwischen ihre Schenkel schieben konnte. Sie nahm die Beine einladend auseinander, was ihn erneut Sternchen sehen ließ, die sich vervielfachten, als seine tastenden Fingerspitzen auf heiße, einladende Feuchtigkeit stießen.

Sie bäumte sich ein wenig auf, als er sie zu erforschen begann, schloss die Augen und ließ von ihm ab, um ihre Hände in die Decke zu krallen, auf der sie lagen. Mehr Blut schoss in seinen Unterleib und pochte dort schmerzhaft, während der Rest sich wie flüssiges Feuer auf den Weg durch seine Adern machte.

Berauscht von der Intensität ihrer Leidenschaft drang er in sie, tastete, suchte und fand jedes ihrer Geheimnisse, reizte ihre empfindliche Knospe, bis Annalena nur noch ganz flach und stoßweise atmete. Ihr Becken zuckte bei jeder Berührung seiner Fingerspitzen mit den sensiblen Stellen, die er sich genau merkte. Auch wenn alles in ihm danach drängte, sie endlich zu nehmen, konnte er sich doch nicht an ihr sattsehen und aufhören, ihr Lust zu verschaffen. Deshalb widmete er sich nun wieder ihren Brüsten, saugte leicht an ihnen, zog mit dem Mund eine verschlungene Spur über ihren Bauch, züngelte ein wenig um ihren Bauchnabel herum und schob schließlich ihre Schenkel so weit auseinander, dass er ihre Mitte betrachten und kosten konnte.

Der erstickte Laut, den sie bei der ersten Berührung seiner Zunge ausstieß, verursachte einen neuen harten Stich in seiner Lendengegend. Lange würde er es nicht mehr aushalten. Entschlossen, es dennoch so weit hinauszuzögern, wie nur möglich, begann er neugierig forschend, sie mit Lippen und Zunge zu verwöhnen.

Unruhig begann sie sich zu winden, sodass er seine Hände fest um ihre Hüften schloss, sie energisch an Ort und Stelle hielt. Sie stieß ein lustvolles und zugleich protestierendes Stöhnen aus, krallte sich noch fester in die Decke, dann mit einer Hand in sein Haar.

»Christian ...« Sie rang nach Atem. »Ich ... kann ... nicht ... bitte ...«

»Doch«, antwortete er mit belegter Stimme und hielt sie weiter fest. »Du kannst. Noch ein klein wenig länger.« Er ließ seine Zunge nur noch ganz leicht und flatternd über ihre Knospe kreisen und spürte, wie Annalena sich dabei immer mehr anspannte und wenig später einen unterdrückten Schrei ausstieß. Ein heftiges Beben erfasste ihren Körper, und nun lockerte er seinen Griff endlich wieder etwas und sah erregt zu, wie der Höhepunkt über sie hinweg und durch sie hindurch spülte.

Während sie noch schwer atmend dalag, entledigte er sich seines verbliebenen Kleidungsstücks und schob sich neben sie. Als er sie küsste, schlug sie die Augen auf und lächelte matt. »Das war unfair.«

Er grinste. »Gern geschehen. Vielleicht fallen mir ja noch ein paar andere Hinterhältigkeiten ein.« Begehrlich strich er mit der Hand die Innenseite ihres Schenkels entlang, bis er erneut ihre Mitte erreichte und sie sachte zu reizen begann. Ihre Augen weiteten sich und ihrem Gesichtsausdruck sah er an, dass sie noch immer erregt war. Das reichte, um seinen eigenen Körper unmissverständlich reagieren zu lassen. Allerdings wurde er sich erst jetzt bewusst, dass er bisher keinen Gedanken an Verhütung verschwendet hatte. Leicht verärgert über sich zog er seine Hand zurück. »Hast du überhaupt Kondome im Haus?«

Sie lächelte leicht. »Ich glaube schon.«

»Du glaubst?«

»Sie müssten sogar noch haltbar sein, wenn auch nur knapp.« Lachend rollte sie sich zur Seite und dann wieder halb auf ihn. »In der Nachttischschublade.« In ihre Augen trat ein verschmitzter Ausdruck. »Habe ich den so überaus verantwortungsbewussten Christian Bonner gerade bei einem Versäumnis ertappt?«

»Mach dich ruhig lustig über mich.« Stirnrunzelnd streckte er seine Hand nach der Nachttischschublade aus, doch zu seiner Verblüffung hielt sie ihn auf. »Warte.«

Er hielt inne. »Hast du es dir anders überlegt?«

»Nein. Auf gar keinen Fall. Es ist nur ...« Das Lächeln auf ihren Lippen vertiefte sich. »Wir sind beide gesund und schon relativ lange ... inaktiv.«

»Und?« So ganz konnte er ihr nicht folgen.

»Ich kann im Moment nicht schwanger werden. Falscher Zeitpunkt im Zyklus.« Ihre Hand war ganz langsam über seine Brust, seinen Bauch und schließlich noch weiter hinunter gewandert und umschloss ihn nun sanft.

Christian schloss kurz die Augen und unterdrückte ein lustvolles Stöhnen. »Du meinst, du willst ...«

»Wir können heute auf Kondome verzichten, ja.«

Der Gedanke erregte ihn fast noch mehr als ihre Hand, die sich an ihm zu schaffen machte. »Bist du ganz sicher?«

Anstelle einer Antwort ließ sie von ihm ab, um seine Schultern zu umfassen und ihn mit sich zu ziehen, sodass er auf ihr landete. Einladend nahm sie die Beine auseinander und suchte gleichzeitig seinen Blick. »Davon habe ich lange geträumt«, flüsterte sie und zog seinen Kopf zu sich herab. »Sehr lange.«

Bevor sich ihre Lippen trafen, hielt er inne, den Blick immer noch mit ihrem verschränkt. »Ich auch«, gab er lächelnd zu und drang endlich, endlich in sie ein. Sie sog hörbar die Luft in ihre Lungen, als er tief in ihr verharrte, um ihr die Gelegenheit zu geben, sich an ihn zu gewöhnen. Sachte streifte er ihren Mund mit seinem. »Ich liebe dich, Annalena.« Er hatte die Worte, die sich mit Macht über seine Lippen drängten, ausgesprochen, bevor er wusste, was er tat. Ihre Augen weiteten sich vor Überraschung.

***

Als Christian langsam tief und immer tiefer in sie eindrang, blieb für Annalena einen Moment lang die Welt stehen. Niemals in ihrem kühnsten Träumen hätte sie sich vorstellen können, dass es so sein würde. So unglaublich, so wunderbar ... Sie hatte das Gefühl, mit ihm zu verschmelzen und dabei vor Wonne zu zerfließen. Sein Blick war ruhig und unverwandt auf sie gerichtet, mit dem ihren fest verbunden. Als er die drei Worte, nein vier, aussprach, so klar, so selbstverständlich, fürchtete sie für einen Moment, doch nur zu träumen. Sprachlos blickte sie zu ihm auf, unfähig zu antworten oder auch nur zu denken.

Dass sie sich nicht verhört hatte, bewies sein Blick, der sich wieder so rasch und brutal verdunkelt hatte und alles, was in ihm vorging, rau und gnadenlos preisgab. Es war immer noch ein wenig erschreckend, diesen Sturm auszuhalten, doch sie konnte gar nicht anders, als ihr Herz zu öffnen und alles anzunehmen, was er mit diesem Blick noch deutlicher ausdrückte als mit Worten. Heiße Schauder erfassten sie, gleichermaßen körperlich wie auch emotional. Da er auf eine Reaktion zu warten schien, sie aber noch immer keine Worte fand, schlang sie ihre Beine fest um ihn, drängte sich ihm entgegen und zog seinen Kopf zu sich hinab.

Als ihre Lippen aufeinandertrafen und gleich darauf ihre Zungen, durchtoste sie ein weiterer Sturm. Pure, wilde Lust, die sich von ihr auf ihn übertrug – oder war es umgekehrt?

Sie keuchte seinen Namen, zu mehr war sie nicht fähig, als er schnell und immer schneller in sie hineinstieß, irgendwann stoppte, sich mit ihr auf der Matratze hin und her drehte, bis sie schließlich auf ihm lag. Erneut nahm sie ihn in sich auf, spürte seine Hände, die sich fest in ihre Hüften gruben, dann in ihr Hinterteil. Sie gab nun den Rhythmus vor. Gierig und voller Verlangen. Für eine Weile richtete sie sich hoch über ihn auf, sah unverwandt auf ihn hinab, nahm jede kleinste Veränderung in seiner Miene, seinem Blick wahr, während seine Hände voller Begehren über ihren Körper wanderten, ihre Brüste umfassten, sich in ihre Seiten gruben.

Irgendwann zog er sie wieder zu sich hinab, küsste sie wild und zügellos. Sie konnte spüren, dass ihm allmählich die Kontrolle entglitt, wollte es jedoch nicht so enden lassen, obgleich auch ihr eigner Körper erneut nach Erlösung schrie.

Entschlossen, ihre lange unterdrückten Träume wahr zu machen, brachte sie ihn dazu, sich mit ihr zu drehen, bis er wieder auf ihr lag und sie ihn so erneut in sich aufnehmen konnte. Sie drängte sich ihm entgegen, umschloss ihn mit den Muskeln in ihrem Inneren so fest, wie sie nur konnte, um so viel wie nur irgend möglich von ihm zu spüren. Und jetzt, endlich, fand sie auch ihre Worte wieder.

»Ich liebe dich, Christian.« Wie lange hatte sie warten müssen, um diese simple Wahrheit aussprechen zu dürfen? Sie lächelte zu ihm auf, sah die unverhüllte Freude in seinem Blick, die im nächsten Moment von derselben lustvollen Leidenschaft abgelöst wurde, die sie selbst empfand. Hart und unbarmherzig übernahm nun er wieder die Führung, trieb sie gnadenlos voran, bis ihr Verstand sich gänzlich verabschiedete und sie nur noch fühlte.

Sie spürte genau den Moment, in dem er, nur wenige Sekunden nach ihr, die Kontrolle endgültig aufgab und ihr, ihren Namen auf den Lippen, in den heißen, ursprünglichen Rausch folgte.

21. Kapitel

Für einen langen Moment war das Rauschen des Blutes in seinen Ohren noch lauter als das wilde Pochen seines Herzens. Empfindungen, von denen er nicht gewusst hatte, dass er ihrer fähig war, tosten in seinem Herzen und legten seinen Verstand lahm.

»Nicht ... bewegen«, murmelte Annalena in seine Halsbeuge. »Ich will nicht, dass es aufhört.«

»Dass was aufhört?« Seine Stimme war belegt und kaum mehr als ein Raunen.

»Das ... hier. Wir.«

Ganz allmählich begann er, wieder etwas wahrzunehmen. Ihren Herzschlag, der ebenso raste wie seiner. Ihren warmen Atem auf seiner Haut. Ihren wundervollen, weichen Körper unter seinem. Ihre Fingerspitzen strichen träge über seine Rippen, seinen Rücken, seine Schultern. Vorsichtig hob er den Kopf, suchte ihren Blick. »Ich würde sagen, das war erst der Anfang.«

In ihre Augen trat ein Leuchten. »Versprichst du mir das?«

Wie könnte er das nicht, wo sich gerade seine kühnsten Träume erfüllt hatten? »Ich kann dir nicht versprechen, dass es einfach wird.«

»Habe ich das verlangt?« Zärtlich strich sie über seine Wange. »Du hast Angst. Immer noch.«

»Panische Angst«, gab er zu. »Ich habe keine Ahnung, wie es jetzt weitergehen soll.« Vorsichtig schob er sich etwas nach rechts, um ihr mehr Raum zum Atmen zu geben, woraufhin sie ein Bein um seine Hüften schlang, als fürchte sie, er wolle sich von ihr lösen. In ihre Augen trat ein schelmischer Ausdruck. »Mir würden da schon ein paar Dinge einfallen.«

Er lächelte leicht. »Ich habe nichts dagegen, nur ... Du weißt, was ich sagen will. Meine Familie ist ein Kriegsgebiet, deine Eltern hassen mich, dein Bruder wird mich ermorden wollen ...«

»Wird er nicht. Darüber ist er längst hinweg.«

»Na gut, vielleicht nicht mehr, aber dennoch ...«

»Du hast gesagt, du liebst mich.«

Er schluckte bei ihrem ängstlich-forschenden Blick, der bewies, dass auch sie nicht ganz frei von Ängsten war. Sanft küsste er sie auf die Lippen, die Nasenspitze, die Stirn. »Das habe ich auch so gemeint. Ich liebe dich, Annalena Kilian, aber jetzt weiß ich nicht weiter.«

Der glückliche Ausdruck in ihren Augen verschaffte ihm ein Hochgefühl, das er zuvor nicht gekannt hatte. Sie zog ihn zu sich heran, bis er sein Gesicht in ihre Halsgrube versenkte. Ihre Hände wanderten hinauf zu seinen Schultern, in sein Haar. Ihre Stimme war dicht an seinem Ohr. »Ich liebe dich auch, Christian Bonner. Warum glaubst du, dass ich es mit dem Kriegsgebiet nicht aufnehmen kann? Du warst selbst schon immer eins. Das hat meine Gefühle für dich nicht im Mindesten geändert. Damals nicht und heute nicht.«

»Ich habe nie behauptet, du könntest es mit meiner Familie ... den Problemen ... nicht aufnehmen.« Langsam hob er den Kopf, um ihr ins Gesicht blicken zu können. »Ich halte es nur nicht für fair, dich damit zu belasten. Du hast einen Job, der dich erfüllt, endlich den Erfolg, den du verdient hast. Meine Bagage ist bloß ein entsetzlicher Klotz am Bein.«

Ihre Miene wurde wieder ernst. »Weißt du eigentlich, dass du der einzige Mann bist, der mich nie ändern wollte?«

Irritiert über den plötzlichen Themenwechsel runzelte er die Stirn. »Warum sollte ich dich ändern wollen? Du bist perfekt, so wie du bist.«

Nun lachte sie doch wieder leise. »Ich bin nicht perfekt.«

»Von meiner Warte aus gesehen schon.«

Obwohl sie nun lächelte, blieb ihr Blick ernst und eindringlich. »Siehst du, und genauso perfekt bist du für mich.«

Er stutzte, schüttelte den Kopf. »Ich bin alles Mögliche, aber ganz sicher nicht perfekt.«

»Doch, Christian. Ich habe mich immer gefragt, warum ausgerechnet du, und nur du, diese erschreckend intensiven Gefühle in mir auslösen kannst. Warum alle anderen einen Sicherheitsabstand von dir halten, während ich mich wie magnetisch zu dir hingezogen fühle. Damals schon und heute immer noch, sogar noch mehr. Du bist der Mensch, dessen gegensätzliche Eigenschaften die meinen perfekt ergänzen.«

Stirnrunzelnd dachte er über ihre Worte nach. »Weil Gegensätze sich anziehen?«

»Yin und Yang.« Sie lächelte liebevoll zu ihm auf. »Wie bei Steffen und Elena. Sie sind so verschieden und doch eine Einheit. Ich ...« Sie stockte kurz, wurde wieder ernst. »Ich wollte nicht, dass du dieser eine besondere Mensch für mich bist, weil ich mich so schrecklich geschämt habe nach ... dem Abend damals. Es war mir entsetzlich peinlich, dass ich dich so falsch eingeschätzt hatte, und ich war so schrecklich traurig, dass du meine Gefühle nicht erwidert hast.«

Sein Herz zog sich schmerzhaft zusammen. »Ich habe dich damals schon begehrt und ... ja, auch geliebt. Aber das eine verbot sich strikt und zu dem anderen war ich noch nicht bereit. Ich weiß nicht, ob es funktioniert hätte, wenn ich damals auf dein Angebot eingegangen wäre. Ich musste erst erwachsen werden, meinen Weg finden. Aber vergessen konnte ich dich nicht. Wahrscheinlich habe ich deshalb alle deine Bücher gelesen, deinen Blog abonniert und ...«

»Mich gestalkt?« Sie grinste ihn an.

»Ich wollte dir irgendwie immer nah sein. Damals, all die Jahre, die ich fort war. Jetzt. Ich weiß nicht, wie ich damit umgehen soll, dass ich«, er schluckte hart, »dass ich dich brauche, Annalena. Ich will dich in meinem Leben, aber mein Leben in deinem wird dir ein gigantisches Chaos bescheren.«

Fest schlang sie ihre Arme um seinen Hals. »Ich will gerne Teil deines Lebens sein, Christian. Und wenn das für mich bedeutet, das All-inclusive-Paket zu buchen, dann nehme ich es.« Sie zog seinen Kopf zu sich hinab, bis sich ihre Lippen berührten. Gleichzeitig blinzelte sie ihm zu. »Vielleicht kann ich dir ja dabei helfen, das

Kriegsgebiet ein wenig zu entschärfen. Ich mag Senta unheimlich gern und bin schon sehr auf Mariella gespannt.«

»Meine Mutter ...«

»Ein Problem nach dem anderen«, unterbrach sie ihn. »Eine der Regeln aus meinem Buch.«

»Ich weiß. Ich habe es gelesen.«

»Gut, dann weißt du auch, dass ich darin rate, niemals aufzugeben, wenn man etwas wirklich will.« Wieder küsste sie ihn. »Gleich morgen fangen wir an, dein Leben zu entrümpeln.«

»Ach ja?« Er war fasziniert von der positiven Energie, die sie ausstrahlte.

»O ja. Ich mache eine Fallstudie daraus.«

»Eine was?«

Sie lachte leise. »Eins meiner nächsten Bücher soll *Nun! Räum! Endlich! Auf!* heißen. Und nicht nur bezogen auf unordentliche Keller und Garagen.«

»Ich bin also eine Fallstudie für dich?« Er tat entsetzt.

»Die schönste und spannendste, die ich je hatte.« Ihr warmes Lächeln erreichte auf direktem Wege sein Herz, dagegen kam er einfach nicht an. Vielleicht war an ihrer Yin-und-Yang-Theorie tatsächlich etwas dran.

Sachte streichelte er über ihre Wange, ihren Hals hinab und umfasste schließlich ihre Brust. »Gleich morgen, sagtest du?«

»Ja.« Sie sog hörbar die Luft ein, als er mit dem Daumen ihre Brustwarze neckte, bis sie sich aufgerichtet und zusammengezogen hatte.

»Und was machen wir bis dahin?«

»Gute Frage.« Ihre Hände strichen deutlich begehrlicher als zuvor seinen Körper hinab. »Da hätte ich ein paar Vorschläge.«

Da sie noch immer ihr Bein um ihn geschlungen hatte, brauchte es nur einen winzigen Positionswechsel, um sich wieder zwischen ihre Schenkel zu schieben. »Ich ebenfalls«, flüsterte er, küsste sie hungrig und drang tief in sie ein.

***

Es war bereits hell geworden, als Annalena erwachte. Durchs Fenster konnte sie erkennen, dass die Sonne schien. Sie fühlte sich herrlich matt und glücklich. Erst in den frühen Morgenstunden waren sie irgendwann eingeschlafen, nachdem sie einander zuvor Stunde um Stunde Liebe und Lust geschenkt hatten.

Sie lag dicht an Christian geschmiegt, sein rechter Arm und sein linkes Bein hielten sie fest umschlungen, sodass sie sich wunderbar geborgen fühlte. Wenn sie den Kopf ein wenig drehte, blickte sie genau auf seine Tätowierung. Lächelnd stellte sie fest, dass der Eindruck von gestern nicht getrogen hatte. Der Drache grinste tatsächlich fast unmerklich.

»Was ist denn so lustig?« Christians tiefe, leicht heisere Stimme jagte ihr einen angenehmen Schauder über den Rücken. Er folgte ihrem Blick und schmunzelte. »Flirtest du mit dem Biest?«

»Wir lernen uns gerade näher kennen.«

»Aha.«

Sie strich leicht mit dem Zeigefinger über den Hautschmuck. »Ich denke, wir mögen uns.«

»Das trifft sich ja gut.«

Sie küsste ihn auf die Wange. »Finde ich auch.«

Er streckte sich ein wenig und sah sich um. »Es ist schon hell. Wie spät ist es überhaupt?«

»Kurz nach neun.«

»Was?« Erschrocken fuhr er auf. »Senta ist allein drüben, und um zehn will Mariella da sein und ...« Er stutzte, als sie zu lachen begann. »Das ist nicht witzig.« Fahrig sah er sich nach seinen Klamotten um und fand nach einigem Wühlen zwischen den Decken zumindest seine Shorts.

»Doch, ist es.« Sie richtete sich ebenfalls auf und umfasste seinen Arm, bevor er aufstehen konnte. »Es besteht überhaupt kein Grund zur Eile. Ich habe Senta heute Nacht, als ich kurz mal im Bad war, eine WhatsApp geschrieben, damit sie sich keine Sorgen machen muss. Sie weiß, dass du und Asco heute Nacht hiergeblieben seid.«

»Wunderbar.« Stöhnend ließ er sich in die Kissen zurückfallen. »Sie ist erst zwölf.«

»Na und?« Kichernd stieß sie ihn an. »Glaubst du, sie weiß noch nicht, wie das mit den Blümchen und Bienchen geht?«

»Großer Gott!« Das Entsetzen auf seinem Gesicht reizte sie noch mehr zum Lachen. »So genau braucht sie über mein Liebesleben nicht im Bilde zu sein.«

»Ich fürchte, dafür ist es jetzt zu spät.« Beschwichtigend strich sie über seinen Oberarm. »Sie wird es schon verkraften.« Kurz hielt sie inne. »Und sich daran gewöhnen. Das darf sie doch, oder etwa nicht?«

Er runzelte kurz die Stirn, dann begriff er. »Natürlich.« Sanft zog er sie zu sich herab und küsste sie. »Ich weiß zwar immer noch nicht, wie das alles werden soll, aber du brauchst nicht zu glauben, dass ich ... Ich habe gemeint, was ich gesagt habe, Annalena. Es ist nur ...«

»Ich weiß. Kompliziert. Wir erarbeiten eine Schritt-für-Schritt-Anleitung.«

Um seine Mundwinkel zuckte es. »Ach ja, für deine Fallstudie.«

»Ganz genau.« Sie kicherte wieder. Und jetzt ist unsere Schonfrist vorbei.«

»Was meinst du?« Er hob den Kopf und folgte ihrem Blick, der sich auf die geschlossene Tür gerichtet hatte.

Von der Treppe waren eilige Pfotentapser zu vernehmen. Im nächsten Moment erklang ein Bellen, ein schnelles Kratzen, dann flog die Tür auf und Asco sauste wie ein Wirbelwind herein und war mit einem Satz auf dem Bett.

Endlich, endlich seid ihr wach! Du meine Güte, wenn ich gewusst hätte, dass ihr so lange schlaft, wenn ihr zusammen hier oben seid, hätte ich ... Nein, hätte ich wohl nicht. Aber jetzt raus aus den Federn, ich will was erleben. Und Hunger hab ich auch. Draußen war ich schon, zumindest fürs Pieseln. Hab die Terrassentür auch wieder so weit zugeschoben, dass es nicht zieht. Na? Was ist denn? Muss ich rabiat werden? Hechelnd und wedelnd sprang Asco auf dem Bett hin und her und trampelte rücksichtslos auf Annalena und Christian herum.

Annalena bog sich vor Lachen, während Christian versuchte, empfindliche Körperteile in Sicherheit zu bringen.

»Schon gut, schon gut«, japste er und schaffte es schließlich, sich von der Matratze zu erheben. »Wir haben ja verstanden, Kumpel.«

Sehr gut. Dann mal los, auf ins Abenteuer!

Nach einer kurzen Dusche sammelte Christian seine Kleider ein, während Annalena sich ebenfalls rasch anzog und versuchte, ihre ungebärdigen Locken einigermaßen in den Griff zu bekommen. Danach begleitete sie Christian und Asco nach nebenan. Schon als sie aus der Haustür traten, fluchte Christian unterdrückt. »So ein Mist!«

»Was ist denn?« Als sie den grauen Van vor seinem Eingang parken sah, begriff sie. »Mariella ist schon da?«

»Sieht ganz so aus.« Er hüstelte. »Dann gibt es jetzt gleich die volle Dröhnung.«

Lachend ergriff sie seine Hand. »Du hast doch wohl keine Angst, mich deinen Schwestern als deine Freundin vorzustellen?«

»Das weniger. Es ist nur ...« Er räusperte sich diesmal etwas lauter. »Du hast einen Knutschfleck am Hals.«

Sie fasste an die Stelle und grinste. »Ich weiß.«

»Zieh einen Rollkragenpulli an. Oder einen Schal.«

»Im Leben nicht.«

In diesem Moment öffnete sich Christians Haustür und eine hochgewachsene junge Frau in Jeans und taillierter roter Longbluse mit wallenden rotblonden Korkenzieherlocken trat heraus. »Was ist denn, wollt ihr endlich rüberkommen oder lieber da draußen erfrieren?«

Oh, wau, das ist ja Mariella! Hallo, hallo, wie geht es dir? Das ist ja eine Überraschung. Ich freue mich, dich wiederzusehen. So lange ist das her. Viel zu lange. Wuff, lass dich mal beschnüffeln.

Mit hellem Gebell sauste Asco auf Christians Schwester zu, sprang an ihr hoch und gebärdete sich wie wild. Sie begrüßte ihn lachend, was Christian und Annalena Gelegenheit gab, sich zu sammeln und Hand in Hand hinüberzugehen.

»Mannomann.« Mariella musterte erst Annalena, dann ihren Bruder eingehend. »Da kommt man einmal früher als angekündigt an und findet gleich mal Sodom und Gomorrha vor. Ich nehme doch an, der Knutschfleck stammt von dir, großer Bruder. Chic.« Mit einem breiten Grinsen stieß sie Christian vor die Brust und streckte Annalena danach ihre Hand hin. »Guten Morgen, Annalena. Ich bin Mariella, die dämliche kleine Schwester dieses alten Schwerenöters. Und ja, ich war früher mal pummelig und pausbäckig, und niemand erkennt mich heute wieder. Zum Glück.« Sie wandte sich erneut Christian zu und sagte mit verstellter Stimme: »*Wir sind bloß Freunde und so muss es auch bleiben? Es geht nicht anders?*« Ihre Augenbrauen wölbten sich und sie deutete auf ihre miteinander verschränkten Hände. »Anscheinend geht es doch anders.« Sie grinste und machte eine einladende Handbewegung. »Kommt rein, wir haben schon auf euch gewartet.«

»Auch das noch.« Christian wirkte regelrecht verlegen.

»Frischer Kaffee!« Schnüffelnd hob Annalena die Nase.

Speck und Eier. Wau, Her damit! Asco flitzte mit hoch erhobener Nase in die Küche.

»Wir haben den Esstisch gedeckt und die zweite Kerze am Adventskranz angezündet«, erklärte Mariella, während sie voran ins Wohn- und Esszimmer ging. »Senta hat Brötchen aufgebacken und außerdem haben wir ein bisschen was zusammengebrutzelt. Nach so einer wilden Nacht habt ihr bestimmt ordentlich Hunger.«

»Du meine Güte.« Christian hustete.

»Haben wir«, bestätigte Annalena lachend und beschloss, Mariella zu mögen. Was auch immer sie erwartet hatte, es hatte sich glücklicherweise nicht bestätigt. Diese junge Frau mochte vielleicht ein schlimmes Erlebnis hinter sich haben, aber sie würde es überstehen. Sie wollte es überstehen, das war ihr anzumerken.

»Dann setzt euch mal und füllt eure leeren Kalorienspeicher wieder auf.«

»Ich hab die Pancakes fertig«, verkündete in diesem Moment Senta und trug eine Platte mit einem ganzen Berg kleiner Pfannküchlein herein. »Das war ja total einfach. Mariella hat mir gezeigt, wie die gehen. Den Herd hab ich auch wieder ausgeschaltet.«

»Es geht doch nichts über ein Sonntagsfrühstück mit Speck, Rührei und Pancakes«, befand Mariella und ließ sich auf dem Stuhl ihrem Bruder gegenüber nieder. »Greift zu! Besonders du, Christian, denn dich brauche ich gleich noch zum Kartonschleppen.«

Senta hatte sich neben ihre Schwester gesetzt und rührte bereits eifrig Schokoladenpulver in ihre Milch. Vorsichtig musterte sie dabei erst ihren Bruder, dann Annalena. »Seid ihr jetzt zusammen? *So richtig ... und so?*«

Annalena warf Christian einen fragenden Blick zu. »Sind wir das? So richtig ... und so?«

»Ich dachte, das hätten wir vorhin bereits geklärt.« Sichtlich nervös ließ er seinen Blick zu seiner kleinen Schwester wandern. »Müssen wir das wirklich in dieser Runde noch mal erörtern?«

Sie lächelte ihm zu und ergriff seine Hand. »Du bist ein ziemlich leichtes Opfer, Christian Bonner.« An Senta gewandt antwortete sie. »Ja, wir sind zusammen. Ist das okay für dich?«

»Total!« Eifrig nickte Senta. »Ich hab schon gedacht, das wird vielleicht nichts, weil Christian immer so viel grübelt und so ... meinetwegen und jetzt auch noch wegen Mariella.« Sie trank einen Schluck Kakao. »Dabei passt ihr total gut zusammen.«

»Finde ich auch.« Annalena drückte noch einmal Christians Hand und nahm sich dann ein Brötchen. »Siehst du, einen Fan haben wir schon mal.«

»Zwei.« Mariella häufte sich Rührei auf ihren Teller. »Wir kennen uns zwar nicht mehr so richtig, weil ich ja noch ein Kind war, als das mit euch anfing, aber ich wusste schon immer, dass ihr füreinander bestimmt seid. Und ich hatte recht.«

»Was sagst du da?« Erstaunt hob Christian den Kopf.

Mariella lächelte breit. »Komm schon, sollte das etwa ein Geheimnis sein? Ich kenne dich, Christian. Annalena war schon immer die Einzige, die du mit diesem besonderen Blick angesehen hast. Und umgekehrt. Wenn man das bedenkt, habt ihr allerdings eine erschreckend lange Zeit gebraucht, den Blicken Taten folgen zu lassen.«

»Bei manche Dingen dauert es eben eine Weile, bis sie sich fügen«, erklärte Annalena. »Aber dafür fühlen sie sich dann umso besser an.«

Christian hustete in seine Kaffeetasse.

»Kann ich mir denken.« Mariella legte den Kopf leicht schräg. »Und den Beweis kann man an deinem Hals deutlich sehen.«

»Was ist an deinem Hals?« Neugierig beäugte Senta Annalena und bekam große Augen. »Das ist ja ein Knutschfleck!« Kichernd sah sie ihren Bruder an. »Hast du den gemacht?«

Anklagend blickte er zu Annalena. »Warum hast du nicht einfach einen Rollkragenpullover angezogen?« Noch verlegener als zuvor fuhr er sich durch die Haare. »Ich weiß nicht, ob ich mich zukünftig in einem Haus voller Frauen noch wohlfühlen kann.«

»Tja, das hättest du dir früher überlegen müssen.« Mariella zuckte die Achseln. »Aber du musst ja immer unser Held sein.« Sie wurde ernst. »Was unser Glück ist.« Nach einem kurzen Räuspern erschien erneut ein Lächeln auf ihren Lippen, diesmal kam es Annalena jedoch ein wenig gezwungen vor. »Jetzt erzählt mal, wem von euch beiden es gelungen ist, Christian zu dem ganzen Weihnachtsschmuck zu überreden. Als ich vorhin hier ankam, dachte ich, ich sehe nicht richtig.«

22. Kapitel

»Das ist ja tatsächlich noch mal gutgegangen.« Mit einiger Erleichterung stand die Frau des Weihnachtsmannes vor der Videowand und sah zu, was sich bei Annalena und Christian tat. »Ich sage es nur ungern, weil ich nicht gutheiße, dass du solch ein Risiko eingegangen bist, aber ich bin beeindruckt.«

Santa Claus saß bequem zurückgelehnt in seinem Bürostuhl, hatte die Hände auf dem Bauch gefaltet und drehte lächelnd Däumchen. »Ich habe jetzt schon so viel mit den Menschen erlebt, dass ich allmählich den Dreh heraushabe. Manche von ihnen muss man bis an die sprichwörtliche Kante des Abgrunds schubsen, um sie dazu zu bringen, sich ihren wahren Gefühlen und Wünschen zu stellen.«

»Das mag ja stimmen, aber ich bitte dich, mein Lieber.« Sie wandte sich vom Bildschirm ab und trat an den Tisch. »Mach so etwas Gefährliches nie wieder. Das hätte auch heftig ins Auge gehen können.«

»Ist es aber nicht.« Das Grinsen auf dem Gesicht des Weihnachtsmannes vertiefte sich noch. »Ich bin übrigens noch nicht fertig mit den beiden.«

Überrascht hob sie den Kopf. »Was meinst du damit?«

»Nun.« Er hob mit unschuldigem Augenaufschlag die Schultern. »Noch ist das Weihnachtsfest für ihn nicht perfekt, oder? Also muss ich noch ein bisschen hier und da an den Stellschrauben des Geschehens drehen, damit ich ihn hinterher auf meine Liste der bekehrten Weihnachtsliebhaber setzen kann.«

Santas Frau schüttelte halb amüsiert, halb ungläubig den Kopf. »Du bist unmöglich, weißt du das?«

»Ach was. Ich würde das nicht tun, wenn ich nicht vollstes Vertrauen in den guten Ausgang der Geschichte hätte.«

»Es ist aber nichts Gefährliches?«, hakte sie besorgt nach. »Kein Risiko? Nichts, was deinen bisherigen Erfolg zunichtemachen kann?«

»Sei unbesorgt. Ich habe alles im Griff. Es muss sich im Grunde nur noch ein weiteres Rädchen im Uhrwerk des Schicksals ineinanderfügen, und schon ist alles perfekt.«

Ihr Blick fiel auf die Zimmerecke hinter ihm und sie erschrak. »Aber ... Wenn dem so ist, warum blinkt dann das Gefühlsradar? Schau nur, das gelbe Lämpchen ist angegangen.«

»Was?« Verblüfft drehte Santa Claus sich mit dem Bürostuhl und starrte auf das blinkende Alarmsignal. Als er den Ton anstellte, erklang ein tiefer Brummton. »Nanu, was hat das zu bedeuten?« Rasch justierte er das Gerät und ging dann zur Videowand, um auch dort die Frequenzen zu überprüfen. »Ach, hm, das ist ja ... interessant.«

»Was ist denn los?« Santas Ehefrau gesellte sich zu ihm und warf erneut einen Blick auf die Geschehnisse auf der Erde. »Oh, oh.« Empört stemmte sie die Hände in die Seiten. »Also wirklich, was hast du dir nur dabei gedacht? Hat es nicht gereicht, in Christians Familie mehr Durcheinander anzurichten als nötig? Gerade haben sie das einigermaßen im Griff und jetzt so etwas? Hat das jetzt wirklich auch noch sein müssen? Manchmal übertreibst du es aber wirklich.«

»Nein, nein, du verstehst nicht.« Irritiert drehte Santa Claus an den Einstellungen des Bildschirms herum und eilte dann zu seinem Computer. »Das war ich nicht. Ich habe nichts damit zu tun.«

»Wirklich nicht?« Misstrauisch musterte sie ihn. »Dann, würde ich sagen, hast du ein Problem.«

Hastig tippte er auf der Tastatur herum, um weitere Informationen über die Vorgänge auf der Erde abzurufen. »Aha, da haben wir es. Hm, tja, das war zwar so nicht eingeplant ...« Er hob den Kopf. »Aber weißt du was? Das ist gut so. Ich bin ganz sicher, dass alles sich fügen wird, wie es soll. Ich muss bloß Elf-Zwei und Elfe-Acht Bescheid geben, dass sie sich besonders ins Zeug legen müssen, damit unser Plan voll aufgeht.«

»Und wenn nicht?«

Der Weihnachtsmann verschränkte die Arme vor der Brust. »Nun hab doch ein wenig Vertrauen, mein Schatz. Das hier sieht nur auf den ersten Blick aus wie eine sich anbahnende Katastrophe. Vielleicht ist es auch einfach viel Lärm um nichts.«

»So? Wie denn das?«

»Abwarten.« Er blinzelte ihr zu. »Denn es geschehen noch Zeichen und Wunder.«

23. Kapitel

Wie Glück sich anfühlte, hatte Christian nie wirklich gewusst. Bis jetzt. Die zweite Hälfte des Advents verging für ihn wie im Flug. Annalena und er fanden wie selbstverständlich zu einer angenehmen Routine. Da die Winterferien an der Sportakademie bereits früher anfingen als die Schulweihnachtsferien, hatte er etwas mehr Freizeit, die er so weit wie möglich mit Annalena verbrachte, wenn er sie nicht gerade dazu nutzte, ihr den Rücken freizuhalten, während sie arbeiten musste. Sie hatte noch immer viele Interviewanfragen, besonders nachdem die Homestory im Fernsehen gelaufen war. Außerdem plante sie inzwischen auch schon an ihrem nächsten Buch und verbrachte viel Zeit mit Telefonaten und Internetrecherchen.

Also kümmerte er sich, wenn sie ihn darum bat, auch tagsüber zeitweise um Asco und kochte für sie. Da er das für Senta sowieso täglich tat, war es einfach, die Mahlzeiten für eine Person mehr zuzubereiten. Oder für zwei mehr, wenn Mariella auch mit von der Partie war. Sie pendelte mit Bus und Bahn zwischen der Uni und ihrem neuen Zuhause hin und her, verbrachte aber auch viel Zeit in der Bibliothek, weil ihr in Kürze einige Prüfungen bevorstanden. Zweimal pro Woche besuchte sie die Therapie, sprach aber, typisch für sie, nicht oft darüber. Er wusste, dass sie noch nicht über den Berg war, sich aber, entschlossen wie sie war, ganz sicher auf dem Weg dorthin befand. Aber es würde Zeit brauchen. Zeit und Geduld. Sie gab sich nach außen hin stark und gelassen, was typisch für die Bonner-Geschwister zu sein schien, doch er hatte sie, nachdem sie ihn um Hilfe gebeten hatte, oft genug in den Armen gehalten, während sie haltlos geweint hatte, um zu wissen, dass sie tief verletzt war und es noch eine Weile dauern würde, bis sie ihr inneres Gleichgewicht wiederfand.

Während seine Tage also überwiegend angenehm verliefen, brachten ihn die Nächte regelmäßig fast um den Verstand. Ob sie sich liebten oder einfach nur still beieinander lagen und einander festhielten – er hatte das Gefühl, nicht genug von Annalena bekommen zu können. Es schien, als wollten sie beide die vielen Jahre der Trennung und der Selbstverleugnung nun aufholen oder wiedergutmachen.

Inzwischen hatte er den sich nah am Verfallsdatum befindenden Kondomvorrat in Annalenas Nachttisch durch eine neue Packung ersetzt, denn auch an den gefährlichen fruchtbaren Tagen wollten sie keinesfalls darauf verzichten, einander nah zu sein. Sie hatte ihn zwar als unersättlich aufgezogen, war aber alles andere als abgeneigt, das Feuer, dass sich stets zwischen ihnen entzündete, ebenfalls weiter zu schüren.

Als er sich dabei ertappte, sich eine ferne Zukunft vorzustellen, in der sie absichtlich auf die Verhütung verzichteten, erschrak er dennoch sehr. Er hatte immer geglaubt, dass für ihn die Gründung einer Familie niemals in Frage käme. Allerdings war er auch der Überzeugung gewesen, für immer auf sein Glück verzichten zu müssen. In diesem Punkt hatte er sich geirrt, doch das bedeutete noch lange nicht, dass er bereit war, so viele Schritte auf einmal zu tun, dass ihm geradezu angst und bange wurde.

Oder doch?

Nein, ausgeschlossen. Er trug genug an den familiären Schwierigkeiten und einem unsichtbaren Rucksack voller persönlicher Altlasten. Auch wenn das Wissen, dass Annalena an seiner Seite und für ihn da war, ungeahnte Kraftreserven in ihm freilegte, würde er doch den Teufel tun, von etwas zu träumen, das einfach nicht sein konnte.

Oder doch?

Immer wieder meldete sich dieses verstörende Stimmchen in seinem Kopf, das ihn mit dem hartnäckigen Hinterfragen seiner bisherigen Glaubenssätze ganz verrückt machte. Auch seine beharrlichen Gegenargumente, dass es für solche Gedanken so oder so viel, viel zu früh war, brachten das Stimmchen nicht zum Schweigen.

Noch immer konnte er nicht ganz fassen, dass Annalena zu ihm gehörte – und er zu ihr. Zu lange hatte er sich seine Wünsche in dieser Hinsicht versagt, seine Gefühle unterdrückt. Gefühle, die so tief und heftig waren, dass er manchmal nicht wusste, wie er sie ihr mitteilen sollte. Seltsamerweise schien sie ihn jedoch auch ohne Worte zu verstehen. Seit jener ersten gemeinsamen Nacht hatte er den Eindruck, sie könne in ihm lesen wie in einem Buch. Es war ein seltsames, beängstigendes und zugleich beruhigendes Gefühl. Sie las in seinen Augen, in seiner Seele, was in ihm vorging. Sie wich nicht zurück – oder nicht mehr –, wenn er von einem emotionalen Sturm erfasst wurde. Etwas, das sich vor ihr noch niemals jemand getraut hatte – nicht einmal seine Schwestern. Er konnte diese Stürme zwar durch jahrelange Übung inzwischen kontrollieren, kanalisieren, sich, wenn es sein musste, mit Sport abreagieren, doch die äußeren Anzeichen zu verbergen, war ihm nie ganz gelungen. Er wusste, dass er in solchen Situationen furchteinflößend wirken konnte. Eine Tatsache, die er sich als Jugendlicher oft zunutze gemacht hatte, um alle Menschen auf Abstand zu halten.

Nur Annalena hatte es je gewagt, und auch erst seit Kurzem, ihm in solchen Momenten nicht auszuweichen, ihn nicht sich selbst zu überlassen, sondern bei ihm zu bleiben, ihm sogar nahezukommen, so nahe, dass er von ihrer inneren Stärke und Ruhe zehren konnte.

Sie wirkte ausgleichend auf ihn und wühlte sein Herz zugleich in einer Weise auf, die er nicht beschreiben konnte. Früher hatte er immer gedacht, er müsse seine Gefühle einsperren, sie vor der Welt verbergen, weil sie zu stark und zu wild waren, als dass jemand sie freiwillig würde aushalten wollen. Doch jetzt, da er das Kämpfen endlich aufgegeben hatte, fühlte er sich freier, konnte auf eine Weise durchatmen, die ihm bislang fremd gewesen war.

Mit dieser Einsicht ging aber auch die Furcht einher, etwas falsch zu machen und Annalena dadurch wieder zu verlieren. Deshalb gab er dem Wunsch, der sich in ihm formte und der von Tag zu Tag mehr Gestalt annahm, nicht nach. Es war zu früh, über solch einen enormen Schritt nachzudenken. Viel zu früh. Allein die Vorstellung, sie könnte so entsetzt reagieren, wie er befürchtete, hielt ihn davon ab, diesen Gedanken zu vertiefen.

So schob er auch am Mittag des letzten Adventssamstags all diese verlockenden und zugleich zutiefst beängstigenden Überlegungen weit von sich und versuchte, wie Annalena es vorgeschlagen hatte, immer nur einen Schritt nach dem anderen zu gehen.

Er hatte noch immer kein Geschenk für sie und hoffte, er würde heute auf seinem bevorstehenden Gang in die Stadt irgendetwas Schönes finden. Nichts allzu Teures, das hatten sie bereits beschlossen. Leider war er eine absolute Niete darin, Weihnachtsgeschenke auszusuchen, zumal er so gut wie keinerlei Übung darin hatte. Aber vielleicht hatte er ja Glück.

Hinterher würde er sich noch kurz mit Noah treffen, um mit ihm ein paar erste Eindrücke zu den Sport-AGs auszutauschen. Da sowohl Senta als auch Mariella außer Haus waren und für den Fall, dass Annalena später herüberkommen würde, schrieb er hastig eine Notiz, legte den Zettel zu den beiden, die seine Schwestern hinterlassen hatten, als er auf seiner Joggingrunde gewesen war, vergewisserte sich, dass Asco genügend Wasser in seinem Napf hatte, und verließ zielstrebig das Haus.

Er war kaum zweihundert Meter gegangen, als sein Handy klingelte. Ein Blick aufs Display ließ ihn die Stirn runzeln. Die Nummer kannte er nicht, sehr wohl aber die Vorwahl – sie stand für Hannover. Mit einem unguten Gefühl nahm er das Gespräch an. »Bonner?«

»Wie kannst du es wagen, mir meine Tochter wegzunehmen? Hast du überhaupt kein Herz im Leib? Das lasse ich nicht auf mir sitzen, hörst du? Da mache ich nicht mit.«

Die Furchen auf seiner Stirn vertieften sich und seine freie Hand ballte sich zur Faust. »Mutter. Ich hatte mich schon gefragt, wann du anrufen würdest.«

»Beim Anrufen wird es nicht bleiben, Christian. Ich werde mich ins Taxi setzen und zu euch kommen und dir ins Gesicht sagen, was ich von dir halte. Mein eigenes Fleisch und Blut fällt mir in den

Rücken.« Ihre Stimme klang schrill, wie immer. »Ich habe meine Sachen schon gepackt. Ich habe Rechte, weißt du? So kannst du nicht mit mir umspringen.«

»Doch, Mutter, das kann ich sehr wohl. Und du wirst nicht hierherkommen. Senta will dich nicht sehen.«

»Natürlich will sie. Ich bin ihre Mutter!«

»Nein, will sie nicht. Das hast du dir selbst zuzuschreiben.«

»Das werden wir ja sehen.«

Er schloss für einen kurzen Moment die Augen, um sich zu sammeln und ruhig zu bleiben. »Ja, das werden wir.«

***

Annalena streckte sich und zuckte leicht zusammen, weil ihre Schultermuskulatur ganz verspannt war. Nach einem Blick auf die Uhr begriff sie auch warum. Sie hatte viel zu lange auf den Computerbildschirm gestarrt. Es war kurz nach Mittag und vollkommen still im Haus an diesem letzten Adventssamstag. Sie hatte sich zum Arbeiten zurückgezogen und Christian gebeten, sie für eine Weile nicht zu stören, denn ihr war nach den Recherchen der vergangenen Tage eine Idee für die Struktur ihres nächsten Buches gekommen, die sie unbedingt in Worte fassen wollte. Das hatte sie nun seit den frühen Morgenstunden getan und gleich auch noch einen Plan für die Detailrecherche erstellt. Ganz fertig war sie noch nicht, aber zumindest hatte sie nun einen groben Überblick über die bevorstehenden Arbeitsschritte der kommenden Wochen und Monate.

Eigentlich hätte sie jetzt noch an einem Blogartikel schreiben müssen, doch das verschob sie rigoros, denn nun knurrte auch noch ihr Magen.

Schnell schaltete sie ihren Computer auf Standby und ging nach nebenan, um nachzusehen, ob Christian gekocht hatte. Da sie einander jeweils einen Hausschlüssel gegeben hatten, brauchte sie nicht zu klingeln. Allerdings fand sie weder Christian noch seine Schwestern vor, sondern nur Asco, der sich wie verrückt freute, sie zu sehen.

Hallo Annalena, super, dass du endlich mal rüberkommst. Mir war schon so langweilig, dass ich dauernd geschlafen habe. Also ehrlich, das hätte ich auch bei dir drüben tun können. Herrchen hat gesagt, wir stören dich heute nicht, deshalb sollte ich hierbleiben, und er käme bald wieder. Na ja, bald ist wohl ein dehnbarer Begriff. Gut, dass die blöde Langeweile endlich vorbei ist. Unternehmen wir jetzt was?

»Hey, hey, ist ja schon gut.« Lachend wehrte sie die wilde Begrüßung ab. »Warum bist du denn ganz alleine zu Hause?«

Die Antwort auf ihre Frage fand sie auf dem Küchentisch, denn dort lagen drei verschiedene Notizzettel, aus denen hervorging, dass Mariella in die Uni gefahren war, Senta über Mittag ihre neue Freundin Liliane besuchte und Christian Besorgungen machte und später noch einen Termin mit Noah hatte.

Kopfschüttelnd legte sie die drei Zettel aufeinander. »Christian hätte dich ruhig zu mir rüberbringen können. Du störst mich doch nicht bei der Arbeit.«

Sag ich ja, aber er hat darauf bestanden, dass du unbedingt ganz alleine und in Ruhe arbeiten sollst. Wuff. Asco bellte zustimmend und setzte sich dann erwartungsvoll auf sein Hinterteil. *Und nun? Was für Abenteuer hast du geplant?*

»Bestimmt war dir langweilig, was?« Lächelnd sah Annalena auf den Hund hinab, der eine erwartungsvolle Miene aufgesetzt hatte. »Weißt du was, wir machen jetzt einen kleinen Spaziergang zum Weihnachtsmarkt. Ich habe Hunger und hier gibt es offenbar genauso wenig wie drüben bei mir. Aufs Kochen habe ich keine Lust, also holen wir uns halt was vom Imbissstand.«

Gute Idee. Ich bin für Bratwurst.

Als Asco sichtlich erfreut aufsprang und wedelnd zur Garderobe lief, lachte sie. »Schon gut, schon gut, ich komme ja schon. Anscheinend hast du auch Hunger.«

Immer.

Bevor sie die Küche verließ, fiel ihr Blick noch einmal auf die Insel mit den Notizzetteln. »Weißt du was, ich glaube, ich weiß, was ich Christian zu Weihnachten schenken kann. Mir ist ja ewig nichts eingefallen, aber so eine Magnettafel für Nachrichten, Einkaufszettel und so wäre, glaube ich, eine gute Idee.«

Wenn du es sagst. Gehen wir jetzt mal bald los?

»So richtig witzige Magnettafeln gibt es an einem Stand auf dem Weihnachtsmarkt«, redete sie einfach weiter, während sie Asco sein Geschirr anlegte. »Das ist praktisch, dann können wir gleich zwei Fliegen mit einer Klappe schlagen.«

Was – Fliegen? Die fange ich lieber. Macht mehr Spaß.

In ihren warmen Mantel gewickelt, den rosa Schal um den Hals geschlungen, denn nach dem Tauwetter der vergangenen Tage war die Temperatur wieder empfindlich gesunken, begab sie sich nach einem kurzen Umweg für Asco über den Stadtpark in die Innenstadt.

Die Magnettafel war eine ausgezeichnete Idee. Schon seit Wochen grübelte sie darüber nach, was sie Christian zu Weihnachten schenken könnte. Obwohl – oder vielleicht weil – sie ihn so gut kannte, erschienen ihr all ihre bisherigen Ideen irgendwie belanglos. Zwar hatten sie sich darauf geeinigt, es mit Geschenken nicht zu übertreiben, doch allein die Tatsache, dass dies ihr erstes gemeinsames Weihnachtsfest sein würde, weckte in ihr den Wunsch, ihm etwas Besonderes zu schenken. Die Magnettafel war in dieser Hinsicht praktisch und witzig zugleich, zumindest wenn sie eine mit einem besonders treffenden Spruch oder Bild fand.

Dennoch war sie nicht vollkommen zufrieden mit ihrer Idee. So sinnvoll eine Magnettafel auch sein mochte, ein persönliches Geschenk stellte sie nicht dar. Doch eigentlich war sie genau danach auf der Suche – etwas ganz Persönlichem, das ihre Beziehung widerspiegelte. Etwas Besonderem. Etwas, mit dem Christian nicht rechnete, was er sich aber schon immer gewünscht hatte.

Die vergangenen beiden Wochen waren für Annalena die glücklichsten gewesen, die sie je erlebt hatte. Endlich war der Bann, unter dem sie sich, wie sie erst jetzt wirklich begriff, befunden hatte, gebrochen. Alle ihre Bemühungen, Christian zu vergessen und von sich fernzuhalten, hatten dazu geführt, dass ihr Leben – und ihr Herz – unausgeglichen und einsam geblieben war. Dreizehn Jahre lang. Vielleicht hatte es so sein müssen, denn nicht nur Christian hatte erwachsen werden, auch sie selbst hatte wohl erst an Stärke und Selbstbewusstsein gewinnen müssen, um einer Beziehung mit ihm wirklich gewachsen zu sein.

Jetzt, da sie verstanden zu haben glaubte, warum sie einander so perfekt ergänzten und weshalb sie selbst mit größter Anstrengung ihr Herz nicht vor ihm hatte verschließen können, fühlte sie sich erst wirklich frei.

Was ihn offenbar manchmal erschreckte, sie selbst aber fast schon amüsierte, war die Tatsache, dass sie, nachdem sie einmal den Mut dazu gefunden hatte, genau hinzusehen, inzwischen in seinen Augen, seinem Verhalten zu lesen vermochte wie in einem offenen Buch. Diese Augen, die so gefahrvoll finster werden konnten, seine Haltung und gefährliche Ausstrahlung hatten alles Bedrohliche für sie verloren.

Wirklich gefürchtet hatte sie sich nie vor ihm, doch erst, seit sie erkannt hatte, dass er einfach manchmal zu viel und zu intensiv fühlte und diese Emotionen sich, brutal zwar, aber dennoch leicht verständlich, in seinem Blick und seiner Haltung äußerten, hatten sie auch noch den letzten Schrecken für sie verloren. Vielleicht weil sie wusste, tief in ihrem Herzen spürte, dass sie als Einzige in der Lage war, beruhigend und ausgleichend auf ihn zu wirken, wenn er es zuließ. Und das tat er. Endlich.

Daher hätte sie gerne etwas Schöneres, Bedeutsameres für ihn gefunden als eine Magnettafel. Etwas, das unterstrich und mit dem sie zum Ausdruck bringen konnte, dass sie ihn inzwischen auch ohne Worte verstand.

Während sie mit Asco über den Weihnachtsmarkt schlenderte, sich lange an dem Stand mit den Tafeln aufhielt und sich schließlich für ein Exemplar mit einem grinsenden Drachen darauf entschied, kreisten ihre Gedanken unablässig um Christian und die Tatsache, dass er sie schon immer geliebt, es aber so unglaublich lange vor ihr verborgen hatte. Wie viele Jahre hatte sie sich mit den Gedanken gequält, ihn oder vielmehr seine Signale missverstanden, ihn so falsch eingeschätzt zu haben. Dabei war das gar nicht der Fall gewesen. Sie hätte wütend sein können, weil er sie damals belogen hatte, begriff aber inzwischen, was ihn dazu veranlasst hatte.

Er hatte sie schützen wollen, etwas, das sie ihm dringend abgewöhnen musste, weil sie sich sehr wohl in der Lage fühlte, mit dem Kriegsgebiet seines bisherigen Lebens, wie er es genannt hatte, umzugehen. Aber auch sich selbst hatte er damit vor Schmerz und Schaden bewahren wollen. Er brauchte sie, vielleicht noch mehr als sie ihn, und sie wollte ihm so gerne Sicherheit vermitteln, damit er mit ihr vollkommen glücklich sein und in eine gemeinsame Zukunft gehen konnte.

Nachdem die Standbesitzerin ihr die Magnettafel in einer stabilen Papiertüte überreicht hatte, machte Annalena sich auf den Weg zu dem Imbissstand, an dem sie bei ihrem ersten Besuch auf dem Weihnachtsmarkt Bratwurst gegessen hatten. Sie kaufte gleich zwei und verfütterte eine an Asco, während sie ihre eigene mit einer Portion Pommes frites vertilgte.

Von ihrem Stehtisch aus konnte sie einen Teil des Weihnachtsmarktes überblicken und auch die nebenliegende Einkaufsstraße. Sie liebte es, gerade in der Weihnachtszeit, Leute beim Einkaufen zu beobachten. Die Vollbepackten, die mit unzähligen Taschen und Tüten von Geschäft zu Geschäft wanderten, die Eiligen, die mit leicht gestresster Miene umherhasteten, die Ratlosen, die von Schaufenster zu Schaufenster gingen und doch nichts Passendes zu finden schienen.

Auch zwischen den Verkaufsständen des Weihnachtsmarktes konnte man die Besucher grob in diese Kategorien einteilen. In Gedanken fügte sie gerade noch als weitere Gruppe diejenigen hinzu, die glückselig ein einzelnes, offenbar ganz besonderes Geschenk vor sich hertrugen, als ihr schweifender Blick an der hochgewachsenen Gestalt eines Mannes hängenblieb, der drüben in der Einkaufsstraße mit dem Rücken zu ihr vor einem Schaufenster stand.

Ruhig, bewegungslos. Ihr Herz schlug sofort höher, und wenn sie nicht noch die halbe Portion Pommes mit Bratwurst vor sich gehabt hätte, wäre sie sofort losgelaufen, um ihn zu überraschen.

Stattdessen sah sie ihn nur an, genoss den Anblick – groß, breitschultrig, männlich – und spürte dem Glücksgefühl nach, das sich bei dem Gedanken in ihr ausbreitete, dass er nun zu ihr gehörte.

Hey, was ist denn, gibt es etwa keine Bratwurststückchen mehr? Ich hab immer noch Hunger!

Das kurze, auffordernde Bellen des Hundes riss sie für einen Moment aus ihrer Versunkenheit. Lachend gab sie ihm ein weiteres Stückchen Wurst. »Entschuldige, mein Süßer, ich habe dich nicht vergessen. Aber dein Herrchen hat mich gerade vollkommen abgelenkt.«

Ascos Ohren zuckten. *Herrchen? Wo ist er denn? Ich sehe ihn gar nicht. Oh, aber dafür sehe ich gerade Elf-Siebzehn da drüben hinter dem bunt geschmückten Weihnachtsbaum neben der Bühne. Na, so was. Was macht er denn da? Er winkt so komisch und sieht ganz verschwörerisch aus. Und jetzt legt er den Zeigefinger an die Lippen. Soll ich still sein? Ihn nicht verraten? Okay, das kann ich. Aber ich bin doch sehr neugierig, was er da macht.*

Als Annalena wieder hinüber zu Christian sah, hatte er sich immer noch nicht bewegt. Ganz ruhig stand er vor dem Schaufenster. Im nächsten Moment vernahm sie einen leisen Ruf, und gleich darauf sah sie Noah Silberberg halb im Laufschritt und mit ausgestreckter Hand auf Christian zu hasten.

Christian drehte sich zu ihm um, ergriff lächelnd die Hand des Sozialarbeiters und die beiden Männer wechselten ein paar Worte, die Noah mit ausholenden Handbewegungen unterstrich. Gleich darauf gingen sie gemeinsam weiter. Annalena nahm an, dass sie sich wegen der Schul-AGs besprechen wollten, und freute sich, dass sie sich offenbar so gut verstanden.

Einen Moment lang bedauerte sie es, nicht doch rasch zu Christian hinübergegangen zu sein, doch dann schalt sie sich ein dummes Huhn. Sie würden sich später am Tag wieder zu Hause treffen, die paar Stunden würde sie doch wohl aushalten können.

Über sich selbst schmunzelnd, weil sie sich in ihrer Verliebtheit wie ein Teenager benahm, teilte sie auch noch die restlichen Fritten mit Asco und warf dann die Pappschale in den Abfallbehälter. Warum sie noch einmal hinüber zu dem Gebäude blickte, vor dem Christian gestanden hatte, wusste sie selbst nicht. Es handelte sich um den alteingesessenen Juwelier Stein und in dem mittleren seiner drei Schaufenster, dem, vor dem Christian gewartet hatte, waren immer die allerschönsten Armbänder und Uhren ausgestellt. Schön und teuer.

Plötzlich durchschoss sie ein Gedanke. Hoffentlich plante Christian nicht, ihr eines dieser teuren Schmuckstücke zu kaufen. Falls dem nämlich so sein sollte, war ihre Idee mit der Magnetwand absolut untauglich. Stirnrunzelnd warf sie noch einen dritten Blick auf die Fassade des Juwelierladens. »Was ist das denn?«, murmelte sie verblüfft, denn es kam ihr so vor, als würde die Luft um das Schaufenster herum leicht flirren und glitzern. Vielleicht lag es am Sonnenlicht, das in diesem Moment durch die vorbeiziehenden Wolken brach.

Äh, wuff? Annalena? Lass uns mal weitergehen. Elf-Siebzehn winkt mir dauernd zu. Ich glaube, er will, dass ich mit dir irgendwohin gehe.

Erstaunt blickte Annalena auf den Border Collie hinab, der leise bellte und gleichzeitig eifrig mit der Rute wedelte. »Was hast du denn? Willst du mir etwas mitteilen?«

Ja, genau, und zwar, dass wir jetzt ganz schnell da hinübergehen müssen, wohin auch Elf-Siebzehn gegangen ist.

Überrascht, weil Asco leicht an der Leine zupfte und offenbar in eine ganz bestimmte Richtung wollte, nahm sie die Tüte mit der Magnettafel vom Boden auf und folgte ihm. »Wohin willst du denn so unbedingt? Warte doch mal, hier in das Zelt wollte ich eigentlich auch noch!« Im Vorbeigehen warf sie einen Blick in das große Verkaufszelt einer jungen Glaskünstlerin, die ihre Kunstwerke seit einigen Jahren regelmäßig auf dem Weihnachts- und dem Ostermarkt anbot. Sie stammte hier aus der Stadt und besaß einen kleinen Laden bei ihrer Werkstatt, in dem Annalena hin und wieder stöberte.

Keine Zeit! Wir sollen da rüber, zum Karussell. Keine Ahnung warum, aber Elf-Siebzehn winkt schon wieder ganz heftig.

Kopfschüttelnd ließ Annalena sich von Asco weiterziehen, bis er schließlich bei dem alten Karussell anhielt. »Was sollen wir denn jetzt hier? Willst du etwa mit dem Karussell fahren?«

Wuff? Was? Ich doch nicht. Ich weiß nicht, was wir hier sollen, aber da hinter dem Schaltpult sehe ich noch zwei weitere Weihnachtselfen herumlungern. Irgendetwas haben sie vor.

Während ringsum Weihnachtslieder aus den Lautsprechern schalten, ertönte beim Karussell im Augenblick Petula Clarks *Downtown*, was Annalena sofort an die Weihnachtsfeier in der Gärtnerei erinnerte. Deshalb blieb sie stehen und sah dem sich im Kreis drehenden Gefährt zu, auf dem etwa die Hälfte der Gondeln und Pferdchen mit Kindern besetzt waren. Kurz fühlte sie sich zurückversetzt in ihre eigene Kindheit, als sie unzählige Male auf diesem Karussell gefahren war.

»Na, heute ganz alleine hier? Mal abgesehen von der hübschen Fellnase.« Klaus, der Besitzer des Fahrgeschäfts, Mitte sechzig, mit grauem Haar und gepflegtem Kinnbart, trat lächelnd neben sie. »Ich wette, ich kann deine Gedanken lesen.«

»Meine Gedanken?« Überrascht sah sie Klaus von der Seite an.

»Ja, diesen Gesichtsausdruck kenne ich. Du erinnerst dich an die Zeit, als du selbst noch ein Kind warst und es nichts Schöneres gab, als auf meinem alten Schätzchen im Kreis zu fahren. Hab ich recht?«

Seine verschmitzte Miene reizte sie zum Lachen. »Ich wette, dass jeder, der in dieser Stadt lebt, beim Anblick des Karussells solche Erinnerungen hat.«

»Kann schon sein. Es ist jetzt in dritter Generation in meiner Familie, und ich will sehr hoffen, dass mein Sohn und meine Tochter es später mal übernehmen werden.« Er nickte vor sich hin. »Obwohl ich nicht glaube, dass wirklich alle Einwohner dieser Stadt schon mal mitgefahren sind. Dein junger Mann zum Beispiel nicht. Soweit ich mich entsinne, war so etwas nie seine Sache. Wo hast du ihn überhaupt gelassen? Ein Spaziergang über den Weihnachtsmarkt ist doch zu zweit viel schöner.«

»Christian?« Erneut musterte sie Klaus verblüfft. »Woher weißt du, dass wir, ähm, zusammen sind?«

Lachend hob Klaus die Schultern. »Ich weiß und sehe alles. Na ja, nicht alles, aber doch eine Menge. Und ich kenne meine Pappenheimer mittlerweile ziemlich gut. So wie er dich angesehen hat, war mir sofort klar, dass da etwas im Busch ist. Dazu brauchtet ihr nicht mal bei meiner Pärchenrunde mitzufahren. Was übrigens schade ist. Ihr solltet das unbedingt noch nachholen.«

Annalena schmunzelte. »Ich bin nicht sicher, ob ihm das heute besser gefallen würde als damals.«

»Versuch macht klug.« Heiter zwinkerte Klaus ihr zu, hob aber, als das nächste Lied begann, leicht ungehalten den Kopf. »Na, was ist denn das schon wieder? Das Lied eben war schon nicht in meiner Playlist und dieses hier ganz sicher auch nicht. Was ist nur mit dem Computer los, dass er dauernd solche Aussetzer hat?« Schon wollte er zum Schaltpult eilen, doch Annalena hielt ihn am Arm zurück. »Warte, Klaus.« Mit einem eigenartigen Gefühl in der Magengrube lauschte sie der Melodie. »Das ist *Stay* von Bonnie Bianco und Pierre Cosso.«

»Ich weiß. Das gehört in die Abend-Playlist, nicht in die für die Kinderfahrten.«

»Wärst du so nett, es laufen zu lassen? Ich mag das Lied so gerne.«

Überrascht sah Klaus sie an, nickte dann aber gutmütig. »Na gut, wie du meinst. Willst du dich setzen?« Er deutete auf die Stufen vor dem Karussell.

Sie ließen sich nebeneinander nieder, und Asco drückte sich an Annalenas Beine. Schweigend kraulte sie ihn hinter den Ohren und lauschte auf das Lied. Dabei wanderten ihre Gedanken erneut zu der Weihnachtsfeier zurück, zu dem Tanz, dem innigen Moment, den sie genau zu diesem Lied mit Christian gemeinsam erlebt hatte. »*Well remembered dreams*«, summte sie leise mit und musste plötzlich an jenen Abend vor dreizehn Jahren denken, »*of a foolish parade ...*« Ihr wurde ganz seltsam zumute, als die Bilder von damals in ihr aufstiegen. »*Didn't need to persuade you ...*« Ein heißer und zugleich kalter Schauder rieselte ihr Rückgrat hinab, denn ihr wurde plötzlich bewusst, wie sehr diese Worte ihre Geschichte und Beziehung mit Christian widerspiegelten. Warum war ihr das nie zuvor aufgefallen? *Stay* war immer schon eines ihrer Lieblingslieder gewesen, aber noch nie hatte sie die Worte so deutlich wahrgenommen und dass sie nicht nur auf fast unheimliche Weise wiedergaben, was mit ihnen beiden geschehen war, sondern auch, was sie empfand. *When I see you, there's a glow from the stars above ...* Sie schluckte hart, denn jetzt schien wieder dieses seltsame Glitzern und Flirren in der Luft zu liegen. *Guess they know that I'm so in love ...*

»Schönes Lied«, murmelte Klaus neben ihr. »Sehr romantisch. Meine Frau ist auch ganz vernarrt in den Film. Cinderella irgendwas.«

»*Cinderella '80.*« Noch einmal musste Annalena schlucken. Der Film hatte rein gar nichts mit ihr und Christian zu tun, aber dieser Song ... Es war ihr direkt unheimlich.

»Du siehst ja so verdattert aus.« Klaus runzelte besorgt die Stirn. »Alles in Ordnung?«

»Ja.« Sie räusperte sich, weil ihre Stimme so belegt klang. »Ich glaube, ich hatte nur gerade so etwas wie eine Erleuchtung.«

»Na, so was?« Lachend tätschelte Klaus ihren Arm. »Ich hoffe, sie ist wenigstens angenehmer Natur.«

»Ja. Ich glaube schon. Ich muss erst darüber nachdenken.« Rasch erhob sie sich und umfasste die Tüte mit der Magnettafel fester. »Ich muss jetzt weiter. Alles Gute weiterhin mit dem Karussell. Und viele Grüße an deine Frau.«

»Richte ich ihr gerne aus.« Klaus nickte ihr wohlwollend zu. »Und denk daran: Jeden Abend ab acht gibt es Sonderfahrten für verliebte Pärchen.« Verschwörerisch blinzelte er ihr zu. »Das ist übrigens die beste Idee aller Zeiten gewesen. Auf diese Weise helfe ich ein bisschen nach, damit es auch eine nächste Generation von Fahrgästen für das alte Schätzchen gibt.«

»Was?« Leicht erschrocken hob sie den Kopf.

Klaus grinste breit. »Na, bei deinem Bruder hat es jedenfalls schon funktioniert – und bei einigen anderen unserer gemeinsamen Bekannten auch.« Er wurde wieder ernster. »Ein bisschen Magie kann jedenfalls nie schaden, findest du nicht auch?« Als in diesem Moment *Frosty the Snowman* aus dem Lautsprecher klang, warf er einen überraschten Blick auf sein Schaltpult. »Komisch, jetzt funktioniert es wieder wie programmiert. Manchmal ist mir das Ding direkt unheimlich.« Er hob zum Abschied kurz die Hand. »Also, macht es gut, ihr beiden. Bis zum nächsten Mal.«

»Ja, bis bald.« Etwas zerstreut nahm Annalena die Leine kürzer und wandte sich in Richtung des Torbogens, der als Ein- und Ausgang des Weihnachtsmarktes diente. »Komm, Asco, gehen wir nach Hause.«

Okay, von mir aus. Ich glaube, mein Auftrag hier ist erfüllt. Zumindest hat Elf-Siebzehn mir gerade Daumen hoch gezeigt. Also scheint alles so zu sein, wie es soll. Wenn ich auch keinen blassen Schimmer habe, was die Elfen da eben gemacht haben. Das Geglitzer sah allerdings interessant aus. Fast wie neulich abends.

Oh, Moment mal, da ist Elf-Siebzehn wieder. Dort drüben, wo wir gleich entlangkommen. Was will er denn nun schon wieder? Er winkt ... Sollen wir uns beeilen? Okay, von mir aus. Mal sehen, was jetzt ist.

Eine merkwürdige Stimmung hatte Annalena erfasst, und jetzt ging ihr dieses Lied überhaupt nicht mehr aus dem Kopf. Sie war so in Gedanken, dass sie beinahe über Asco gestolpert wäre, als dieser mitten auf dem Gehweg stehen blieb. »Huch!« Erschrocken machte sie einen Schritt zur Seite. »Pass doch ein bisschen auf, wo du einfach so anhältst.«

Hab ich doch. Genau aufgepasst, meine ich. Exakt hier sollen wir stehen bleiben. Frag mich nicht warum, aber dieses Glitzerzeugs ist schon wieder in der Luft.

Leicht irritiert blinzelte Annalena, als ein Sonnenstrahl genau vor ihr zu Boden fiel. In seinem Licht glitzerte es eigenartig, sodass sie für einen Moment fasziniert dieses seltsame Naturschauspiel betrachtete. Dann fiel ihr Blick auf das Schaufenster, neben dem sie stand. Das mittlere des Juweliers Stein. Das mit den Armbändern und Uhren.

Nur dass dort heute weder Uhren noch Armbänder ausgestellt waren. Beim Anblick der auf Samt und Seide angeordneten Schachteln begann Annalenas Herz wie wild zu pochen und ein heftiger Stich durchzuckte sie. Wieder klang ihr das Lied in den Ohren. *Feeling low in the evening sun, till you came and you were the one.* Für einen kurzen Moment bekam sie keine Luft mehr. *Now I'll stay here beside you – Stay.*

Natürlich! Die Erkenntnis traf sie so hart, dass ihr erneut heiß und kalt zugleich wurde. Sie wusste jetzt, was sie Christian schenken wollte.

24. Kapitel

»Der Baum sieht total schön aus.« Mit einem breiten Lächeln stand Senta dicht vor der mannshohen Nordmanntanne, die sie am frühen Morgen des Heiligen Abends ins Haus geschleppt und im Wohnzimmer vor einem der großen Fenster zum Garten aufgestellt hatten.

Annalena hatte aus ihrem schier unerschöpflichen Fundus an Weihnachtsschmuck Lichterketten, Christbaumkugeln, Strohsterne und noch einiges andere herübergebracht, und zu viert hatten sie den Baum dann geschmückt. Oder vielmehr zu dritt, während Christian sich abwechselnd die Haare gerauft und gelacht hatte.

»Ja, stimmt, er ist ausgesprochen schön geworden«, lobte Annalena mit einem zufriedenen Blick.

»Überladen«, konstatierte Christian trocken.

»Das muss so sein.« Lächelnd hakte Annalena sich bei ihm unter. In ihrer Magengrube flatterte es leicht, weil sie etwas nervös war wegen ihres geplanten Geschenks. »Sonst ist es kein richtiger Weihnachtsbaum.«

»Wenn du das sagst.« Er schmunzelte, wirkte aber leicht angespannt, wie schon die letzten beiden Tage.

Annalena hatte ihn bereits gefragt, ob ihn etwas bedrückte, doch er hatte so getan, als sei nichts. Zwar sah sie ihm an, dass das nicht stimmte, wollte aber die weihnachtliche Stimmung nicht durch zu viel Nachbohren verderben. Deshalb ging sie auf seinen lockeren Ton weiter ein. »Du kannst mir ruhig glauben. Ich bin die Queen des Weihnachtskitschs und wie du weißt, hoffnungslos romantisch. Meiner Expertenmeinung kannst du also blind vertrauen. Dieser Weihnachtsbaum ist perfekt.«

»Von mir aus.« Grinsend schüttelte er den Kopf. »Ich glaube, ich verschwinde mal lieber in die Küche. Dort ist es noch am wenigsten weihnachtlich.«

»Wie weit ist denn dein Lauch-Speck-Kuchen?«, wollte Senta prompt wissen. »Ich habe Hunger.«

Ich auch, wenn ich mich da mal einmischen darf. Asco bellte kurz. *Dieses ganze Gewese um den komischen Baum hier hat mich ganz durcheinandergebracht. Also wirklich, ein Baum im Wohnzimmer! Sehr merkwürdig. Und dann noch diese Lämpchen und die bunten Kugeln und alles. So was habe ich noch nie gesehen. Zumindest nicht im Haus. Draußen schon, obwohl die Bäume da ja normalerweise auch nicht geschmückt sind. Außer um diese Jahreszeit herum. Versteh einer die Menschen. Aber egal, da war gerade die Rede vom Essen. Da bin ich dabei.*

Sie lachten, als Asco mit einem ungehaltenen Brummeln von seiner Inspektion des Weihnachtsbaumes abließ und zwischen Küche und Wohnzimmer hin und her lief.

»Komm mit, Kumpel.« Christian schnipste mit den Fingern. »Du kriegst einen extra Hundekeks.«

Hm, okay, auch gut. Das mit dem Lauch-Speck-Kuchen klang aber auch lecker.

»Bestimmt hat er Hunger. Wir waren vorhin ja lange genug draußen«, befand Senta. »So ein Glück, dass wir noch einen Baum gekriegt haben. Nächstes Jahr gehen wir früher los, um einen zu kaufen.«

»Ich hatte diesen hier doch bei meinem Bruder reserviert«, beruhigte Annalena sie. »Wir wären schon nicht zu spät gekommen.« Sie selbst hatte bereits gestern ihren deutlich kleineren Weihnachtsbaum in ihrer Wohnung aufgestellt und geschmückt. Da weder Senta noch Mariella – und Christian schon gar nicht – besondere Weihnachtstraditionen kannten, hatte sie ihnen vorgeschlagen, ein Ritual ihrer eigenen Kindheit aufleben zu lassen und den großen Baum am Vormittag des Heiligen Abends gemeinsam zu schmücken.

»Und wann ist nun das Essen fertig?«, rief Senta hinter Christian her, der gerade das Wohnzimmer verließ.

»In einer halben Stunde.« Kurz erschien er noch mal im Durchgang zur Küche. »Dein Milchreis ist übrigens inzwischen fast abgekühlt.«

»Dann kann ich ja mit der salzigen Karamellsoße anfangen.« Begeistert folgte ihm Senta in die Küche.

»Ich fürchte, ich werde nach den Feiertagen fünf Kilo mehr wiegen.« Mariella sammelte die leeren Kartons ein, in denen Annalena den Weihnachtsschmuck aufbewahrte. »So eine Völlerei bin ich gar nicht gewöhnt.« Sie zögerte kurz. »Wir alle nicht.«

Annalena nickte ihr verständnisvoll zu. »Ich weiß. Senta hat sich aber nun mal ein richtig traditionelles Weihnachtsfest mit allem Drum und Dran gewünscht ... Na ja, bis auf das Essen. Das passt eigentlich so gar nicht zum Anlass.«

»Doch, Christians Lauch-Speck-Kuchen passt immer.« Mariella verdrehte verzückt die Augen. »Auch wenn ich dafür die gesamte nächste Woche joggen muss, bis meine Zunge auf dem Boden schleift.«

»Ach was, so schlimm wird es schon nicht werden.« Annalena musterte die junge Frau eingehend. »Du bist doch gertenschlank. Da wird dir ein bisschen Weihnachts-Völlerei schon nichts anhaben.«

»Ich will aber nie wieder so aussehen wie als Kind.« Mariella schauderte. »Pummelig und hässlich.«

»Du warst doch nicht hässlich!«, protestierte Annalena. »Ein bisschen pummelig, das ja. Aber das war ganz offensichtlich nur Babyspeck. Der ist inzwischen ganz verschwunden.«

»Ja, weil ich wie irre daran gearbeitet habe.« Seufzend winkte Mariella ab, dann senkte sie unvermittelt die Stimme zu einem Flüstern. »Sag mal, weißt du, was Christian hat? Er ist seit ein paar Tagen so komisch drauf.«

»Komisch?« Annalena hielt inne. Also war es nicht nur ihr aufgefallen.

»Ja, irgendetwas beschäftigt ihn. Erst dachte ich, ihr hättet euch vielleicht gestritten, aber das scheint es ja wohl nicht zu sein.«

»Gestritten?« Annalena schüttelte den Kopf. »Nein, überhaupt nicht.«

»Er hat sich vorgestern und gestern zweimal in seinem Büro eingeschlossen. Normalerweise geht er ja trainieren, wenn ihn etwas angefressen hat, aber diesmal ist irgendetwas ganz anders.«

Ratlos zuckte Annalena mit den Achseln. »Ich weiß es wirklich nicht.«

Mariella trat näher an sie heran. »Versuch bitte, es herauszufinden. Dir vertraut er sich noch am ehesten an. Du hast irgendwie einen besonderen Draht zu ihm.«

»Aber auch mir sagt er nicht alles.«

»Vielleicht nur, weil du ihn noch nicht richtig danach gefragt hast.« Mit einem vielsagenden Blick trug Mariella einen Stapel Kartons hinaus in den Flur.

Nachdenklich blickte Annalena ihr nach, kam aber nicht dazu, weiter darüber nachzudenken, da Senta nach ihr rief, damit sie bei der Zubereitung der Karamellsoße zusehen konnte.

***

Nach dem gemeinsamen Essen überredeten sie Christian, sich alle zusammen den Film *Ist das Leben nicht schön* anzusehen, und nach einem Spaziergang mit Asco zeigte Annalena Senta endlich, wie ihre berühmt-berüchtigte heiße Kokos-Schokolade zubereitet wurde. Sie hatten das Getränk gerade auf vier Tassen verteilt und mit Sahnehäubchen verziert, im Wohnzimmer debattierten Mariella und Christian über die Filmauswahl für den Abend – keine Schnulzen! –, als es an der Haustür klingelte.

Christian stand auf, um die Tür zu öffnen, während Annalena das Tablett mit den Tassen ins Wohnzimmer trug. Dort hätte sie es jedoch beinahe vor Verblüffung fallengelassen, als sie die Stimme ihrer Mutter vernahm.

»Ich nehme an, meine Tochter hält sich hier auf? Gut. Darf man eintreten?«

»Selbstverständlich, Frau Kilian.« Christians Stimme klang neutral und freundlich, was Annalena in Anbetracht der Ungeheuerlichkeiten, die ihre Mutter ihm bei ihrem letzten Zusammentreffen an den Kopf geworfen hatte, sehr bewunderte.

Hastig stellte sie das Tablett ab und eilte in den Flur. »Mutti.« Sie musterte erst ihre Mutter, dann ihren Vater, der inzwischen nach seiner Frau eingetreten war, mit ungläubigen Blicken. Ihre Mutter hielt eine große Glasschüssel im Arm. »Was macht ihr denn hier?«

»Wir bringen dir Kartoffelsalat mit Würstchen fürs Abendessen.« Ihre Mutter musterte sie eingehend. »Wie immer an Heiligabend.«

Irritiert strich Annalena sich eine Haarsträhne hinters Ohr. »Aber ich hatte euch doch gesagt, dass ich heute nicht zu Hause bin.«

»Na und, brauchst du deswegen etwa heute nichts zu essen?« Ihr Vater sah sich eingehend ihm Flur um. »Ganz ansehnlich hergerichtet, das Haus«, befand er in Christians Richtung.

»Willst du den Salat nicht in den Kühlschrank stellen?« Mit leicht verkniffenen Lippen hielt ihre Mutter ihr die Schüssel hin.

»Ja, natürlich.« Rasch nahm Annalena die Schüssel und trug sie in die Küche. Ihre Mutter folgte ihr schweigend. »Das ist aber eine Menge Salat, Mutti.«

»Ihr seid zu viert, oder etwa nicht? Oder zu fünft, wenn man den Hund mitrechnet. Obwohl ich doch stark hoffe, dass ihr ihm Hundefutter gebt und nichts vom Tisch. Damit verzieht man die Viecher sonst nur.«

Nachdem Annalena den Salat im Kühlschrank verstaut hatte, drehte sie sich langsam zu ihrer Mutter um. Hiltrud stand mit verschränkten Armen da und sah sich mit undeutbarer Miene in der Küche um. Annalena trat auf sie zu. »Ist das etwa ein Friedensangebot?«

Hiltrud kräuselte für einen winzigen Moment die Lippen. »Hier sieht es ganz anders aus, als ich dachte.«

Nun verschränkte auch Annalena die Arme. »Was dachtest du denn?«

»Vermutlich hat sie sich eine Räuberhöhle ausgemalt«, antwortete Christian an Hiltruds Stelle. Er war im Durchgang zum Wohnbereich aufgetaucht und lächelte kühl. »Mit Totenköpfen im Fenster und permanenter Beschallung mit Deathmetal.«

Hiltrud warf ihm einen missbilligenden Blick zu. »Den Totenkopf trägst du ja wohl schon als Tätowierung mit dir herum, wenn ich mich nicht irre.«

»Das ist ein Drache«, korrigierte Annalena und räusperte sich. »Senta kennst du wohl noch nicht.« Sie trat neben das Mädchen, das ganz still geworden war, wohl weil sie die Spannung bemerkt hatte, die zwischen den Erwachsenen herrschte.

»Nein, stimmt.« Hiltrud streckte Senta resolut die Hand hin. »Guten Tag, mein Kind.«

»Hallo.« Schüchtern erwiderte Senta den Händedruck, und es wirkte, als wäre sie am liebsten hinter Annalena in Deckung gegangen.

»Schöne Deckenverkleidung«, befand Emil, der sich in diesem Moment dazugesellte. »Will ich für unser Wohnzimmer nächstes Jahr auch so machen, aber in dunkler. Buche vielleicht. Was ist das hier? Pinie?«

»Und du bist also Mariella.« Mit neugierigen Blicken sah Hiltrud die junge Frau an, die inzwischen ebenfalls nähergekommen war. Mariella trug heute ein knielanges schwarzes Wollkleid, dazu blickdichte Strumpfhosen, hohe Lederstiefel und eine lange, auffällige Silberkette sowie passende Kreolen an den Ohren. Ganz sicher kein Vergleich mit dem kleinen pausbäckigen Mädchen von früher, an das sich Hiltrud sicher noch erinnerte. Annalena sah ihrer Mutter an, dass sie beide Bilder miteinander in Einklang zu bringen versuchte.

»Die bin ich.« Mariella erwiderte Hiltruds Blick mit sarkastischer Miene. »Das Flittchen.«

Annalena blickte erschrocken zu Christian. »Hast du ihr davon erzählt?«

»Nein.« Stirnrunzelnd blickte er zu Mariella.

»Das war ich.« Senta war über und über rot geworden. »Lilianes Vater hat auf der Feier alles mitgehört und bei ihr zu Hause erzählt und sie hat es mir gesagt und ich ...«

»Wunderbar.« Verärgert verzog Emil die Lippen und wandte sich an Mariella. »Das war ein Missverständnis.«

»Schon klar.« An Mariellas Miene war abzulesen, dass sie ihm kein Wort glaubte.

Annalena konnte nur zu gut verstehen, dass sie angefressen war, hatte jedoch keine Ahnung, wie sie die Situation entschärfen sollte.

Meine Güte, das ist aber plötzlich eine Stimmung hier. Zum Jaulen. Warum sind denn Annalenas Eltern jetzt auf einmal hierhergekommen? Wehe, wenn sie schon wieder Stunk machen. Dann werde ich aber so was von sauer. Dabei habe ich heute noch so einen wichtigen Auftrag. Hoffentlich wird mir der jetzt nicht noch vermasselt. Das würde mich in meiner weihnachtlichen Glücksmission meilenweit zurückwerfen.

Die Blicke aller Anwesenden richteten sich auf Asco, der ein ungehaltenes Winseln von sich gegeben hatte.

»Er mag nicht, wenn die Leute böse aufeinander sind.« Senta ging neben dem Hund in die Hocke und umarmte ihn.

Da hast du allerdings recht, Kleine.

»Nun, dann sollten wir damit aufhören.« Hiltrud blickte abschätzend von einem zum anderen. »Hier riecht es nach Schokolade und Kokosnuss.«

Senta, die ihr Gesicht in Ascos Fell vergraben hatte, hob den Kopf. »Annalena hat heiße Kokos-Schokolade gemacht. Aber nur vier Portionen.«

»Wir könnten rasch noch Punsch kochen«, schlug Annalena vor.

»Gute Idee.« Senta erhob sich und nahm Mariella an der Hand. »Komm, du hilfst mir.«

»Nehmt eure Tassen mit in die Küche, sonst müsst ihr die Schokolade kalt trinken.« Annalena eilte hinüber ins Wohnzimmer und holte das Tablett zurück.

»Sind das selbst gebackene Plätzchen?« Ihre Mutter war ihr gefolgt und brachte die Schüssel mit dem Weihnachtsgebäck mit in die Küche.

»Die haben wir alle zusammen gebacken«, erklärte Senta, während sie roten Traubensaft in einem Topf goss. »Mariella, du pellst die Clementinen. Haben wir noch Mandelstifte?«

»Im Vorratsschrank.« Mit einem irritierten, fragenden Blick in Annalenas Richtung ging Christian zu dem Schrank und entnahm ihm einen Beutel Mandelstifte und einen weiteren mit Rosinen. »Zitronensaft ist keiner mehr da. Ihr müsst eine Zitrone auspressen.«

»Das ist sowieso viel besser«, warf Hiltrud ein. »Ich koche und backe nur mit frisch gepresstem Zitronensaft. Auch die Schale reibe ich immer selbst. Dann weiß ich wenigstens, dass sie nicht mit irgendwas Künstlichem gestreckt wurde.«

»Was hat denn die neue Treppe gekostet?«, warf Emil ein. »Kann man sich die mal von Nahem ansehen? Unsere muss nämlich demnächst raus. Holzwurm.« Fragend sah er Christian an. »Die hier scheint von guter Qualität zu sein.«

»Die Firma Lessenich hat sie eingebaut.« Ein weiterer fragender Blick von Christian traf Annalena, woraufhin sie nur hilflos die Schultern hob.

Ganz offensichtlich waren ihre Eltern hergekommen, um Frieden zu schließen – oder doch zumindest einen Waffenstillstand, doch die Situation wirkte derart bizarr, dass Annalena gelacht hätte, wenn sie nicht so perplex gewesen wäre.

Die beiden Männer gingen hinaus in den Flur, und Annalena hörte ihren Vater über Holzarten, Stufenhöhe und Lasuren fachsimpeln, während Christian nur sehr einsilbig antwortete, wohl hauptsächlich, weil er kaum zu Wort kam.

»Die Sendung über dich im Fernsehen war übrigens sehr nett gemacht«, wechselte Hiltrud unvermittelt das Thema.

»Wir haben sie aufgenommen«, rief Emil aus dem Flur. »Jetzt muss mir bloß noch jemand zeigen, wie man die Datei vom Festplattenrekorder auf eine DVD brennt.«

»Am besten zieht man sie auf einen USB-Stick«, erklärte Mariella.

»Es hat mich allerdings etwas gestört, dass ihr vor laufender Kamera geflirtet habt«, übernahm Hiltrud wieder das Wort. »Wirklich, also das war doch ein bisschen unpassend.«

Befremdet runzelte Annalena die Stirn. »Wir haben nicht geflirtet.«

»Doch, doch, das war nicht zu übersehen.« Hiltrud nickte nachdrücklich. »Meine Freundin Henriette hat das auch bemerkt. So was gehört sich nicht vor einer laufenden Kamera. Aber die Sache mit dem Hund war sehr rührend.«

»Nicht zu viele Nelken«, mahnte Senta, die Mariella nach und nach die Gewürze reichte, die sie dem Punsch zufügen sollte. »Die Kokos-Schokolade ist superlecker, Annalena. Können wir die zu Silvester auch noch mal machen? Und dann *Dinner for One* gucken und sie dabei trinken? Das wäre echt nice.«

»Klar, wenn du willst.« Annalena drehte sich um, als ihr Vater und Christian wieder in die Küche kamen. »Oder hast du an Silvester schon etwas anderes vor?«

»Nicht, dass ich wüsste.« Christian lächelte schwach. Er wusste offensichtlich noch weniger als sie, wie er mit dem seltsamen Verhalten ihrer Eltern umgehen sollte.

»Raclette eignet sich hervorragend für den Silvesterabend«, erklärte Hiltrud. »Das haben wir schon mehrmals gemacht. Dieses Jahr sind wir allerdings bei Henriette und Albert eingeladen. Die beiden geben eine kleine Feier für die Nachbarschaft mit kaltwarmem Büffet, zu dem jeder etwas beisteuert.«

»Wie nett.« Annalena fiel nichts anderes ein.

»Ich habe dir übrigens neulich nachmittags zugesehen, als du eine Gruppe Jungen und Mädchen beim Sport auf dem Schulsportplatz beaufsichtigt hast«, wandte Emil sich erneut an Christian. »Ich war zufällig in der Nähe.« Es folgte ein umständliches Räuspern. »Da dachte ich, schau mal vorbei. Die Tochter unserer Nachbarin hat einen Jungen, der in einer dieser AGs mitmacht.

Luis heißt er. Ziemlicher Rabauke. Aber das schienen die meisten in dieser Gruppe zu sein. Du hattest sie ziemlich gut im Griff.«

Christian musterte Emil misstrauisch. »Sie haben mich beobachtet?«

»Musste doch mal sehen, was du da so treibst.« Emil zuckte mit den Achseln. »Scheinst einen guten Draht zu den Kindern zu haben. Hätte ich so nicht gedacht, aber man kann sich ja mal irren. Bei deiner Vergangenheit ...«

»Wie geht es eigentlich deiner Mutter?« Hiltruds Frage ließ alle im Raum zusammenzucken.

Senta stieß einen unterdrückten Laut aus und schob sich instinktiv näher an Annalena heran. Mariella warf Hiltrud einen vernichtenden Blick zu.

Christians Miene verfinsterte sich ganz kurz, doch er hatte sich erstaunlich rasch wieder im Griff. Dennoch streckte Annalena ihre Hand nach ihm aus und berührte ihn an der Schulter.

Er schwieg einen langen Moment und sie spürte, dass er sich angespannt hatte. Erst als sie seine Schulter leicht drückte, wich ein wenig von der Spannung und er begann zu sprechen. »Sie hat mich am Samstag angerufen und mir mitgeteilt, dass sie die Entziehungskur in Hannover abgebrochen hat. Sie will sie nur hier in der Nähe fortsetzen.«

»Sie kommt hierher? Zu uns?« Sentas erstickte Frage veranlasste Annalena, sie fester an sich zu ziehen.

»Nein.« Christian schüttelte den Kopf. »Sie kommt nicht hierher.« Er zögerte. »Aber nach Köln. Anscheinend hat sie sich einen Anwalt angelacht, der sie in dieser Angelegenheit unterstützt.«

»Einen Anwalt?« Beinahe hätte Mariella den Löffel fallengelassen, mit dem sie den Punsch umrührte. »Den kann sie sich doch gar nicht leisten.«

»Keine Ahnung, ob sie ihn in Naturalien bezahlt.« In Christians Stimme hatte sich ein harter Unterton geschlichen. »Aber es sieht so aus, als könnte ich sie nicht daran hindern, sich in eine Kölner Klinik zu begeben.

Mariella schaltete den Herd aus und übernahm es, ihrer Schwester einen Arm um die Schultern zu legen, während Annalena näher an Christian herantrat und seine Hand nahm.

Er erwiderte kurz den Druck ihrer Finger. »Sie will mit aller Gewalt ihr Besuchsrecht bei Senta durchsetzen.«

»Ich will sie aber nicht sehen.« Die Stimme des Mädchens klang erstickt und piepsig.

»Dann brauchst du das auch nicht«, erwiderte Hiltrud. »Jedenfalls nicht, solange sie sich nicht um Heilung bemüht. Dafür werdet ihr doch wohl sorgen, nicht wahr?« Sie warf erst Christian, dann Annalena einen strengen Blick zu. »Dieses Weib war schon immer eine wandelnde Katastrophe. Dass ihr eigenes Kind sie nicht sehen will, spricht für meine Begriffe Bände. Das wird der Sozialrichter doch wohl einsehen, oder?«

»Das kann man nie so genau wissen.« Christian drückte erneut Annalenas Hand. »Aber ich werde tun, was ich kann.« Er warf Annalena einen kurzen Blick zu. »Wir werden tun, was wir können.«

»Gut.« In ihrer resoluten Art trat Hiltrud an den Herd, nahm den Löffel und probierte den Punsch. »Da gehört noch mehr Honig hinein.«

***

Es war bereits kurz nach elf, als Annalena, Christian und Asco in Annalenas Wohnung hinübergingen. Mariella und Senta hatten sich in Christians Wohnzimmer auf der Couch zusammengerollt und schauten einen Weihnachtsfilm nach dem anderen auf Netflix.

Annalena schaltete die Beleuchtung ihres Weihnachtsbäumchens ein und trat ans Wohnzimmerfenster. Draußen schneite es wieder und die weiße Decke verhüllte alle Konturen ringsum. Mit klopfendem Herzen wies sie auf das nagelneue Vogelhäuschen, das Christian ihr geschenkt und auf dem Wohnzimmertisch abgestellt hatte. »Das werden die Vögel zu schätzen wissen. Mein altes ist irgendwie nicht mehr schneefest. Das Dach knickt ständig ein.«

In ihrer Magengrube flatterte es heftig, als er sich zu ihr gesellte und ihre Hand nahm.

»Dieses verunglückte Vogelhaus war das Erste, was ich entdeckt habe, als ich hier eingezogen bin. Ich dachte mir gleich, dass es den Winter nicht überstehen wird.«

»Ich habe es nur provisorisch zusammengebastelt.« Nervös lächelte sie. »Im Basteln war ich noch nie besonders gut.«

»Hoffen wir, dass dieses hier die Vögel ein bisschen zuverlässiger vor dem Hungertod bewahrt.«

»Ja.« Sie schluckte gegen ihren zunehmenden Herzschlag an. »Tut mir leid.«

»Was meinst du?« Fragend blickte er sie von der Seite an.

Etwas hilflos hob sie die Schultern. »Dass meine Eltern unseren Heiligabend an sich gerissen haben.«

»Sie wollten Abbitte leisten.«

»Sie waren schrecklich taktlos.«

»Das auch.«

Einen Moment lang schwieg sie, unsicher, was sie als Nächstes sagen sollte. »War es wegen deiner Mutter?«

»Was meinst du?« Überrascht musterte er sie.

Sie biss sich auf die Unterlippe. »Du warst in den letzten Tagen ein bisschen ... seltsam.«

»Seltsam?« Um seine Mundwinkel zuckte es leicht.

»Abwesend, verschlossen.« Sie machte eine kurze Pause. »Ich dachte nur ... Wenn es wegen deiner Mutter ist – damit kommen wir schon klar.«

»Ja, das werden wir.«

Verblüfft über diese unerwartet entschlossene Antwort wandte sie sich ihm voll zu. »Du hast mir nicht erzählt, dass sie angerufen hat.«

»Ich musste das erst selbst verdauen und ...« Er zögerte, lächelte dann aber leicht. »Etwas für mich selbst klarstellen.«

»Und was war das?«

»Ich liebe dich.« Sanft hob er ihre Hand an seine Lippen und küsste sie. »Aber ich kann keine Beziehung mit dir eingehen, wenn sie mir ständig wie ein Klotz am Bein hängt. Sie und meine mistige Vergangenheit.«

Ihr Herz verkrampfte sich leicht. Bevor sie jedoch protestieren konnte, redete er bereits weiter: »Deshalb habe ich mich entschlossen, mein Verhalten zu ändern. Für dich ... aber auch für mich. Ich will versuchen, mehr nach vorne zu sehen und nicht mehr so oft zurück. Meine Mutter wird weiß Gott versuchen, mir dabei in die Parade zu fahren, wo sie nur kann aber ...« Wieder küsste er ihre Finger. »Ich hoffe, du hilfst mir dabei.«

Aus dem schmerzlichen Ziehen wurde ein warmes, freudiges Pochen in ihrer Brust. »Wenn wir alle zusammenhalten, kann sie uns nichts anhaben. Und vielleicht ...« Sie zögerte. »Vielleicht wird es ja irgendwann besser mit ihr.«

»Wohl kaum.«

»Wenn sie hier ihre Entziehungskur wiederaufnimmt. Vielleicht in einem betreuten Wohnen untergebracht werden kann.«

»Das habe ich alles schon mehrmals versucht. Sie will sich nicht helfen lassen.«

Sanft drückte sie seine Hand. »Aber es ändert nichts – an uns?«

»Nein.« Er schluckte hörbar. »Wenn es nach mir geht, dann nicht.«

»Mariella hat gesagt, du hättest dich in den letzten Tagen zweimal in deinem Büro eingeschlossen. Sie hat sich Sorgen gemacht.«

»Ich wollte bloß ungestört sein.« In seinen Augen glomm eine dunkle Spur, doch als sie seinem Blick standhielt, milderte dieser sich zu warmer Zärtlichkeit. »Wie ich schon sagte, ich musste mir über etwas klarwerden und ... mein Verhalten ändern.«

»In deinem Büro?«

»Ich habe ein paar Pläne gezeichnet und mit der Firma Lessenich Kontakt aufgenommen.«

»Der Baufirma?« Jetzt verstand sie gar nichts mehr.

»Und mit deinem Vermieter. Ich hatte schon vor einiger Zeit mit ihm gesprochen.«

»Mit meinem Vermieter?«

»Weil ich dein Haus kaufen möchte.«

Ihr Puls beschleunigte sich. »Du willst es kaufen?«

»Und umbauen. Zuerst einmal sollten wir im Erdgeschoss und im ersten Stock jeweils einen Durchbruch machen, damit wir nicht immer die Haustür benutzen müssen. Laut der ganz alten Baupläne gab es früher solche Durchgänge mal. Sie wurden aber schon vor langer Zeit zugemauert.« Er stockte und sein Blick wurde unsicher. »Ich weiß natürlich nicht, ob du damit einverstanden wärst, aber ... Deine Hausseite war einmal ein Geschäftshaus und man könnte oben in deinem Schlafzimmer mein Arbeitszimmer einrichten und unten ...«

»Unten?« Atemlos sah sie ihn an.

»Hast du schon mal überlegt, dir ein eigenes kleines Seminarzentrum einzurichten?«

»Ein Seminarzentrum?«

»Du könntest drei- oder viermal im Jahr Seminare hier anbieten und müsstest entsprechend weniger in der Weltgeschichte herumreisen. Außer natürlich, wenn du auf Lesereise gehst.«

»Seminare außerhalb sind immer mit viel Aufwand verbunden und außerdem immer ziemlich stressig.«

Er nickte ernst. »Das dachte ich mir.«

»Lesereisen nicht so sehr. Da brauche ich streng genommen nur das Buch, aus dem ich lese, und eine Kiste mit Flyern.«

»Die Zeit, die du sparst, kannst du in ein neues Buchprojekt investieren.« Er lächelte leicht. »Oder in Zeit mit mir. Ich versuche auch, weniger stressig zu sein als ein Auswärtsseminar.«

»Das alles hast du dir überlegt, als du so seltsam warst, in den vergangenen Tagen?« Forschend sah sie ihm in die Augen.

»Wie gesagt.« Leicht drückte er ihre Hand. »Ich will versuchen, mein Verhalten zu ändern. Aus diesem verflixten Teufelskreis herauszukommen, in dem mich meine familiären Probleme immer wieder gefangen halten. Aber wenn dir meine Ideen nicht gefallen sollten, können wir sie auch gleich wieder vergessen.«

»Nein, auf keinen Fall!« Das warme Gefühl der Freude, das sich in ihr ausbreitete, verdrängte beinahe ihre Nervosität. »Ich habe noch ein Geschenk für dich.« Ihr Puls beschleunigte sich wieder, und diesmal so sehr, dass ihr fast schwindlig davon wurde.

»Ich dachte, wir hätten uns auf ein Geschenk geeinigt. Die Magnettafel ist toll.« Fragend musterte er sie.

Ha, das ist wohl mein Stichwort. Elf-Siebzehn hat mich gestern Abend im Garten bei einer kleinen Konferenz ganz genau instruiert. Ist schon spannend, was diese Elfen alles wissen. Jetzt muss ich nur noch meinen Part möglichst perfekt spielen. Wuff!

Annalena erschrak ein wenig, als Asco neben ihr auftauchte und ein lautes Bellen ausstieß. »He, Asco, das war aber jetzt kein besonders gutes Timing.«

Doch, war es. Wartet mal ab. Wenn es um Timing geht, sind die Weihnachtselfen die Experten.

Asco wedelte heftig mit der Rute, bellte noch einmal laut und ging zur Terrassentür. Zu Annalenas und Christians größtem Erstaunen sprang er daran hoch, kratzte am Türgriff, bis er sich mit einem Klicken zur Seite drehte. Dann stützte er sich mit den Pfoten am Türrahmen ab und zog die Tür mithilfe seiner Nase auf.

Da staunt ihr, was? Na ja, irgendwann hätte ich euch den Trick so oder so mal vorgeführt. Wie gut, dass Pablo mir den beigebracht hat. Hätte nie gedacht, dass ich den mal brauche, um dem Weihnachtsmann und seinen Elfen zu helfen. Aber das ist alles im Rahmen meiner Glücksmission für euch beiden, also los, mir nach!

»Hast du das gesehen?« Verblüfft starrte Christian auf die offene Terrassentür. »Ich möchte wirklich mal gerne wissen, wo er das gelernt hat.«

»Das werden wir wahrscheinlich nie erfahren.« Annalena folgte dem Hund ein paar Schritte nach draußen. »Asco? Du warst doch eben schon mal pieseln. Komm wieder rein. Es schneit doch immer noch.«

Nein, wau, kommt ihr mit raus! Und das sind doch nur noch ein paar Flocken, die tun euch nichts.

»Was hat er denn?« Nun trat auch Christian ins Freie. »Ist da eine Katze im Gebüsch?«

Nö, nur ein Weihnachtself. Aber der ist jetzt auch wieder weg. Ihr müsst aber unbedingt ein bisschen draußen bleiben. Noch ist es nicht so weit. Hoffentlich dauert das jetzt nicht zu lange.

»Hörst du das? Irgendwo spielt Weihnachtsmusik.« Lauschend hob Annalena den Kopf. »Bei einem unserer Nachbarn muss ein Fenster geöffnet sein.«

»Mhm.« Sachte strich Christian ihr ein paar Schneeflocken aus dem Haar. »Wir sollten wieder reingehen.«

Nein, wau, jetzt noch nicht. Komm schon, Weihnachtsmann, beeil dich!

»Was ist denn los?« Verwundert blickte Christian auf den Hund, der immer wieder im Kreis um sie herumrannte.

»Anscheinend gefällt es ihm im Schnee.« Erneut von Nervosität gepackt, knabberte Annalena an ihrer Unterlippe. »Ist ja auch irgendwie romantisch.«

»Und kalt.« Locker legte er seine Arme um sie. »Du hast eben etwas von einem zweiten Geschenk gesagt.«

»Ja.« Verzweifelt versuchte sie, sich an die Worte zu erinnern, die sie sich zurechtgelegt hatte. »Ich ... Damals ... Damals hast du mich zurückgewiesen, als ich ... Ich dachte, ich hätte deine Signale falsch gedeutet.«

Auf Christians Stirn erschienen ein paar Furchen. »Ich konnte damals nicht anders ...«

»Nein, schon gut, ich will dir keine Vorwürfe machen.« Sie sog etwas zittrig die kalte Nachtluft in die Lungen. »Ich weiß ja jetzt, dass ich damals gar nicht so falsch lag und ... Also ... Ich hoffe, das ist heute auch der Fall. Dass ich nicht falsch liege, meine ich. Ich glaube es jedenfalls nicht. Andernfalls ...« Sie schluckte hart.

»Andernfalls was?« Neugierig musterte er sie.

Sie hob nur die Schultern. »Andernfalls mache ich mich gleich noch lächerlicher als damals.« Entschlossen atmete sie noch einmal durch und griff in ihre Hosentasche, um ein dunkelblaues Samtbeutelchen hervorzuziehen. »Wenn du mir gleich sagst, das ist idiotisch, dann muss ich wohl damit leben, aber ich hoffe, dass ich richtig liege, weil ... Ich wusste zwar nicht, dass du Pläne für die beiden Häuser gemacht hast, aber ich hatte den Eindruck, dass das mit uns ... Dass wir ...« Sie setzte neu an. »Wahrscheinlich werden alle sagen, dass das irre ist, aber das ist mir egal. Was deine Familie angeht ... Na ja, du wirst wohl gemerkt haben, dass die meine auch nicht das Gelbe vom Ei ist. Zumindest nicht meine Eltern. Steffen und Elena und die Kinder und so ... Die sind ja zum Glück nicht so. Meine Eltern können aber ganz schön anstrengend sein, und das wird auch kein Zuckerschlecken. Ich meine, nicht zu vergleichen mit deiner Mutter, aber trotzdem stehen einem manchmal die Haare zu Berge. Ich dachte aber, Senta und Mariella sind ja auch noch da und die beiden sind ja immerhin schon unsere Fans und ... also ...« Sie verhaspelte sich immer mehr.

Christians Blick lag dunkel und fragend auf ihr. »Ich verstehe kein Wort, Annalena.«

»Ich auch nicht.« Sie lachte verlegen. »Hier.« Sie hielt ihm das Beutelchen einfach hin.

Vorsichtig nahm er es entgegen, zog die Verschnürung auf und ließ den Inhalt in seine Handfläche gleiten. Das Licht, das durch das Wohnzimmerfenster nach draußen fiel, reichte gerade so aus, dass man die beiden einfachen, goldenen Trauringe erkennen konnte.

Für einen sehr langen Moment starrte Christian schweigend auf die Ringe in seiner Hand. Dann hob sich sein Blick ganz langsam, traf auf ihren.

Ihr Herz überschlug sich fast, so wild pochte es. Ein bängliches Ziehen breitete sich in ihr aus, das kaum zu ertragen war. Unwillkürlich hielt sie die Luft an.

»Annalena.« Seine Stimme klang rau und heiser.

»Wenn du findest, das ist irre und idiotisch ...«

»Ja.«

Sie schluckte. »Ja, das ist irre und idiotisch?«

Sein Blick veränderte sich, wurde fast schwarz und so intensiv, dass sie eine Gänsehaut bekam. »Ja, ich will dich heiraten.« Fest zog er sie in seine Arme, näherte sich ihren Lippen, hielt dicht davor inne, zog sich wieder eine Winzigkeit zurück. »Von mir aus gleich morgen.«

Bewegungslos verharrten sie so.

Zittrig atmete sie ein und wieder aus. »Morgen ist ein Feiertag.«

»Dann ... bald.« Seine Lippen näherten sich ihrem Mund wieder. »Sehr bald.«

»Sind wir verrückt?«

»Kann schon sein.« Nun berührten sich ihre Lippen ganz leicht, und es schienen hunderte winzige elektrische Ladungen zwischen ihnen hin und her zu fließen.

Während seine Lippen sachte, sehr sachte, über die ihren tasteten, begann es um sie herum plötzlich merkwürdig zu flimmern und zu glitzern.

Verwundert blickten sie nach oben und konnten zwischen Schneeflocken und flirrendem Sternenstaub gerade noch einen hellen Lichtstreif sehen, der am Firmament entlangzog. Von Ferne war ein leises Klingeln wie von Schlittenglöckchen zu vernehmen und ein leises, fröhliches »Ho ho ho!«

25. Kapitel – Nachspiel

Es wurde gerade hell, als Christian erwachte. Er hielt Annalena in seinen Armen, fest und warm war ihr nackter Körper an seinen geschmiegt. Für einen Moment fühlte er sich benommen von dem Glücksgefühl, das ihn erfasste.

Dies war die Frau, mit der er sein Leben verbringen wollte, die ihn verstand, noch bevor er selbst dazu in der Lage war. Die in ihm las wie in einem offenen Buch. Seine Annalena. Schon immer. Für immer.

Es kam ihm fast schon unwirklich vor, dass sie seine Gedanken und Wünsche erraten hatte, noch bevor er sich gestattet hatte, sie überhaupt zuzulassen. Doch er war glücklich, dass sie es getan und daraufhin so mutig gehandelt hatte. Sie vermittelte ihm eine Sicherheit und Kraft, die seinem bisherigen Leben stets gefehlt hatte. Einen Hauch davon hatte er einst besessen, bevor er sie zurückgewiesen hatte, doch das volle Ausmaß dessen, was es bedeutete, sie zu lieben und von ihr wiedergeliebt zu werden, begriff er erst jetzt ganz allmählich. Er musste nicht mehr kämpfen. Zumindest nicht mehr allein.

Während er noch darüber nachsann, was für ein unglaublicher Glückspilz er war, begann Annalena sich leicht zu regen und schlug die Augen auf. »Nanu, so ernst?«

»Ich bin nicht ernst.« Er küsste sie auf die Stirn. »Nur glücklich. Das ist ein ungewohntes Gefühl für mich. Ich schätze, ich werde ein paar Jahre brauchen, um mich daran zu gewöhnen.«

»Ich bin gerne bereit, dir Nachhilfe darin zu geben.« Träge schlang sie ein Bein um seins. »Frohe Weihnachten übrigens.«

»Stimmt, ja.« Grinsend strich er ihr eine Locke aus der Stirn. »Das war ganz sicher das merkwürdigste und unglaublichste Weihnachtsfest, das ich je erlebt habe.«

»Und das schönste.«

»Das auch.«

»Kein Grinch mehr?« Aufmerksam musterte sie ihn.

»Nicht mehr ganz so, nein.« Aus dem Grinsen wurde ein verschmitztes Lächeln. »Immerhin hat sich dieses Jahr der einzige Weihnachtswunsch erfüllt, den ich je hatte.«

»Ich war dein Weihnachtswunsch?« Überrascht hob sie den Kopf ein wenig an.

»Nein, nicht du. Asco.«

Verblüfft runzelte sie die Stirn.

»Damals, als er mir gestohlen wurde.« Nur ungern dachte er an diese Zeit zurück. »Da bin ich fast verrückt geworden, habe ihn überall gesucht und ... Ich glaube, ich habe so gut wie alle Götter, Schutzheiligen und wen nicht noch angefleht, mir Asco zurückzubringen. Der Weihnachtsmann war auch dabei.«

»Was du nicht sagst.« Ein erheitertes Lächeln umspielte ihre Lippen. »Und dann hat Asco uns gewissermaßen zusammengebracht.«

»Gewissermaßen, ja.«

»Und das war mein größter Wunsch. Nicht unbedingt an den Weihnachtsmann, sondern überhaupt. Ich wollte immer nur mit dir zusammen sein. Auch wenn ich es lange Zeit nicht wahrhaben wollte.«

Zärtlich strich er mit den Fingerspitzen über ihre Wange. »So war es auch bei mir.«

Mit einer flinken Bewegung fing sie seine Hand auf, verflocht ihre Finger mit seinen. »Mir ist heute Nacht im Traum die Idee für ein weiteres Buch aus der *Nun!*-Reihe gekommen.«

»Ach ja?« Er rückte ein wenig zur Seite, um sie besser ansehen zu können. »Noch eine Fallstudie?«

»Allerdings.«

Ihr breites Grinsen ließ ihn aufmerken. »Und worum soll es da gehen?«

»Um uns.« Sie reckte sich und küsste ihn. »Ich habe auch schon einen Titel: *Nun! Liebe! Endlich!*«

»Unendlich«, korrigierte er.
»Was?« Fragend hob sie den Kopf.
»Es muss *unendlich* heißen.«
»Man könnte das *Un* in Klammern setzen.«
»Könnte man.«
»Aber ich brauche dabei dringend einen Co-Autor.«
Verblüfft hielt er inne. »Einen Co-Autor?«
»Natürlich. Um die männliche Perspektive auszuleuchten.« Sie schlang ihr Bein noch fester um seins.
»Das traust du mir zu?«
Wieder reckte sie sich, diesmal zu einem noch innigeren Kuss.
»Uns beiden traue ich alles zu.«

***

Hmmm, also die Idee, die Weihnachtsplätzchen auf dem Küchentisch abzustellen, war einfach grandios von Annalena. Die sind so was von lecker und besser als jedes andere Frühstück. Obwohl, gegen Eier mit Speck hätte ich auch nichts einzuwenden. Aber wahrscheinlich wird es noch ein Weilchen dauern, bis ich so etwas erwarten kann. Herrchen und Frauchen liegen ja noch im Bett. Ob sie schlafen, weiß ich nicht, aber ich werde lieber erst mal nicht nachsehen. Wenn ich raus muss, kann ich mir ja die Tür aufmachen, aber im Moment macht es mehr Spaß, den Schneeflocken beim Fallen zuzusehen. Vielleicht halte ich auch noch ein kleines Nickerchen. So ein voller Plätzchenbauch macht müde, und der gestrige Abend war ja ziemlich lang.

Ich dachte schon, der Weihnachtsmann kommt überhaupt nicht mehr. Aber dieses Gimmick mit dem Sternenstaub, das hat schon was. Ich glaube, Annalena und Christian hat es auch gefallen.

Soweit ich das überblicke, muss ich meine Glücksmission für Frauchen und Herrchen zukünftig ohne die Hilfe der Weihnachtselfen fortführen, aber das ist schon in Ordnung. Vielleicht konzentriere ich mich erst einmal darauf, ihnen zu zeigen, wie glücklich ich bin, dass wir jetzt alle zusammen ein Rudel sind. Das kann ich, glaube ich, am allerbesten. Einfach nur ich sein. Denn wenn ich glücklich bin, sind es meine Menschen auch – und umgekehrt. Und immer so fort. Wenn das mal keine perfekte Glücksmission ist, weiß ich es auch nicht. Frohe Weihnachten! Wuff!

Rezepte

Einfacher Weihnachtspunsch (alkoholfrei)

Zutaten:
(8-10 Gläser oder Tassen)

1 l Apfelsaft
1 l roter Traubensaft
2 Zitronen
1 Orange
6 Nelken (ganz)
1 Stange Zimt
1 Prise Muskatnuss

Zubereitung:

Apfel- und Traubensaft in einen großen Topf geben. Zitronen und Orange auspressen und den Saft sowie Nelken, Zimt und Muskatnuss hinzugeben.
Alles kurz aufkochen und dann ca. 10 Minuten bei schwacher Hitze ziehen lassen.
In Tassen oder Gläsern servieren.
Tassen oder Gläser ggf. mit Orangenscheiben dekorieren.

Weihnachtspunsch à la Annalena, Christian und Senta (alkoholfrei)

Zutaten:
(4 Gläser oder Tassen)

1 l roter Traubensaft
2 Clementinen
12-15 Gewürznelken
50-60 g Rosinen (oder mehr, nach Geschmack)
30 g Mandelstifte (oder mehr, nach Geschmack)
1 EL Blütenhonig
4 TL Zitronensaft
Gemahlener Zimt
Kardamom

Zubereitung:

Von einer Clementine 4 dünne Scheiben abschneiden.
In jede Scheibe ein paar Nelken stecken, jede Scheibe vorsichtig bis zur Mitte einschneiden und jeweils auf den Rand der Gläser oder Tassen stecken.
Den Rest der Clementinen pellen, in kleine Stücke schneiden und mit den Rosinen, Mandelstiften, Traubensaft und Honig und 3-4 Nelken (nach Geschmack) in einem Topf geben. Alles so lange erwärmen, bis der Honig sich vollständig aufgelöst hat. Mit je einer Prise Zimt und Kardamom abschmecken, in die Gläser oder Tassen füllen und heiß servieren.

Sentas Sahne-Milchreis mit Karamellsoße

Zutaten:
(3-4 Portionen)

1 Vanilleschote
700 ml Milch
1 Prise Salz
150 g Milchreis
3 EL Zucker
125 g Zucker
150 g Crème fraîche
½ TL grobes Salz
250 g Schlagsahne

Zubereitung:

Die Vanilleschote längs aufschneiden und das Mark herausschaben. 600 ml Milch, Prise Salz, Vanilleschote und -mark in einem hohen Topf aufkochen.
Reis und 3 EL Zucker hinzufügen, unter Rühren erneut aufkochen und bei schwacher Hitze ca. 30 Minuten quellen lassen, dabei gelegentlich umrühren. Den Topf vom Herd nehmen und den Milchreis unter mehrmaligem Rühren auskühlen lassen.
Für die Karamellsoße 125 g Zucker in einem Topf oder einer Pfanne karamellisieren lassen, dabei nicht zu dunkel werden lassen. Crème fraîche, 100 ml Milch und ½ TL grobes Salz hinzufügen. Bei schwacher bis mittlerer Hitze köcheln lassen, bis der Karamell sich gelöst hat. Auskühlen lassen.
    Sahne steif schlagen und unter den erkalteten Milchreis heben.
    Milchreis in Gläsern oder Dessertschalen anrichten und die Karamellsoße darübergeben oder separat reichen.

Christians Lauch-Speck-Kuchen

Zutaten:
(1 Springform 26 cm Durchmesser = 12 Stücke)

Teig:
250 g Mehl (Typ 405, 550 oder Vollkornweizen-/Vollkorndinkelmehl)
125 g kalte Butter oder Margarine in Stückchen
1 Ei
½ TL Salz
2 EL Wasser (bei Vollkornmehl bis zu 4 EL)

Belag:
800 g Lauch
150 g durchwachsener Speck (roh geräuchert) in Würfeln
30 g Butter oder Margarine
Salz, Pfeffer und geriebene Muskatnuss zum Abschmecken
Optional: etwas Kümmel

Guss:
200 g Sahne
4 Eier
120 g frisch geriebener Käse (Gouda, Emmentaler oder Greyerzer)
Salz, Pfeffer und Muskatnuss zum Abschmecken

Zubereitung:

Teigzutaten zusammenkneten und zugedeckt ca. 30 Minuten im Kühlschrank ruhen lassen.
Lauch putzen, längs aufschlitzen, gründlich waschen und in dünne Scheiben schneiden.
Gewürfelten Speck in einer Pfanne in Butter oder Margarine unter Rühren anbraten, herausnehmen.

Lauch im Speckfett 5-8 Minuten dünsten. Mit Salz, Pfeffer und Muskatnuss (und optional etwas Kümmel) würzen. Etwas abkühlen lassen.

Für den Guss die Sahne mit den Eiern verquirlen und die Hälfte des Käses unterrühren. Mit Salz, Pfeffer und etwas Muskatnuss abschmecken.

Teig auf bemehlter Arbeitsfläche ausrollen, eine gefettete Springform damit auslegen, dabei einen hohen Rand formen.

Den Lauch mit dem Speck mischen und auf dem Teig verteilen. Den Guss gleichmäßig darübergießen und mit dem restlichen Käse bestreuen.

Im vorgeheizten Backofen bei 180 °C (Umluft) oder 200 °C (Ober-/Unterhitze) 40-45 Minuten backen.

Den Kuchen vor dem Servieren noch etwas in der Form ruhen lassen.

Tipp:
Für einen Lauch-Speck-Kuchen vom Blech etwa die doppelte Menge Zutaten verwenden. Boden in der Saftpfanne auslegen und auch hier einen hohen Rand formen. Backzeit 45-55 Minuten.

Christians Apfel-Tarte

Zutaten:
(12 Stücke)

Mürbeteig:
280 g Weizenmehl Typ 550
150 g Butter
100 g Zucker
1 Prise Salz
1 Prise geriebene Muskatnuss
Bourbon-Vanillearoma / Vanille-Essenz

Füllung:
1 kg Äpfel (Boskop, Fuji, Rubinette oder andere Sorte nach Geschmack)
250 g Ricotta, Doppelrahmstufe
2 Eier, getrennt
75 g Zucker
Saft einer Zitrone
abgeriebene Schale einer Zitrone
1 Vanilleschote
50 g brauner Zucker (Rohrohrzucker)
30 g Butter, gewürfelt

Zubereitung:

Aus den Teigzutaten einen Mürbeteig kneten und ca. 1 Stunde abgedeckt im Kühlschrank ruhen lassen.

In der Zwischenzeit Äpfel schälen, entkernen und in Scheiben oder Spalten schneiden (etwa so dick wie ein Eineurostück) und mit Zitronensaft beträufeln.

2 Eigelbe mit 25 g Zucker und der geriebenen Zitronenschale in eine Schüssel geben. Vanilleschote längs aufschneiden, Mark

herauskratzen und ebenfalls in die Schüssel geben. Alles mit einem Handmixer (Rührbesen) schaumig rühren.

Ricotta hinzufügen und alles weiter schaumig rühren.

Die 2 Eiweiß mit dem restlichen Zucker steif schlagen und unter die Ricottacreme heben.

Eine Pieform (alternativ Springform) von 26 cm Durchmesser mit dem Teig ausschlagen. Bei der Verwendung einer Springform einen Teigrand hochziehen.

Ricottacreme hineingeben und glattstreichen.

Die Apfelscheiben oder –spalten fächerförmig darauf verteilen, mit dem braunen Zucker bestreuen und die Butterflöckchen darauf verteilen.

Bei 180 °C (Umluft) bzw. 200 °C (Ober-/Unterhitze) ca. 30-35 Minuten backen.

Die Apfelscheiben sollten leicht karamellisiert sein. Ggf. kurz mit dem Ofengrill nachhelfen, aber nicht zu dunkel werden lassen.

Vor dem Servieren auskühlen lassen (schmeckt aber auch schon lauwarm).

Annalenas heiße Kokos-Schokolade

Zutaten:
(4 kleine Portionen)

100 g Schokolade, zartbitter
50–100 g Schlagsahne
400 ml Kokosmilch
200 ml gesüßte Kondensmilch
2 TL Kokossirup
1 TL Vanille-Extrakt

Zum Verzieren:
Kokosflocken oder Kokoschips
Mini-Marshmallows

Zubereitung:

Die Schokolade grob hacken und beiseitestellen.
Die Sahne mit dem Handmixer steif schlagen und ebenfalls beiseitestellen.
Kokosmilch und Kondensmilch in einen Topf geben und erwärmen.
Schokolade hinzufügen und so lange rühren, bis sie sich vollständig aufgelöst hat.
Unter ständigem Rühren einmal aufkochen, sofort vom Herd nehmen und den Kokossirup sowie den Vanille-Extrakt unterrühren.
In vier Tassen verteilen, mit Sahne und ggf. Kokosflocken und Mini-Marshmallows verzieren und sofort servieren.

LESEPROBE
Vier Pfoten retten Weihnachten

Steffen Kilian hievte stöhnend die riesige, bis zum Rand mit Lebensmitteln gefüllte Klappbox durch die Haustür und kickte selbige mit dem Fuß zurück ins Schloss. Beim Blick in den großen Eingangsbereich verdrehte er die Augen. Jan hatte wieder mal seine Jacke und die Stiefel einfach dort liegengelassen, wo er sie ausgezogen hatte. Dem Siebenjährigen war einfach nicht beizubringen, dass Schuhwerk und Anorak in den großen Garderobenschrank gehörten. Dabei hatte Steffen extra Ablagen und Haken in erreichbarer Höhe für seine Kinder angebracht.

Er umrundete die Stiefel und wäre dabei fast auf einem Matchbox-Auto ausgerutscht, das sich farblich kaum von dem bunten Läufer auf dem Boden abhob. Mit einem unterdrückten Fluch beeilte Steffen sich, in die große Wohnküche zu kommen, an die sich nahtlos der helle Ess- und Wohnbereich anschloss. Erleichtert knallte er die Box auf die Arbeitsinsel und atmete einmal tief durch. Dann machte er sich auf die Suche nach seinem Sohn. Erst, als er bereits die geschwungene Treppe ins Obergeschoss erklommen hatte, fiel ihm ein, dass Jan heute Fußballtraining hatte und gar nicht zu Hause war. Annalena, Steffens jüngere Schwester, hatte ihn von der Schule abgeholt und bis zum Beginn des Trainings betreut.

Steffen runzelte die Stirn, als ihm etwas auffiel. Wenn Jan beim Training war, welche Jacke hatte er dann mitgenommen? Und war er bei dem Mistwetter etwa ohne Stiefel losgezogen? Da stimmte doch etwas nicht. Noch ehe er den Gedanken zu Ende gedacht hatte, öffnete sich Jans Zimmertür und Annalena trat heraus. Sie war einen halben Kopf kleiner als Steffen, besaß aber dasselbe wuschelige hellbraune Haar und die haselnussbraunen Augen. Beides war ein Erbe ihres Vaters. Und wie Steffen trug sie wegen einer leichten

Kurzsichtigkeit eine Brille. Während ihre aktuell glänzend schwarz war, bevorzugte Steffen einen dezenten schmalen Rahmen in unauffälligem Platinton.

Als Annalena ihn sah, hellte sich ihre Miene auf. »Da bist du ja endlich. Ich dachte schon, ich müsse dich doch noch anrufen oder dir eine WhatsApp schreiben.«

Irritiert sah er seine Schwester an. »Was machst du denn hier?«

Sie zuckte die Achseln und wies mit dem Kinn auf das Zimmer hinter sich. »Wir sind gerade vom Krankenhaus zurück. Jan hat sich ...«

»Vom Krankenhaus?« Steffens Herzschlag beschleunigte sich, wie immer, wenn etwas mit einem seiner beiden Kinder nicht stimmte.

»Hallo Papa.« In diesem Moment tauchte Jan hinter Annalena auf. Auch sein Haar war hellbraun und verwuschelt und er rückte seine rote Brille auf der Nase zurecht. »Guck mal, ich hab 'nen Gipsverband.« Halb stolz, halb schmerzerfüllt hielt der Junge seine linke Hand hoch. Ring- und kleiner Finger waren fachmännisch eingegipst.

Steffen ging vor seinem Sohn in die Hocke. »Wie ist das denn passiert?«

Jan zuckte die Achseln. »Der Jonathan ist draufgefallen.«

»Was?«

Annalena legte dem Jungen eine Hand auf die Schulter. »Das Training hatte gerade angefangen. Jonathan, du weißt doch, dieser kleine Rowdy, hat Jan gefoult und ist dabei ausgerutscht. Leider ist er genau auf Jans Hand gefallen. Die beiden Finger sind gebrochen, aber zum Glück ganz glatt und unkompliziert. Das ist in ein paar Wochen vergessen.«

»Na, wunderbar.« Steffen zog seinen Sohn seufzend an sich. »Du machst aber auch immer Sachen.«

»Hat ganz schön wehgetan«, murmelte Jan an Steffens Halsbeuge. An seiner Stimme war zu hören, dass er mit den Tränen kämpfte, sich aber bemühte, tapfer zu bleiben.

»Ist ja schon gut. Das wird bald wieder.« Zärtlich streichelte Steffen über den Kopf des Jungen, dann schob er ihn ein Stückchen von sich. »Weißt du was, dafür gibt es heute Abend Pizza.«

»Von Luigi?« Die Miene des Jungen heiterte sich sichtlich auf.

»Na klar. Ich habe gar keine Zeit, selbst welche zu backen. Und Luigi kann das auch viel besser als ich.«

»Toll! Ich will eine mit allem außer Oliven und Pilzen.«

»Das lässt sich einrichten.« Steffen erhob sich. »Danke, Annalena, dass du dich um Jan gekümmert hast.«

»Das ist doch selbstverständlich.« Seine Schwester lächelte ihm zu. »Und ehe du jetzt meckerst, dass ich dir nicht gleich Bescheid gegeben habe – du hast gesagt, dass du heute schwer beschäftigt bist. Da wollte ich dich nicht auch noch mit einer Fahrt zur Notaufnahme belasten. Außerdem haben wir beide das auch ganz wunderbar ohne dich hinter uns gebracht.«

»Danke«, wiederholte Steffen und überlegte nicht zum ersten Mal, was er wohl ohne seine Schwester getan hätte. Das schlechte Gewissen, sie mal wieder über Gebühr beansprucht zu haben, meldete sich wie so oft in letzter Zeit. Es war ein praktisches Arrangement, das allerdings nicht mehr lange aufrechterhalten werden konnte, denn Annalena war freischaffende Autorin und würde bald mit einem neuen Buchprojekt beginnen. Wenn es so weit war, würde sie kaum noch Zeit für Jan und dessen ältere Schwester haben. »Wo ist denn Sabrina?«

Annalenas Miene wurde wieder ernst. »In ihrem Zimmer. Sie behauptet, sie würde Hausaufgaben machen, aber damit müsste sie längst fertig sein. Sie wirkte ein bisschen bedrückt, als sie von der Schule kam. Wahrscheinlich hat jemand sie geärgert.«

»Schon wieder?« Besorgt runzelte Steffen die Stirn.

»Du weißt doch, wie Kinder sind. Heute zanken sie sich und morgen sind sie wieder die besten Freunde.«

»Das Zanken nimmt aber in letzter Zeit überhand.« Er wandte sich in Richtung der übernächsten Tür. »Ich seh mal nach ihr.«

»Okay.« Annalena nickte zustimmend. »Dann lass uns mal nach unten gehen, Jan, und deine Schulsachen holen. Du musst noch Mathe fertig machen.«

»Echt?« Jan verzog die Lippen. »Muss ich? Ich hab 'nen Gips!«
»Na und? Deshalb musst du trotzdem deine Hausaufgaben machen. Außerdem ist der Gips links. Mit rechts kannst du doch wohl schreiben.«

»Ich bin jetzt Linkshänder geworden. So wie Mark aus meiner Klasse.«

Annalena stieß ihn lachend an. »Das hättest du wohl gerne.«

Die beiden verschwanden die Treppe hinab und Steffen klopfte an die Tür seiner elfjährigen Tochter Sabrina. Als keine Antwort kam, trat er vorsichtig ein.

Sabrina saß nicht an ihrem Schreibtisch, sondern in der gemütlichen Fensternische, die mit Sitzkissen in allen Regenbogenfarben ausgestattet war, und starrte aus dem Fenster hinaus auf den weitläufigen Garten. Der war im Augenblick in tristes Regengrau gehüllt und da es bereits später Nachmittag war, brach allmählich die Dunkelheit herein und ließ den Anblick noch düsterer wirken.

Sabrina hatte das Kinn in ihre Hände gestützt und reagierte gar nicht auf sein Erscheinen. Selbst als er dicht neben sie trat, verzog sie keine Miene.

Schweigend betrachtete er das Mädchen eine ganze Weile. Sie war hübsch mit ihrem hellbraunen Wuschelkopf, den auch sie geerbt und der ihre Klassenkameraden seltsamerweise in letzter Zeit oft zu Hänseleien veranlasst hatte. Steffen konnte sich nicht erklären, was an den Haaren seiner Tochter zu Spott herausfordern sollte. Er fand Sabrina bildschön.

Vielleicht waren es auch gar nicht die Haare, sondern die blau gerahmte Brille, die sie trug, weil sie, ebenso wie Jan und Steffen, leicht kurzsichtig war. Kombiniert mit Sabrinas überdurchschnittlicher Intelligenz ergab sich offenbar ein Bild, das die Kinder in ihrer Klasse dazu veranlasste, sie zu ärgern. Sabrina hatte ein Schuljahr übersprungen und war deshalb die Jüngste in ihrer Klasse. Manchmal fragte Steffen sich, ob es richtig gewesen war, der Empfehlung der Lehrer zu folgen. Seit den Sommerferien hatte seine Tochter es nicht gerade leicht gehabt. Zwar kam sie im Unterricht hervorragend mit, doch in der neuen Klasse hatte sie noch keinen richtigen Anschluss gefunden.

»Hey, Süße.« Sanft legte er ihr eine Hand auf die Schulter. »Was gibt es denn da draußen Spannendes zu beobachten? Haben die Eichhörnchen wieder das Futter aus dem Vogelhaus geklaut?«

»Nein. Das heißt doch, ja klar. Das machen sie doch immer.« Sabrina sprach, ohne den Kopf zu drehen. »Ich hab nicht die Eichhörnchen beobachtet.«

»Sondern?«

»Gar nichts. Ich hab nachgedacht.«

Steffen zog sich den Schreibtischstuhl heran und setzte sich. »Worüber denn?«

»So dies und das.«

Steffen seufzte innerlich. Es war offensichtlich, dass Sabrina nicht über das sprechen wollte, was sie beschäftigte. Er war sich immer unsicher, ob er sie zum Reden drängen oder sie ihre inneren Kämpfe mit sich selbst ausfechten lassen sollte. »Wie war es in der Schule?«

»Wie immer.« Nun sah sie ihn zum ersten Mal an. »Wen magst du eigentlich lieber, den Weihnachtsmann oder das Christkind?«

Verwundert hob er den Kopf. »Darüber habe ich noch nie nachgedacht. Wie kommst du darauf?«

»Nur so.« Sabrinas Blick wanderte wieder zum Fenster hinaus und nach einer Weile dachte Steffen, sie würde gar nichts mehr sagen. Doch dann ergriff sie erneut das Wort. »Wirst du Esther heiraten?«

»Esther?« Verblüfft wandte er den Blick von ihr ab. Esther Meinhardt war eine alte Bekannte aus Studienzeiten, die zu seiner Clique am Campus gehört hatte. Sie waren nie ein Paar gewesen, denn schon seit seiner Ausbildung in der einzigen großen Gärtnerei und Baumschule der Stadt war er mit der Tochter des Inhabers verbandelt gewesen. Katrina und er, das hatte sich einfach ergeben. Er war siebzehn gewesen, als er sie kennengelernt hatte, und sie nur wenige Monate jünger. Aus der jugendlichen Verliebtheit war eine langjährige feste Beziehung geworden, die auch während seines Studiums noch Bestand hatte. Kurz nach seinem fünfundzwanzigsten Geburtstag hatten sie dann geheiratet und kaum ein Jahr später war Sabrina auf die Welt gekommen. Nach vier weiteren Jahren hatte Jan das Familienglück dann komplett gemacht. Steffen schluckte bei der Erinnerung, nicht sicher, was er von den Emotionen halten sollte, die in ihm hochspülten. Kurz nach Jans drittem Geburtstag war Katrina bei einem Autounfall ums Leben gekommen. Manchmal fragte er sich, wo sie wohl heute stehen würden, wenn sie nicht gestorben wäre. Doch solche Gedanken gehörten jetzt nicht hierher. Er versuchte, sich wieder auf Sabrinas Frage zu konzentrieren. Würde er Esther heiraten? Vor etwa anderthalb Jahren war sie wieder in seinem Leben aufgetaucht. Anfangs nur hier und da, aber seit einem guten Jahr gingen sie mehr oder weniger regelmäßig miteinander aus. Nicht mehr, aber auch nicht weniger. Sie waren Freunde, auch wenn er sich denken konnte, dass Esther gerne mehr für ihn gewesen wäre. Und warum auch nicht? Sie war schön, klug, selbstständig, verlässlich. Auch seine Eltern drängten ihn dazu, endlich Nägel mit Köpfen zu machen. Dennoch zögerte er den nächsten Schritt immer wieder hinaus und tat, als bemerke er ihre Andeutungen hinsichtlich ihrer Beziehung nicht. Von außen betrachtet wäre es logisch und sinnvoll, mit ihr die Zukunft zu gestalten. Sie war bereit, sich um die Kinder zu kümmern, liebte ihn. Ja, ganz bestimmt tat sie das. Dennoch hatte er irgendwo tief im Inneren stets das Gefühl, mit ihr den gleichen Fehler zu machen wie damals mit Katrina. Er räusperte sich energisch, um die düstere Stimmung abzuschütteln, die ihn unvermittelt anflog. »Ich glaube nicht, dass ich darüber in nächster Zeit nachdenken werde. Warum fragst du?«

»Weil ihr schon so lange zusammen seid.« Sabrina strich mit dem Zeigefinger der linken Hand über das bunte Herbstfensterbild, das sie in der Schule gebastelt hatte. Es war ein wenig schief geraten; ein Baum mit rot, gelb und braun gefärbtem Blattwerk, der sich gefährlich nach links neigte, weil Sabrina mit Schere und

Klebstoff weniger gut umgehen konnte als mit Buchstaben und Zahlen. »Habt ihr eigentlich auch Sex?«

»Was?« Entsetzt starrte Steffen sie an.

Sabrina hob zum ersten Mal den Kopf. »In der Schule sagen sie, dass alle Erwachsenen dauernd Sex haben. Und dass du und Esther das bestimmt auch macht, weil sie doch so schön ist und du ... na ja.«

»Was ist mit mir?« Plötzlich fühlte Steffen sich ausgesprochen unwohl bei dem Gedanken, dass eine Horde Zwölfjähriger über sein Liebesleben diskutierte.

»Die Mädchen in meiner Klasse finden dich cool. Und gutaussehend.«

»Tatsächlich.« Das Kompliment erleichterte ihn kein bisschen.

»Ja, und deshalb fragen sie eben, ob du und Esther auch miteinander ins Bett geht.«

»Nein, tun wir nicht.« Er rieb sich verlegen über den Nacken. Es erstaunte ihn immer wieder, wie direkt seine Tochter sein konnte.

»Warum nicht?«

»Weil ...« Himmel, was sollte er bloß darauf antworten? »Also zunächst einmal sind wir nicht miteinander verheiratet.«

»Papa.« Sabrina verdrehte die Augen. »Man muss doch nicht verheiratet sein, um Sex zu haben.«

Steffen brach der Schweiß aus. »Nein, also ja. Du hast natürlich recht. Aber Esther und ich ... wir sind nicht so zusammen. Ähm ... Wir sind nur gute Freunde.«

»Okay.« Sabrina blickte wieder nach draußen und es schien, als sei das Thema damit abgehakt.

Verwirrt aber nun doch auch erleichtert atmete Steffen auf. »Willst du auch Pizza? Wir bestellen nachher welche.«

»Klar. Doppelt Käse und Schinken. Und Paprika.«

»Ist notiert.« Er erhob sich und ging zur Tür.

»Ist bestimmt gut, dass ihr keinen Sex habt.«

Er hielt inne, und drehte sich noch einmal zu seiner Tochter um. »Warum?«

»Weil sie so dünn ist. Nicht, dass sie dabei in der Mitte durchbricht. Und sie lacht fast nie.«

Beinahe hätte er gelächelt. Ohne zu antworten, ergriff Steffen die Flucht.

***

Achselzuckend richtete Sabrina ihren Blick wieder auf den mittlerweile fast im Dunklen liegenden Garten. Unten im Wohnzimmer ging das Licht an und warf etwas Helligkeit auf die Terrassenfliesen. Sie hatte keinen Schimmer, was so interessant oder spannend an Sex sein sollte. Alle ihre Klassenkameraden sprachen von fast nichts anderem mehr. Natürlich mochte sie auch die romantischen Hollywoodfilme, die Annalena manchmal mit ihr anschaute. Da küssten sich die Paare ziemlich oft und manchmal gingen sie auch miteinander ins Bett. Das gehörte wohl dazu. Deshalb hatte sie ja auch gefragt, ob ihr Papa und Esther ... Sie konnte es sich überhaupt nicht vorstellen, wie die beiden sich nackt unter den Decken wälzten. Zum Glück hatte Papa gesagt, dass er es nicht mit Esther tat. Die war nämlich wirklich total dünn und vollkommen humorlos. Trotzdem mochte Papa sie ... irgendwie. Sabrina würde die Erwachsenen nie verstehen. Warum suchte sich ihr Vater nicht eine Frau, mit der er lachen konnte? War das nicht viel schöner, als dauernd nur solche ernsten Diskussionen über Wirtschaft und Politik zu führen? Sabrina langweilte sich dabei immer schon nach Sekunden. Leider bestand Esther darauf, dass ein so kluges Mädchen wie sie sich umfassend bilden musste und verwickelte sie ziemlich oft in solche Gespräche. Papa war natürlich stolz darauf, dass seine kleine Sabrina schon so viel von diesen schwierigen Themen verstand.

Sabrina wollte sich viel lieber über andere Dinge unterhalten. Über Mädchensachen. Über Tiere oder Musik oder Kunst. Sie liebte Malerei, wenn sie auch selbst nicht gut zeichnen konnte, und sie sang gerne. Sie mochte Blumen und Bäume und wollte so gerne Schlittschuhlaufen lernen. Und sie wollte eine neue Mutter haben.

Eine, die all diese Dinge ebenfalls liebte und mit der sie darüber reden konnte.

An ihre Mama erinnerte sie sich nur noch schemenhaft, und wenn sie nicht ein Foto von ihr auf dem Schreibtisch gehabt hätte, wüsste sie nicht einmal mehr, wie sie ausgesehen hatte. Papa redete nicht oft über sie. Anfangs hatte Sabrina gedacht, das sei, weil er sie so vermisste. Aber inzwischen waren fast vier Jahre vergangen und er wirkte gar nicht mehr so schrecklich traurig. Unglücklich, das ja, aber nicht aus Trauer um die Mama. Da war etwas an ihm, das für Sabrina nicht so recht greifbar war. Etwas machte ihm zu schaffen. Was es auch war, es hielt ihn davon ab, sich eine neue Frau zu suchen. Eine, die ihn zum Lächeln und zum Lachen brachte. Und ja, auch eine, mit der er Sex haben konnte. Wenn das schon so wichtig zu sein schien, dann sollte es aber bitte auch mit einer Frau sein, die wirklich zu ihm passte.

Seufzend strich Sabrina erneut über das schiefe Baumfensterbild. Etwas musste geschehen, sonst war ihr Papa bald alt und grau und noch immer einsam. Deshalb hatte sie, weil ihr nichts Besseres eingefallen war, einen Brief ans Christkind geschrieben. Und an den Weihnachtsmann sicherheitshalber auch gleich. Eigentlich hätte sie in ihrem Alter weder an den einen noch an den anderen weihnachtlichen Glücksboten glauben dürfen. Aber man konnte ja nie wissen. Ihre Oma sagte immer, dass an Weihnachten oder auch in der Vorweihnachtszeit alles möglich war. Warum also nicht auch eine neue Frau für ihren Vater?

In ihrer Fantasie hatte sie sich schon oft vorgestellt, wie ihre neue Mutter aussehen könnte und wie sie sein würde. Hübsch natürlich und intelligent. Aber nicht so steif und überperfekt und angemalt wie Esther. Obwohl die auch wirklich schön war. Man durfte sie nur nicht anfassen. Jedenfalls hatte Sabrina stets den Eindruck, dass die Freundin ihres Vaters das nicht sonderlich mochte. Sie hatte Sabrina noch nie umarmt und auch Jan nicht, obwohl der total gerne kuschelte. Sabrina auch, aber nur mit Papa. Esther war viel zu knochig und distanziert dazu.

Sie kicherte vor sich hin. Noch ein Punkt, der gegen Sex mit Esther sprach, denn wie sollte das gehen, wenn sie sich nicht anfassen ließ? Dabei war sie sonst ja ganz nett. Aber eben auch nicht mehr. Und Papa liebte sie nicht, das konnte man sehen. Er mochte sie, vielleicht sogar sehr, und das war etwas, das Sabrina Sorgen machte. Denn manchmal heirateten Menschen auch andere Menschen, weil sie sie eben sehr mochten.

Vor ihrem Zimmer hörte sie leise Stimmen – Jan und Annalena – und dann Schritte auf der Treppe. Sie blieb jedoch sitzen, bis sie ein paar Minuten später den Türgong vernahm. Ein Pizzabote brachte das bestellte Essen. Sabrina rutschte aus der Fensternische und warf einen letzten Blick zum mittlerweile nachtschwarzen Himmel hinauf. »Weihnachtsmann? Christkind?« Ihre Stimme war nicht mehr als ein Wispern. »Bitte helft mir. Oder vielmehr meinem Papa. Ich wünsche mir auch sonst überhaupt nichts zu Weihnachten, versprochen.«

Vier Pfoten retten Weihnachten
Petra Schier

Taschenbuch, 332 Seiten
Erschienen 15.10.2023
ISBN 978-3-96711-969-5
14,- €, eBook 4,99 €
Auch als Hörbuch verfügbar.